读客® 知识小说文库

读小说，学知识

鬼谷子的局

第5季·天下归一 1

寒川子 著

河南文艺出版社
·郑州·

图书在版编目（CIP）数据

鬼谷子的局. 第5季，天下归一 / 寒川子著. -- 郑州：河南文艺出版社，2022. 3（2023. 9 重印）
ISBN 978-7-5559-1261-3

Ⅰ. ①鬼… Ⅱ. ①寒… Ⅲ. ①长篇小说 - 中国 - 当代 Ⅳ. ①I247.5

中国版本图书馆CIP数据核字（2021）第271351号

著　　者 寒川子
责任编辑 梁素娟　冯田芳　李亚楠
责任校对 丁　香
特约编辑 高　旭　薛文卿
策　　划 读客文化　021-33608320
版　　权 读客文化
封面设计 章婉蓓
出版发行 河南文艺出版社
印　　刷 三河市龙大印装有限公司
开　　本 787mm × 1092mm 1/16
印　　张 79
字　　数 915千
版　　次 2022年3月第1版　2023年9月第3次印刷
定　　价 199.90元（全四册）

如有印刷、装订质量问题，请致电010-87681002（免费更换，邮寄到付）

目录

第一章

为相位陈轸伤怀　会啮桑苏张对弈

目送张仪的辎车缓缓驱离府门，隐没在大梁人为给惠王送殡所铲出来的雪道里，公孙衍轻叹一声，转回身子，交代府宰收好相印，转呈魏王，自己踩着积雪回到馆驿。

苏秦、惠施、陈轸、白虎四人闻报张仪终于走了，无不松一口气。

最为感慨的是苏秦。看向门外没膝深的大雪，苏秦想到那年雪天，自己从咸阳城单衣出奔，差点儿就冻死在函谷道上，黯然神伤。

苏秦伤了会儿神，猛地想到庞涓，遂进客栈的灶房里，亲手做出一锅他们在鬼谷中常吃的稀粥，炒出几道干菇菜，无一丝儿肉。又让店家备下食篓、七只陶碗并七人所用的箸子，一一码好。随后动身前往庞府，递上拜帖。

已升任大魏三军司库的庞葱迎出，引他入府。庞葱看到架势，晓得他是来祭庞涓的，便引他直入家庙，开庙门后走到庞涓灵前，跪下道：“哥，苏哥看您来了！”

苏秦走到灵前，盯住牌位，话也没说，泪也没流，就这样静静地凝视牌位，足足有两刻钟。

灵堂静寂。

苏秦打开食篓，摆弄好碗箸，转对庞葱道：“葱弟，拿坛好酒来，店家的酒不够劲！”

庞葱应一声，匆匆去了。不消一刻，庞葱带着下人，端着几盘卤肉等熟食，还有一坛酒和七只精致的青铜酒爵。

“换成黑陶角器，来七只！”苏秦指向酒爵，又指向几道荤菜道，“这些一并撤除！”

同为酒器，爵与角是不一样的。爵代表尊位，依苏秦六国共相、庞涓武安君之尊，用爵正当，而角则为通常士大夫的饮器。眼下礼坏了，无论是爵是角，只要有钱，任何人都用得起。苏秦执意用角而不用爵，且一定要陶制的黑角，倒让庞葱想不明白。不过，既然苏秦这么吩咐，就一定是有道理的。庞葱使下人撤掉几道荤菜，换回七只陶制的黑色角器，恭恭敬敬地摆在苏秦面前，再度退到门外。

苏秦摆好菜肴，指着几道菜道：“庞兄，这几道菜是在下炒的，鬼谷里的味道，只是多年没动手，手艺生了，你就凑合着尝尝。”说完，将七只酒角一一斟满，如同送别孙膑时一样，端起一只角，“第一只角是先生送给你的，听说庞兄走后，先生一个月没有进食！先生这角酒，庞兄得喝下！”说完朝空中一泼，端起第二只道，“第二只是师姐送给你的，在下回过一次鬼谷，师姐专门问起庞兄，心里始终记挂庞兄！对于庞兄远行，师姐伤悲呀！”泼掉后，又端一只道，“第三只是大师兄送给你的，大师兄向来不喝酒，也不送人酒喝，但送庞兄，想必他不会拒绝。”泼掉后，又端一只道，“这一只是孙兄送给你的，庞兄之别，最伤心的莫过于孙兄，庞兄走后，孙兄他……拖家带口，直赴大海深处，这辰光，孙兄他……”苏秦的眼角湿了，闭目良久，“就在下所知，孙兄知庞兄，庞兄却并不完全知孙兄啊，孙兄他……好吧，不说了，眼下庞兄已经超脱，想必什么都看明白了。”再泼掉后，又端起一只道，“这一只是张兄送给你的，今日看来，知庞兄者，莫过于张兄。这一只是相知酒，请庞兄喝下。”

几案上还剩最后两只，里面盛满了酒。

苏秦没再说话，一手端起一只，将两只碰过，仰脖饮掉一只，亮亮底儿，无一滴滴下。然后将另一只泼向空中，将酒角摆好，起身，朝灵位深深鞠一躬，大步走出。

候在门外的庞葱迎上，见苏秦的架势是要离开，悄声道："苏兄，想不想看看您的世侄？"

"世侄？"苏秦怔了一下。

"叫庞滔，名字是先王为他的小外孙起的！"

"庞兄他……"苏秦方知是庞涓之子，非常惊喜。

"葱弟已经禀报阿嫂，她抱着小侄在府堂候您呢！"

苏秦赶至府堂，与瑞莲公主见过礼，抱过庞滔，左看右看，不由得想到自己的女儿姬苏菲不知今在何处，泪水便湿了眼眶。

苏秦正与瑞莲公主叙些礼节上的话，宫中有旨跟到，说是襄王召请苏秦。

原来，襄王得报张仪辞印的事，也听到苏秦回来的风声，遂使宫人至客栈召请，一路追寻到武安君府。

入宫已是后晌申时。

觐见礼毕，苏秦抬眼望向这个他还不很熟悉的大魏新王。

魏嗣身板儿壮硕，脸上却疲态毕现。最近发生了太多事，尤其是赵妃的死及惠王的驾崩，让他于崩溃中又莫名得福。本就疲惫，这又没了约束，魏嗣遂不顾大丧禁忌，将宫中他早就瞄上的几个嫔妃召进先王的御书房里一一临幸，所剩不多的精气神就被他抖搂光了。

但这些隐事苏秦不知。苏秦盯住他看，这是这些年来他所养成的习惯，只要见到重要对手，他总是先以目战。

"苏子，"襄王禁受不住他犀利的目光，干笑一声，开口道，"你来得好呀，寡人一听说你来，啥也不顾，就使人召请。"

苏秦收回目光，拱手道："谢王上偏爱！"

"寡人召请你，是有桩大事相商！"襄王指了一下摆在几案上的相印，摊开来，道，"张相国走了，你看此物交给何人掌管合适？"

苏秦晓得魏嗣不会拐弯儿，但没有想到他这般直接，略略一顿道："公孙衍如何？"

"寡人也是这个意思！"襄王笑了，将相印推到一侧，看向苏秦道，"这事儿定下了。你先对他讲一声，寡人很赏识他，明天就召请他，三日之后拜相。另外还有两事，一是你那个纵亲，寡人决定入了，咋个入法，你定。寡人把魏国交给你，放心。秦国不是东西，尤其是张仪那厮，寡人早就看他不顺，恨得牙根痒痒的！”

“谢王信任！”苏秦拱手。

“二是先王的大礼，一并托付你了！”襄王拱手，打了个哈欠。

“先王大礼为内事，”苏秦略一沉思，“王上还是交由相国为宜！”

“也好。”襄王再次打了个哈欠。

见他哈欠连连，苏秦拱手辞归。

襄王扬手送客，回到御书房，刚在榻上躺下，天香不请自到。

“王上！”天香笑脸盈盈。

“哦，是爱妃呀！”襄王眼睛都没睁。

“王上，”天香在他身边坐下，搭手在他额上，抚摩一下，“好端端的，大白天怎么卧榻了？”

“寡人连卧个榻也不能吗？”魏嗣回撑一句。

“嘻嘻，”天香脱去衣服，钻进他的被窝里，搂住他，在他耳边悄悄道，“奴家晓得王上这辰光要卧榻，这不……”

襄王眉头微皱，朝里挪挪，让出地方道：“说吧，是啥事儿？”

“听说王上要封相了，封谁？”

“公孙衍！”

“臣妾以为不妥。”天香的脸上依旧笑盈盈的。

“咦？”襄王惊愕，盯住她。

“想当年，公孙衍使尽门路想当相国，王上晓得先王为啥不让他当吗？”

“晓得呀，”襄王应道，“因为他是相府门人。”

“是呀，”天香应道，“先王尸骨未寒，王上就拜先王屡弃不用的人为相，天下人会怎么看？王上的在天之灵还没走远呢。再说，他是个门——”

“门人怎么了？”襄王截住她的话头，“秦人还让他做过大良造呢！”

“可秦人为什么又不让他做了？”

“这……”襄王略顿，“韩人不是又让他做了吗？”

“韩人哪，”天香笑了，“大王难道想与韩王平起平坐吗？”

“那……”襄王忽地坐起来，盯住天香道，“你说，让谁做相国合适？”

“老惠施呀，”天香给出人选，“先王不是一直用他吗？是张相国把他赶走的！大王若是起用惠施，一是先王高兴，二是可以服众！”

“老惠施？”襄王咂巴几下嘴皮子，“嘿，寡人真还……”说着又重新躺下。

“刚才觐见的那个人……”天香的声音更柔，顿住了，嘴角朝前殿努了一下，用目光征询着。

“苏秦。”襄王嘟囔出两个字后打起鼾声。

天香倒吸一口寒气。

苏秦回到客栈，直接来到公孙衍舍，将襄王的话约略讲了，并说翌日王上将召见他。公孙衍沉思良久，微微点头，算是应下。

无论如何，对于魏国，公孙衍是割舍不下的。

然而，第二日，苏秦、公孙衍从早上开始，一直候到天黑，都未见宫人召见。公孙衍本就是个心细的人，见这般光景，脸色渐渐阴沉。苏秦不便说话，也不便去宫里打听，于第三日又候一日。到第四日凌晨，公孙衍不顾地上正在融化的雪，与白虎一起，起车回韩。

显然是卡住点了。公孙衍前脚刚走，宫中就来人召请，不过，被召请的是苏秦与惠施，并不是公孙衍。

“听说韩相走了？”襄王看向苏秦，有意说出“韩相”二字。

“走了。”苏秦淡淡应道。

“唉，”襄王轻叹一声，“寡人原说要前往客栈拜望他的，可……先王这儿，实在是脱不开身哪。”

苏秦轻叹一声。

“惠相国！”襄王转向惠施，拱手道。

“禀王上，”惠施拱手，慢悠悠道，“草民惠施不敢当相国高称！”

"哈哈哈哈，"襄王扬手笑道，"惠相国原本就是魏国相国嘛！先王在世时，多次向寡人念叨相国的好，寡人虽说无德，却也不敢有负先王，这次请您来，就是想拜您老为相，还望老相国不辞！"

惠施显然没有想到会是这个，先是一怔，继而眼睛闭起，面前浮出棺木中惠王黑紫的躯体，过了良久，微微睁眼，拱手道："谢王上垂爱！只是——"他轻咳一声，吐字清晰道："一是草民老矣，不堪驱使，此来正是为诀别先王，非为他事；二是草民将行，好友庄周约定老朽前往南方暖和的地方去逍遥自在，草民应下他了，不可食言。草民区区薄愿，还望王上垂念，收回成命！"

竟然有人拒绝大魏相印，襄王倒是未曾料到，一时蒙了，看向苏秦。

苏秦闭目。

"王上，如果没有别的事，草民告退！"惠施拱手，起身，缓缓退出。

襄王一脸错愕地看着惠施从他的眼前一步一步地退到殿门处，缓缓转身，出门，走向门外的台阶。

"王上，"听到惠施原本很轻的脚步声消失在殿前的路上，苏秦也拱手，作势起身，"臣亦……"

话音刚落，襄王急了，扬手道："苏子留步！"

苏秦稳住身子，坐直，看向襄王。

"这这这……"襄王算是回过神来，苦笑一声，摊开两手道，"寡人本欲听从苏子，将相印交给公孙衍，没想到他……竟然走了，寡人改相惠施，没想到他又……"略顿，又道，"百官不可无人节制，相国人选，还望苏子另行举荐！"

"臣再举一人，请王上圣裁！"苏秦拱手道。

"何人？"襄王倾身道。

"陈轸！"苏秦应道，"熟悉魏国的人，除去公孙衍，当数陈轸！"

"陈轸哪，"襄王鼻子微微动了下，"是个人选，容寡人斟酌一二。"

对陈轸来说，朝思暮想的大魏相国之位，似乎比任何时候都离他更近。庞涓、张仪相继离开，朱威死了，小小魏国装不下苏秦，公孙衍、惠施这又……思前想后，除自己之外，魏国真还没有合适的相国人选。

送别惠施，陈轸越想越舒坦，眉开眼笑地哼起他小时候学到的家乡调情小调，边哼边用指节在几案上敲打节拍，胖硕的身躯随着节拍左右晃动：

月出皎兮，佼人僚兮。
舒窈纠兮，劳心悄兮。
月出皓兮，佼人懰兮。
舒懮受兮，劳心慅兮。
月出照兮，佼人燎兮。
舒夭绍兮，劳心惨兮。

陈轸一旦开心，就会将这支曲子连哼三遍。

此番陈轸刚刚哼过两遍，苏秦进来了。

“哈哈哈，”苏秦笑道，“陈兄这是思念嫂夫人了吧？”

“嘿，”陈轸紧忙拱手，指了下对面席位，“真还想到她哩！”又压低声音道，“你这个白嫂子一心一意想要给你生个小侄子！”

“生没？”苏秦笑问。

“快了！”

“祝贺，祝贺！”苏秦拱手道贺，“嫂子几个月了？”

“还没有那么快，”陈轸呵呵乐道，“不瞒兄弟，在下倒是播过不少种子，可就是没有一颗是冒芽的！你的白嫂子急了，以为是地不肥，就请医师把脉，医师把完她的，又把在下的，临走时悄悄叮嘱在下少喝点儿酒。这不，我发誓戒酒了。无论如何，得长出个能发芽的种子，是不？”

“哈哈哈哈，”苏秦让他逗乐了，“是好事情就急不得！”

陈轸敛住笑，盯住他，话中有话道：“听说魏王请兄弟入宫，别是有啥好事情了？”

"是个不好不坏的事情，"苏秦直入主题，"魏王欲请惠施做相国，惠相国婉拒了。"

"这……"陈轸惊愕道，"惠相国他……怎能拒做相国呢？"

"说是要与好友庄周逍遥自在去。"

"嗯嗯嗯，"陈轸连连点头，"在下有幸见过庄周，嘿！真是个神人哪。他的夫人死了，他非但不哭，还敲着盆唱歌。惠相国本要责他几句，没想到反还让他得了理，将惠相国责了个哑口无言！"说完他又回到主题，"惠施拒做相国，魏王这要拜谁呢？"

"魏王要在下举荐，在下举荐陈兄了！"

"哎哟哟，"陈轸起身，施了个大礼道，"我的好兄弟呀，你这这这……这不是要将老哥放在火头上烤吗？"

"不瞒陈兄，"苏秦语气郑重，示意他坐下，"除陈兄之外，在下真还举不出来一个合适的人。"苏秦一脸严肃道，"我们好不容易将张仪挤走，使魏国回归纵亲，但……未来的路并不好走，天下和解，重在三晋，魏又居于三晋之中。居中则枢，魏国当是天下之枢，秦国不会轻易放弃，张仪断也不会。陈兄肩上的担子，比任何人都要重啊！"

苏秦一番话，说得陈轸心里热乎乎的，他脸上浮出惭愧之情。苏秦思考的是纵亲大局，而他陈轸所想，不过是个区区相位。

"苏子放心，"陈轸油然起敬，朝苏秦郑重拱手道，"苏子合纵长策，苏子良苦用心，轸无不感同身受。只要陈轸在魏，魏国就是苏子的！苏子但有驱使，轸必竭诚尽力！"

"有陈兄此言，秦无虞矣！"苏秦伸出手，陈轸用双手握住，苏秦又加上另一只手，四只大手结在了一起。

然而，事情并没有按照二人的设计进展。陈轸加害庞涓一家的事在魏国尽人皆知，跟从庞涓做副将多年的襄王从心底里排斥陈轸。

更要命的是天香，她对陈轸的事情知道得太多了。陈轸的机敏及谋算，尤其是他如何设套公孙鞅并在楚国陷害张仪的旧事，身为黑雕台高层的天香全都知情。从某种程度上讲，于秦国而言，陈轸是个比公孙衍更不好对付的主，一是因为他滑得像条泥鳅，二是因为他的背后是昭阳——大楚的令尹。因而，当魏嗣一提到陈轸，天香就弹跳起来，一连说出四五个不可以的理由。

“这个也不行，那个也不可以，”魏嗣头皮发麻道，“依你说，相国该让谁来做？”

“让苏秦做，”天香给出建议，“反正他早已是魏国的相国了！”

“他只是外相，是名义上的，要管六国的事，哪有闲工夫来理朝政呢？”

“王上为什么不让他暂先代理，再慢慢物色可意的人呢？白圭死后，先王多年没有立相，可朝政照转，何况大王有个苏秦，他是天底下第一能才呢？”

“苏秦不肯呀！”

“他凭什么不肯？他不是兼任赵国的相国吗？邯郸城里现在还设着他的相府！大王这就赐给他一个相府，他若不受，就是偏赵，就是欺魏！”

襄王觉得句句在理，便没再征询苏秦的意愿，直接颁布诏命，将张仪的相印强行塞给苏秦，要他摄理朝政，即日起入住张仪相府。

苏秦晓得襄王是铁了心。从眼前局势看，他还真的不能再行推托，只得谢过王恩，任由宫车将他载往张仪府邸。

与原府宰办好交接后，苏秦在张仪的书房里坐下，向府宰讨来一壶热水，关上房门，由飞刀邹守在门外，然后祭出静功，进入冥思。

是的，棋局走到眼下这步，一定是哪儿出了问题。

但问题出在哪儿呢？

显而易见，一切皆因于大魏的这个新王，魏嗣！

对魏国来说，公孙衍当是最合适的相才，也是对新君当政最有利的人选。魏王原本认可，之后却变卦了，改任惠施。惠施引辞，魏嗣请他再举一个人，他荐陈轸，当是除公孙衍之外的不二人选，可他这又……

苏秦的思考指向太子申，指向魏王。太子领军，部属皆在外黄，为什么会死在远在马陵的齐军营地附近呢？按照屈将前辈的调查，太子是在宋地被人射杀的。射杀太子的会是何人？是这个魏嗣吗？还有魏惠王是死于中毒，何人敢向惠王下毒？绝对不会是张仪！寻因追底，只能是现在得利的魏嗣！

然而，纵观魏嗣，一介武夫，头脑简单，胸无大志。他在庞涓帐下唯唯诺诺，武功没有多少建树，在赵宫淫乱宫妃的绯闻倒是传得满天下都是！

女人？对，一定是女人！

苏秦打了个激灵，顿住思绪，渐渐落定这步棋子，转向下一步。

下一步是什么？

是张仪。

苏秦太知道张仪了，还有那个秦王。

依照二人的个性，他俩是不会善罢甘休的。

苏秦再次想到《商君书》，面前浮出两个字：杀力！

是的，秦国要杀力。

秦国用严苛的刑法驱万众于一心，合兆民于一意。由此合成的力，所向无敌；由此汇成的流，排山倒海！

这么强大的力，要么杀他人，要么被他人杀，无论如何，它是一定要“杀”出来的！且秦王不会让它“杀”在秦国境内！这些年来，秦王与张仪驱使这个力杀向魏国，杀向赵国，杀向韩国，又一路杀到齐国，虽然一次次铩羽而归，但这个力并没有损耗多少，它仍旧窝在秦国，仍旧在寻找突破口，等待杀出来的时机！

关键是，下一个突破口在哪儿？

楚国！

对，一定是楚国！

想到楚国，苏秦心里跳出来的第一个人物是屈平。当年入楚合纵时，小小年纪的屈平就已感受到了来自秦国的杀气，这是何等睿智！

苏秦让神思在楚国整整盘旋了两个时辰，于天色将昏时定下计谋后，便动身前往客栈。

尚未走到门前，苏秦就嗅到一股浓浓的酒气透出陈轸的门缝。

苏秦敲门。

里面传出陈轸的声音：“进来吧，门没有上闩！”

苏秦推门，见陈轸独坐案前，面前摆着几道菜肴并一坛老酒，正自痛饮。

苏秦不再搭话，寻到一只酒爵，在几案对面坐下，执壶斟满，端起，冲陈轸道："陈兄，既然开戒，就喝个痛快，来，干！"

陈轸已经喝得面色红涨，冲苏秦皮笑肉不笑，端起酒爵，也不作礼，夸张地伸长脖子，一饮而尽。

苏秦饮毕，执壶欲斟，陈轸捂住酒爵，红涨脸道："苏相国，苏大人，既为兄弟，喝酒就要喝个明白，是大人饯行在下呢，还是在下道贺大人又加一印？"

"唉！"苏秦晓得陈轸彻底误解了自己，放下酒壶，长长一叹。

"相国大人喜犹不尽，还叹个什么？"陈轸的酸楚劲儿完全上来了。

"陈兄既有此问，在下就打实底讲了！"苏秦遂将宫中之事详细讲述了一遍，包括他如何荐举公孙衍，又如何荐举他陈轸。

陈轸听毕，断出苏秦的话不是虚言，遂将万千酸楚化作一笑，拱手道："既如此说，在下诚意贺喜相国！"说罢伸手取过酒壶，斟满两爵："来，贺喜大人！"

"唉！"苏秦轻轻摇头，再发出一声长叹。

"苏大人这又唉个什么呢？"陈轸将酒举起，一饮而尽道，"该唉的当是在下才是。唉——"陈轸摇头苦笑，发出一声比苏秦之叹更富节奏的长叹，"这个相国之位呀，真就是个活套，苏大人生怕让它套上，在下却偏想钻进它的套子里。前些年魏国先王之时，在下煞费苦心，伸长脖子，可它偏就不肯套下来，只是在眼前晃呀晃呀。在下等急了，端着脑袋跟着它晃。在下的脑袋晃呀晃呀，它仍旧不肯套下来。就当在下晃得头晕眼花时，它掉下来了，只是套中的是老惠施的脖子。再后来，庞涓来了，在下西入秦，南下楚，也就不再想它了，可它这……这又在在下的眼前晃荡，在下于是又想它了。唉，此番在下倒不是一定要钻进那个套子里，而是想与兄弟合力干票大的，让这个天下好好瞧瞧……"

苏秦抬头，看向陈轸。

"唉，"陈轸说着话，看向旁侧已经打好的行囊，"命啊，命啊，在下生就一个跑腿的命……"

"陈兄啊，"苏秦盯住他道，"在下思来想去，魏国这个相国，陈兄不做也好。新王不是先王，此时不是彼时，依陈兄之智，当是明白，如果君臣两不相知，朝臣互有猜忌，你说的那个套子，可真就是个套子了。"

"兄弟说得是！"陈轸冰释前嫌，斟酒，举爵，"为在下未被套上，干！"

苏秦按住酒爵，盯住陈轸，目光坚定道："陈兄，你我联手，干一票更大的，如何？"

"怎么个联手呀？"陈轸苦笑一声，摊开两手道，"兄弟七印加身，金光灿灿，而在下……"他拍拍厚厚的肚腩子，语气酸楚，"只有这身臭皮囊啊！"

"陈兄有这个呀！"苏秦指指心窝子，又指指嘴皮子，"在下思来想去，当务之急不在魏国，也不在三晋，而是在齐国和楚国。"

"齐、楚怎么了？"

"如果不出在下所料，张仪回秦，下一步必是谋楚，楚王也必谋秦，秦楚之争也必在商於。而楚若与秦起争，则楚危矣！"

"兄弟是说，楚国敌不过秦国？"

"就在下所知，单打独斗，任何一国都敌不过秦国！"

"我看未必。"陈轸冷冷一笑，"楚人不是魏人，无论好歹，楚人比秦人多达四倍，土地比秦人多达六倍，瘦死的骆驼比马大……"

"再大也是一只骆驼。动物的强弱不是由块头决定的，国家的强弱也不是由人口数量决定的。如陈兄这般，一人可顶十万人哪！"

"哈哈哈哈，"陈轸长笑几声，"这话在下爱听！说吧，兄弟想让在下做什么？"

"你我合力再来一个列国盟会，让秦人有所忌惮！"

"六国会盟？"陈轸眼睛一亮。

"正是。"苏秦点头道，"其实，主要是齐楚会盟。近几年来，三晋互杀，实力皆已消耗，秦国已不再惧怕它们。秦国所惧的是齐、楚。齐国太远，秦国鞭长莫及，能够企及的只有楚国。秦已得到巴蜀、汉中及商於谷地，对楚人形成包抄，进可攻楚，退可据守。反观楚人，强敌环伺，仍不自知，还在琢磨泗下肥腻。能保楚国无虞的，只有纵亲，而齐楚之盟尤其重要。若得齐盟，楚人就可无东虑，而专心对付强秦。秦人见楚全力以赴，也就不敢轻易生心，天下可保暂时无事！待天下无事，我们兄弟再作长远计谋，让天下归心！”

“兄弟想得远，在下力不能逮。眼前会盟，兄弟若要在下做什么，只管讲来！”

“在下知会齐、魏、韩、赵、燕五国，楚国则交给陈兄，我们来个六国相会，六国相聚一堂，共商纵亲大计，缔结新约！”

“人家都是相，”陈轸心中一阵刺疼道，“而在下……”他苦笑。

“在下想定了，此番会盟，由陈兄主盟，在下为陈兄司仪！”

“呵呵，”陈轸苦涩一笑，“若是此说，司仪还是由在下做吧，否则，大人或许就盟不成喽。”

“好吧。”苏秦回他个笑，“以陈兄之见，盟于何时何地为宜？”

“何时你定，至于这何地嘛，在下建议在魏地，那儿是齐、楚最闹心的地方！”

“魏国何地？”

“啮桑。”陈轸压低嗓音，不无神秘地说出一个地名。

“啮桑？”苏秦显然不太熟悉这个地方。

“呵呵呵，”陈轸神色完全缓了过来，心情舒畅地打出一个响指，“你的白嫂子爱吃烤鸭，在下听说，那儿的鸭蛋味道也不错哦！”

“好吧，就是啮桑！”苏秦应和一笑，“约期定在三月初三，春和景明，草长莺飞，正是鸭子生蛋时！”

秦齐桑丘之战，昭阳看得心惊肉跳，深深庆幸当初听了陈轸之言，没有与齐开战。因而，当陈轸转呈苏秦的亲笔书函，约他于三月初三赴啮桑与田婴等大国相辅会盟之时，昭阳爽快地答应了。

“陈兄来得正好！”昭阳收起苏秦的邀请函，看向陈轸道，“在下正有大事请教！”

“是何大事？”陈轸笑问。

“正如陈兄所料，秦国一战败，我王就琢磨起收复商於的事情来。

他征询在下，在下循依陈兄所言，主张对秦用武，这正合我王心意。我王近日密旨景翠、屈匄回郢谋议此事。”

“好事情。大人是何打算？”

“与秦一战，要么不打，要打就打个利索，将商於彻底收回，将秦人彻底封死在关中。”

“战当然要胜，”陈轸点头道，“只是，收复商於是大功，在我眼里，此功甚至不亚于灭掉越王无疆。敢问大人，是想让哪一家夺此大功呢？”

“在下正要为此事与陈兄谋议！”

“於城既为景氏地盘，此功当予景氏才是！”

“这……”昭阳吸了一口气，憋住话头。

“大人是忧心景氏战不胜秦人吗？”陈轸笑问。

“真要战不胜，倒是——”昭阳再次憋住。

“呵呵呵，”陈轸乐了，“看来大人是忧心景氏打赢此战喽！”

“倒也不是！”昭阳挤出一句，“在下真心想要击败秦国，收复商於，使我大楚长治久安，免除西患！商於谷地，尤其是於城、析邑、涅邑等落在秦人手里，在下如鲠在喉！”

“啧啧啧，”陈轸竖起拇指道，“不愧是大楚之相啊！”说罢倾身，压低声道，“若是此说，在下倒是有个计谋。”

“是何计谋？”

“大人可向大王举荐景氏，让景翠为主将。景氏若是战胜，收复商於，大人一则得保荐之功，二则有德于景氏。万一景氏战败……”陈轸顿住话头。

昭阳会意，朝陈轸抱拳。

咸阳秦宫，惠王连续多日没有睡成安稳觉了，时常一个人闷头坐在他的静室里。

诸多闹心的事里，最让惠王闹心的是张仪，因为他的案头摆着的几乎全是本该由张仪阅审的各地奏报。通常，这些奏报是由相府审选之后，再将难决的呈奏到他这儿，但这时全堆在了他的案头。

秦国的奏报分几个部分，小部分直接呈送惠王这儿，这些奏报基本是举报之类的密呈；大部分是政务奏报，由各地逐级上报，到惠王案头就只有待决的大事。张仪在魏时，这些事项多由甘茂负责。张仪回来后，甘茂被惠王派往巴蜀，协助司马错处置叛乱，各地奏表就堆在案头。一些急事，地方得不到回复就直接越级报他，他也只好派人前往相府调阅之前的奏报，这些奏报也就在他的案头渐渐地越堆越多。

好在多是政务琐事，他选大的事留下，将小的事直接推给公子疾。

眼前的大事主要是三桩：一是巴蜀之乱，司马错几乎每隔三天就来一个奏报，形势虽在掌控中，但作乱的蜀相陈庄仍在殊死抵抗，这也是他将甘茂派去协助司马错的原因；二是西戎诸部生乱，原本归附于秦的戎王被人谋杀，几个儿子争位，闹成一团，以致局面失控；三是来自楚地的密报，内容是宛、襄、上庸诸地楚军频频调动，图谋商於。

惠王正在思虑应对方略，公子华来了。

公子华从怀里掏出一封密报，呈给惠王。

这是一封来自黑雕的急报。

惠王展开急报，原本就锁起来的眉头此刻近乎拧起来了。

“三月初三，在魏地啮桑。就眼下所知，可能赴会的有齐、楚、赵、韩四个大国之相，魏相是苏秦，也算是包括在内了，等于是五个大国。燕国尚无音信，估计燕王不会让人去。”公子华补充道。

惠王苦笑一下，摇头。

殿门处传来一阵喧哗，还有孩子的哭声。

听声音，是紫云公主，她嚷着要见惠王。

二人相视，惠王朝公子华努嘴。公子华迎出去，不一时，又抱着一个孩子进来，身后跟着紫云公主。

“哥——”紫云带着哭声。

“阿妹？”惠王盯住她。

“张仪他……他不要我们母女了……”紫云哭得悲切。

孩子挣脱公子华，扑入她妈妈怀里，号哭不止。

惠王闭目。

“王兄，”公子华低声道，“仪弟进山一个多月了，置一切于不顾！”然后声音更低道，“是为香女！”

惠王猛地抬头道：“来人！”

内臣应声：“臣在！”

“传旨，让张仪回来！”惠王语气威严。

“臣领旨！”内臣退了出去。

“慢！”惠王略略一顿，缓和了语气，转身对公子华说，“华弟，你走一趟，请相国大人速回，说有要事相商！”

“臣弟领旨！”

寒泉谷里一片洁白。

山中高寒，这些雪，下一场，积一场，不到三月是不会化开的。

一排一排的草庐外面，寒气刺骨，积雪厚有二尺多。草庐之间被人铲出一条条通道，交错往来，接通各扇房门。

最后一排草庐的西北角，房门掩着。门内是两个开间，外间用作客堂，里间是香女的卧房。两室中间由茅草隔离，既透声，又通热，因而只烧一只炭盆。炭火甚足，两个房间都热烘烘的。

香女躺在里间的榻上，拥着一床被衾。

张仪坐在她身边，两眼盯着她，眼珠子一动不动。

“你老盯着我做啥？”香女扑哧笑道。

“看不够！”张仪回她个笑，目光却是没移，眼皮子保持不眨。

“你为什么不眨眼？”香女问道。

“眨眼就输了！”张仪应道。

“嘿，我以为你是在看我，原来是在练眼！”香女娇嗔道。

“是练心！”张仪的眼珠子保持不动。

“好吧，你总是说，眼睛是心灵的窗子！”香女笑了。

“窗子里原来只有一个人，现在是两个了！”张仪没笑，保持凝视。

“所以你要多看一会儿！”

“我要看看他是什么模样儿。”张仪的声音无比温柔，“仙姑说，算计日子，这几天就该出世了！”

“一直闹腾呢，昨晚最厉害，想是该出生了！”香女脸上洋溢出甜蜜的微笑。

外面传来脚步声，林仙姑推门进来。

“张大人，”林仙姑站在堂间，叫道，“前院有人寻你，香女交给我吧！”

“谁呀？”张仪身子没动，脸色略显阴沉道。

“是华公子，说有急事！”

张仪一动未动。

“去呀！”香女催道，“你来这儿一个多月，从不去想外面的事儿！”

张仪拉过香女的手，用力一捏，便转身走出，冲林仙姑深深作了一个揖，打开门，大步出去。

张仪走到前院，果是公子华在等他。陪同公子华说话的是老友贾舍人。

显然，公子华已从舍人处得知香女要生产的事，一见面就道贺。二人叙了会儿旧，舍人晓得他们有大事商议，便抽身出去。

“是何急事？”张仪问道。

公子华将惠王忧心的三桩大事简略述过，重点放在啮桑相会上。

“王上是何意思？”张仪问道。

“王兄不知如何应对，要在下请您务必回去。嘿，瞧这一路雪，原本两日的路，在下整整跋涉了四日，差点儿滚进山崖子里！”

“你的嫂子就在这几天……”张仪声音淡淡地道。

“在下晓得。”公子华应道，“可事情太急，眼下已临近二月，离大会没有多少日子了。无论如何应对，我们都要赶个时辰才是，否则——”

两个人正说着话，后院闹腾起来，是香女要生产了。张仪如同弹子一般，嗖地出门，撒腿就向后院跑。公子华紧跟几步，又退回来，在堂中坐下。

香女是头胎，加之年龄较大，疼得死去活来。她一直折腾到翌日凌晨，终于在师父寒泉子的针刺及师姐林仙姑的保护之下，艰难地诞下一子。

还好苍天保佑，母子平安，张仪吊了一夜的心，总算在鸡鸣时分落下。

张仪喜极，没抱孩子，而是抱住香女哭起来。

“你哭个什么呀，快给儿子起个名字！”香女嗔怪道。

“早就想好了！”张仪破涕为笑，抱过儿子，盯住他的眼睛道，“小子，你得记住，从今天起，你姓张，名唤开地！”

“开地？”香女没听明白，眉头微凝，“这个名字咋讲？”

“开天！辟地！”张仪字字铿锵。

“天哪！”香女扑哧笑道，“你让娃子跟你一样颠东跑西呀！”

“谁让他偏要姓张呢？”张仪将孩子放在香女身边，在香女耳边悄悄道，“臭小子一出来，我就放心了。我还得回宫一趟。苏兄近日在折腾一桩大事，我要凑个热闹！”

“快去！”

张仪一到咸阳，就与公子华直入宫城。

惠王早已得报，与公子疾、内宰等迎出殿门。

见过君臣之礼，惠王携张仪之手步入内殿。

惠王将张仪按坐于席，一脸惆怅道：“你再不回来，我就……就也进山了。”

“呵呵呵，”张仪心情大好，“张仪进山是守香女，王兄进山却为何事？”

“张仪呀！”惠王在主席坐下，指示他人落席，看向张仪道，“我就守在你身边，一步不离，看你回不回来！”

众人皆笑起来。

“啧啧，”张仪咂舌，冲他竖个拇指，“论狠莫过于王兄，在下服了！”

众人再笑，唯有惠王一脸愁容。

见惠王不笑，几人也都刹住，看向惠王。

“你们只管笑呀，”惠王看向公子华与公子疾，“驷哥笑不出来，是因为驷哥真就这么想的。如果华弟请不回妹夫，驷哥真就带着行李卷儿进山了！”

“仪……有负王上……仪……请罪！”张仪拱手道。

“驷哥有所不知，”公子华接道，“妹夫进山，是有一桩大喜事！”

“哦？”惠王看向他。

“仪弟的香夫人有喜了，前日凌晨诞下一子，华弟有幸陪仪弟度过一个不眠之夜。待母子平安，仪弟不顾夫人与孩子，便踏积雪冒险出谷，昨夜一宵都在赶路，一路上是马不停蹄呀！”

“哎哟哟！”见是这等事，惠王也是惊喜，连连拱手，“大喜，大喜，哈哈哈哈，这个是驷哥一个月来听到的唯一好事了！”说罢看向张仪，“妹夫呀，驷哥实在不知是此大喜之事，若不然，即使急死，也不会使华弟……”

“王兄，不说这个了，”张仪盯住惠王，语气凝重，“王兄为何事烦恼？”

“好吧，”惠王敛起笑，“这儿没有外人，驷哥就不遮掩了。不瞒几位，”他逐一扫视众人道，“秦国遇到了自驷哥继统以来最大的困扰。第一个是巴蜀，这个怪我，悔不该不听妹夫的话，执意以陈庄为相，果然酿出事来，逼杀蜀侯通国，使他们封关自立。寡人征讨余年，虽然控制了局面，但他困兽犹斗。由于巴人有不少随顺他的，他就退往巴山深谷，反倒不好清剿了。据可靠探报，他正在与楚人联络，若是借楚之力与我抗衡，真就是个大事！我已再派甘茂赴蜀了，”说完目光盯住张仪，“实在不行，还得劳动妹夫！无论如何，蜀不可失！”

张仪淡淡一笑：“第二个呢？”

“戎狄。”惠王应道，“就是羌戎。羌戎内乱，是义渠在背后鼓捣。虽说诸部没有一家明言背叛我，但也没有一部听我号令！第三个是楚人，见我兵败于齐，也蠢蠢欲动了。”

“敢问王上，是不是就这三个？”张仪又是一笑。

“唉，”惠王轻叹一声，“莫说三个，即使只有一个也让人头大。巴蜀是我粮仓，万不可失；西戎是我马仓，万不可乱；商於之重，驷哥就不说了。”

“在仪眼里，”张仪盯住惠王，“这三个都不是事儿！”

几人听到张仪的话皆是一怔。

以这么托大的语气直接驳退惠王，这在张仪是第一次。

“那么何事为事？”惠王盯住他。

“就是华兄于寒泉谷中所讲的最后一个事！”张仪看向公子华，“说白了，就是啮桑。”

众人皆是震惊，盯住张仪。

尤其是惠王，神情专注，连眼睛也眯了起来。

“啮桑的确是个很大的事，但……”

“王上，”张仪改过称呼，一脸严肃，“就仪所知，巴蜀之事，再有半年可平；羌戎之乱，王上已有上策，不日可平；而商於之事，只在啮桑！”

公子华、公子疾似乎没有听懂张仪的话，互相看了一眼，又转向惠王。

惠王闭目。

良久，惠王睁眼，看向张仪道：“你且说说，巴蜀之事为何半年可平？”

“王上是否知道一个叫尸佼的人？”

“尸佼？”惠王轻声重复一句，随即闭目，显然是在脑海中搜索这个名字。

“是不是商君府中的那个尸子？”公子疾问道。

“正是此人。”

“此人个儿矮，貌丑，脸上有黑斑，眼向上翻，从不爱搭理人。”公子疾扼要介绍道，“商君门人中，他最不受人待见，除商君之外，他也是谁都不睬。我只见过他一次，还没走近他，他就走开了。听冷向说，他是在商君赴秦后的第二年就投奔来的，算是商君门人中的老人了，比冷向还早。”

“诸位可知，商君之后，这个尸佼在哪儿吗？”张仪问道。

不用多想，依照张仪的话，答案当是在巴蜀。

“相国见过他？”惠王来兴致了。

“嗯，”张仪语气平淡地道，“他就隐在巴地，与巴王相善。在下征巴时，听闻在下是鬼谷先生门人，他登门造访。在下与尸子相谈甚笃，畅聊三日，是他出计助在下剿灭巴人的！”

张仪扯出这段谁也不知的往事，众人无不吃惊，面面相觑。

“他既与巴人交好，为什么还要助我灭巴？”惠王不解。

“因为他是商君的师父！”

此语更是惊人！

“唉！”张仪轻叹，“尸子是个真正有智慧的人，可惜商君并不总听他的！”

惠王压住心跳，声音极小地道：“商君何事未听他的？”

“河西战后，”张仪侃侃说道，“他劝商君领取汉中地，图谋巴蜀，割巴蜀自立，不要领商於，商君未听；商君领取商於之后，他劝商君不要恋栈咸阳，而是即刻回封地颐养天年，商君未听；再后来，他劝商君不要听信寒泉子向旧党妥协，而是先发制人，寻隙铲除所有旧党，商君未听；先君大行，他再劝商君趁乱离开，割地自立，不要妄生他念，商君未听；得封商於之后，他劝商君用冷向而不用司马错与疾公子守护商於，商君未听。尸子处处郁闷，已忖知商君未来结局，遂在商君大行之后的第三日，悄然离开，踏上通往巴蜀的栈道，也由此躲过一场株连之祸！”

大冷天里，惠王额头却沁出汗珠。他掏出丝绢擦拭，心想，是呀！上面这些建议，商君只要听取一次，局势或就不是他嬴驷所能掌控的了。

“商君都有什么事情听他的了？”公子华好奇起来。

“变法呀。”张仪接道，“商君之法，多半出自尸子之手。那时节，商君对他言听计从，只是在河西战后，商君才不肯听了。”

天哪，又是一声惊雷！

商君之法的实情原来是这样，商君竟是傀儡！

殿堂里死一样的寂静。

“这么重要的案情，妹夫守得好严啊！”惠王将一声诘责随着笑声说出，打破了沉静。

“臣非守口，”张仪缓缓应道，“是守尸子之嘱。”

“今日为何不守了？”惠王较真儿。

“亦为尸子之嘱。臣离开巴蜀之日，与尸子诀别。尸子嘱臣守口，直至蜀乱终结之时。臣惊愕，问他巴蜀乱从何起，他说，乱蜀必庄。”

“此人堪为国师，驷请引见！”惠王急不可待地说道。

“尸子不会来见王上的，也不会去见任何国君。他已风烛残年，只想寻个人所不知处，了此残生！”

“这个容易，寡人为他安置！”

“他已为自己安置好了，就在巴山云深处，连臣也不知！不过，就在去年陈庄作乱之后，他托人捎给臣一封密函，教臣治乱之方。臣已密令魏章、尉墨依方行事，蜀乱指日可平矣！”张仪淡淡一笑，看向惠王，“至于犬戎之乱，王上早有布局，该是用上那几枚棋子的辰光了！”

“啧啧啧，”见张仪一口气讲出这些，惠王悬着的心总算放下，现出笑脸，拱手道，“国相就是国相，足不出户，决战千里啊！”说完又转身面对公子华、公子疾道，“相国讲的是，驷哥已正式起用杜挚之子杜勇诸人，”他拿出一封密函，“这是杜勇他们的效忠血书，犬戎不足虑矣！”

公子疾、公子华这才明白，惠王当年在斩杀甘龙、杜挚、公孙贾三人时，将他们的同伙及后人全部流放至西戎边陲的战略意义，无不叹服。

“相国贤弟，”惠王看向张仪，“这就说说啮桑的事吧。既然事情发生了，我们总该有个应对！”

“啮桑不是个相会吗？”张仪显然心中有数了，“臣好歹也是个相国，为什么不能去凑个热闹呢？”

“这……”公子疾怔了，“他们没有邀请我们呀！”

“哈哈哈哈，”惠王豁然明白，“那就做个不速之客嘛！寡人为相国壮行！”

“若是这样，”公子疾应道，“臣这就知会宋王，秦国赴会！”

“不必，”张仪摆手应道，“既然是不速之客，在下就来他一个不速！我们组个商队，到泗下做趟生意，如何？”

“好！”惠王朗声道，转对公子华道：“华弟，商队的人选，还有货物，交给你了。你必须做到两点：一、不出破绽；二、确保相国安全！”

“臣受命！”公子华应道。

“还有，”张仪看向惠王，“如果臣没记错的话，王上在燕地的那个外孙，该当知事了！”

惠王看向公子疾：“疾弟，你这就出使燕！”

公子疾朗声应道：“臣弟受命！”

“妹夫，”惠王转向张仪，绽出笑脸，“你的另外一位夫人，还有你的宝贝公主，听闻你回来，还在府中候你呢！你一路劳顿，必也累了。待回府中歇息两日，寡人再请你喝酒，权作饯行。”

张仪拱手道：“臣告退！”

张仪回到府中，紫云果然与女儿嬴蔷在客堂候他。由于父女接触太少，嬴蔷瞪大眼睛盯住他，怯生生地不肯上前。

张仪蹲下来，朝女儿伸开两手。

“快呀，叫阿大！”紫云急了，推了一推她。

嬴蔷哭起来。

“蔷，来，来阿大这儿！”张仪鼓励她道。

嬴蔷仍旧不肯动。

张仪从袖里摸出一件东西，香气扑鼻。

嬴蔷闻到香气，不哭了。

“喜欢这个吗？”张仪在手里一边把玩一边问。

嬴蔷的眼珠子跟着它转。

紫云注意到，这是一只香囊。

张仪招手。

嬴蔷走前两步，猛地拿过香囊，又迅速缩回紫云怀里，好像站在她面前的是个坏人。

张仪笑笑，对紫云道：“蔷儿认生呢！”

紫云抹泪。

“谢谢你帮我照料她。无论如何，她是我张仪的女儿！”

紫云紧紧搂住女儿，号哭出声。

“娘，娘——”嬴蔷吓坏了，扔掉香囊，抱紧母亲狂哭。

张仪没有哭，盯着二人。

“夫君！”紫云哭了一会儿，又止住，泪眼模糊地道，“臣妾……太高兴了，君上……”说着抹了抹泪，从地上捡起香囊，嗅了嗅，问，“这是香姐绣的吗？”

“是的，”张仪应道，“是她专门绣给嬴蔷的！”

“嗯。”紫云将香囊挂在嬴蔷的脖子上，将她递给张仪，“蔷，甭哭，他是你阿大，是你在这个世上最最亲的阿大！”

嬴蔷不哭了，任由张仪抱着她。

“君上，”紫云轻声道，“待雪住了，臣妾使人接回香姐，她做姐，我做妹，让蔷儿带弟弟玩，成不？”

“她……”张仪松开嬴蔷，缓缓起身道，“是不会来的！”说完脚步沉重地走向书房。

安排好魏国之事，苏秦就赶到宋国，觐见宋王偃。

听闻六个大国之相要在自己的辖地开会，宋王偃不敢怠慢，诏命两个大夫配合苏秦，同时调拨物资，并拨出五千精兵负责会场安全。

苏秦在约期之前半个月赶到了啮桑。

到啮桑之后，苏秦才发现陈轸选择此邑绝不是因为鸭子。

啮桑是个小邑，离齐国的薛地不远，人口不过三千，靠近泗水，归属于宋国彭城，因而可以算作彭城的卫邑。此处地势低洼，水泊众多，盛产稻米、鱼虾及鸭、鹅之类的水禽。两条衢道交叉穿邑而过，外加四通八达的水运网络，使此邑成为交通发达、物产富庶的鱼米之乡。

这些都还不是最重要的。最重要的是，此前不久，泗水沿岸所发生的两件列国大事——一是楚国昭阳奔袭薛城，二是秦军远征齐国——都离此地不远。

陈轸选择这儿，显然是为配合苏秦，促进楚、齐和盟。

后来发生的事情也印证了这一点。

陈轸携夫人一到啮桑，就否决了苏秦将会址定在泗水岸边的既定安排，不辞劳苦地引领苏秦东寻西找，终于确定一处地方，就地画个了大圈，道："苏大人，此处可做主盟会场！"

苏秦看着这块并不起眼的地方，不晓得陈轸的葫芦里装的什么药，一脸茫然地转向陈轸。

陈轸咧嘴笑了，指着圈道："就是在这个圈里，在下为昭阳讲了一个画蛇添足的故事，他就退兵了！"

"画蛇添足？"苏秦盯住他。

陈轸遂将画蛇添足的故事复述了一遍。

苏秦感慨万千，长揖至地道："陈兄巧舌，为齐、楚免除了一场血灾啊！"

"唉，"陈轸回揖，轻叹道，"若论巧舌，在下不及苏兄弟与张仪呀！你们的才叫巧舌，纵横天下，左右列国。在下的舌头，不过是混口饱饭而已！"随即又感叹，"在下的后半生，看来也只能向老光头淳于髡看齐喽，只可惜，在下没有老光头豁达，好多事情看不开哩！"

"是了，"苏秦接道，"淳于前辈是个真正的达人。唉，说起他来，在下还欠他几块金子呢，再见面时，一定还上！"

"什么金子？"陈轸来劲了。

"就是金子呀，一笔老账。"苏秦不愿提及姬雪的旧事，轻轻一笑，将话题带回盟会现场，就具体事情与陈轸谋议良久，达成共识，末了说道："陈兄，这次盟会意义重大，无论如何，要以和为贵，要有笑声，气氛万不能僵。这个就托给您了。"

"哈哈哈哈，"陈轸拍胸脯笑道，"纵约长放心，在下学学那个老光头，如何？"

与此同时，临淄齐宫内殿，齐宣王正在阅读田婴呈送给他的密函，是燕地发来的。

"燕王将子哙发守造阳？"齐宣王眼睛眯起，看向田婴道，"为什么？"

"让他防备胡人。听说对子哙越来越不称心，说要历练他。"

"子哙怎么想？"

“子哙是个好人，王上晓得的，他……”田婴略顿一下，压低声音道，“估计又要废立了。现今王后是秦国公主，且生一子，燕王早对子哙不满，寻一个借口将他废立，也不是没有可能。燕王若是真的废子哙，立子职，燕国就会成为秦国的一根棍棒。秦人敢越过三晋伐我，再有燕国这根棍棒，”说完这句他苦笑了一下，“齐国就无宁日了。”

“嗯。”

“桑丘之战，匡将军虽胜，但胜在侥幸。臣仔细研究过前后进程，也审过被俘的秦人。若是按照司马错的脾气，一对阵就打，只怕临淄现在就是他们的！”

“你有何良策？”

“与楚人相比，燕国才是我头等大患。以臣之意，可响应苏秦啮桑之盟，与楚结盟。楚无东忧，必西向争秦。我无楚忧，可全力图燕。如果燕王执意更立储君，燕必生乱。燕若生乱，王上就可以甥舅之名，出正义之师，永绝后患！”

“就依你计！”齐宣王道。

约期到了。第一个到场的是韩相公孙衍，第二个到的是齐相田婴，最后一个到场的是楚国令尹昭阳。

魏相是苏秦。赵国没有来人，来的是一名特使，送呈了一封赵王的亲笔国书，委任苏秦全权代理赵国事务。这样，苏秦就身兼魏、赵二相。算下来，纵亲六国中，只有发起的燕国没有来人，燕王也未出函委任苏秦。

但于苏秦来说，重要的是齐、楚二相，其他皆是陪客。

楚相昭阳与宋王偃于同一个时辰赶到，说是途中“碰巧”遇到了。纵亲列国相会在自己的地盘上，宋王偃此来是为尽地主之谊，出席盟约达成之后的庆功宴会。因他是王，而宋相不在受邀之列，所以，盟会不能安排在宋王的帐篷，他只能继续赶往彭城，入住他的别宫。

每当有客人赶到，庞大的仪仗阵营就会列阵演奏迎宾乐，苏秦、陈轸就会并肩出迎。礼节之话约略讲完，陈轸就会引领他们入住早已扎好的各家帐篷。

按照陈轸的安排，盟会定于三月初三日辰时举行召开仪式，之后讨论盟约，后晌申时举行盟誓仪式，晚上举办庆祝宴会。之后三日，若无意外，大家将一起春猎于彭城的宋室园囿，然后各自安排归程。

开幕前夕，也即三月初二傍黑儿，苏秦在其大帐设宴为客人洗尘，受邀赴宴的是楚国令尹昭阳、楚国文学侍从屈平，韩相公孙衍、韩大夫钟龙海，齐相田婴、稷下令田文。宴会几案依旧摆作圆圈，不设主次，尤其是主人苏秦，在将所有客人让进宴会场地之后，率先选了按照常理是最下位（靠近帐门）的席位坐下，向大家招手道："六国纵亲，老规矩，不分主次，不分尊卑，大家一人一席，随便坐！"

众人面面相觑。

"呵呵呵，"苏秦笑道，"当年在孟津，六王会盟纵亲，也是这般坐的！"

众人听到这句话，方知苏秦用意。昭阳跨前一步，在挨住苏秦的席位坐下，田婴则在苏秦的另一侧坐下，公孙衍挨住田婴坐下，其他人也都各择席位，挨着坐下。

坐到最后，只剩一个席位，就是正对帐门的传统主位，所有人的目光都看向一直候立于侧的陈轸。

"咦？"陈轸拉长声音，"这个席位烧屁股吗？"说完一屁股坐下，又夸张地噌一下弹起来，一把扯起挨他坐着的屈平，"嘿，真还发烫哩，来来来，老屁股受不了，得年轻人坐！"

看着他这番淳于髡式的表演，众人无不大笑起来。屈平所见，无不是宫廷礼仪，未曾历经这般阵势，被陈轸这一拉一按，便身不由己地坐在那个方向最正的席位上，陈轸则就势在他的席位坐下。

屈平显然没有做好这方面的准备，一时窘迫，脸和脖子通红，一句话也说不出来，只得正正衣襟，坐得笔直。

"呵呵呵，"苏秦看出他的不自在，便道，"屈平，几年没见，个头长高了，长成个英俊后生了呢！"

屈平回他一个笑。

"陈司仪，"苏秦看向陈轸，"这个酒咋喝，你说！"

"一口一口喝呗！"陈轸端起一爵，举高道，"诸位老友新朋，大家看好了，这酒是这般喝！”说完仰起肥大的脖子，张开嘴巴，将爵的一角伸进嘴里，闭起眼睛，声音夸张地接连嗞出几声。他将爵中酒全部喝完，再夸张地咽下，亮亮爵底。

看到他的这个表演，大家全都笑起来，气氛热烈。就连屈平也从尴尬中恢复，抿着嘴儿乐。

如此高规格的酒宴却这般开场，既没有敬天，也没有祭地，甚至没有任何的寻常礼仪，完全是放松的气氛，照理说是不该的，但仔细一想，作为迎宾私宴，好友相聚，却也不算犯忌。

接下来的一刻变得轻松愉快，大家无不放开天性，各学陈轸嗞嗞喝酒，喝得花样百出。

酒过三巡，田婴起身，执壶走到昭阳身边，坐下，将他的酒爵斟满，盯住他道："昭将军，在下得敬您一爵！"

“这酒……”昭阳端爵，看向田婴，“田大人可有说辞？”

“只有一个说辞，”田婴语气真诚地道，“在下受封薛地。前番楚王伐齐，若不是将军手下留情，这辰光在下怕是连个养老的窝也没有喽。”

“哈哈哈哈，”昭阳长笑几声，“这个酒该敬，不过，不是敬在下，而是要敬——”说着指向陈轸，“他！若不是那个人，莫说是薛地，在下只怕是要打到临淄的！”

“哦？”田婴看向陈轸，举爵道，“哎哟哟，陈大人哪，真没想到，您才是有大德而不言哪！”

“这个嘛！”陈轸捋一把胡须，“田大人得让他喝！”说着指向苏秦。

绕来绕去，见又绕在苏秦头上，田婴、昭阳、公孙衍皆是惊异。

“喀喀，”苏秦轻咳两声，学陈轸捋了一下蓄起不久的黑须，“无论是昭大人退兵，还是桑丘之战，我们若要致谢，都该谢一个人。在下提议，这爵酒，应该敬他！”说完率先端起面前的酒爵。

众人尽皆端起酒爵，却不知苏秦要敬谁，所有人的目光都射向他。

“孙膑！”苏秦缓缓说出一个名字。

昭阳、田婴豁然明白，纷纷举爵。

苏秦不疾不徐，讲出他在得知楚人征齐之后，如何寻找陈轸，以及马陵之战的全部过程，继而讲出齐楚之战对双方的危害，末了道：“所幸昭将军深明大义，率先退军，否则，齐、楚两国一旦开战，无论谁胜谁负，于两国都是灾难！”

马陵之战，苏秦曾全程参与，因而此时所讲，众人无不信服。

昭阳心服口服，由衷叹道：“不瞒诸位，在下退兵不是因为大义，也不是因为其他，而是陈兄告诉我说，孙膑依旧活着。秦人不服，结果就是桑丘！”说完他冲诸位举爵道：“来，我们为孙膑将军依然活着，干！”

众人皆饮。

在离会盟营地仅五里的啮桑古邑里，一连三个客栈全部被一个商队包了。它们是五天前就被包下的，但客人入住的时间正是苏秦为众客人洗尘的这日夜间。

入夜，客商模样的公子华推开一扇房门，走到一个端坐于席的身影前，在他对面几案前坐下。

“客户们全到齐了！”公子华小声禀道，“这辰光在约长的大帐里饮宴。宋人守护较严，我们的人无法接近！”

“楚商有多少？”

“三千，营帐扎在二十里外，只有昭阳几人入住了约长扎好的营帐。”公子华掏出一封密报，“这是盟会议程，司仪是陈轸，好不容易才搞到的。”

“昭阳、公孙衍、陈轸，”张仪苦笑道，“若是惠施也在，冤家们就齐全了！”说罢展开密函，读之。

“下一步，这桩生意该怎么做？”公子华用目光征询张仪。

张仪将密函放下，拿出一个木盒，推到几案上道：“既然是在明日辰时与会，你就于辰时三刻，以秦使身份将此国书呈递纵约长，就说秦国国相张仪奉秦王之命前来赴会，因路途遥远，要迟到一步，使你先行报到！”

“那……相国呢？”

“守在此栈。”

“这……”公子华怔了，“如果约长有请，我该怎么说？”

“该怎么说你就怎么说。”

翌日辰时整，啮桑盟会如约举行会盟仪式，场所就是陈轸所画的那个圈。

没有搭帐篷，没有扎篱笆，一切都是露天的，一览无余。

现场没有旗帜，没有乐手，没有卫士，一切似乎表明，苏秦只是在春和景明的时节约乡党踏青聚会。

四周静谧，鸟语花香，空气中弥漫着自然的香气。视力所及之处，春风拂面不寒，杨柳点头哈腰，不见刀光剑影。

苏秦、陈轸在前引路，楚、齐、韩三国相国及随从副使有说有笑地由偏西北的草地上斜走过来。

草地的正中，也就是会盟主场，齐整地摆着八个几案。案上没有菜肴，没有酒水，只竖着一块精致的木牌，上面写着国别名字。八条几案呈四个方位摆排。楚使二几居南，齐使二几居东，韩使二几居西，剩下北侧二几，一只几案上写着赵、魏，苏秦坐了，另一只几案上写着司仪，陈轸坐了。

作为司仪，陈轸开始致开场白。可他却只字不提今日的会盟，倒是出口讲起啮桑的鸭子来，从鸭肉如何好吃，到有多少种吃法，讲得头头是道。

众人摸不着头脑，先是发愣，继而笑声一片，七嘴八舌地讲起各地的鸭子及吃法来。只有屈平眉头皱紧，不满地看向苏秦，见他也是呵呵直乐，一时不明所以，坐在那儿发呆。

讲完鸭子，陈轸煞有介事地晃着脑袋道：“诸位大人，在下出道谜题，若是有谁猜出，今日晚宴，就由在下的白夫人主厨，亲手为他烧一只正宗啮桑烤鸭！”

“快讲！”田文急不可待。

陈轸指向八条几案最中间的位置道：“就是这个位置，谁能猜出它有什么特别之处？”说完转向苏秦，丢了个眼色。

苏秦心领神会，眼睛大睁，率先盯向中间的草坪，似乎那儿藏着一个绝世秘密。

众人也都纷纷看向陈轸所指的地方，就连屈平，也不无好奇地睁大了眼睛。

然而，草坪就是草坪，没有任何特别之处。

众人盯了良久，仍无一人开口。

望着这几个几乎是天底下顶级聪明的人一脸迷惑的样子，陈轸得意地哼起小调，指节有节奏地打着几案。

就在大家一筹莫展之时，陈轸逐一扫过众人，目光落在昭阳身上道："昭大人，看来在下拙妻的这只鸭子只有您来吃喽！"

"我？"昭阳指了一下自己的鼻子，一脸茫然，盯住那块草坪，"这……这块草坪……"他抓耳挠腮，引得众人大笑。

"您好好想想，再看看四周，是不是似曾相识？"陈轸提示道。

昭阳依旧想不出来。

"想想那条蛇，带足的蛇……"陈轸的眼皮子眯成了一条线。

"天哪，"昭阳恍然大悟道，"你是说，这儿是在下扎帐篷的地方？"

"正是！"陈轸打出一个响指，"大家可都听清楚了，这个谜底是昭大人猜出来的，在下拙内的这只鸭子，大家也就只有眼馋的份儿喽，哈哈哈哈！"

众人皆笑起来。

"什么带足的蛇？"屈平好奇地盯住陈轸。

"这个嘛，"陈轸慢条斯理道，"屈公子得空可以请教昭大人喽！"说着一边指向草坪，一边看向田婴，"田大人，当时楚人征薛，昭大人的帐篷就扎在我们就座处，中间这块草坪，正是昭大人摆放主将大案的地方！"

"啧啧啧，陈司仪好记性啊！"田婴伸出拇指。

"真是没想到呀，"苏秦接过话头，不无感慨，"此地竟然是齐、楚止戈的福地！"他提高声音道，"诸位大人，有鉴于此，在下有个提议，"说着向昭阳与田婴抱拳，"由楚国令尹昭阳大人与齐国相国田婴大人到此福地，敬天祭地，把酒言和！”

众人击掌。

“好！”昭阳率先起身，把酒走向场中，田婴亦笑盈盈地迎上，二人在场地中央，相对跪坐，举爵。

苏秦朝陈轸努嘴，陈轸起身，走到场中，执壶，唱道：“苍天在上，后土在下，四方神灵，各各做证，今有楚国令尹昭阳大人、齐国相国田婴大人，于此福地郑重盟誓，自今日始，楚、齐两国互止刀兵，结作友邦，永世睦邻，共对仇敌！第一爵，祭天！”

二人将酒洒向空中。

陈轸斟满酒道：“第二爵，祀地！”

二人将酒洒地。

“第三爵，敬拜四方神灵！”

二人将酒洒向四方。

“最后一爵，楚、齐共饮！”陈轸斟满酒，声音更响地道。

昭阳、田婴互相致敬，各自仰脖饮下，在众人的掌声中各自回席。

“苏大人，”陈轸看向苏秦，“在下的差使算是执完了，下面该您喽！”

苏秦也不说话，伸手从案下摸出八捆竹简，一一摆在面前几案上，冲众人抱拳道：“诸位大人，在我们商议啮桑盟约之前，在下敬请诸位观赏一部奇书！”说完他站起身，将竹简抱起，一个条案分发一卷，又自留一卷，摆在自己案前。

众人展开一看，是公孙鞅的《商君书》，无不神色肃然，凝神翻阅。

就在此时，在远处戒备的军尉匆匆走来，作礼，朗声道：“报，秦使请求与会！”

此报如一声响雷炸裂，众人面面相觑。

啮桑相会，旨在应对秦人，而秦人竟……

在场所有人的目光都投向苏秦。

苏秦也是愣怔了一下，然后长吸一气，缓缓吐尽，看向陈轸道：“司仪大人，有请秦使！”

陈轸起身，快步跟从军尉走去。

见陈轸走远，苏秦轻咳一声，指了下案头，埋首于竹简。众人无不会意，各自低头，继续就读。

不一会儿，陈轸引领公子华步入会场。

太阳升高，空气暖洋洋的。

陈轸和公子华踏着草坪走过来，刚好走到苏秦背后，与昭阳照面。昭阳就如没有看到他，顾自埋头读书。

见这么重要的盟会竟是这般场地，公子华显然未曾料到。更让他未料到的是，与会诸人皆在埋头读简，无一人看他，似乎他并不存在。

陈轸走到苏秦跟前，道："纵约长大人，秦使到了！"

苏秦抬头，起身，拱手道："洛阳人苏秦见过华公子！"

苏秦此言，显然是在叙家常，以此表示他与众人不过是个好友聚会。

公子华拱手应道："秦使嬴华拜见纵约长大人！"说完眼角扫向众人，见他们全都埋头于竹简，晓得是做给他看的。

公子华的眼角瞥向近在眼前的陈轸几案，见到卷首赫然写着三个大字——"商君书"，不由得打个冷战。

天哪，他们人手一册《商君书》。此书在秦国，王兄却视作国宝，敬若神明，连他嬴华也未曾读过！

"在下与几位雅友聚此赏春，公子以百忙之身远程赶至，敢问有何赐教？"苏秦目视公子华，冷光如剑。

"赐教不敢！"公子华拱手道，"听闻纵约长大人邀约列国相辅至此雅聚，共商天下大事，我王感慨，特使国相张仪前来赴会，因道途遥远，迟误时辰，还望纵约长大人宽谅为怀！"说完从袖中摸出秦王亲笔所写的国书，双手呈上，"此为秦国国书，敬请纵约长惠阅！"

苏秦接过，纳入袖中，拱手道："在下谢秦王厚爱！有请张相国！"

"张相国尚在途中，不时即到，在下这就迎他去！"嬴华拱手，转身，扬长而去。

待嬴华的身影完全消失，会场立即炸了锅。

"岂有此理！"昭阳震几，看向苏秦，"纵约长，纵亲盟会，有他秦国什么事？"

"是啊，有他秦国什么事？"田婴、田文纷纷应和。

苏秦闭起二目，显然是在竭力压住激荡的心情。

"哟嘿，"陈轸来劲儿了，朝手心呸呸几声，揉搓几下，再将袖子连挽几道，又松开甩了甩，咧嘴笑起来，"这是贵宾哪！接待不速之客，在下这个司仪，趣儿可就大去喽！"他看了看一圈众人，抱拳道："诸位大人慢慢攻读，在下迎宾去！"于是哼着老家的小调儿，晃着小碎步，踏着青草地去了。

在座诸位中，昭阳是最不想看到张仪的。无论如何，当年为争令尹之位陷害过张仪，这是他的心理阴影。此番纵亲列国相宰峰会，他万未料到张仪会不请自来，否则，他死都不会来的。

"纵约长，"昭阳憋闷了一会儿，拱手道，"秦相张仪是来约见纵约长的，昭某在此或伤雅兴，先告退了！"说罢起身，拿起案上竹简，"苏大人此简，在下拿回帐篷，细细赏读！"

"也好，"苏秦起身，拱手作别道，"在下晚些辰光再另约大人！"

"等等，"田婴起身，扬手道，"昭大人，我们钓鱼去，如何？"

"好呀，好呀，"昭阳回应，"我们一边钓鱼，一边赏书，岂不快哉？"

二人相约走后，公孙衍也站起来，顺手抄起竹简，朝苏秦扬扬，顾自走去。

席位上，只有屈平、田文及韩国大夫三位副使面面相觑，走也不是，不走也不是。苏秦看得明白，招呼他们继续看书，坐等秦相张仪。

然而，张仪没有来，秦使嬴华也不见踪影。约一个时辰后，陈轸归来，朝苏秦摊开两手，摇头道："张仪竖子，搅场子也不是这般搅法，害在下在路边白等一个时辰！"

"诸位朋友，"苏秦苦笑一声，看向在座诸人道，"秦相既来，这个盟会也就急不得了。大家各回营帐，听司仪安排！"

几人起身，各回营帐。

直到天黑，张仪也未到。

苏秦又候一日，张仪仍旧未到。

第三日，昭阳、田婴、公孙衍三人别过苏秦，各自踏上归程，委托副使操办盟约相关事宜。

这期间，苏秦也早察知张仪就守在啮桑的客栈里，显然是在候他上门。

第四日晨起，飞刀邹就载着苏秦赶到啮桑的客栈，递上拜帖，随后被公子华引入客堂。

一到客堂，公子华就转身离开了。

这是个偏静的院子，几乎被清空了，没有一人。即使飞刀邹，也未能如往常在门口等候，而是被公子华礼节性地请到隔壁的另一座院落。

这个院落的时空，只属于苏秦与张仪。

客堂空空荡荡，只有两张几案，一左一右，摆于正堂。

张仪端坐于左侧席案前，纹丝未动，如一尊雕像。

望着右侧几案，苏秦晓得是为他留下的。右为上，作为主人，张仪未置主客席位，而虚上位于苏秦，是仍旧视他为兄。

苏秦近前，正襟坐下。

张仪看过来，目光盯住他。

苏秦回应他的目光。

四道光柱相撞，却没有火花，没有避让，就如两只相向伸出来的手，缓缓地搭在一起，抵在那儿，与眼睛连在一起的两颗心，体会着对方的感受。

一刻钟过去了。

两刻钟过去了。

三刻钟过去了。

无论是苏秦还是张仪，依旧正襟危坐，未动分毫，似乎他们仍旧坐在鬼谷的密林里，与大师兄几人习练冥思。唯一不同的是，此时的他们，眼皮是睁开的，眸子是凝视的，心神是交通的。

大约在第四刻的结束时分，苏秦率先收回目光，拱手。

张仪亦拱手。

苏秦道：“秦在帐中等仪弟三天。”

张仪道：“仪也是。”

苏秦道："没有想到仪弟会到啮桑。"

张仪道："没有想到苏兄会在此地搞出一个相会。"

苏秦淡淡一笑道："不说眼前吧，说说过去的事。"

张仪回他一笑道："仪弟恭听。"

苏秦道："能否来壶酒呢？"

张仪击掌三声。

两个侍女各执一只食箩从外走进，在他们两人旁边一边站一个，将食箩打开，拿出一壶酒、两道菜、三只酒盏。

苏秦扫眼看去，菜和酒盏与他们在鬼谷就餐时几乎一模一样。

两位侍女摆好酒肴，缓缓退出。

四周再次陷入宁静。

苏秦看向酒肴，感慨道："在下所能想到的，仪弟全都想到了。"

张仪淡淡一笑道："也总有想不到的时候。"说罢摆手，执壶，示意斟酒。

二人各将面前的三只酒盏斟满，左右各摆一盏。

苏秦端起左侧一盏道："我们先敬庞兄！"

张仪点头，端起。

二人举盏，拱手，同时将酒洒向案前的地上，将空盏一并掷地。

张仪盯住苏秦道："说吧，过去的什么事？"

苏秦看向案前地上的空酒盏道："就庞兄的事。"

苏秦一五一十地讲起最后一战中齐人粮草被焚后的真实处境，讲自己与田忌在当时的绝望心情，讲孙膑在无奈中布局马陵道，讲他与孙膑如何候在马陵道的尽头恭候庞涓的到来，讲庞涓的自刎……

苏秦看向右边的一只盏，又讲庞涓自杀后孙膑如何痛苦，讲孙膑如何出走，讲他如何追踪孙膑，讲他在海边如何连候七日，等待孙膑的归来，讲孙膑留给匡章的两部兵书……

苏秦语气平和，情真意切。

张仪的眼眶湿润了，两窝泪水盈出眼眶，无声滑落。

苏秦的目光移向中间一只盏，端起来冲张仪举起道："贤弟，这一盏是你我的，干！"

张仪亦端起中间一盏，双方尽礼，各自饮尽，又执壶斟满。

“六国合纵之后，”苏秦缓缓接道，“纵亲列国不解在下之意，不听在下之言，支走在下，执意伐秦，终致溃败。在下于无奈中返赵，路过宿胥口时，心灰意懒中想到先生，就回谷探望，欲求先生指点迷津。先生不肯出见，但赐一锦囊，托大师兄交付在下。”说完从贴胸衣袋中摸出一只锦囊，“此囊为先生教诲，在下不敢独享，敬请贤弟过目！”随后缓缓起身，走到张仪跟前，双手呈递给他。

张仪双手接过锦囊，置于几案，拜过先生，拆囊出帛。

没错，是先生手迹。

张仪读毕，放在胸口，默祷几句，将帛折好，塞入囊中，递还苏秦。

“敢问贤弟，”苏秦收好锦囊，回席位坐下，凝视张仪，“先生所示，可有解读？”

张仪回视苏秦：“苏兄感悟数年，想必已有定解，在下愚痴，还请苏兄赐教！”

“赐教不敢！”苏秦淡淡一笑，“不过，让贤弟说着了，在下苦思数年倒是真的。”

“是何感悟？”

“前面三句相对易解，只有最后一句，‘公私私公’，在下久不得解，四方求问，直至数月之前在稷下遇到奇人点拨，方有所悟！”

“哦？”张仪微微倾身，“是何奇人？”

“杨子。”

“可是那个一毛不拔的杨朱？”张仪来劲了。

“正是。”苏秦淡淡一笑道。

“他还活着？”张仪两眼放光道。

“是哩，”苏秦点头，“在下差点被他放狗咬了！”说完斟一盏酒，一口饮下，缓缓讲起稷下之事，讲他如何请教孟子，如何请教农家的许子，又如何遇到杨子，讲杨子如何责备他，如何让他拔羊毛、拔犬毛，他又如何跟他一起牧羊，如何听他教诲，等等诸事，一五一十地细述了一遍。听得张仪二目圆睁，恨不得一步踏到临淄，寻访那个杨子。

“仪弟，”苏秦从杨子身上转回，言归正传，“经过杨子诠释，在下多少算是明白先生所示了。”

“先生所示何在？”

“先生所示共是四句，‘纵横成局，允执厥中，大我天下，公私私公’。‘纵横成局’，乃你我当如何作为，‘允执厥中’乃你我当秉持何德，‘大我天下’乃你我当何志发何向，至于这最后一句，‘公私私公’乃是先生展示‘大我天下’的实现之道！”苏秦缓缓解释道。

张仪闭目有顷，然后睁眼道：“依苏兄所悟，此道如何实现？”

“大我天下，乃大同之世。”苏秦解道，“人类初成，性纯质朴，共妻共子，天下为公，是谓大同。之后有家，私欲滋生，王权天授，封妻荫子，天下纷争。然而，私欲一如洪流入壑，越冲越大，越大越冲，终致泛滥成灾，形成方今的大争之世。”

“苏兄是说，实现目标，乃回归于公？”张仪眯起眼睛。

“正是。”苏秦点头，“先生所示之‘大我天下’，即天下为公。”他二目放光，“杨子说的是，天下之人尽皆存私，私私即公。天下人之私，天下人共营之；营私所得之利，天下人共享之。人人不损一毛，人人不贪一毛，则天下大公矣！”

“在下想知道的是，苏兄如何实现天下人营私之利由天下人共享之？”

“共生。”

“共生？”张仪的眼睛越眯越小。

“共生即互生。寸有所长，尺有所短。人人用己所长，补他人所短；取他人之长，补己所短；互为营生，彼此敬重，公正平等，互利互助，互联互动……”苏秦喋喋不休地讲起自己所悟的共生之道。

张仪的眼睛完全闭合，眉头皱起。

苏秦看在眼里，打住话头。

张仪久久没有睁眼，显然是在思索苏秦的感悟。

苏秦不再打扰他，微微闭目，等待他的反应。

不知过了多久，张仪微微睁眼，见苏秦的眼睛仍在闭合，便轻轻地咳嗽一声，朝外叫道：“来人！”

两名女子应声从院外走来，已换过服饰，一人衣黑，一人衣白。

“上棋！”

黑白二女抬进一个棋台，摆在苏秦与张仪的两个几案中间。

苏秦搭眼望去，整个棋台与他们出山时鬼谷先生所摆的棋台一般无二：三足，圆盘，盘面上，横竖各有十九道方局，接六十四卦内圆。

显然，这是张仪仅凭记忆复制的。

二女将棋台摆好，各执一盒棋子，一个背对门户跪正，一个背对正堂跪正，与左右两侧的苏秦与张仪刚好形成四个方位。

棋局上空无一子。

“摆局！”张仪又出一声。

白衣女子率先出子，在盘中六个紧要位置连投六枚白子之后，黑衣女子才在西陲布下一枚黑子。

显然，这是一场已经弈好的棋局，二女只是在照谱摆棋。

苏秦豁然洞明，二女所摆的棋谱，其实是他与张仪的纵横之争。

六白一黑为势子。布完势后，白衣女子集六白子之势，再发白子杀向唯一的黑子；黑衣女子出黑子抗拒，喻六国函谷伐秦之战；白衣女子补子于后方，喻苏秦消弭燕齐之争；黑衣女子布子于近邻，喻秦征巴蜀；白衣女子再次补子于后方，喻燕齐再生隙；黑衣女子杀向白子一角，喻秦王嫁女入燕，直捣白子大本营；白衣女子出子应战，连接齐、赵压燕；双方厮杀几个回合，黑子艰难做活，成势；白子则层层布防，卸其外势，喻秦入燕成功，但受苏秦的齐、赵外力干预；黑衣女子再借西陲黑势杀向中盘，喻张仪相魏；白衣女子围堵迎战，几番搏杀，喻魏伐赵、魏，征韩及桂陵、马陵之战；黑子大龙失气，陷入危局，黑衣女子孤注一掷，掷子杀向白阵后方，喻秦军征齐；白子应战，将全部黑子围歼。

黑白二衣女子摆至此处，不再落子，看向张仪。

就局面看，成块的黑子长龙或被歼遭提子，或被围失气，基本陷入完败。反观白子，却满盘皆是，个个生龙活虎。

张仪摆手，二女揖退。

张仪的目光缓缓转向苏秦道：“苏兄，先生所示的‘大我天下’实现之道，既然是‘纵横成局’，就当由棋局启始。苏兄的共生之德，既然是‘允执厥中’，亦须在对弈中实施。”说完指向棋局，“苏兄连走妙子，今已锁定胜局；在下处处溃退，只余一隅相搏。但弈棋之道，千变万化，你我之间，毕竟未到终局，是不？”

“仪弟？”苏秦心中滑过一股强烈而悲凉的震颤，心头一阵绞痛，因为这是他来此最不想听到也力图避免的言辞。

张仪伸出手，做出请的姿势，淡淡一笑道：“苏兄，请弈棋！”

苏秦从袖中摸出一片竹简，起身，走到张仪跟前，递给张仪道：“这是孙兄留给仪弟的，请仪弟惠存！”说完回至自己几案。

张仪阅之，泪水流出。他拭去泪，将孙膑的竹片纳入袖中，再次伸手，做出请的姿势道：“苏兄，弈棋吧！”

苏秦使出撒手锏，从袖中摸出《商君书》，语重心长地道：“仪弟，天下若依此书之道，就将是血流漂杵、民不聊生啊！”

张仪亦从袖中摸出他所收藏的《商君书》，平摊于几案道：“在谷中，先生曾说，万物皆由道生，亦皆由道终。道者，阴阳转圆，死生相继，无死无生，无生无死，对不？苏兄，弈棋吧。”

“唉，”苏秦长叹一声，“仪弟不远千里来到此地，就为向在下摆出这局棋吗？”

“是的，”张仪语气郑重地道，“‘纵横成局’为先生所示，仪不敢有拂！再说，此局是由苏兄开启，在下赴秦，也是苏兄所布的一枚棋子。由头至尾，在下不过是在应局，是在陪同苏兄弈棋。在下好不容易弈出兴致来，怎么可能放弃呢？知苏兄者，莫过于在下。苏兄行事，向来一以贯之，既已弈至中盘，又怎么能轻言放弃呢？你我二人，既为先生的纵横之子，为什么不弈下去，以睹终盘的灿烂呢？”

“仪弟，”苏秦声音急切地道，“在下不是想放弃，而是想与仪弟谋议……”

“既然是对弈，谋议就不必了！”张仪再次伸手，指向棋台，目光如炬，气势如虹，声音果决，“苏兄，请出子！”

第二章

燕易王废立生乱　纵约长左右腾挪

苏秦攒了多年的心气，被张仪摆下的一局棋给泄了。

显然，张仪不想听他解释，不想与他讨论。张仪所关心的是纵横之弈的结局，而这个恰是苏秦想避免谈及的。

在苏秦眼里，无论是纵是横，没有结局就是最好的结局。

苏秦不无郁闷地回到帐里，端坐几前，闭目思量。

想着想着，苏秦心里渐渐明朗。是的，早在他们出山之际，先生为他们摆出的就是一盘棋局。天下如棋，治天下也犹如弈棋。棋道纵横，天道纵横，人生亦纵横，一切都是一局棋。谋局的是先生，他与仪弟，无不是先生执子的手，是为了弈出这局棋而相识，是为了弈出这局棋而进山，更是为了弈出这局棋而出山。

是先生要弈这局棋吗？

显然也不是，因为先生志不在弈。先生之志，在天地之灵，在悟道成真。于先生而言，世俗之弈是不得不弈。

想到孔子、孟子，想到老子、庄子，想到商君，想到墨子、随巢子，想到杨子、心都子，想到惠子、公孙龙子，想到许行、陈相，想到稷下各成一言的众多先生及数以千计的学子，苏秦的心里越来越亮堂。

是的，所有的人，无论是圣是贤，首先生活在尘世中，面对的是乱与治。自幽王失道、平王东迁，天下纷乱就无停歇。如何治乱，各路贤才尽展其能，尽显其才，然而，这个世道非但不见好，反倒是越治越乱。先生悟出天道，示之以“纵横成局”，选中他与仪弟布局纵横，引领众生，平衡势能，实现共生。然而，一切如张仪所说，纵与横既然是对弈的双方，他们怎么能谋议呢？如果纵横可以谋议，岂不等同于天道可以设计了吗？如果天道可以设计，自然又怎么施以法则呢？

苏秦的耳畔回响起张仪的声音：“……此局是由苏兄开启的，在下赴秦，也算是苏兄所布的一枚棋子。由头至尾，在下不过是在应局，是在陪同苏兄弈棋。在下好不容易弈出兴致来，怎么可能放弃呢？知苏兄者，莫过于在下。苏兄行事，向来一以贯之，既已弈至中盘，又怎么能轻言放弃呢？你我二人，既为先生的纵横之子，为什么不弈下去，以睹终盘的灿烂呢？”

想到庞涓之死，想到孙膑之走，苏秦心头又是一阵绞痛。

苏秦跪地，朝四方神明行三拜九叩大礼，礼毕，郑重起誓：“天地做证，四方神明垂听，有朝一日，如果秦与仪弟必有一人饱受挫败之苦，承受死亡之痛，这个人就是苏秦！”

誓毕，苏秦心情轻松许多，肚子也觉饿了，正欲叫些吃的，远处一阵脚步声近，飞刀邹迎着脚步声走去。

不一时，飞刀邹返回，在帐外小声禀道：“主公，楚使屈平求见！”

“有请楚使！”话音落处，苏秦忽地起身，快步迎出帐篷，吩咐飞刀邹准备酒菜，要与屈平同饮。

相见礼毕，屈平传楚怀王的口谕，主要是致谢的话，表达合纵制秦是楚国长策，无论天下如何变化，楚国都要坚守合纵盟约之类的虚词。

苏秦拱手谢过怀王，凝视屈平。

这几日来，他最想面见的就是屈平，不仅是因为屈平前些年从他合纵，为他写出纵亲盟约，二人早已结下相知情谊，更是因为楚国及纵亲大业的未来。

屈平也是，前几日就说来的，只是碍于昭阳。作为从员，他不能超越昭阳向纵约长表达亲近。再就是，怀王让他参与纵亲，本身也是为制衡昭阳。作为怀王的身边人，屈平深知怀王与昭阳之间缺乏信任。昨日昭阳离开，留他完成与齐国的协议文本，他方得空拜访苏秦，从上午迄今，在苏秦回来之前，他已来过三次了。

“屈子，说说楚国的事。”苏秦叙过闲话，切入正题，“对楚国，没有人比你更清楚的了！”

“谢大人挂念！”屈平拱手，一脸兴奋地道，“桑丘之战后，楚国朝野振奋，尤其是大王，心心念念收复商於。令尹大人也全力支持。如果收复商於，与秦就是大战，楚国就要全力以赴。大人此番使六国再次纵亲，北无魏、韩之忧不说，更得齐国这个后盾，大王高兴极了，再三叮嘱在下，一定要促成与齐之盟。”

“屈子！”苏秦盯住屈平道，“如果楚国与秦开战，你认为能打赢吗？”

“能！”屈平语气果断。

“你且说说，凭什么能？”

“有三大理由，”屈平侃侃言道，“其一，秦国偷袭商於，楚人无不以为国耻，收复失地，是楚人的共同愿心；其二，由桑丘之战可知，秦人并不是不可战胜；其三，齐楚约盟，六国再纵，楚人无后顾之忧，可全力对秦，而楚国无论是人力还是财力，均数倍于秦！”

“唉。”苏秦轻叹一声。

“苏大人？”屈平急了，“您信不过楚人？”

“不是信不过，是你不知秦人，也不知桑丘之战哪！”

“这……”屈平震惊，目光急切地寻求解释。

“这么说吧，”苏秦沉思有顷，看向屈平，“有一死囚亡命，十捕卒围堵。亡命之徒若被逮住，就只有死路一条，而十名捕卒无不饱食终日，拖家带口，彼此之间还有不睦。今双方相遇，且亡命之徒有利刃在手，你以为谁能胜？”

屈平的兴奋劲儿落下去了，但还是一脸不服。

“再看这个，”苏秦伸出两手，一手作掌，五指展开，一手作拳，道，“以屈子之见，掌与拳若是相撞，孰胜？”

屈平长吸一口气，眉头拧了起来。

“方才提到桑丘之战，屈子可知秦国败在何处，齐国又胜在何处？”

"屈平不知，请苏大人赐教！"屈平拱手。

"在下亲历此战，"苏秦微微眯眼，似是回到战场，"秦国败在不敢战，而齐国胜在计谋。如果秦人与齐人交手就战，不与齐人持久相抗，那纵使计谋也救不了齐人！"苏秦略顿，眼睛闭合，似是回到更久远的地方，"无论是桂陵还是马陵，齐国都不是以力取胜的，因为有孙膑！"说完微微睁眼，看向屈平道，"屈子讲讲，楚人有谁？"

"有田忌！"屈平猛地想到田忌，兴奋道，"屈平回去就进谏大王，起用田忌！"

"田忌老矣，且水土不服！再说，论谋，田忌远不是张仪的对手！"

"你是说，张仪会到楚国？"

"张仪的下一步棋，必是楚国！"苏秦缓了一口气，看向屈平，"前几日予你的《商君书》，屈子想必看完了。秦人变法只为壹民，壹民只为耕战，耕战只为杀力。无论是三晋还是齐国，皆受张仪连横所害，连年折腾，无不疲惫。在张仪眼里，挡在秦国一统大业前面的只有楚国，谋楚必矣！"

"以苏子之见，何以应之？"屈平急问。

"楚国虽大，却四处封国裂土，实为五指张开的巴掌，而秦国在商君变法之后，已成一只铁拳。以铁拳对散掌，楚人必败。若想与秦相抗，楚可行三策：一是变法改制，化掌为拳；二是坚持合纵，与齐为盟，相互声援；三是用贤任能，修整武备，严阵以待！"苏秦显然早已对楚国问题有所思考。

"屈平记下了！"屈平郑重点头，盯住苏秦道，"屈平细读《商君书》，商君变法，在楚断不可行。如果楚行变法，苏大人可有良策？"

"屈子可效吴子之法。"苏秦不假思索道，"吴起在魏多年，深谙魏法。由魏至楚之后，吴起又根据楚国国情改造魏法，在楚变法，使楚大治。可惜悼王早逝，吴起功败于垂成，吴子之法也遭废弃。屈子若是有心，可精研吴子之法，因应楚国时弊，去陈取新，去粗取精，厉行改制，如此，既利于楚，亦利于天下。"

屈平抱拳谢过。

见飞刀邹的酒菜上来，苏秦吩咐他请来田文，三人小酌。就齐楚盟约及如何落实等相关细则逐项议过之后，苏秦将话题引到纵亲之后如何实现天下共生的愿景，三人各发宏论，踌躇满志，直到意尽酒酣方休。

次日凌晨，屈平将确立后的五国盟约草稿抄写六份，盖过昭阳、田婴、公孙衍三人特别留下的相府玺印，苏秦也盖过魏、赵两国的相印，又将齐、楚睦邻盟约各自抄写三份，亦加盖玺印，各自收好。两份盟约，苏秦各留置一份，交给飞刀邹保存。

盟约签毕，列国使臣收获满满，各自踏上归程。

苏秦返回大梁，将啮桑相会情况奏报魏襄王，又将河西及崤山一线的对秦防务一一落实后，便辞去魏相，驱车赶赴邯郸。

公子疾是与张仪、公子华一起离开咸阳的。

将出韩境时，公子疾与张仪他们分手，张仪一行赶向啮桑。公子疾一行数人则择道向北，过境赵、中山，直趋燕都蓟城。

张仪在魏国失利之后，燕国就成为秦国布入纵棋腹地的仅有黑子。公子疾深感使命沉重，不仅要将燕国这块棋完全盘活，更重要的是要扩大战果，使这块黑棋成为扎入白阵大后方的一枚钉子。燕国虽弱，但燕人北部为胡人，腹地辽阔、马匹众多不说，老燕人更是沾染了北地胡人的杀气，战力不可小觑。至少有燕人在侧，齐、赵不能不有所忌惮。

燕易王虽立秦女为后，但太子依旧是子哙，而子哙是齐威王的外孙、齐宣王的外甥，一旦燕王有个三长两短，子哙就会顺理成章地继位。只要子哙继位，有鉴于子哙与苏秦的关系，燕国就会被苏秦掌控，秦王舍女远嫁的图谋就会失败，打入白子的这块黑棋就会再次被歼，而这正是张仪所不想看到的结局。因而，早在分手之前，张仪就交代了公子疾如何搞定易王。

到蓟城后，公子疾以秦使身份见过国礼，随后被易王迎入后殿。看到娘家堂叔来了，王后喜极，拉着子职入见。

几年不见，子职已有半人高，但很瘦，似乎所有营养都被他用于拔个儿了。

“叫外爷！”王后将公子职推到公子疾跟前。

“姬职叩见外爷，恭祝外爷吉祥！”公子职先后退一步，再进前，跪地叩首，礼恭齿清道。

“外孙请起！”公子疾笑吟吟地将他拉起来，抱坐在腿上，看向易王，“没想到职儿会行大礼了！”

“还能跟他父王上朝呢！”王后话外有音。

“是吗？”公子疾拍拍公子职的头，“好小子，有出息，能成大事！”

扯了会儿家常，易王便支走王后与公子职，切入正题：“阿叔此来，可有要事？”

易王比公子疾大十多岁，但因为王后的关系，在辈分上就低一等。在朝堂上他是王尊，可以直呼秦使，而此处并无他人在场，也就不得不改叫阿叔了。

说实在话，对堂堂易王来说，这声“阿叔”叫得委实憋屈。当年攀亲秦室，是相中秦的势力，尤其是在河西击败强魏之后，秦国雄冠列国。苏秦合六国之力抗秦，结果六国之师又遭秦人击溃，之后秦人又乘胜攻灭巴、蜀两个大国，可谓是气势如虹。因而，当秦王使司马错出兵伐齐之时，易王幸甚至哉。

易王的如意算盘是，只要秦国击败齐国，这些年来他所蒙受的所有闷气都可在一朝发泄，他就可不睬苏秦，废掉子哙，除掉子之及对他不满的亲齐朝臣，以南道河水与齐划界，沿南道河水筑起长城，将河间地全部占有。更重要的是，如此一来，易王就可完全按照自己的心愿打造燕国，尤其是随意收拾远在武阳的太后姬雪。

在燕地，胆敢抗拒他的女人只有姬雪，因为站在她背后的男人是苏秦，而苏秦的背后又是纵亲几国，尤其是齐国与赵国。无论如何，易王一直记恨姬雪，也一直忘不掉她。

可让易王万没想到的是桑丘之战。所向无敌的大秦铁军竟然败给了齐国的五都技击，大名鼎鼎的司马错竟然败给一个无名之将，这简直让易王大跌眼镜，如果那时有眼镜的话。

易王郁闷了许多天，终于等来公子疾，便想将这桩事儿问个究竟。

“臣疾此来，是有三件事禀奏燕王！”公子疾拱手，语气平淡地道，“一件事是苏秦约六国之相三月初三日会于啮桑，今日三月初七，相会当已结束。有关啮桑相会，燕王想必已经知情。”

“寡人知情。”易王点头，“苏秦使人奏报了。此会怎么了？”

“苏秦召集此会，只有一个目标，就是促进齐、楚结盟。而齐与楚盟，也只会发生一事，这就是臣疾想禀奏燕王的第二件事——”公子疾故意顿住。

“何事？”易王倾身问道。

“河间十城。”公子疾一字一顿道。

河水从宿胥口分汊，分三道汇入渤海，三道河水之间的庞大区域就被称作河间地。由于河水经常改道，尤其是中间一条河水，时常移来移去，河间地的区域大小也就时常变化，但无论如何，这块土地一直是齐、燕两国的缓冲地带。几百年来，燕国完全拥有河水北道，齐国则完全拥有河水南道。关键是中间一道河水，谁能完全拥有，谁就能在河间地的争执中占据上风。

河间地由于河水泛滥、海水倒灌等原因，人口较稀，多是水泽，仅有二十余座较小的城邑，盛产鱼虾、水禽等。但由于战略地位重要，百多年来齐、燕一直在此拉锯。

几年前六国伐秦时，齐将田忌借口燕国废立王储，抢占了燕国十城，后被苏秦讨回，但易王晓得，齐人一直在惦念这十城。

“第三件事呢？”易王吸了一口气，盯住公子疾道。

“第三件事是个好消息，”公子疾接道，“臣疾将行时，秦王特别叮嘱，只要燕王应允一事，秦将选派工匠五十名、军尉五十名，教燕人制作秦制兵器，依据秦法演练三军。燕有利器在手，将士知战，则南可御齐，北可制胡，燕室可保万世基业！”

“秦制兵器？”燕易王眯起眼睛，一脸不屑地道，“难道说燕国的兵器不如秦器吗？”

“王若不信，何不一试？”

“好！”易王拳头一紧，“如何试法？”

“王可拿来燕国最结实的盾牌！”

燕易王当即传令禁军，寻来几只最好的盾牌，当殿试之。公子疾令同来的军尉持矛头刺燕盾，立穿。换燕军矛头刺之，则不穿。燕易王认为有诈，使燕国军尉用两支矛头重试，结果却同样。

“这……”燕易王震惊，指着矛头问，“如此利器是怎么制作出来的？”

“这个是工匠的事了，臣疾不知！”公子疾淡淡一笑，“待五十名工匠到此，王可问之！”

“既然有此利器，桑丘之战，秦军为何败于齐人？”燕易王终于问出心头大惑。

“因为我王压根儿就不想胜！”公子疾道出一个惊人的理由。

“这……”燕易王两眼圆睁，“千里远征，哪有求败的道理？”

“哈哈哈哈，”公子疾长笑几声，随即压低声，盯住易王，“请问大王，秦国为什么一定要胜呢？”

“这这这……”燕易王越发怔了，良久才挤出一句，“不为胜，为什么要出兵？”

“因为我王要与齐王演一出戏！”

“什么戏？”

“给天下人看的戏呀！”公子疾吊足胃口，不疾不徐道，“大王仔细想想，齐国人能比大魏武卒厉害吗？齐国人能比六国纵军厉害吗？齐国人能比楚国人厉害吗？齐国人能比巴蜀人厉害吗？”

“可齐人却两胜魏人！”

“那是因为有孙膑。”公子疾坦然应道，“在孙膑之前，庞涓以三万疲惫之师，击败齐军八万，活擒田忌。而以庞涓之智，引六国之师，西叩函谷关，却败给我大秦一国之军。之后是庞涓伐赵，拔邯郸，却未承想孙膑会引齐师救援，智胜庞涓。再后，孙膑死，庞涓遂引军征韩，又不承想孙膑是诈死，且再次用智，使庞涓被围自杀。再后，田忌奔楚，孙膑赴海，齐国君臣离心，将士生怨，举国厌战，朝无良谋，国无良将，而我王于此时引精兵伐齐，为什么反而败了呢？大王难道从未想过原因吗？”

公子疾一席话讲得有鼻子有眼，易王还真蒙了，他眨巴几下眼睛，挠头道：“是呀，是呀，寡人一直在纳闷呢。不瞒阿叔，秦人伐齐，寡人是由衷振奋哪，不想却……”他盯住公子疾，“寡人愚痴，请阿叔教诲！”

“因为，”公子疾压低声音道，“我王早与齐王谋议好了，双方在桑丘演出一场大戏，演给楚人看，演给魏人看，要让他们明白，齐人是不可战胜的！”

“为什么呀？”燕易王震惊道。

“因为对秦国有好处呀！”公子疾淡淡一笑道，“没有好处的事，我王是不会做的！”

“什么好处？”易王急了。

“有不可战胜的齐国在东，魏国就不敢全力对我，楚国也不敢西向争我！”

易王恍然有悟，但旋即带着哭音道：“阿叔呀，这……齐人如果得志，就……就要争我燕地呀！”

“唉，”公子疾长叹一声，“我王这一计果然奏效，楚人一看齐国这么厉害，不敢相争，就使昭阳与齐相田婴会盟于啮桑。苏秦听闻，也趁机知会韩相公孙衍参与，魏王与赵王皆托苏秦参会。我王也收到苏秦邀请，使相国张仪与会，天下大国，只有大王未使人与会呀。”

“天哪，”燕易王冷汗直冒道，“张仪也参会了？”

“是呀，”公子疾看向殿外，“这辰光怕是在往回赶路呢！”

燕易王后悔不迭，脸色都变了，他猛地看向公子疾：“阿叔，您不远万里赴燕，不会只是为惊吓姬苏吧？”

“当然不是，”公子疾身体有意朝后仰仰，坐直道，“阿叔是代王兄看望公主并外孙子职，真没想到小家伙的个子长高了，能行大礼了！”

公子疾在“大礼”二字上加重语气，还拖了音。

易王听得明白，轻叹一声道：“唉，姬苏不是不想更立，而是因为苏秦与齐人。秦人伐齐，姬苏喜甚，本想在齐败之后就行废立，谁知……你们是在演戏！”

“不演又能怎么办呢？”公子疾摊牌道，“王兄千里攀亲，将长女嫁给燕室，公主也还争气，头胎就生出子职，但大王的子嗣前前后后十多个，如果外孙一直是个燕室公子，大王百年之后，万一某个子嗣生事，子职恐怕连苟活性命也难哪。我王……唉，实在是怜女心切啊！”

“若行废立，齐人，还有苏秦……”易王一脸忧色。

“唉，大王呀，”公子疾再叹一声，“燕国是齐人的吗？燕国是苏秦的吗？”然后加重语气，字字有力道，“燕国不属于任何人，燕国只属于大王！子哙是大王的骨血，子职也是大王的骨血。子哙出生时，其母只是太子妃；子职出生时，其母却是燕国王后！难道王后生的嫡长子还不及一个死妃生的嫡长子吗？”

“这……”易王额头出汗，以袖拭之。

公子疾闭目，不再说话。

殿中死寂。

过了至少一刻钟，见公子疾一直闭口不言，易王一咬牙关：“就照阿叔所说，寡人废立！”

公子疾睁眼，拱手道：“臣疾贺喜大王！臣疾贺喜燕国新太子！”

“只是，”易王盯住公子疾，“寡人更立，齐师若是伐我，该当如何？”

“只要大王废立，”公子疾字字有力道，“大秦确保燕室寸土不失！”

“怎么确保？”

“臣疾已经禀报过了，”公子疾放缓语气，“我王助大王内修甲兵，外施援兵。燕国偏远，能犯燕土的，无外乎中山、赵、齐三国，赵若挑衅，我王有充足理由出兵伐赵。中山国小力弱，不敢动粗。至于齐人，我王只要发出一封密函，想那齐王还是要给面子的，否则，我王若是再出兵，可就不是演戏喽！”

“好！”易王一拳震在几案上道，“寡人这就废立！”

在苏秦最近一次离开燕国后不久，易王便借了个名义收回了他的相府。寄住府中的苏代一家无处安住，就向赋闲在家的子之将军求助。

在子之撮合下，苏代“买”下蓟城一处相对偏静的三进宅院，价格只有市价的三分之一，“卖主”只要区区三十两足金。更合算的是，房中一应什物应有尽有，原主人悉数赠送，堪称是打灯笼也寻不到的上好买卖了。

苏代离开家时，原本就带有三十两足金，苏秦离开府宅时，又留给他三十两。苏代仅用一半金子就买下一幢产权完全属于自己的大户宅院，对子之自是感激。偏巧这个院落与子之家的草庐只隔一条街道，步行只约需一刻钟的时间，两家也就时常来往。

这一夜，约二更时分，家人早已入睡，苏代仍旧守在前院书房里苦读苏秦为他列出的经书。经过几年用功，苏代已识不少字，渐渐读出瘾头，对这些经书也多少有些感悟了。

苏代正自用心，外面传来叩门声。

敲门声很轻，不细心几乎听不到。

苏代开门，进来的是子之。

“将军？”苏代刚叫出声，子之轻嘘，反手掩门。

子之一向早睡早起，这个辰光来，苏代晓得遇到大事了，便闩上门，与他直入书房。

进入书房后，子之想想不对，又蹑手蹑脚地走出来，一直走到院门前，侧耳听了一会儿，才又返回，闩上房门。

“啥事儿？”苏代压低嗓音。

子之以同样低的声音将燕王更立太子一事约略讲了一遍。

苏代身上的每一根毛孔都兴奋起来，但表情仍旧镇静。自从苏秦衣锦还乡，苏代便受到刺激，以此处处模仿他。他连说话、走路的姿势都要刻意习练，久而功成，加之兄弟本就形似，从外表看，外人真还分辨不出。

是的，苏代一直等候的时机终于来了。苏代从经书得知，王室废立王储，是大事中的大事，而在此时此刻，这个大事就发生在自己眼皮子底下。更难得的是，与王室血脉相连、曾经名扬天下的子之将军竟然在得到消息的第一时间来寻他谋议……

苏代吸入一口长气，端正坐姿，闭目，敛神，作冥想状。

子之盯住他看。显然，子之既不晓得苏秦，也不晓得苏代。在他眼里，苏代与苏秦一样，也是深不可测的。

约过了一刻钟，苏代缓缓睁眼。

“苏子，”子之声音急切道，“该怎么办？”

“子之将军，”苏代极力模仿苏秦的语气道，“这是王室的家事，在下是外人……”

“王室的家事，就是国事呀！”

“这个嘛，”苏代淡淡一笑，“也倒是的，将军与燕王本就是一家人。既然是一家人，在下倒是想问问，依将军之见，该当如何处置呢？”

“依照我意，子哙废不得！”

“哦？”

“因为，我王若废子哙，就会引发齐燕大战！”

“咦？”苏代盯住他，“废子哙为什么会引发齐燕大战呢？”

“唉，”子之轻叹一声道，“苏子初来，对燕室尚不熟悉。这么说吧，太子的母亲是先齐王的公主，现齐王的妹妹。如果王上更立太子，作为舅舅，能不生气吗？前几年，子职出生没有多久，王上就闹更立，结果，齐国发兵夺占河间十城，还要攻打蓟城。多亏相国大人带着子哙前往齐室说理，齐王看在子哙与相国大人面上，才提出退兵的唯一条件，就是燕王不能废立。燕王答应不再废立，齐国才肯退兵。这下燕王又要废立，齐兵岂不……”

“这就麻烦大了！”苏代听明白了，微微点头，“子哙既废不得，可燕王又要废，依将军之见，该如何是好？”

“有一个人可以阻止，就是苏相国！”

苏代眯了会儿眼道：“拙兄有些辰光没来信了，不晓得他在哪儿呢？”

“在大梁。”

“好，在下这就写封书信，让他速来！”

“不能写！”子之应道，“燕王防的就是你的兄长，你若写信，被他们盯上，事儿可就大了。”

“那咋办呢？”

“明天凌晨，你起身赶往赵国，越快越好。苏大人在赵国仍有相府，你只需找到袁豹，将这事儿讲给他即可。记住，只讲给他一个人，然后，你就前往宋国，多少置办些货物，对外就说是营商去了。毕竟家人要生活，是不？”子之从衣襟里摸出一只钱袋，“这是十镒足金，你拿去办货，生意无论是亏是赚，都算是咱俩的！”

“成！”苏代接过钱袋，搁在几案上。

“还有一事，”子之声音更低了，“秦国来人了，是嬴疾，燕王忽然废立，当与他有关！”

“晓得。”

又扯了几句闲话后，子之回到院中，再三观察过周边动静，确认无人跟踪，方才推开院门，尽快离开。

翌日晨起，苏代别过妻子，只说要到宋地定陶做笔买卖，便驾车马径投南去。

苏代心里窝下大事，起早贪黑，于第五天近黑时便赶至邯郸，敲开苏秦府门。府宰袁豹早已认识他了，忙安置他住下。洗过尘垢，袁豹置酒，与他对饮。

酒至半酣，见堂中再无他人，苏代压低声音，将燕国之事一五一十告诉袁豹。次日晨苏代便动身，投宋地而去。

袁豹本为燕人，对燕国的事分外关心，当夜便传令心腹家臣往投魏国。结果，家臣尚未赶到，苏秦却回府了。袁豹约略讲过，苏秦震惊，未及洗梳，当即吩咐飞刀邹换马上路。

苏秦走后，袁豹越想越不放心，便将家事交代秋果，带上银两，驾车一路追去。

三人二车，计算好时间，在天色苍黑时便赶至武阳，寻到一家客栈宿下。随后飞刀邹外出，天色一更时，带着一个黑衣人进来。

是姬雪。

久别重逢，苏秦与姬雪皆很激动。问过寒暖，苏秦便将秦使赴燕、易王颁诏废立太子之事简略述过。

姬雪震惊。

“要是子哙被废，燕国可就……”姬雪没有再说下去。

“是哩，”苏秦应道，“啮桑相会，仪弟也去了。如果不出所料，此番废立当是仪弟弈出的一手棋子。”他苦笑道，“看来，秦与仪弟之间，真得决出个所以然了。”

“唉，”姬雪轻叹，“先生咋能教出你们这般弟子来呢？”说着看向他，一脸忧色，“咋办呢？若是姬苏改立太子，齐国必然发兵攻燕，燕齐交战，百姓受苦不说，苏子的合纵大业也要受阻！”

“秦所虑，倒还不是齐国征伐，而是内乱。”

“内乱？”姬雪略略吃惊，“你是说子哙？”

“不是。是将军子之。”

“子之他……”姬雪顿住，目光征询着看向苏秦。

“燕王废立是子之讲给苏代的，”苏秦推断道，“听袁豹讲，子之是在燕王下诏书的当夜就会见了苏代，要他次日凌晨出城，赶来寻我。这说明，子之在宫中布有线人，且该线人是燕王的身边人。燕王不喜欢子之，对子之却又不得不顾忌：一是子之长期掌控三军，不少将军仍然听从子之；二是子之的夫人是胡女，背后有胡人。在蓟城宗亲中，经过多年培植，子之也有不少势力。这些都是燕王罢他兵权却不敢动他的原因。子之与子哙相善，子之甘愿赋闲，是在等候子哙继位。燕王晓得这个，因而对子之严密监管，更将子哙派往造阳，将二人强行分开。如果燕王改立，子之出头无望，必然生乱！”

“天哪，”姬雪惊道，“子之不是姬鱼，他若生乱，燕国可就……”

“是哩，”苏秦点头，“无论如何，燕国不能乱，必须阻止燕王废立！”

“怎么阻止？”

“盟约！”苏秦应道，“燕王虽然狂妄，内中却极怯懦，此番必是受惑于秦使。只要在下讲明利害，想他不敢背负天下！”他略顿一下，盯住姬雪道，“雪儿，前番叮嘱你的事，全都办妥了吗？”

“全都布置好了。”想到她与苏秦的爱巢，姬雪脸色微红，“只留了一个仅能钻人的出口，今宵木华就是从那个小口里钻进来说，是你回来了！”

“从明日始，请木实他们将那个出口完全封上，一丝儿破绽都不可有。先君灵堂也要布置妥当。如果不出所料，宫中马上就会有人前来盘查！”

姬雪轻轻“嗯”了一声，偎依过来。

天交五更，大地更加昏黑。姬雪在飞刀邹的护送下返回别宫。

苏秦也打了个盹，于天色大亮时起榻，疾驰蓟城。

怕鬼，鬼就来了。

当苏秦在燕宫门外请求觐见时，燕易王目瞪口呆。

“这这这……”燕易王看向纪九儿，“这么快？”

纪九儿也纳闷。

“快，有请秦使，走西门！”

纪九儿使人跑出西门，请来了公子疾。

“苏秦是为废立之事赶回来的！”公子疾一口断定。

“他不是在啮桑吗，这才不到二十日就赶来了？”燕易王一脸狐疑。

“怕是有人走漏风声了！”

燕易王看向纪九儿。

“不可能！”纪九儿一口否决，“有这能耐的只有子之，可就臣所知，自立诏之日起，子之就未走出过他的草庐院门，天天在家读书，每天只在辰时与申时两个时辰可见他到院中练枪。这是他的老习惯，风雨无阻。其间不曾有任何人到他家中。再说，即使走漏风声，计算日子，也才不足十日，从大梁到蓟城，莫说打个来回，即使单走一趟，怕也要紧赶慢赶好一阵子！”

“在我们秦国，”公子疾淡淡应道，“这点距离，急信一日可到，快马五日足矣。”

纪九儿咂巴几下舌头，猛地一拍脑门道：“我想起来一事，苏秦胞弟苏代近日不在其家，使人打听，说是到宋地置买货物去了。苏代自来燕地，从未从事货殖往来，为什么偏在此时赶往宋地？”

“这么大个事儿，为何不早报？”燕易王责问。

“臣知罪！”纪九儿叩首，“臣也是方才得知，臣盯的只是子之，就……”

燕易王转向公子疾，拱手道：“苏秦既然回来了，我们就要应对。如何应对，还请阿叔指点！”

“反者，道之动也。”公子疾一连支出数招道，“苏子急，王上可以反着来，不急。王上可寻个托词，佯作生气，推托几日，看他作何应对。再使人盯住子之，盯住苏子，看他们是否有勾连。如果他们有勾连，不会不见。待那时，王上再拘捕子之，召见苏秦，看他有何话说！”

易王闭目，消化一时，朝公子疾拱手致谢，转对纪九儿道：“传旨给苏子，就说有人言他背信弃义，不利于燕，寡人再也不想见他！”

“这个……”纪九儿眨巴几下眼睛，凑近易王，小声嘀咕了几句，易王点头道：“好吧，就依你，这就办去。”

苏秦在燕宫门外候足两个时辰，仍然未见燕王传诏。眼看天色将晚，苏秦正要离开，却见一辆马车驰至，在宫门处停下，车中走出一人，是燕国御史鹿毛寿。

看到苏秦，鹿毛寿忙迎上来：“哎哟哟，这不是苏大人吗？”

苏秦拱手：“苏秦见过鹿大人！”

“您这……”鹿毛寿盯住苏秦，“怎么站在这儿？”

苏秦苦笑一声，大略讲了他在恭候燕王召请的事儿。

得知苏秦已候两个时辰，鹿毛寿轻叹一声，压低声道：“苏大人，下官有句不该说的，可……说出来您甭见怪，大人最好不必候了！”

“为什么？”苏秦征询道。

“王上不知听信何人谗言，说是大人串通齐人，失信于燕。大人晓得，为那九城的事，还有先王妃，王上与齐人生了些龃龉，原还以为大人讨回九城是功，可听那人一讲，王上就……”鹿毛寿止住话头。

“若此，”苏秦拱手，“苏秦更要觐见王上，陈述原委！烦请大人面奏王上，就说苏秦在宫门外请罪，已候了两个时辰！”

“唉，”鹿毛寿又叹一声，“大人随便想想，若在往常，听闻大人回来，王上还不跣足迎出宫门？可这辰光，大人已经在此等候两个时辰，王上仍不召请。大人若是执意觐见，岂不是自损体面吗？”说完略顿，又压低声道，“三个月前，王上于盛怒之下，连大人的府宅也没收了。以下官之见，苏大人可暂寻个馆驿歇息几日。王上已经晓得大人回来，待他怒气稍歇，大人再去觐见，或就……”

鹿毛寿是燕王近臣，说出此话，断不是空穴来风。

“谢鹿大人关照！”苏秦拱手谢过，辞别鹿毛寿，驱车拐向馆驿区，让袁豹寻了个客栈住下。

与此同时，一行四辆驷马高车悄悄驶出燕宫西门，往投下都武阳。

车行一宿，于翌日午时抵达武阳，直驱文公陵园所在的别宫。

别宫分为内外两殿，外殿守有三十名燕卒，由一名军尉统领，名义是保护太后，实则奉王命监督。内殿又分内外两座院落，外院是侍从住处，主要是女仆与宦官，由纪九儿安排；内院则是姬雪的私密空间，由春梅统管，经过多年“清洗”，已全都换成可靠的人了。纪九儿插手不得，却也放心，毕竟内院身处瓮底，有高墙大院，而高墙外面是燕陵，也设有岗亭，姬雪是插翅难飞的。

见主子到，军尉立即迎接入内，禀报太后。

姬雪早已有备，宣旨召见。

春梅出来，引纪九儿入内院觐见。

纪九儿此来，是吃准姬雪与苏秦有染，也就是所谓的内院有隐情。易王之所以一直未予揭穿，是因他认为，还没赶到最好的时机。从某种程度上讲，姬雪是控制苏秦的把柄，而苏秦是六国纵约长，控制苏秦，易王就能控制六国。

这个最好的时机终于到了。于易王来说，废去现太子是他有生之年必须走的棋。子哙优柔寡断，心肠太好，这些性格做人可以，做君则不适合。当年他与子鱼争立，如果不是自己狠心，先君真的会改立子鱼。

于易王来说，自逼杀田妃，他与齐国的关系就已僵死，秦国可以说是可以联盟的不二选择，因为燕国的对手是齐、赵，赵国的对手是韩、魏、秦。齐、韩、魏入纵，纵亲又在苏秦手里，苏秦又因姬雪的关系而与他不睦。他认为苏秦知道得太多，有苏秦在，他的腰就直不起来。而能制苏秦合纵的只有秦国，这也是他与秦人结盟并纳秦女为后的初衷。

万没想到的是，他这边刚一废立，那边齐国就打过来了，夺走十城不说，还要打到蓟城。能对抗田忌的只有子之，而子之又是与子哙、苏秦他们算作一块儿的。万般无奈下，他只能向苏秦求救，收回了成命。

一晃数年，易王不能再等了。不料刚刚发出诏命，苏秦竟又来了。

这一次，他不能退缩，必须祭出杀器，就是寻到他与姬雪通奸的蛛丝马迹，将苏秦操控于手。

纪九儿依礼拜过后，便宣读易王谕旨，大意是先君前夜托梦于易王，说是太后内院有异鬼出入。易王受到惊吓，特使他来查验。

“没错，是有鬼，”姬雪冷冷一笑，转对春梅道，“你们让开，让大王的人好好勘察！”

宫人将春梅等人领到中院，使人守住。

姬雪却端坐不动。

一位宫人前来拉扯，被姬雪甩手掌嘴。姬雪练过功夫，这一掌可算打得结实。宫人猝不及防，跌倒于地，嘴角出血，却不敢出声，只能捂住脸，看向纪九儿。

“搜！”纪九儿手一挥，手下仆从如探宝一般，开始四处搜寻。

显然，纪九儿早有交代。众宫人分头扑进各个宫室，翻箱倒柜，四处倒腾，却无任何发现。

过了小半个时辰，姬雪寝宫方向有人大叫：“纪大人，快来这儿！”

纪九儿闻声过去。

两个宫人指着一面大铜镜，展示给纪九儿看。铜镜有个镜架，靠在墙上，照理是可以移动的，但他们死活移不动。

纪九儿仔细查验铜镜，真还被他瞧破了机关，伸手按开一个键钮。

咔嚓一声响，铜镜松动了。

纪九儿用力一拉，铜镜竟是一扇暗门，另一边是隐藏的门枢。

两个宫人转动铜镜。

果不其然，面前现出一个暗室，里面昏暗，没有灯光。

“点火把！”纪九儿一边下令，一边示意宫人，朝姬雪努努嘴。

两名练过功夫的宫人走过去，将姬雪一左一右守在中间，生怕她生不测之变。

宫人点亮火把，将暗室照得透亮，才发现这是个四面皆墙的死室，只在正面墙上有个牌位，牌位下是张供桌。牌位是先君的，供桌上摆着新鲜的供品，显然是今天刚刚上供的，也就是说，这些供品每天一换。

“敲墙！”纪九儿命令。

众宫人拿起棒槌，在墙面上四处敲打，回音沉重，一听即知是实墙无疑。

正狐疑间，一名宫人突然惊叫："听，这儿！"

这是一处地面，棒槌敲下去，发出嘭嘭的响声，显示下面是空的。

火把照过来。

能看到暗室的地面全部由方形石板铺就，每块石板约二尺见方，发出空响的是角落的那块。

所有宫人都兴奋起来，尤其是纪九儿。在火把的照射下，他们轻易地寻到了机关，扳开石板，现出一条通道，有梯子可以攀下。

下有丈许，空间陡然增大，可容几人。

三名宫人各执火把，跳了下去。

火把照去，站在前面的宫人却发出惨叫，火把应声落地。另外两名宫人吓坏了，紧忙拉他。可那宫人指着地上，全身发抖。几人看去，见地上摆着两只死人头骨。用火把再照，一面墙上赫然吊着一具骷髅，骷髅的两只眼睛发出吓人的蓝光。

三名宫人疯了般朝出口逃去，顺梯子爬上。

纪九儿冷笑一声，转对一名宫人道："有请太后！"

宫人跑到姬雪处，声音打战："禀……禀报太后，纪……纪大人有……有请！"

姬雪起身，走了过去。

纪九儿指着铜镜后面的暗室问道："太后，这是什么？"

"纪九儿，"姬雪声音阴冷，"你真的想知道？"

"不是我想知道，是大王想知道！"

"好吧，"姬雪淡淡说道，"你可以告诉大王，这是本宫与先君私会之所！"

纪九儿心中有数，略略拱手道："纪九儿原本不敢打扰先君，只是先君托梦于大王，大王旨令小人来察，小人不敢不察啊！"略顿，又盯住姬雪道，"既然此室为太后与先君私会之所，小人斗胆请求太后引路，让小人察看一二，好回去向大王复命！"

"去叫本宫的侍女春梅来，她会带你们进去！"

“这……”纪九儿道，“太后不进去吗？”

“本宫与先君私会之地，你们外人擅闯，已是对本宫的亵渎，难道你们还要亵渎先君吗？”姬雪字字如刀。

纪九儿打了个寒噤，转向宫人道：“去，有请太后侍女春梅！”

不一会儿，宫人引春梅进来了。

春梅看向姬雪。

“春梅，”姬雪淡淡说道，“先君托梦于大王，说有异鬼入侵本宫，使人查验。纪九儿怀疑本宫与先君私会的地宫有异鬼出没，你可引他们前往勘察。若有异鬼，正好求请纪大人帮忙驱除！”

“好嘞！”春梅答应了一声，朝纪九儿伸手道，“姓纪的，请！”然后脚步熟练地款款走向暗室。

因有春梅在场，众宫人的胆气全都上来了，在纪九儿的引领下，一个一个跟了进去。

来到地下暗室，春梅指着挂在墙上的那具骷髅，笑盈盈地介绍道：“诸位看清楚了，这个不是异鬼，是奉先君旨令特地赶来守门的。他生前叫蚱蜢，不知姓啥，说是力大无穷，专扭人头。若有外人闯进，近他跟前，他就会伸手将对方的头扭下，动作快得你连眨眼都来不及。注意，他扭人头时，眼睛会发出一道蓝光，像剑一样。”说着看向众人，指着骷髅道，“哪位不信，可以一试！”

众人经她这么有鼻子有眼地一说，吓得无不后退。

“纪大人若是不信，可以亲自试一下。”春梅看向纪九儿，语气充满挑衅。

纪九儿看向那具骷髅，尤其是两只眼窝里的蓝色眼珠子，不由得也后退一步。

“你们朝后退是对的，”春梅指向地下的两只头骨，“他俩因饥饿而偷吃食物，被主人抓住告官，处以斩首，因而是饿死鬼。凡是近他们跟前的人，他们张口就啃。即使穿的是皮靴子，也能啃出个洞。”说完又指墙上的骷髅，“他俩生前是蚱蜢的朋友，蚱蜢见他们死得可怜，就把他们请来，专吃蚱蜢杀死的尸体，连骨头都不肯剩下。”

春梅这般轻描淡写，听得众宫人头顶直冒冷气，欲走不敢，欲动不得，纷纷看向纪九儿。

“春梅姑娘，”纪九儿朝春梅拱手道，“我们是奉大王旨令前来察验异鬼的，你对蚱蜢说说，让他把门打开。”

春梅转身，装模作样地朝骷髅比画了几个动作，呜里哇啦说了几句谁也没懂的话，然后伸手，在骷髅头上轻轻一抚，一扇门“吱呀”一声洞开，现出一条地道。

“诸位小心，”春梅指着地道，“这条道是先君专门留给太后的，外人不可走，今天你们一定要走，太后允准了，你们应当不会出啥事情。不过，你们得听春梅几句忠告：一是跟着春梅走，先抬右脚，后抬左脚，眼睛半睁半闭，不可向两边张望；二是脚下无论踩到什么，都不可出声，尤其不能惊叫；三是不可乱想，只能想念先君，可想想先君生前是如何有恩于你的。如果做过愧疚之事，你就默祷说，臣仆有罪，臣仆请先君宽恕！如果谁想得乱，不想先君，或有罪过，不求告先君宽恕，无论出啥事情，就不能怪春梅没讲清楚了！”

春梅一席话说完，包括纪九儿在内的众宫人无不面面相觑。一个宫人扑通跪地，向先君叩首。众宫人随即纷纷跪叩，纪九儿也跪了下去。

春梅从一个宫人手中接过火把，吩咐其他人不可拿火把，然后率先走进地道。纪九儿紧紧跟上，双目不敢旁视，直直地盯住春梅的后颈。

其他人则跟在纪九儿身后，个个胆战心惊。

地道曲里拐弯，不时有冷风吹过，还有响声不知从哪儿传出，宫人们走在地上更是磕磕碰碰，时不时就会踩到什么，有硬有软。正行之间，一宫人踩到一物，许是惊吓过度，惨叫一声，便倒地不起。春梅就如没有听见，顾自在前面走路。

纪九儿的胆水都被那声惨叫吓出来了，哪里还敢吱声，紧紧抓住春梅的后衣襟，手都是抖的。春梅也不吱声，由他抓着自己。

大约走了有百步，春梅停住步子，道：“姓纪的，松开我的衣襟，睁大眼睛。”

纪九儿松开春梅，睁大眼睛。

春梅用手中火把分别点燃室中的八盏铜灯。

室中顿时亮堂如白昼。

映入众宫人眼帘的是一个数丈方圆的庞大地宫，室中摆着先君生前所用的几乎所有什物，正中摆着一只几案，案上摆着先君生前所批阅的几捆竹简，多是臣属奏折。

几案后面三步远处是一道紫色珠帘。

纪九儿的目光扫向那道珠帘。

只见春梅走过去，挑开珠帘，现出后面的一张大榻，榻上半边是空的，半边躺着一人，盖着被子，头枕在枕上，头上盖着一块丝巾。

纪九儿的汗毛再次竖了起来，指向榻上问："是……是谁？"

"嘘，"春梅轻出一声，"是先君呀，你们不是来拜望先君的吗？"

听到"先君"二字，纪九儿惊得两腿发软，浑身发抖，扑通跪地，叩首如捣蒜。众宫人也纷纷跪叩，大气都不敢出。

"君上，"春梅走到榻前，小声禀道，"宫令纪九儿奉太子旨进地宫查验异鬼，夫人允准，使春梅引他们来此觐见。"说完转身对纪九儿道，"姓纪的，先君在此，您有何王命，在此奏报吧！"

"先……先……"纪九儿哪儿还能说出话，支吾半天，"君"字也没叫出口。

"姓纪的，"春梅说道，"你有什么话，可不必讲出来，心里默祷即可！先君之灵就在这里，你心中所祷，先君听得见！"

纪九儿连忙闭嘴，叩首于地，默祷良久。

"纪大人，您的奏报完了吗？"春梅问道。

"完……完了！"纪九儿颤声应道。

"您可以站起来，勘察是否有异鬼了！"春梅淡淡说道。

纪九儿欲站起来，可两腿发软，连试几次，均未成功。春梅上前扶起他，众宫人也都纷纷站起。

"纪宫令，是否要春梅介绍一下这儿的所有人，免得大人认错了？"春梅征询道。

"要哩，要哩！"纪九儿连声叫道。

春梅引领纪九儿遍视宫中之物，多是姬雪在蓟城的甘棠宫中所用。又带他走向地宫四壁，见壁面所画皆是人物，有男有女，多是文公朝中已经战死的勇士或故去的臣子，排在首位的，是一直侍奉文公的内臣。

春梅一一介绍完毕，看向纪九儿道："纪宫令，这些都是鬼了，你看哪一个是异鬼？"

纪九儿结巴道："他们不……不是异……异鬼！"说着不由自主地瞄向榻上的人。

春梅看得真切，便走到榻前，指着榻上道："姓纪的，这是先君的木偶，是太后这些年来一刀一刀削出来的。太后思念先君时，就会寝在这儿，与先君共眠！"说完掀开盖在木偶头上的丝帛，果然现出文公面庞，眉目栩栩如生。

纪九儿轻出一口气，再次跪地，朝先君的木偶拜过，转对春梅道："春梅，我们查验过了，确实没有异鬼，这就回宫向王上复命！"

"大人请跟我走！"春梅拱手道，"返回之路，你们可以睁着眼走了！"

春梅拿起火把，带头走向返程，一路上用火把指点地道两侧，不住介绍道："大人请看，这是蛇精，若是发怒，可毒死一城的人；这是蜈蚣精，能飞起伤人，喷出毒雾，专射眼睛；这是蛤蟆精，专喷毒液；这是山鬼，是先君特别从楚地请来的，专吃人心，所以我让你们不可生出杂念；这是……"

正说着话，脚下突然被绊到，低头见是方才发出惨叫的宫人，春梅这才想起他来。踢他几下，见他不动，抵他鼻息，已经无气，春梅知他是被吓死了，便转对纪九儿道："纪大人，此人必是未听春梅忠告，乱想，心让山鬼扒吃了，抬走吧！"

纪九儿面色惨白，指使宫人抬起死尸，随从春梅走出地道，攀上木梯，匆匆逃离。

望着他们狼狈逃走的样子，春梅压不住内心的兴奋，对姬雪道："天杀的，春梅这一生，就今儿个解气！"

姬雪面向北方，改坐为跪，心中默祷："苏子，燕国的平安，姬雪拜托您了！"

燕宫深处，夜色笼罩。

本欲建功的纪九儿反遭一场惊吓，魂魄都差点儿丢在地宫。回到燕宫，纪九儿细细回想地宫里的场景，越想越是后怕。

想到生前身后的事，纪九儿再也不敢造次。他前去面见易王，将地宫所见一五一十地详细禀奏，说是未曾发现任何破绽。

易王冷汗直出，毛发倒竖，一脸茫然地盯住纪九儿。

显然，如果纪九儿所述属实，他们之前的判断就是错的，太后对先君是真正的忠贞，太后与苏秦之间，也是清清爽爽的。易王愣怔一时，似也想通了，对大周王室第一公主的品行不由得赞叹有加。

然而，仍有一事，易王未曾想通。

“这么大个地宫，她怎么建起来的？”易王看向鹿毛寿，半是自语，半是征询。

“就臣所知，”鹿毛寿推断，“地宫是先君在时就建起来的，臣查过，先君特别喜欢陵墓那处地方，先建别宫，后修陵墓。陵墓建好没有多久，人就去了，一切皆是天意。负责此项工程的是公子鱼，善后诸事是褚敏。王上若有疑惑，可召褚敏问询。”

听到子鱼的名字，易王心头又是一凛，不敢再问下去，点头自语道：“嗯，是了，那个女人先要身殉，之后定要住在那个别宫里，看来是晓得这个地宫的，对先君也是真的生情，”说罢轻叹一声，“唉，有此女相守，先君可无憾矣！”

“对的，”纪九儿接道，“听那侍女说，太后早晚思念先君时，就会入那地宫里，抱住她自己做的木偶睡觉。那个木偶做得真好，乍一看，小人还以为是先君呢！”

“毛寿，”易王转向鹿毛寿，“这三日来，苏秦都在做什么？”

“天天守在客栈里，啥也没做。”鹿毛寿应道。

“咦？”易王奇怪道，“也没有去他弟弟家里？”

“没有。”鹿毛寿应道，“他弟弟不在家，说是到宋地置办货物，做生意去了，这还没有回来呢。”

“做生意？”

“苏代一家原先住在苏秦家里，吃喝不愁，前番大王收回苏秦的宅院，苏代无处安身，只好自己买房住，想是忧虑生计，打算做些买卖了。”

“子之呢？”

“依旧那样，没有出草庐，也没有人到他家去。”

“咦，”易王盯住鹿毛寿道，“倒是奇怪呢。寡人总觉得他们会生些事出来，可为什么风平浪静呢？子哙倒还好说，这个子之，他怎么可能安之若素呢？”

“许是他还不知道呢，”鹿毛寿分析，“大王毕竟没有诏告，子哙那儿虽有告知，但子哙并没有说什么，因为他早就不想做太子了，这下倒是称意呢！至于苏秦，他回蓟城，没准儿是有别的急事儿。如果是为废立，他得三十日前就推算出来。否则，王上颁诏没有几日，且并未诏告天下，他是怎么晓得并赶回来的呢？三月初三，他还在啮桑呢。大国相会，连张仪都去了，当真是个天下大事呀！”

“唉，”想到公子疾的话，易王打了个寒噤，轻叹一声，“未使人去，是寡人的错！寡人未料到天下大国都去了。”随即又皱眉道，“苏秦这人……唉，”他看向鹿毛寿，“你有何良策？”

“臣之意，”鹿毛寿应道，“王上可以召见苏秦，听听他是为何事赶回蓟城的。如果是为废立，王上正好摊开说，听听他是何说辞，反正这事儿早晚都要捅破。如果不为废立，而是为啮桑的事儿，王上不见，岂不是……”

“传旨，”易王转对纪九儿道，“明日辰时，有请苏子正殿觐见！”

翌日辰时，苏秦应召觐见，作陪的是御史鹿毛寿。

易王没有像往常一样跣足迎至门外，而是正襟肃坐于主席位，面色阴沉。

君臣礼毕，苏秦坐于客席。

“身为纵约长，”易王开门见山道，“苏子经营六国之事，堪称百忙之身。听闻三月三日，苏子尚在宋地举办大国相会，前后不过二十余日，苏子却弃天下大事于不顾，赶赴偏僻燕地，可有大事欲教寡人？”

“谢我王挂念，”苏秦拱手，“啮桑会后，臣确有大事在身，先回魏都大梁，布置西河防御，后即赴赵，欲向赵王禀奏啮桑会盟诸事。”

易王问道：“苏子可见赵王了？”

“尚未顾及！”

“哦？”易王倾身，目光逼视苏秦，“苏子为何未见赵王却直奔蓟城来了？”

“因为臣在途中听闻一事！”

易王倒吸一口冷气，声音急切：“何事？”

“说是两个月前，臣的宅第被王上收回去了。臣恐传言不实，是以罔顾赵王，先一步赶回蓟城，以证实此事。到府上一看，果见宅第已换新主！臣诚惶诚恐，入宫请罪，王上却……”

“哦，”易王松出一口气，脸色有些和悦道，“没有想到，苏子胸怀天下，原来也在意这个偏壤陋宅呢！”

“臣非在意这个宅第，臣在意的是王上！”

“哦？”易王再次倾身，“寡人怎么了？”

“此宅为先君所赠，由司徒府登记在册。王上继统之时，亦未明旨收回，这表明王上认可先君所赠，而两个月前却旨令收回，臣委实……”苏秦顿住。

“这个嘛，”易王咂巴几下嘴皮子，“就寡人所知，苏子已有两年多未来燕地。既然苏子不住……”

“房舍即使空置，亦为先君恩典、臣之私物，臣有此宅，心中就会时时念记先君并王上的雨露恩泽。再说，此宅臣也未曾空置，由臣弟一家替臣日夜守护！王上一朝收回，必是臣有获罪之处，臣是以诚惶诚恐，急急赶回，觐见只为请罪！”

“这个嘛，”见事情弯在这儿，易王倒是松下一口气来，眼皮子眨巴几下，想出了应对的言辞，“不瞒苏子，寡人确实听到一些有关苏子的不好言辞，一时震怒，方才收回苏子宅第！”

苏秦起身，跪叩道：“苏秦犯有何罪，敢请王上言明，好让苏秦死个明白！”

“呵呵呵，”易王笑道，“苏子请起，没有那么严重嘛。只是有人在寡人面前唠叨，说苏子为不信之人！”

“敢问王上，苏秦何处不信了？”

“这个嘛，”易王苦笑一下道，“说是苏子一会儿为齐谋，一会儿为赵谋，一会儿为韩谋，一会儿为楚谋，有失忠信之道。是呀！苏子所言，究竟是为何人，寡人确也是…… 傻傻分不清啊！”

“唉！”苏秦发出一声长长的、哀伤的叹息，不再叩首认罪，而是拍拍手，自己起身，坐回席位。

“苏子因何而叹？”易王探身问道。

“为这‘忠’‘信’二字！”苏秦一字一顿。

“‘忠’‘信’怎么了？”

“忠者，孝也，廉也；信者，诚也，义也。”苏秦盯住易王，“臣以为，就品行而言，古今天下，论信莫如尾生，论廉莫如伯夷，论孝莫如曾参，王上以为如何？”

“寡人赞同。”

“假使有人信如尾生，廉如伯夷，孝如曾参，前来侍奉王上，王上会拒绝吗？”

“当然不会拒绝了。寡人怕是没这福分呢！”

“臣先说曾参。曾参侍奉双亲，不敢在外留宿一夕。如果那人孝如曾参，他肯受命于大王，为大王使于齐都，来回奔波于道路沟壑吗？”苏秦直视易王。

“这……”易王一时怔了。

“再说伯夷。伯夷为商室属邦孤竹国的长子，坚守道义，放弃孤竹国的国君之位。在周武王得天下之后，他不臣周室不说，连周粟也不肯食，最终饿死于首阳之山。假使那人廉若伯夷，他怎么可能远离周室，奔波数千里，而来效力于一个弱燕呢？”

“这……”易王语塞。

“还有尾生。尾生守信，与女子约于梁下，友未至，水大涨，尾生抱柱而死。假使那人信如尾生，他肯在强齐的朝堂上夸张燕、秦的威势，从而威慑齐君，为大王讨回河间十城吗？”

易王一句话也说不出来。

“大王啊，”苏秦放缓声音道，“臣本为东周鄙民，见先君时无尺寸之功，而先君待臣如贵宾，显臣于朝廷，赐臣以家资。臣无以为报，甘为燕死。及至大王继立，依旧不以臣为粗鄙，闻臣归来，跣足相迎，促膝以谈。臣无以为报，闻强齐夺我十城，遂自告奋勇，功存危燕……”说到此处，苏秦略顿，鼻子一酸，声近哽咽，“不想大王却听信他人谗言，斥臣为不信之人。臣……”苏秦揉着眼睛，流出了眼泪。

易王一是被苏秦这番言辞感动，二是想到自己一直怀疑他与太后有私情，结果发现事情并不是那样，顿觉心中愧疚，长长叹出一气：“苏子，寡人……唉！”

“大王有所不知，”苏秦就如演戏一般，用拭泪的大手一挥，继续侃侃陈词，“大凡以忠信行事之人，皆是为自己，而不是为他人呀。‘忠、信’为自覆之术。自覆即覆己，也即回归自己，这就是说，张扬忠、信，无非为独善其身，而不是为求索进取，建功立业。无论是三王，还是五霸，哪一个不是求取之君呢？哪一个是为独善其身呢？难道大王认可自覆之术吗？如果认可，齐人就不会跨越河界，燕人也就不会窥探边疆之外了。”

易王显然未能完全吃透苏秦的意思，眯眼沉思。

“哎哟，是了。”苏秦猛地一拍脑袋，做出恍然有悟之态，“大王原本就是个自覆之君，与臣的志意不合呢。”

“哪儿不合了？”易王盯住他。

“臣辞老母于周地，不远万里事奉大王，只有一个目标：去自覆之术，求进取之道。只是未想到臣之志意竟与大王志意不合，因为大王是个自覆之君，只求臣子尽忠、立信，而不要臣子建功立业啊！”

“这……”易王被他搅蒙了，“难道忠、信不好吗？”说完倾身，直视苏秦，“听你说来，忠、信这还有罪了呢？”

“大王想听一桩旧事吗？”

“请讲。”

“臣有一邻在外邦为吏，久未归门。其妻难耐春心，与他人私通。听闻邻人要回来，奸夫忧虑奸情败露，好事难再。邻人之妻说：‘丈人不必忧虑，妾已备下药酒以待。’两日之后，邻人回家，邻人之妻使其妾进酒为邻人洗尘，其妾早知酒中有毒，进酒则杀主父，道破则逐主母，于是假摔泼酒。邻人大怒，鞭笞其妾。其妾假摔弃酒，上活主父，下存主母，尽忠如是，却免不得受鞭笞之苦。大王，这个就是因了忠、信而获罪啊！”苏秦长叹一声道，“唉，臣之遭遇，竟是与那邻人之妾一般无二。臣事大王，尽忠、尽信，不费大王一兵一卒、一金一银，仅以一人之力，退却齐师数万，归还大王十城。臣建此功于国，却获罪于大王，臣……”苏秦说不下去了，看向别处。

“呵呵呵，”易王干笑几声，拱手道，“委屈苏子了，寡人抱歉！”又转对纪九儿道，“拟旨，归还苏子原有府第，赐金十镒，绸缎十匹，仆从十名！”

“臣领旨！”纪九儿应道。

“臣叩谢大王！”苏秦起身，叩首道。

“苏子请起！”易王扬手招呼，笑脸盈盈。

易王这次的笑不是做出来的，因为两件事让他尽释前嫌：一是他一直怀疑苏秦与太后有私情，看来是自己想多了；二是苏秦此番急归，为的只是家财，不是太子废立。他真没有想到苏秦竟也是个爱财之人。只要存这个弱处，自己就好应对了。燕国再穷，王室总也不会缺钱。只要有钱，就能买通苏子，天下列国也就可以运于掌中，什么秦国、齐国，苏子一人足可敌之。

易王正自畅想，苏秦的声音又传来道：“臣还有一请！”

“请讲。”易王笑容可掬，见苏秦叩首，拱手回礼。

“啮桑会上，”苏秦缓缓说道，“楚令尹昭阳与齐相田婴、韩相公孙衍相谈甚欢，赵王、魏王也均托臣代行赵、魏相事，五国达成盟约，共襄盛举，这个盛举就是合纵。合纵的发起国是燕国，臣提议不可落下燕国，众皆赞同。盟会之后，各国均推一人，共理纵亲事宜，楚为昭阳，齐为田婴，韩为公孙衍，作为纵约长，臣不宜代言赵、魏，是以回魏之后，臣即辞去魏相，由魏另选合适之人。魏王使臣选人，臣相中太子，以建功立业，立足于魏，承继基业。而赵国当为肥义，因前番肥义有恙，不宜奔波，他人又不足使，赵王方使人宣诏，由臣代理赵事。此番回蓟，臣刚好求请大王，也选派一个合意之人，共襄天下盛举！”

“好事情啊！”易王心情大好，闭目沉思有顷，盯住苏秦道，“以苏子之见，何人可使？”

“若是由臣提名，臣就提请太子！”苏秦拱手道，“因为于燕来说，事情重大，堪称是交通六国，会融天下，非太子莫能掌握。”

听到“太子”二字，易王心里咯噔一下，脸色立刻阴沉。

“再说，”苏秦只作没有看见，顾自陈述，“前番成纵六国之时，太子作为燕国副使，随臣万里奔波，留芳列国，无论是赵、魏、韩、齐，还是大楚，无不对太子交口赞誉，可谓是有口皆碑啊。”

“列国是怎么赞誉他的？”易王盯住苏秦。

“赞誉他外柔内刚，小事不拘，大事有断，不愧为王业之器！”

“嘿，”易王苦笑一声，看向鹿毛寿与纪九儿道，“王业之器？”

“大王！”苏秦佯作不知，“磨砺太子，功在未来，否则，大王百年之后，如果太子德不配位，燕国未来，臣窃忧之。”

显然，苏秦此时用的是强钓术，上的是霸王饵，逼迫易王自己说出废立之事，因为此时此刻，易王废立，尚未昭告于世，只有他自己的圈内人知情。即使远在造阳的子哙得到诏令，也不可能透出只言片语，因其身边几乎全是易王的人。作为圈外人，也基本上是敌对势力，苏秦清楚自己的任何泄密言辞都将招致灾难。

易王被挤到墙角了，看向鹿毛寿与纪九儿，见二人也无暗示，知无良策，只得和盘端出实情，转对苏秦，笑道：“若此，寡人另换一人，如何？”

“另换何人？”苏秦不动声色。

“子职。”

“敢问大王，为何换使子职？”

“这个嘛，”易王牙关一咬道，“子哙优柔寡断，不足以掌燕事。寡人斟酌再三，决意更立子职，已择吉日祭告天地社稷，行更立大典。”

“唉！”苏秦先出一声抑扬顿挫的长叹，继而长哭于庭，“呜呼哀哉——”

苏秦的哭声极长，极悲，如丧考妣。

“苏子为何长哭？”易王截住他的哭声。

“为燕国，也为大王啊！”苏秦止住，双手仰天，改哭为啸，“呜呼哀哉——”

“这……”易王沉起脸色道，“燕国怎么了？寡人怎么了？”

“大王若行废立，则燕国危矣，大王危矣！身为外人，臣无可奈何，只能一哭啊！”

“你且说说，燕国怎么危了？寡人怎么危了？”

“敢问大王，”苏秦盯住易王，“以燕国实力，能抗强齐吗？”

“齐人有何了不起！”易王冷笑一声。

“大王啊，”苏秦轻叹一声，“齐人没有什么了不起，只是两败大魏武卒、逼杀庞涓，又吓退楚将昭阳于薛地、击溃秦师于桑丘而已！至于大王，怎么能好了疮疤就忘了疼呢？齐人夺占河间十城时，大王是夜不成寐啊！大王召臣，使臣赴齐求和。大王只知齐王听取臣言，归还大王十城，却不知齐王为何听信臣言罢兵归城啊！”

“为何？”

“容臣细细道来，”苏秦侃侃言道，“纵亲初成，庞涓蛊惑伐秦，不顾臣劝阻，引六师叩函谷关。恰在此时，大王听信秦使所言，废立太子，先齐王遂置六国伐秦大业于不顾，使田忌掉转三军转攻大王，取河间燕地十城，乘胜欲伐蓟都。大王夜不安眠，紧急召臣谋议应策。臣带子哙赴齐，子哙抱住先齐王的双足，长哭足足两个时辰哪！子哙是先齐王的嫡亲外孙，外孙长哭，外公心里疼啊！先齐王召臣，答应休兵归城，但只提了一个条件，就是大王不可废立太子。大王不但应允，还与先齐王立下盟约。今盟约仍在，大王再行废立，就是毁盟。今齐王为子哙舅公，外甥遭废，舅公能置之不理吗？齐若发兵攻燕，燕何以拒之？”

“这……”易王喘了会儿气，震几道，“兵来将挡，寡人难道怕他不成？”

“大王啊，”苏秦复叹一声，“兵来该由将挡，问题是，齐人有大将匡章，大王的勇将在哪儿呢？子之将军吗？大王能信得过他吗？即使信得过，子之将军能抵得过刚刚击败秦师的匡章吗？大王可知，引领秦师的不是他人，正是雄冠列国的名将司马错啊！”

“寡人……”易王略顿了一下道，“寡人听说，秦师是故意败给齐人的！”

“哈哈哈哈，”苏秦长笑一声，从袖中摸出一张羊皮，“大王请看这个，就知秦人是否故意了！”

纪九儿接过，递给易王。

易王展看，竟是秦人在韩地抢粮的悲惨画面。

“这……这是什么？”易王没有看懂道。

“就是故意打败仗的那拨秦卒哪！”苏秦一声哂笑，“他们假作打败，故意死伤两万人，丢下所有辎重，一路上没吃没用，向宋人借粮，宋人不给，又向魏人借粮，魏王不给，又向韩人借粮，韩人也不给。秦卒也是饿极了，在韩地四处抢粮，这些就是当地百姓画下的秦卒抢粮画面，这就是大秦诈败的威武之师啊，与民争食，竟至于斯！”

“这……”易王惊呆了，“这不可能！”

“可不可能，”苏秦淡淡应道，“验证并不难。大王可使亲信之人前往宋地、魏地、韩地，向百姓打探一番，也就晓得了！知己知彼，方能百战不殆。国家大事，生死存亡，非同寻常啊，大王万不能坐在宫中臆想天下之事，终为小人谗言所左右啊！”

听着苏秦这番话，易王冷汗直出，半晌无语。

“大王啊，”苏秦趁热打铁道，“燕国非臣所有，燕地非臣所有，子哙、子职亦非臣之嫡亲。臣本大周粗民，得蒙先君恩泽，方有今日协约六国、出入宫廷之荣盛。作为一介草民，臣之愿足矣。臣之金银足以用度，臣之馆舍足以容身，臣之婢从足以使唤，臣之车马足以驰骋。臣所忧者，只为大王啊！”随即长长一叹，“唉，大王试想，如果大王执意废立，齐王必使匡章引兵讨伐。大王失义在先，废长立幼，燕民未必心服，未必肯战。那时，大王向何人求救呢？向赵人吗？向胡人吗？向中山吗？向韩人吗？向楚人吗？失义即失道，失道者寡助。大王别无他途，只有向秦人求助。即使秦人未曾兵败于桑丘，也未曾狼狈于归途，大王要他们出兵，也是个难哪。大王想想，秦人能怎么出兵救燕呢？秦人与燕地相隔万里，秦人若要救燕，就必须跨越三晋，三晋肯借道吗？即使三晋肯借道，秦人出兵，无论胜负，也都要回归。大山漫漫，沟壑千重，万里归程，漫长而多艰，各种凶险，在所难免啊。昔年穆公借道伐郑，结果郑未伐到，却兵败于崤道，全军覆没，三将被擒，这个阴影一直笼罩在秦人心头啊！”

苏秦堪称是情真意切了。

"纵约长，"易王起身，朝苏秦深鞠一躬，"此前种种，皆是寡人之过，寡人……有所得罪之处，还请约长宽谅！"

"大王大礼，臣不敢当！"苏秦再叩。

"纵约长请起，"易王走到苏秦跟前，扶他起来，按他坐下，又回至自己席位，看向纪九儿，"拟旨，收回诏命，即日起，不可再议太子废立！"

"臣领旨！"纪九儿应道。

"谢大王听臣！"苏秦起身再拜道，"臣请大王准允太子为燕国特使，协调纵亲事宜！"

"寡人准奏！"易王转对鹿毛寿道，"拟旨，命太子哙为燕国纵亲使臣，协助纵约长，协调列国事宜！"

"臣领旨！"鹿毛寿拱手。

"呵呵呵，纪九儿呀，"易王笑逐颜开道，"去，置酒三坛，今宵寡人要与苏子畅饮于月潭松亭，不醉不归！"

第三章

谋乌金张仪潜楚　发横财王亲抱团

在啮桑的客栈里，当苏秦的车马最终从视野之中消失时，张仪的心丢了。

张仪跌跌撞撞地回到客舍，关上房门，任由泪水洒落一时，开始追悔起自己的决绝来。是的，他为什么不去听听苏秦究竟想说些什么呢？他不远数千里奔波至此，难道仅仅是为摆出一盘棋吗？他一路上思考过不知多少次见到苏秦后他该如何去做，譬如他应该先开一个玩笑，然后是个拥抱，然后是……但当苏秦真的走到跟前，真的在他面前坐下时，他为什么没有任何表示呢？他为什么只是与他对视呢？苏秦与他有仇吗？难道不是苏秦在处处帮他吗？

对了，他为什么没有问个明白，在苏秦回山时师姐对他说过什么没？师姐爱的是他苏秦，也应该得到回报。苏秦会不会爱上师姐呢？苏秦与雪公主是不可能走到一起的，他与师姐才是一对。他进山是为师姐吗？难道不是为师姐吗？如果不是，他为什么要进山呢？真心祝福他们！他张仪是配不上师姐的，他张仪只配香女。

想到师姐与香女，张仪心头一阵酸涩。他那么爱师姐，师姐却爱苏秦。香女那么爱他，他却……

然而……

苏秦都讲了些什么呢？合纵没错，纵横对峙，无非是谁主沉浮的事，但他煞费苦心悟出的共生目标为哪般？什么是共生呢？人能共生吗？万物能共生吗？天道是共生的吗？如果天道共生，万物就不会相克相杀，虫子就不应该啃草木，羊就不应该吃草，狼就不应该吃羊，鹰就不应该抓兔，猫就不应该捉鼠……

唉，这个苏兄呀，为什么就不理解先生之教呢？“大我天下，公私私公”，怎么能解作共生呢？出山之际，先生明明指出天下只有两条相安之道：一是天下一统；二是列邦共治。列邦共治怎么能是天下共生呢？天下共生，人还要不要吃肉？人在吃肉时是吃死尸还是杀生呢？

然而，先生的偈语，不解作共生，又作何解呢？这个真得好好思量一番。待自己心平气和时，就到终南山里冥想他三日，谁也不让打扰，只让香女伴在身边……

张仪七想八想，折腾了整整一宵，于翌日晨起传令返程。

车过函谷关后，张仪挂念香女与儿子开地，便让公子华回宫奏报。自己则轻车拐入寒泉谷，哄儿子张开地三日后，方在香女的催促下返回咸阳。

张仪回来得真是凑巧，魏章也从汉中回来了。

听闻张仪回府，魏章登门拜望，走到门外，方才想起紫云公主，只好踅回去，下帖子请张仪前往他的府中做客，说有要事禀报。

张仪原本就不想在府中多待，即让小顺儿驾车赶至魏章府宅。

魏章仍旧住在秦惠王赏赐给陈轸的府宅，因久未回来，宅中结出许多蛛网。魏章正在指使仆从清扫，见是张仪登门，抱歉地笑笑，引他到后花园的石凳上坐下。

“先说巴蜀！”张仪直入主题道。

“巴地基本平复，陈庄逃往巴山，在巴人手里了，”魏章应道，“巴人待他甚好，视若上宾。如果王上要他脑袋，怕得开出一个好价码。”

“尸子可有音信？”

“尸子说，巴人推出新王，愿意臣服于秦，但秦王须将巴水、乌水以东的山地及盐泉永远归还巴人，秦人不得涉足。作为回报，巴人承诺，巴盐所产，五分之一贡给秦人，五分之二卖给秦人，另外五分之二，由巴人自行处置。”

“奏报王上没？”张仪问道。

“在下刚回，本欲入宫觐见，听闻相国回来，就想听听相国之意，再行奏报。”

“如实奏报，听王上旨意。汉中如何？”

“照旧，但楚人换将了。上庸楚人也有异动。”

“嗯。”张仪点头，“如果与楚人开战，由你做主将，胜算有多大？”

“兵力一比一，完胜；兵力二比一，七三；兵力三比一，六四。”

“看来将军信心十足呀！”说完，张仪笑了。

“在下的信心有个前提……”魏章顿住道。

“什么前提？”

“兵器。”魏章起身，回到宅中，拿出一把枪头及几支箭，摊在石几上，“就是这些。在下此番回来，主要是为它们。”

张仪审视枪头与箭矢，将目光落在箭镞上，他拿在手里端详了一阵，看向魏章道：“奇怪，在下所见的箭矢皆是双羽，这几支却是三羽。”

魏章又从袖中摸出一支箭矢，递给张仪：“这个是双羽的。”

“对的，”张仪瞄了一眼，“这可有讲究？”

“双羽的箭矢更锋利，但不够精准。而三羽的飞行平稳，命中率极高，可谓是射哪儿中哪儿。两军阵上，箭为长距离射杀兵器，准与不准差别巨大。如果射不中，浪费箭不说，更误事。战机稍纵即逝，若射不中再换箭，就晚了。战场上，晚一瞬就是致命的。”

“说得是。”张仪点头，盯住魏章，“那兵器怎么样了？”

“数量不够。”魏章应道，“在下忖过，楚国人多，我们若与楚人比拼人数，即便所有男人都上战场，也不抵楚人的三分之一，因而必须改善兵器。只要利器在手，士气就会高涨，兵士就会勇锐，就会有恃无恐，就能做到以一抵众。”

“差多少？”

“差多了。”魏章指着矛头道，“这种矛头与一般矛头不一样，它由乌金锻成，杂以锡、镍等，坚硬无比，寻常铜器无法与之相抗，堪称是方今天下最锐利的兵器，只可惜数量太少，在下只能配备两万锐卒。假使能配足五万锐卒，楚卒即使有十五万也不在话下。”

“这个容易，让工坊赶制就是了！”张仪应道。

“赶制不难，”魏章轻叹一声，“难的是乌金短缺。”他拿过矛头道，“就说这个矛头吧，是一般兵士所用，重三斤三两，九成是乌金。铜、镍、锡还好，只是这乌金……”

张仪自也晓得乌金的事。天下能产乌金的主要是楚国、韩国与赵国，以韩地宜阳、楚地宛城、赵地邯郸为最。赵地遥远，其他不说，单是运费就吃不消。韩地宜阳的乌金又大多供应韩国最大的兵器生产中心阳翟，只有少量出售于秦国，且还要经过魏国地盘，遭到关税盘剥。更可气的是，自苏秦合纵之后，纵亲意识较强的韩国对秦防范日严，尤其是近两年，在公孙衍与白虎的干预下，宜阳的乌金供应越来越少，一度断流，秦国只能转向楚地获取乌金。但楚国历来将金属、皮革等视作战略物资，由王室专控，严禁出关，秦国要想获取大量乌金，的确不是易事。

“这样吧，魏兄，”张仪起身道，“你我这就去觐见王上！”

二人入宫，惠王正在接待义渠使臣，遂将他们安置在偏殿，约过了一刻钟，惠王快步进来，先与魏章拥抱了一下，然后与张仪见礼。

魏章将巴蜀情势简略做了禀报，重点提请了兵器改造，并将新近配制的矛头与箭矢一一展现给惠王，末了道：“王上，短兵相接，劲力相当，胜负就在兵刃上，只要能比敌方锋利一点点儿，就是生与死的差别。乌金经过锻炼，可成精钢，其利无物可敌。此矛此矢，末将只要配置五万锐卒，就可抵楚矣！”

“唉！”惠王没有多看矛与矢，显然对此知情，他轻叹一声道，“不瞒二位，寡人正为此事上火啊。宜阳所产乌金，前番有魏人作梗，今番又是公孙衍，他晓得我们的软肋在哪儿，也吃准我们了。”

“王上，”张仪拱手道，“臣有一请，望恩准！”

“莫提请字，你说就是。”惠王看向他，一笑道。

“臣想去於城住几日。”

“好呀，想住几日？”

“具体不好说，少则三月两月，多则三年两年。”

“这……”惠王以为听错了，收住笑，盯住他问，“你确定是三年两年？”

“是呀，时间短了怕是不够用。”

“你要做啥？”

“保家呀。”张仪轻叹一声，“唉，听说楚人看中您封给臣的那块地了，正在调兵遣将。如果楚人打来，把臣的那六里地夺走，臣就没个根了。”

惠王一下子明白了张仪的用意，紧张的表情松弛下来，他略一沉思，拱手回礼，笑道：“寡人允准。无论如何，老窝不能让人端了，是不？”略顿，又盯住张仪道：“去那么久，可要带上於城君夫人与小公主哟！”

“臣确实想带，却舍不得！”

“为什么？”

“万一楚人打过来，将她们母女俩掳走，臣岂不是赔大了？”

“哈哈哈哈，”惠王大笑起来，“好吧，你们的家事，寡人管不上。啥辰光动身？”

“臣还有一请呢！”

“说。”

“臣想做点儿小买卖，请王上垫付本金。”

“你做买卖？”惠王的眼睛眯缝起来。

“不做怎么办呢？”张仪两手一摊，一脸苦相道，“王上封的那块地，狭小不说，还贫瘠，臣连自己都养不活，拿什么来养活老婆娃子呢？”

“说吧，”惠王盯住他，倾身问道，“寡人要垫多少本金？”

张仪闭目，屈指算了一会儿，抬头道：“大概是这个数！”说着伸出五个指头。

“五十两足金？”

张仪摇头。

“五百两？”

张仪再摇头。

“总不会是五千两吧？”惠王脸上现出惊愕。

“是五千镒。”张仪语气平淡。

镒是两的二十倍，莫说是惠王，连魏章也惊得拢不住口。

“这……”惠王发了会儿呆，两手一摊道，“你这本金有点儿大了，寡人削皮碎骨也凑不出呀。”

“王上可以分批出借，先借臣两千五百镒。”

“嘿，”惠王盯住他，“寡人的库房里满打满算也就两千五百镒，你是吃准了呀！”

“放在库里会烂的，”张仪一本正经道，“王上若是放贷给臣，待臣赚到钱，就还王上以高利。王上赚到钱，再贷给臣，臣再还王上以高利。几个来回折腾下来，臣不过是赚了点儿油盐钱，真正发大财的依旧是王上呀！”

“嗯，”惠王装模作样地捋捋胡须，看向张仪，“那也得看看你是做何买卖？”

“犁铧。”

犁铧是乌金铸的，楚人用以耕地，也对外出售，属于民用非管制产品。因而，当张仪说出这两个字，惠王与魏章无不振奋。一只犁铧约三斤来重，差不多可以打制一枚枪头，亏得张仪想出这个主意。

“这个买卖不错。”惠王一拍大腿，“有楚产犁铧在手，关中乃至蜀地，拉犁的耕牛怕就不够用喽！”

“可以用马！”魏章接上一句，话中自是有话。

“呵呵呵，若是此说，这笔生意可以成交。”惠王看向张仪，“於城君几时动身，寡人为你饯行！”

“臣还有一请！”张仪没完没了。

“讲。”

“这个人，”张仪指向魏章，“臣想请他为於城君看门守户！”

“成。”

郢都楚宫，后晌未时，怀王在前殿处置完毕朝事，信步走向后宫，几乎是不由自主地踏进郑袖的宫院。

在怀王的后宫，除几个王后与贵妃之外，能够享受宫院待遇的只有两类人，一类是宠妃，一类是生下子嗣的任何妃子。

郑袖一入宫就享受专宠，一年之后又为怀王诞下一子，因而受赐了一个等同于贵妃待遇的三进宫院，位置也很显赫，可谓是艳压群芳了。郑袖生子那天，喜讯报至怀王，刚好文学侍从屈平在侧，怀王就让他取名。屈平喜欢兰花，顺口说出一个“兰”字，怀王题下，为郑袖的孩子定名为芈兰。

光阴匆匆，子兰转眼一岁多了，出奇地聪明，嘴巴更是甜，天天缠着怀王，问各种为什么。要是哪天怀王不来，他就哭闹。一次子兰候到天昏，仍未看到怀王，就偷偷溜出宫门找。他在偌大的宫院里跑迷路了，惊动了所有宫人，他们打着灯笼将整个宫城翻了个底朝天。郑袖哭晕，怀王更是满宫院找，边找边扯嗓子喊：“子兰，子兰，父王在这儿呢……”一直闹到二更天，才有宫人在靠近宫墙边的一处僻静角落里寻到他，已靠在墙角睡熟了。

当宫人将仍在熟睡的子兰递给怀王并奏报在何处寻到时，怀王心疼得抹泪，破天荒地搂住他睡了整整一夜。

自那日起，无论多忙，怀王都要在一天中抽出些许时间来郑袖的宫院里陪子兰玩耍一会儿，这在他的子嗣中可谓是独此一例。

怀王还没走到，子兰已经飞跑出来，扑到他怀里。父子回到宫中，亲昵一时。此时前殿守值宫人入报，说是屈平出使回来，在前殿候旨。

怀王起身欲走，子兰扯住不放，郑袖笑道：“久闻屈大夫诗才横溢，贱妾能否一睹尊容呢？”

“倒是好哩，”怀王笑道，“爱妃有所不知，子兰的名字还是屈大夫给起的呢！”

怀王于是传旨，宫人引屈平至。

怀王抱着子兰，于前庭客室接待屈平。

君臣见过礼后，屈平详细禀奏了此番的出使情况，尤其是与齐达成盟约的事，包括一些细节。

得知秦相张仪也去赴会，怀王惊道："不是纵亲的相会吗，他怎么去了？"

"臣也不知。"屈平应道，"观苏子反应，似乎他也不知情，看来是张仪不请自到的。听闻他来，昭阳大人就约田相国与公孙相国春猎去了。但张仪并未到盟约之地，苏子候不到他，便于第四天前往啮桑镇上他的下榻处，直到后晌方才回来，随后召臣，与臣讲起楚国之事。"

"楚国的什么事？"

"与秦国的事。苏大人说，张仪的下一步必是谋楚，秦、楚将在商於有场大战，且楚国不会占上风！"

怀王倒吸一口冷气道："他还说什么？"

"苏子说，"屈平模仿苏秦语气道，"楚国虽大，却四处封国裂土，实为五指张开的巴掌，而秦国在商君变法之后，已成一只铁拳。以铁拳对散掌，楚人必败。若想与秦相抗，楚可行三策：一是变法改制，化掌为拳；二是坚持合纵，与齐为盟，相互声援；三是用贤任能，修整武备，严阵以待！"

"苏子把楚国看明白了，"怀王沉思了一会儿，看向屈平，"看来，与秦之战，还真是不容乐观哪！"

屈平正要接话，却见郑袖端了一盘干果及一些点心出来，款款走到怀王跟前。屈平急欲回避，已是不及，只好跪地叩首，头也不敢抬。

"呵呵呵，屈平呀，"怀王手指郑袖，笑道，"寡人这就介绍给你，她就是郑妃，子兰的娘亲！"然后转对郑袖道，"这就是你常念叨的屈子，楚国第一才子！"

"臣见过郑娘娘！"屈平叩道。

"屈子请起！"郑袖落落大方道，"这是本宫亲手剥的干果，请品尝！"

"臣……"屈平再次叩首，没有说下去。

"屈子平身！"怀王笑吟吟地扬手，"寡人本欲在前殿见你，是郑袖听闻你来，闻你才情，想一睹尊容，寡人才请你到这儿来的。"

"谢郑娘娘偏爱！"屈平叩过，起身，在客席坐下。

"屈平哪，给郑妃吟一首，让她见识一下大楚第一才子的风采！"

怀王邀道。

“这……”屈平怔了下，闭目有顷，然后拱手道，“臣为娘娘吟一首古韵！”说罢端正身子，正正衣襟，字正腔圆，用郑音吟道：

野有蔓草，零露溥兮。
有美一人，清扬婉兮。
邂逅相遇，适我愿兮。

屈平刚刚吟出三句，郑袖已是热泪盈眶，哽咽接吟：

野有蔓草，零露瀼瀼。
有美一人，婉如清扬。
邂逅相遇，与子偕臧……

“咦？”怀王惊愕地盯住郑袖，“爱妃这是……”

“禀王上，”郑袖以袖抹泪，“屈子所吟，实乃臣妾家乡小调，臣妾……听闻乡音，想到父兄，想到郑人，情不自禁……”

郑袖缓缓起身，取过她的琴来，拨弦两声，对屈平道：“屈大人，请再吟一遍，小女子为大人奏乐！”

屈平知郑袖为郑女，吟其家乡之风，却于无意中触动了郑袖的内中情结，也是心动，遂在郑袖的琴声中，复将此诗连吟三遍。

屈平、郑袖一吟一弹，将怀王的兴致勾引了出来，当即召宫尹拟旨，赐郑袖宫为南宫，并援笔题写“南宫兰庭”四字，吩咐宫尹制成匾额，挂于宫院。

楚王后宫设东、南、西、北四宫，入四宫者皆立为后，而在排序上，南宫仅次于东宫。

郑袖喜极，拜过题字，拉过子兰，双双跪地，叩谢王恩。

正喧闹间，门外传来一阵响声，宫尹报说，鄂君求见。

鄂君已入弱冠，为怀王的庶长子芈启，也是怀王的第一个儿子，其母曹妃也因为生他而晋为西宫，立为了后。

怀王传召后，鄂君子启如一阵风般旋了进来，扑地叩道：“儿臣叩见父王，叩见娘亲！”

“平身！”怀王招手。

“儿臣谢过父王，谢过娘亲！”子启起身。

“几时回来的？”怀王问道。

“禀父王，儿臣刚刚回郢！”子启说着向外招手。

两名宫人抬着一只礼箱走进来，放在子启跟前。

子启打开，从箱中拿出一件由河狸皮毛制作的裘衣，双手呈给郑袖道：“这是子启特别孝敬娘亲的，您看合身不？”

“天哪，”郑袖两眼睁圆，接过裘衣，小心审视抚摩道，“真漂亮！”说完站起来，穿在身上，来回走了几步，又看向怀王，“王上，您看合身不？”

“哈哈哈哈，正合身！”怀王笑道。

时已暮春，天气和暖，郑袖扭过几个来回，香汗已出，便小心脱下，朝子启道：“谢鄂君！”

子启又从箱中摸出一个小箱子，里面全是玩具，他一一摆在几案上，看向子兰道：“兰弟，这里的东西全是你的，看看好玩不？”

子兰盯住箱中之物。

子启一个一个拿出来，摆在怀王前面的几案上，多是不倒翁、蹦蹦狗、跳跳虎等一触即动的玩具，极其逼真，还有几只外形像鸟、一吹就响的哨子。子启一个一个地表演给子兰，子兰乐得又蹦又跳，怀王、郑袖也是满心欢喜。

眼见怀王一家其乐融融，屈平走也不是，留也不是，正自尴尬。此时子启瞥见怀王刚题的“南宫兰庭”，看向怀王道：“父王，这几个字是题给娘亲的吧？”

“让你猜着了。”怀王笑道，“从今日始，南宫就是后宫！”

子启转向郑袖道：“儿臣贺喜娘亲，哦，错了，儿臣贺喜母后大人！”

第一次听到“母后”二字，郑袖乐不合口道：“鄂君哪，只几个月没有看到你，个子就又长高了。听你父王说，你这次是回封地了，讲讲看，你的封地都有什么好景致，让本宫听个稀罕！”

于是子启便讲起封地的事儿，大多是些民间传说与奇闻逸事。郑袖乐得哈哈大笑，屈平却是如坐针毡。他逮到怀王的目光，紧忙丢个眼色，站起了身。

屈平本欲告辞，怀王却才想起屈平尚未讲完啮桑的事儿，便走过来，拍拍他的肩头：“呵呵呵，让子启一搅和，竟差点把我们的正经事儿误了。走，前殿叙去。”

见怀王要走，子启急道：“父王，儿臣还有一事呢！”

“何事？”怀王扭头。

“儿臣回来时，刚好王叔也从封地回来，说是父王有召。见儿臣进宫，王叔便一起来了，正在前殿候着呢！”

“哎呀，你该早说才是！”怀王责怪了他一句，拔腿就朝外走。

子启别过郑妃，与屈平紧紧跟后。

三人走到前院，屈平拱手道：“王上，您与王叔说话，臣就……”

“也好，”怀王笑笑，“啮桑的事儿，寡人改日寻你！”说罢转了个身，在子启的陪同下急步进殿。

王叔就是纪陵君，为怀王胞弟，名楸，字朴华，与怀王熊槐皆为威王后所生。楸少小伶俐，比兄长更讨威王欢心，传闻威王在立太子时率先考虑的是楸。然而，楸不为长子，立幼不立长后患较多。而熊楸也明事理，多次向母后表白心迹，说他志在商贾，不想当太子，能够扶助兄长是他的心愿。威王忧心内乱，这才定心，立子槐为太子，封子楸为纪陵君，掌管工尹、农桑、商肆等。

纪陵在郢都北郊，离郢都不过数十里车程。威王封他此地，就是不想让他远离自己。纪陵君让储位的事经由母后之口传给了子槐，子槐深为所动，便处处都让着弟弟。纪陵君位正年长，加之深得王心，自然成了众王亲的头羊，楚国无论发生何事，新老王亲大多唯他马首是瞻。

威王崩后，怀王即位，纪陵君更是全力配合王兄，无论怀王有何号令，纪陵君都会号召周边的王亲封君予以鼎持。如此，怀王对这个弟弟就更倚重了，大凡重大国事，都要先征询弟楸的意见，尤其是此番征伐商於，因为征伐商於就是与秦开战，而以纪陵君为核心的不少王室封君，包括怀王自己的儿子鄂君启，封地皆在荆、襄、宛、邓、上庸、方城、丹阳等地。如果与秦开战，无论是出兵还是出钱，这些地区都是前沿，首当其冲。怀王已就此事多次征询弟楸，此番召他回宫，便是要与他谋议决断之前的最后细节。

见过虚礼，怀王开门见山道："楸弟，两个好消息。一个是，近日昭阳与齐相田婴在啮桑达成盟约，而魏国连失庞涓与张仪，已失劲力。我再无后患，可以全力对秦！"

"臣弟贺喜王兄！"纪陵君拱手道。

"另一个是，"怀王回个拱礼，接道，"蜀相陈庄已在巴地，与巴人甚善，密使人入郢，有意投我，助我夺回巴蜀之地。"

"臣弟贺喜王兄！"纪陵君再次道贺。

"机不可失，"怀王握拳道，"东有桑丘之败，南有巴蜀之乱，秦人已过商鞅盛时，在走下坡路了。而我东收吴楚，南取黔滇，北得襄陵，气势正盛。此时收回商於，是天赐良时！"

"王兄欲以何人为将？"纪陵君问道。

"昭阳荐举景翠，臣弟意下如何？"怀王问道。

"可以。"纪陵君点头，"景将军有勇有谋，更对商於失守耿耿于怀，以他为将，想必他会恪尽职守。两年前，他就到臣弟府中，与臣弟谋议过如何收复商於的事。"略顿，又道，"臣弟已向众亲宣达了王兄的谕旨，没有人提出异议，都在积极筹备。臣弟封邑小，愿出勇士两千。近年营商，钱多少也赚了一些，愿出金五百镒。众亲见臣弟率先出资，也都报出数额。"说着，从袖中摸出一小捆竹简，"这是大家自报的，请王兄过目！如果不够，臣弟另做努力。"

怀王接过，见兵员总数已达五万，献金已过五千镒，连连拱手道："有这五万众，外加景翠所部六万、王师三万，及昭阳从宋、齐边境增调的锐卒五万，合兵一十九万，可与秦人一战矣。"

"不瞒王兄，"纪陵君感慨道，"只要商於还在秦人手里，臣弟就睡不踏实，尤其是於城。如果秦人从於城出征，乘筏沿淅水、丹水等河谷直下水口，再入汉水，郢都就无一处安全，我将防不胜防啊。"

“楸弟说得是。”怀王亦是感叹道，“於城十五邑是在先王手中失去的，先王崩后，久久未曾瞑目，臣知先王记挂何事，向先王起誓收回商於，将秦人赶出蓝田，封死于关中，先王方才合上眼皮。寡人自即位始，一刻不敢忘记所誓，时机终于到了！”

“商於之耻是我大楚之耻，王兄所誓，亦为众亲所誓！”纪陵君应道。

“谢楸弟并众亲！”怀王拱手道。

“说起众亲来，”纪陵君拱手回礼道，“臣弟有一请，也求王兄恩准！”

“楸弟请讲！”

“楚地广博，各有封邑，各立规矩。先王使臣弟过问工尹、商贾诸事，这些年来臣弟再三查审，深感交通不便，物运不畅，各地出产不能应时调度。为解此窘，近日臣弟与启侄、安皋君、阳君等筹资立起一支商队，以统一境内车船，平抑物价，方便王兄调用！”纪陵君看向子启，“启侄，将奏本呈你父王审核！”

子启双手呈上奏本。

怀王接过，略略翻阅了一下，放在案头道：“既为楸弟所奏，筹办就是。”

“父王，”子启奏道，“王叔之意是，此商队为王室专享，特此奏请父王恩赐几个金节，昭告各地封邑，无论车船经过谁家邑地，或边境关卡，均不得核查并征税。车船运营暂归工尹掌管！”

“要几个金节？”怀王问道。

“这个，”子启看向纪陵君，用目光征询道，“王叔，得几个？”

“请王兄暂赐十节，可分作车节与舟节，每节使用限舟船五十艘、辎车五十辆。俟不足用时，再请王兄加赐。”纪陵君应道。

“准奏，交工尹依楚律铸制。”怀王做出一个准允手势。

昭府正庭，一群宗亲约十几人围在昭阳的几案前，几案上摆着怀王刚刚颁发的舟车统筹诏令。

“娘的，吃独食呀！”项雷一脸震怒道，咚地一拳擂在几案上。

“这么一来，”昭鱼忧心忡忡道，“今后的买卖没法做了。”

所有人的目光都看向昭阳。

“唉，”昭阳轻叹一声，转对昭睢道，“陈上卿说是这几日回来，到家没？”

“到家了。今晨路过他家，听门人讲，上卿是昨晚到的，洗过尘已经小半夜了。”

“你这就去，有请陈上卿。”

昭睢匆匆出去，约小半个时辰后，方引陈轸过来。

“呵呵呵，”未及进门，陈轸的笑声就飘进来了，“知轸者，莫过于昭大人。轸昨晚回来，今晨就有喜讯，正说向您报喜呢，昭睢竟就登门了。”

“哦？”待他进来，昭阳让好席位，拱手见礼，问道，“道何喜事？”

“自从吃了啮桑的鸭子，嘿！”陈轸压低声音，喜不自禁道，“我家那个白妞呀，真还怀上身孕了！”

“哎哟哟，大喜，大喜！”昭阳连连抱拳。

“唉，”陈轸轻叹一声道，“不瞒大人，在下劳碌大半生，历险不少，终究是一事无成，眼见年近半百，竟然连个娃子也没倒腾出来，”他咂巴几下嘴皮，“啧啧啧，没想到啮桑的鸭子，竟还有此奇效，一路上我家白妞连吐三天，真闹腾人，在下还以为她吃坏肚子了呢！今晨请来医师诊治，医师一搭脉，嘿，连声向在下道喜啊。昭大人呀，在下若能有后，不绝宗祠，死也知足哩！”

“哈哈哈哈，”昭阳长笑几声，“若是此说，在下倒是有个主意。再过几年，待昭某打到宋国，占了徐州，就报奏大王，将那啮桑封赏于你，所有鸭子尽归上卿享用。在下另外再奏请大王，赏赐上卿美姬十名，生他一堆娃子，如何？”

“哈哈哈哈，”陈轸亦笑起来，连连拱手道，“轸谢大人成全！”

“唉，”昭阳敛住笑，又发出长长一声叹，“上卿大喜，昭门却是大悲呀。”

“哦？”陈轸向他看去。

昭阳将案上的诏令递过去。

陈轸看毕，推还给他，缓缓问道："敢问大人，悲从何来？"

"这……"昭阳怔了下，道，"有这道诏令在，王亲就可独享天下交通之利，我们谁也没的争了！"

"争什么呢？"陈轸盯住他问。

"除了利，还能争什么？"昭阳苦笑，"我们的舟车收税，他们的舟车不收税，有谁还会租用我们的舟车？仅此一项，王亲就卡死我们的脖子了！"

"敢问大人，"陈轸盯住他，"假若没有这道诏令，大人就可如王亲一般在楚国为所欲为了吗？"

"这……"昭阳又是一怔，良久，几乎是喃声道，"昭阳不敢！"

"这就是了。"陈轸以指节轻敲几案，"武王之时，天下皆是大周的，方今之时，天下皆是诸侯的。在你们楚地，天下皆是楚王的。既然都是楚王的，楚王想怎么做，他就会怎么做。昭大人哪，凡事要想开一些。钱是赚不完的，地是征不尽的，人生却是有限的，该乐就乐一乐吧，大可不必争长论短。"

"你说的这些，理倒是理，可这……"昭阳苦笑一声，"上卿有所不知，那些王亲，个个都是贪吃的人，恨不得将天下之宝尽入其囊，将天下之女尽入其室，将天下山水尽入其治！"

"唉，"陈轸长叹一声，又敲了几下几案，"大人还是未想通啊！"

"在下何处没有想通？"

"轸少年之时，也曾狂妄，每到晚上，就会仰望星空，想啊想啊，恨不得天下权位皆运于掌，天下美女皆归己享。后来入魏赴秦，弄权就势，方知一切虚幻。莫说是天下美女，就连一个白妞，轸也搞她不爽啊。"

"这是两码事儿！"昭阳辩道，"在楚国，有王亲，有宗亲。王亲与宗亲，各有各的活法，向来是井水不犯河水。王亲吃封地，宗亲吃薪俸。薪俸从何而来？就是从关卡、交通、税赋中来。大王颁发此旨，就等于克扣宗亲薪俸，任由王亲从宗亲口中夺食，宗亲不甘，楚或生乱哪！"

“乱了就要求治。大人想想，在你们楚地，何人善治？还不是你们宗亲吗？”陈轸阴阴一笑。

昭阳吸入一口长气。

“哈哈哈，”陈轸笑道，“昭大人，昭兄，昭老哥，不要再计较长短了，天下本来就是王亲的嘛。譬如说昭大人您，有妻有妾，有女有子，昭门若有好处，您会如何分配呢？不是也要依据个亲疏近远吗？妻生与妾生、妾生与婢生、长子与幼子、聪慧与朴实，大人您能一碗水端平吗？再就是大人之子与大人兄弟之子、旁门之子，事理也是同样的，对不？”

“兄弟说得是！”昭阳释然，拱手道，“关于这道诏书，在下如何应对，还请兄弟赐教！”

“大人要应对的不是这道诏书，而是商於之事。”

“商於之事已成定局，在下谨遵兄弟所嘱，举荐景翠为将。蒙大王允准，景将军正在紧锣密鼓地筹备兵马，制定方略呢。兄弟还有何嘱？”

“甚好，甚好，”陈轸连赞两声，压低声音道，“就轸所知，秦相张仪到商於了！”

昭阳听了十分震惊。

楚地虽然广阔，真正属于楚王的却并不多。时至怀王，楚国依旧在沿用周初的分封制，在春秋之后的兼并过程中，只要吞并一片地方，楚王就会封赐给子嗣或功臣。之前已经封过的不说，单自楚文王至楚悼王，分封的公侯就不下二百人。这些诸侯各立制度，各养兵马，互相征战，渐渐坐大，严重制约了王权施行。因而悼王重用吴起改制，用魏国之法对封君权力予以约束，楚国由此空前强大，四战扩地逾两千里。但在悼王崩后，吴起遭到各地封君联手射杀，吴起之法大多被废，封君势力再度膨胀，至怀王时，已是尾大不掉了。

这些封君大体上分作两类：一类是最近几代楚王的嫡系子孙，称作王亲；另一类是三代或五代之前历代楚王的嫡系子孙，他们大多以封地为姓，如屈、景、昭三氏等，可称宗亲。无论是王亲还是宗亲，实际上均为先祖有熊氏的嫡传骨血，也都有各自的封地。老的封君也各有子嗣，他们所得到的封地也就越来越小，最后往往沦落为一个一个小家。如果哪一家的子嗣不肖，他的这一支也就渐渐消亡了。因而，在楚国大地，封君越新，势力越大，尤其是近三十年到五十年的封君，地盘与势力往往是最大的，在朝中的地位也是老旧封君难以企及的。

新旧封君在郢都大多设有府邸，这些府邸往往占据了郢都最好的位置，交换买卖也是常有的事。

由于楚威王的偏爱，纪陵君的府邸在郢都所有封君中是最大的，位置也是最好的。纪陵君既好客，又乐于助人，因而，其府邸总是人来人往，被所有人昵称为王叔。楚室王亲，无论新旧，其在郢都的社会地位大多以在王叔府邸的走动次数、所坐席次与言辞亲疏为基本度量，这也是怀王不得不倚重王叔的缘由之一。

在纪陵君府中行走最勤、席次最佳的约有五个封君，一是鄂君子启，二是彭君子正，三是射皋君子严，四是新野君子由，五是纪沮君子夏。其中鄂君子启的年纪与辈分均为最小，走动却是最勤，与纪陵君的言辞也最为直接。

由于子启的特殊身份，纪陵君就将怀王的舟、车金节全部授予他，由他统辖。子启在王亲中的地位本就显赫，这下便再度飙升，超越彭君，跃升为王亲中除纪陵君外的二号人物。

于这些王亲而言，车船只是运载工具，他们的真正产业是工、矿、农、贸等赚钱的渠道。

十枚金节由王宫巧匠用青铜精铸而成，镶金错银，极尽精美。

金节送达之日，纪陵君府前车马喧嚣，在郢都的王亲能来的全都来了，一为贺喜，二为接洽生意，有约定运货契约的，有将家藏镀金作为本金直接投给王叔经营的，也有将子女送来跟王叔学艺谋事的。

众人正在忙活，射皋君匆匆进来，将纪陵君扯到一边，悄声耳语。

“车家那小子订购犁铧？”纪陵君的眼睛眯缝起来，眉头微皱，“多少？”

“十万只。”

“十万只？”纪陵君眼睛大睁，盯住他道，“你没有听错吧？”

“据那小子说，这还只是今年的量。”射皋君应道，“运往关中和蜀地，说是赚头不小。”说着又压低声道，“那小子是原国尉车希贤的儿子，听他讲，商君要车希贤谋反，车希贤无奈，只好为先秦公殉死。方今秦王感念他的忠诚，对他家格外照顾。那小子许是厌恶秦国朝政，只想做个商贾，这几年在咱这地盘里干得不错，咱们对秦国的生意多是与他做的，他也守信履约，从不拖欠咱的款项，是个好客户。”

“没说什么价吗？”纪陵君平静下来。

“说了，价钱要与您谈。”

“一个毛头小子，让子启去就是了。”

“不是姓车的，是订这批货的人。”

“不会是甘茂吧？”纪陵君看向他，“听说他在执嬴虔的职守！”

“不应该是他。”射皋君应道，“听那小子说，甘茂在巴蜀平乱呢。无论如何，这是一笔大买卖。”

“好吧。”纪陵君点头，“转告那小子，十日之后，我在封地恭候。”

纪陵君的封地位于郢都正北，离郢都不足百里处，方约二百里。辖区之内陆路有两条，皆是重要衢道，一条通南北，一条贯东西。水路则四通八达，堪称是郢都北侧的防护大邑及交通枢纽。南来北往客，东西南北货，大多经由纪陵君的地盘。

除此之外，更有几代先王的遗骨礼葬于此，是谓纪陵，其中建有先王祖庙，每逢重大祭祀，楚王也须驾临礼拜。

纪陵君的府衙是个大邑，就叫纪陵，位于封地中间略偏西北，刚好处在两条陆路衢道的交接处，另有两条水道环卫。邑中有男女人口逾三万，多是纪陵君的仆役、养士及常备军卒。

旬日之后，一行两辆驷马华车缓缓驶入纪陵邑，在纪陵君的府宅大门前面停下。

射皋君从头一辆车上跳下，入内通报。

纪陵君、鄂君、彭君三人迎出，第二辆车上的秦国客人已在车前恭候。

二人皆衣着华贵，一前一后站着，一看就是巨商大贾。

站在前面的是车卫秦。

“王叔，”射皋君指着车卫秦道，“这位就是咸阳大贾车公子，在郢都开有商号！”

车卫秦朝纪陵君深鞠一躬：“晚辈车卫秦拜见王叔！”

纪陵君拱手回礼，边端详他，边微微点头道：“嗯，早就听闻车公子大名，说是生意做得不错啊！”

“谢王叔谬奖！”车卫秦再鞠一躬，谢过，让到一侧。

纪陵君直面站在车卫秦身后的真正大贾。

显然，这个当是从咸阳来的能够谈价的订货人。

那人的目光直射过来，盯住纪陵君。

本欲致礼的纪陵君顿觉一股肃杀之气扑面射来，紧忙敛神护体，回以同样目光。

二人互视。

约过两息，车卫秦拱手道：“王叔，这位是晚辈主公，从咸阳来！”

“熊楸恭迎远道贵宾！”纪陵君收住目光，走前一步，拱手道。

张仪回以一笑，也拱手道：“咸阳张仪见过王叔！”

听到“张仪”二字，在场诸人无不震惊，即使居中联络的射皋君也惊呆了。这些年来，作为鬼谷门的弟子，张仪与苏秦搅动列国，纵横天下，出尽风头。尤其是这张仪，前有灭越传奇，后有昭门和氏璧迷案，再有十个月征灭巴蜀，接着是相魏数年，携手庞涓伐赵攻韩，两战齐人，闹得可谓是惊天动地。

然而，这么一个在列国炙手可热的人，竟然会躬身来到楚地，与大楚王叔洽谈区区一笔交易的价格！

纪陵君吸入一口长气，再次拱手道：“芈楸不知是张相国驾到，有失远迎了！”

“王叔客气！”张仪回礼道，“仪冒昧登门，有扰王叔宁静。听闻王叔宝地清幽，为人高洁，仪不胜向往，今日得睹，幸甚！”

纪陵君与张仪互相客套了一番，携手走进府门，在迎宾室里按照宾主席次坐定。

“相国乃百忙之人，”又是一番虚礼过后，纪陵君直入主题，“不远千里光临寒舍，可有教授芈楸之处？”

“唉，”张仪长叹一声，“仪不过一介寒士，承蒙秦王厚爱，得执相事。相者，辅也；辅者，国也；国者，民也；民者，生也。秦地山多田少，粮食短缺，民生艰难，仪欲开荒拓地，以解民难，却苦于劳力短少。”说着指向车卫秦道，“近日听车公子讲出一则喜讯，说是楚民多用犁铧耕地，可以借用畜力，不仅省力，更是事半功倍。仪不胜欣喜，特别奏请秦王，前来购置犁铧，解脱民苦。还望王叔念及秦民苦艰，广发慈悲！”

“相国有此悲悯之心，实乃秦民之福。敢问相国，欲购多少犁铧？”

“秦地有户逾百万，另加蜀地有户逾三十万，两地共计百三十万，每户暂计一只犁头，秦地也需百三十万只，是笔不算小的买卖哟！”张仪给出数字。

纪陵君再吸一口气，看向鄂君等人。

几人脸上都闪起亮光。

“的确是笔大买卖，”纪陵君点头，“只是楚地产量有限，恐难供应呀。再说，楚民也是需要犁头的。相国恤怜秦民，芈楸不德，总也不能不怜楚民吧？”

“这……”张仪眼珠子一转，长笑一声，“哈哈哈哈，王叔果是痛快之人。在下此来，只为做买卖，价钱好商量！”说完倾身，盯住纪陵君道，“王叔，您开价！我们先订第一批货，十万只！”

纪陵君看向鄂君、彭君等人道：“你们的库里有没有十万只？”

彭君摇头。

“禀王叔，”鄂君启接道，“宛地库房约有三万只，各地店铺累加起来，又可收三万，余下四万，如果开足各地炉火，三个月内当可交货！”

“是吗？”纪陵君闭目有顷，“张相国，你听见了吧。如果你们要货十万只，我们就要从各地店肆的库房里调运。一是调运缓慢，二是运费昂贵，这个三嘛，楚人若要买犁头，可就没有货了。”

“王叔，”张仪依旧笑意盈盈道，“在下既然走这一趟，就不能空手而回，是不？这样吧，所有损失全部算上，您开个价！”

“唉，”纪陵君长叹一声，“张大人实意要做这笔生意，芈楸想不成全也不成呀！”说完看向鄂君启，“子启，就照张大人说的，你们去合计合计，看卖多少钱为宜？”

鄂君启应了一声，与彭君、射皋君走到侧室，约过了一刻钟，三人走出。

“禀王叔，”鄂君启拱手道，“眼下店价为一只犁铧十铢锾金，若是依张相国方才所言，计算各项损失，每只犁铧该当一十六铢。”

“张大人，”纪陵君看向张仪，“这个价如何？”

“车公子，”张仪看向车卫秦，“生意上的事，本相外行，启公子的定价，你也核计一下，看看运到咸阳是否还有利金。无论如何，亏本的生意是做不得的！”

“禀主公，”车卫秦应道，“卫秦已经核算过，若按每只十六铢算，利金是有的，只是不多了。”

“呵呵呵，”张仪笑出几声，看向鄂君启三人，“诸位君上，有钱大家赚，对不？在下讲个数，每只按十五铢，成不？”

“成成成，”鄂君启迭声叫道，“十万只犁头，三个月——”

纪陵君轻轻咳嗽一声，止住鄂君启。

“王叔，在下听您的！”张仪盯住纪陵君，脸上挂笑。

“呵呵呵！”纪陵君笑道，“张相国金口既出，芈楸就不好再说什么了，就按十五铢吧。只是这时限——”

“这样吧，”张仪应道，“就依启公子方才所言，第一个月交货三万，第三个月交货三万，第六个月交货四万，怎么样？”

“怎么样？”纪陵君看向鄂君。

“成成成。”鄂君启连连点头。

“就依张相国所言。”纪陵君盯住张仪，“既然是生意，就该有个付款的规矩……”

“契约立起，即付三成；起货之日，再付三成；其余四成，运抵秦境点验之后，一次付清，如何？”

“成。”纪陵君转对鄂君道，“子启，你们这就去吧，与车公子立个约。”又转对张仪道：“时交初夏，万木葱茏，张相国愿否与在下到后花园里赏个小景呢？”

“仪乐于从命！”张仪拱手道。

伐秦在即。

纪陵君府的演兵场上，预备出征的两千勇士正在训练阵势，发号布令的是将军庄峤。

庄峤的家世堪称显赫，先祖为春秋五霸之一的楚庄王。由于是庶生，其先祖的封地很小，因而在庄王崩后，其先祖为壮大声威，就以庄王的谥号为姓。但其后世并未因这个谥号飞黄腾达，相反倒是越来越弱势了。及至庄峤谋事，因武功而被纪陵君看中，用作贴身护卫，又在征巴之战中立下大功。之后纪陵君推他为主将，引王师与秦人战于巴蜀，受挫败后，庄峤便再回纪陵君封地。

两千勇士是庄峤从数万兵勇及各地闻名投靠纪陵君的食客中一一挑选出来的。庄峤更是深通兵法，熟知军事，尤其是在对秦之战中的失利，让他思考更多，也更谨慎，对兵士的训练也抓得更紧。

这几日的科目主要是阵势变化，两千士兵正在巨大的空场上演练各种阵势，由圆到方到棱，由收缩到扩张，由进攻到防守，由追击到退却。

在离演兵场不远的一个小山顶上，默默地站着两个半大后生，年龄差不多，约有十五六岁，皆衣着华贵，身佩名剑，一看就是公子哥儿。

从山顶上望下去，整个演兵场尽收眼底。庄峤站在将台上，头顶扬着一面绣着“庄”字的将旗，身边是侍卫及传令的鼓手、旗手、号角手等，再外围是执戟士及弓箭手。庄峤发出一个接一个的指令，鼓、锣、号角、各色旌旗等精确无误地将他的指令传达给两千将士，将士们按照庄峤的指令或进或退，或左或右，或刺或御。

两个后生显然也做过分工，一个专看演阵，边看边解说，另一个则用石块、木棒在地上专心摆图。

又一个阵势演毕，庄峤传达号令，让将士们中场休息。两千将士就地朝一个方向躺下，井然有序，兵器摆放也整齐划一，每名兵士都器不离手。

两个后生感叹了一番，便蹲在地上，聚精会神地研究起阵图来，将木棒、石块按照方才场地上的演练，一一重摆一遍。

许是他们过于专注，竟对身后一个美少女的走近毫无知觉。

美少女蹑手蹑脚地走到二人背后，猛然发出“啊”的一声。

两个后生被惊到了，几乎是本能地朝前扑倒，刚好扑在他们的阵图上，将阵势搅了个一团糟。

“哈哈哈哈——”美少女大笑起来。

“姐？”两个后生这才明白发生了什么，赶忙爬起来，拍打身上的灰土，脸脖子通红，不无抱怨地叫道。

被他们称作姐的少女名叫芈月，已经及笄，身体发育也完全成熟。两个后生是她弟弟，一个叫芈戎，一个叫魏冉，都是一脸稚气，尚未长成。

“就你们这点儿胆量呀！”芈月在他们跟前坐下，指着二人点评道，“啧啧，本姐……啧啧……”

“姐，”芈戎不服，“你这是偷袭，乘人不备！”

“啧啧啧，”芈月摇头道，“看来戎弟是至死不悟呀！”

“我咋不悟了？”芈戎急了。

“本姐问你，”芈月盯住他，“如果你与对手狭道相逢，以命相搏，谁是赢家？”

“这还用说，”芈戎应道，“战胜的那个是赢家！”

“不是。”芈月再次摇头。

“咦，”芈戎瞪大眼睛，“难道是战败那个？”

“冉弟，你说。”芈月看向魏冉。

“最后活着的那个！”魏冉应道。

“听见没？”芈月得意地看向芈戎。

“战败就是死了呀！”芈戎不解。

“战败怎么能是死了呢？”芈月解道，“战败是战败，死了是死了。”然后指着二人，“譬如你俩，是好兄弟，有朝一日各为其主，狭路相逢，冉弟把戎弟战败了。冉弟念及兄弟之情，上前好心救助，戎弟却突然拔出短刀，一刀扎在冉弟心脏，最后是冉弟死了。”

“姐姐姐……”芈戎急赤白脸，“你把戎弟当畜生了？戎弟不可能这么做！”

“姐知道你不可能，姐是说如果！”芈月笑道，“给你换个例子。两军相争，戎弟与一个花白头发的人对阵。那人打不过戎弟，受伤了，躺在地上非常痛苦。戎弟悲悯，必起恻隐之心，于是上前救助他，不料那人乘戎弟不备，拔出短刀，猛地扎向戎弟心脏，于是戎弟……”说完佯作死状。

芈戎深吸一口冷气。

“姐！”魏冉盯住她道。

“冉弟，有啥就说！”芈月看向他。

“求您一件事！”魏冉的目光转向演兵场，久久不动。

“说呀！”芈月等急了。

“求您对舅公讲个情，准允冉弟……”魏冉指向演兵场，“站到那些人中间！”

“姐，还有我！”芈戎急切补道。

“嘻嘻，”芈月笑了，“就你俩呀，黄毛还没褪掉呢！”

“姐，”芈戎嘴一噘，“你咋能这般瞧不起人呢？舅公十八岁就引兵征巴了！”

“扳指头算算，你几岁了？”芈月一个一个扳指头，故意拖长声音，“加上虚月，一十有五！”

“十五咋了？”芈戎不服道。

“十五是个毛孩子呀！”芈月笑了。

“姐，十五已经不是毛孩子了！”魏冉接道，他指向庄峤，“庄将军从舅公征巴时，年仅十三！”

“对呀，对呀，”芈戎来劲了道，“听舅公说，庄将军十三岁就跟他征巴，首战就杀死三个巴人！”

“哟嘿，”芈月将二人轮番看了一遍道，“你俩倒是攀上庄将军哩！”说着煞有介事地摇头晃脑，“前天晚上，是啥人半夜三更为啥事睡不去，摸到本姐的房间里求香火哩？”

“我……”芈戎脖子一硬，“是蚊子咬得睡不着！你们都有帐子，凭啥不给我俩装帐子哩？”

“哈哈哈哈，”芈月笑道，“你打听一下，这府里上下，有哪个男子装帐子的？连蚊子咬一口都受不了，如果是条蛇，又该咋办？这到战场上，遇到的可就不是蚊子喽！就你俩这胆量，嘿，本姐我……”

“姐，你等着，”芈戎转身就走，“看我这就抓条蛇给你！”

“慢慢慢慢，”芈月拖长声音，慢条斯理道，“本姐来此，不是让你去抓蛇的！”

芈戎站住了。

“想不想听一个重大事件？就在眼皮底下？”芈月压低声音，故弄玄虚。

“想想想，”芈戎急凑过来，“姐，快说！”

“就这辰光，”芈月看向远处的纪陵君府宅，声音更低了，好像身边有人偷听似的，“舅公在陪一个重要到不能再重要的贵宾！”

“啥人呀？”芈戎急不可待。

“啧啧，”芈月越发卖弄了，“要是说出来，怕得把你俩吓死！”

“快说呀！”芈戎求道。

“是个秦国人！”芈月并不着急，将二人轮流看了一遍道，“你俩猜猜。要是谁能猜住，本姐……有个奖赏！”

“秦人！”芈戎忽地站起，“正要伐他去呢，看我宰了他！”

“啧啧，”芈月嘴一撇，“就你这副身架子，谁宰谁呀！”

“姐，是不是秦公？”魏冉问道。

“秦公是贵体，哪能轻易出窝哩？”芈月用目光鼓励他，“再猜。”

“难道是张仪？”魏冉略一思考，目光沉定，“应该是他！”

“哟嘿，”芈月盯住他，不可置信，“冉弟，你还真行啊！本姐咋个赏你呢？”说着眼珠子连转几转，招手道，“过来！”

魏冉挪过来一点。

“眼睛闭上。”

魏冉闭上眼睛。

芈月扳过他的头，在他的额头及左右脸颊各吻了一口，印出三团唇红。

张仪此来并不单是为了乌金，结交纪陵君、鄂君及其他王亲才是真章。

午宴丰盛，张仪喝多了，一觉醒来，已是傍黑。纪陵君便安排张仪在客舍住下，由于事涉机密，对外严格封锁了消息。

翌日晨起，王叔陪张仪进早餐，正说话间，只听一阵脚步急响，芈月如一阵风般跑进。

“芈月？”纪陵君眉头皱起。

“舅公！”芈月嘴上叫着，眼珠子却盯向张仪。

张仪的目光也看了过来。

芈月上前一步，走到张仪跟前，弯下腰，两只大眼圆睁，似乎要数他有多少根胡子。

“芈月？”纪陵君提高声音道。

“嘿，你就是张仪吗？”芈月如同没有听见纪陵君的叫声，顾自盯住张仪问道。

听到一声“舅公”，张仪已知她的身份，便指指自己的脸，呵呵乐道：“在下张仪，这张脸好看吗？”

“能把舌头伸出来看看吗？”芈月再问。

太过分了！

纪陵君面上挂不住，虎起脸重重咳嗽一声道：“芈月，快出去，不可胡闹！”

芈月尚未反应，张仪的舌头就已伸出，一直伸到了极限。

望着张仪的长舌，芈月目瞪口呆，良久，才咂巴了一下嘴皮子：“啧啧啧！”

“要不要拿个尺子量量？”张仪收回舌头，朝她一笑。

“好嘞！”芈月一阵风儿跑了。

“这这这……这孩子，”纪陵君连连拱手道歉，“没个礼法了！”

“嘿，”张仪抱拳回礼，压低声道，“不瞒王叔说，在下在她这年纪，还数过客人的满口牙齿呢！”

“呵呵呵，”纪陵君尴尬地笑笑，“若是此说，相国倒是与这个野丫头投缘！”

话音落处，芈月又一阵风儿跑来，手里拿着个量尺，蹲到张仪跟前："张客人，小女子可是真要量喽！"

张仪使劲伸出舌头。

芈月量过，"啧啧"又是几声，在尺子上做好记号。

"是多长？"张仪来劲了，"我还真没有量过呢！"

芈月凑近尺子，审看尺寸，喃喃道："天哪，三寸有三！"

"这么短呀，"张仪做了个苦脸，"我一直以为有四寸呢！"

"这是从口外量的，若是加上口内，恐怕……"芈月顿住。

"说得是！"张仪顺手拿起一根箸子，张开口，将箸子一直伸到舌根上，另一只手拉住舌梢，一直朝外拉，然后卡住，笑道："量这根箸子！"

"天哪，"芈月量过，赞叹道，"五寸七，真是条巨舌！"

"哈哈哈哈，"张仪大笑，"不瞒你说，张仪别无他能，就靠这条舌头吃饭，不长能行吗？"

"芈月，快出去吧，舅公与客人还在谈事情呢！"纪陵君将手指向户外。

"好嘞！"芈月将张仪量舌的箸子扬了扬道，"张仪大人，这根箸子就送给小女子吧！"说完一溜烟儿跑了。

张仪盯住她的背影，良久才收回目光。

"唉，"纪陵君长叹一声，"这孩子，简直是——"

"她是王叔的外甥女？"

"是哩，"纪陵君苦笑，"唉，原本是个苦命的孩子，可这孩子……硬是把苦活成乐，到哪儿都有她的笑声。"

"说说她，"张仪来劲了，"是怎么个苦命？"

"说来话长，"纪陵君放下箸子，看向张仪，"她的母亲是在下阿姐，名叫芈嫣。我们姐弟在宫里长大，阿姐总是护着我。后来阿姐嫁往魏国，为上将军公子卬夫人，生下她和她弟弟。之后的事你也知道，公子卬为娶秦公主，废去了阿姐的夫人名位。再后是河西之战，秦公主归秦，公子卬兵败，却被封为安国君。然而，安国君并没有恢复阿姐的名位。之后是庞涓袭取陉山，魏、楚交恶。阿姐长久郁闷，生病过世，临终嘱托他们姐弟，如有可能，就投奔在下。再后公子印战死于河西，安国君府没落，其他妾室就欺负他们姐弟，他们姐弟，魏月与魏戎，还有一个叫魏冉的，便出走入楚，投奔在下。在下将他们姐弟改回母姓，姐为芈月，弟为芈戎。而魏冉的生母是宋室公主，不想改姓，依旧姓魏。”

听到“公子印”三字，张仪眼前浮出正在於城候他的魏章，心头一阵惊喜。

“唉，”张仪将这股惊喜尽力压住，亦出一声长叹，“乱世多难，难为他们三个了。”略顿，道，“观芈月公主已经及笄，敢问王叔，公主芳龄几何？”

“虚龄二九。”

“可有婚约？”

“唉，”纪陵君又是一叹，“这孩子你也看到了，生活艰难，反倒磨出一个无拘无束的野性，身世飘零，偏又气傲，寻常少年不中她眼，也难镇住她。眼见一天一天过去，今已及笄三年，这都成个老姑娘了，却无父母为她做主，只有我这个做舅公的，干着急却也拿她没有办法。无论如何，我都狠不下心来强求她呀！”

“呵呵呵，”张仪笑道，“好女不愁嫁，王叔大可不必忧心。哦，对了，在下想起一事，听闻王叔的宝地有个宝山，说是风光不错，在下……”

“已有安排了，再过半个时辰，我们就乘车前往。”

“在下欲请芈月公主姐弟三人一起赏游，不知王叔——”张仪盯住纪陵君。

“呵呵呵，”纪陵君淡淡一笑，“若是此说，芈楸就不陪了！”

“谢王叔！”

半个时辰后，两辆辎车载着张仪及芈月姐弟三人前往纪山，驾车的是纪陵君的御者与车卫秦。

望着车马远去的尘埃，鄂君启笑道：“王叔，张相国不会是看上我这表妹了吧？”

"如果是，你意下如何？"纪陵君反问。

"呵呵呵，"鄂君启兴奋起来道，"听说她早餐时拿尺子把张仪的舌头拉出来量过，可有这事儿？"

纪陵君笑了。

"叫我看，"鄂君启接道，"表妹怕是看中张相国了。啥针穿啥线，还甭说，他俩倒是对眼哩！"

"这个张仪，"纪陵君微微点头，"还真是个大才！这事儿若是真的成了，不仅是你表妹的福分，也是咱楚国的福分！只可惜，"他轻叹一声，"前些年，昭阳做出那事，怕是伤透张仪的心了。如若不然，王叔就把他荐给你父王，由他来做楚国令尹，岂不是好？"

"昭阳那条老狗，"鄂君启恨道，"父王早就看他不顺了。王叔，启想定了，这就奏请父王，请回张仪，拜他为令尹，将昭阳老夫踩在脚下！"

"唉，你呀！"纪陵君摇头。

"王叔，我说的不是气话！"鄂君启握拳，"他拿下襄陵是真，但所有店肆也不能全由他昭家开吧？不久前，我派人赶赴襄陵，想在街上开个盐肆，嘿，费老鼻子劲才算搞到一个小店面，他昭家守得那叫个水泼不尽啊。八个邑呀，王叔，整整十万人，单是盐金之利……"他顿住话头。

"呵呵呵，"纪陵君笑道，"你呀，真还年轻。鱼向前游，蟹向横行，而那虾，是朝后退的。"

"王叔？"鄂君启急了。

"张相国的定金何时可到？"纪陵君转过话题。

"三日之内由车卫秦交付，"鄂君应道，"我让他直接送到郢都王叔府宅。"

"送到你射皋叔的府宅吧！"

"侄启遵命！"鄂君启略顿，压低声音道，"不瞒王叔，这次赚大了。那犁铧出厂价才五铢，十铢是店铺的价。王叔您谈到十五铢，赚了两倍利呢！我让彭叔算过，单是这一笔十万只，就能净赚五万两足金，也就是两千五百镒。天哪，前后不过六个月，而且我们几个算过，如果赶紧些，三个月就能全部交货，这么短时间，赚的钱就要比往年一整年的所有生意加在一起还多！”说完禁不住握拳，“真叫个，上天送财来，想不发家都不成哩！”

“呵呵呵，”纪陵君笑道，“张相国也是个猴精的人哪。他们将这犁铧运到咸阳，可以说是独份买卖，想卖多少钱就是多少钱。秦人以农治业，有这犁铧与没这犁铧大不一样哟。”

“是哩。”鄂君启应道，“待他们的粮食打得多了，吃不完时，小侄再到秦国，将他们的粮食倒腾出来，里外里再赚一笔！”

二人扯了会儿闲篇，彭君与射皋君来了。四人进到府里客堂，彭君将双方已经签字画押的契约呈给纪陵君。纪陵君瞄上几眼，见秦方画押的是车卫秦，楚方画押的是彭君，便笑笑，将契约递还彭君，开始就如何履约进行筹划。

日头过午，张仪他们才从纪山兴致勃勃地赶回来。纪陵君吩咐开宴，几位封君并芈戎兄弟陪同宴席。

张仪起初不过是讲些纪山胜地的好玩之处，酒过三巡，才将话头转回，看向纪陵君，拱手道：“王叔，在下有一求请，趁没喝醉，先说给王叔！”

“相国大人不必客气。”纪陵君拱手回礼，盯住张仪。

“在下此求是为两位公子，”张仪指向芈戎、魏冉二兄弟，“二位公子年纪虽小，却志存高远，渴望疆场建功。听公子讲，近日王叔有雄兵正在演练，他们甚想加入行伍，却因年齿未获批准，特托在下向王叔求情！”

纪陵君看向芈戎二人，见他们果是带着期盼的目光，遂叹一声，看向张仪：“不瞒相国，非楸不肯，实乃楚有王制，不冠者不可入役。律制为先王所制，芈楸不敢违拂！”

“舅公？”芈戎急叫一声，刚要争辩，张仪“呵呵”笑出几声，截住他的话头，“二位公子所求不过是参与演练，非入册籍，因而不算是违拂王制。”

“这……”纪陵君闭目有顷，道，“既是此说，倒是可行。”说完看向芈戎，“芈戎，就依张相国所言，你二人得空去找庄将军，参与演练！”

“谢舅公！”芈戎、魏冉双双跪叩，又转身对张仪叩首道，“谢张大人！”说罢芈戎弹起身子，扯上魏冉飞跑而去。

望着他们欢快跑走的样子，几人皆笑。

“啧啧，”张仪望着他们的背影，赞道，“自古英雄出少年，看到他们，在下……唉，想当年，河西尚未入秦，龙将军招募兵役，在下已在应征册籍，欲应征建功，可先母她……强将在下送往了洛阳，如若不然……”显然是想到母亲，张仪的泪水流了出来。

“张大人有个好娘亲哪！”纪陵君接道，“如若不然，张大人或就喋血河西，再没有今日之功了！”

“谢王叔赞誉先母！”张仪拱手谢过，又盯住纪陵君道，“此番入楚，在下感慨颇深。眼下虽风平浪静，可仪所经之处，楚人无不在冒着热日排兵演阵，运粮备战。如此勇武之国，如此勇武之民，实让秦人汗颜哪！”

“咦？”鄂君启接道，“秦人怎么汗颜了？”

“唉！”张仪长叹一声，“秦人哪，上自秦王，下至臣民，没有一个想打仗喽。”

“咦？”鄂君启声音拖长，眼睛圆睁，“为何？”

“连续多年，秦人饱受战乱之苦。先是商君，不恤民苦，一意征伐，与魏战于河西，再与贵国战于商於。及至新君继统，又先有苏秦纵亲六国伐秦，后有在下远征巴蜀，再后有司马错远征齐国，无论是王室还是臣民，全都打累了。不瞒王叔，”张仪略顿一下道，“自从桑丘溃败，还有巴蜀叛乱，秦人无不厌战，都想种种庄稼，有吃有喝，过几年安生日子。这不，听闻楚地犁铧方便耕作，秦王特使在下前来与王叔洽谈，任凭花光国库，也要让秦民户户都有犁铧使用啊！”

张仪道出这个原委，几位王亲面面相觑。

“看到楚人如此忧患，在下深有所动，此番回去，看来得劝劝秦王，农闲时节，也不可荒废练兵呀！不久之前，苏秦约六国相会于啮桑，在下听闻音信，即刻动身，欲到啮桑与六国之相共谋天下相安之事，岂料紧赶慢赶，仍旧迟到一步，唉……”张仪再出一声长叹，“如果不出在下所料，此番六相之会，仍旧是为秦国。看来这秦人哪，”张仪摇头苦笑，“真叫树欲静而风不止呢！”

张仪一番言辞，听起来情真意切，几位王亲皆很感动。

“张大人，”纪陵君拱手道，“没想到秦王有此胸襟。犁铧之事，张大人尽可放心，上午我等谋议过了，定能如期交货。至于邦国军务，实乃朝廷之事，非楸所能左右。不过，俟机缘合适，楸也会将秦王并张大人的心思转奏大王。无论如何，楚、秦皆为大国，和则两利，争则两伤。”

“和并不难，”射皋君接道，“根结就在于商於之地。公孙鞅袭占於城十五邑，楚国上下无不视为国耻，张大人若能劝说秦王归还所占城邑，秦、楚和睦不在话下！”

“射皋君说得是，”张仪拱手，扫视众王亲道，“商於之事，在下也是清楚的。商於本为楚地，商城之前由楚王送给秦公，出于友情，只是这於城十五邑，商君确实不该贪图。俟在下回到咸阳，就向秦王晓以大义，尽早归还於城十五邑。至于商城诸邑，由于涉及先楚王所赠，只能从长计议！”

张仪之言既在理，又切实可行，几位王亲纷纷点头。

纪陵君拱手道：“有劳张大人了！”

“说到这儿，”张仪看向纪陵君，“在下还有一事，恳请王叔允准！”

“张大人请讲！”

“仪观芈月公主品端貌正，聪慧伶俐，非人间凡品。仪有意为公主保媒，不知王叔意下如何？”

“这个，”见他不是求婚，只是保媒，纪陵君显然失望，他看向张仪，“敢问张大人，所保之媒是哪位公子？”

“不是公子。”

“哦？”纪陵君略怔，身体前倾，“那他是何人呢？”

张仪朝西北方向略略拱手，一字一顿地说出了一个几乎令在场诸王亲瞠目结舌的名字：“秦王嬴驷！”

第四章

乱燕宫子之用狠　陷绝境天香使毒

在易王将府宅归还苏秦的第三天，子哙也奉燕王之命回到蓟城，入住太子宫。

子哙入宫谢恩，在宫门外面候足一个时辰，方有宫人回禀，说易王正在歇息，要他不必觐见。子哙晓得父王不想见他，不无悲伤地回到太子宫，却见有人正在等候。

定睛细看，原来是父王尚在太子东宫时的老宫尉袁豹，与自己早是老友了。

袁豹依据礼仪递呈请帖，是苏秦的手书。

子哙便随袁豹来到苏秦府上，见宴席已备，苏秦正在恭候。

宴席很简朴，两块胙肉，一只鸡，两盘素菜，一坛酒，也无人作陪。

许是好几年没有见到苏秦，许是近几年过得实在太苦，子哙杯酒未沾，毫无食欲，只将两行泪珠不住地洒下。

就在苏秦安抚太子哙的当儿，燕王后便使身边的黑雕潜出后宫偏门，溜进秦使驿馆，将宫中变故一五一十地讲给了公子疾。

其实，所有情形，公子疾也早晓得了，当即吩咐她放风给燕易王，就说他对燕王的出尔反尔深感失望，决定离开蓟城。

次晨，公子疾一行便作别驿馆，大张旗鼓地离开了蓟城，却在出城十数里后，寻了个无人之际，拐向一条小道，潜入了一处由黑雕经营的隐蔽网点，静静地窝在那儿。

受易王之命负责监督子之的共有十人，其中六人是易王内宫主宰纪九儿的心腹，四人是御史大夫鹿毛寿安插进来的。自从武阳归来之后，可能是因在地宫受到惊吓，纪九儿每天晚上都做噩梦，对宫里的事情没有之前上心了，监控子之的事更是一总儿推给了鹿毛寿，由他统筹。

鹿毛寿督察得极为殷勤，每天晚上都要亲临现场巡看，表扬宫人执事辛苦，再找碴儿将自己安插的几个人一顿臭骂、训诫，罚他们执夜勤，同时奖励纪九儿的心腹到蓟城的赌场里自在逍遥。这些宫人晓得鹿毛寿是易王的宠臣，也就放心由他，乐得自在。

在秦使出走的这天晚上，鹿毛寿又将人一顿臭骂之后，留下了三个最不顺眼的人执夜勤，而让他安排的一个“表现出色”的人带足银两，与其他众宫人前往赌场去了。

众人走后，鹿毛寿将三人安排妥当，自己则趁夜色推开了子之的柴扉。

鹿毛寿轻敲屋门。

子之开门，将他让到舍中，钻进了一个地窖。

地窖里掌着灯，案上放着子之女人烤的胡地羊腿，肉香味扑鼻，旁边是一坛酒与两个酒爵。

二人面对面坐下，子之笑着，用胡刀割下一大块烤肉，递给鹿毛寿，然后斟满酒。

“主公，”鹿毛寿接过酒道，“这两天发生了三件事：一是殿下昨天回来了，入宫觐见，没见到燕王，后应邀到苏秦府中小聚；二是今日王后哭哭啼啼，说是她的娘家人走了；三是纪九儿自武阳归来之后，与之前大不相同，似乎魂不守舍。”

“市被怎样？”子之问道。

“已得我王信任，眼下是西门尉，掌管西宫门。”

“甚好。”子之微微点头，举爵道，“宫城四门，有一门足矣。”

“关键是殿下，”鹿毛寿一脸忧心道，“他似乎是真的不想当太子。”

“由不得他！”子之说完，似觉不妥，又补充道，“据太后所述，殿下是先君选中的储君，本要传位给他的，不料想……”说到一半突然止住话头。

“嗯，”鹿毛寿接道，“俟殿下继统，主公主内，苏秦主外，燕国或有出头之日！”

“呵呵，”子之淡淡一笑，“对了，苏代回来没？”

“没。”

“你觉得苏代这人如何？”子之盯住鹿毛寿。

“打交道不多，挺像他哥，颇有城府。”

“俟他回来，就通报一下，我和他搭伙做了笔生意，得问问他是赔了还是赚了。”

“好的，主公，毛寿安排。”

眼见燕国基本安定，苏秦挂念赵国，遂在自己的府宅上挂起“六国纵约司燕邸”的匾额，由燕国太子哙守司，又留下袁豹襄助，之后便与飞刀邹驱车驶往邯郸。

探得苏秦离蓟，公子疾即刻潜回蓟都，向易王递上拜帖。

见秦使仍在蓟城，易王震惊，传旨在偏殿觐见。

“听说王叔要回秦国，寡人心里不是个味呀，想为王叔饯个行，使人召请，却是迟了，说是王叔已经离开。寡人……唉……这些天来，早晚念及此事，总是引以为憾哪。不想王叔这又回返，寡人……呵呵呵……”易王顿住话头，脸上现出干笑。

“唉，”公子疾长叹一声，“听闻大王一夜之间改了旨令，不再废立，臣疾……守在蓟城，就是自取其辱。臣疾本欲辞别大王，可……思来想去，一是见到大王不知该说什么才好，二是大王既已听苏子，而臣……臣与苏子曾有旧交，今日冤家路窄，万一在朝堂中遇到苏子，也是尴尬。”

“王叔今又返回，是……”易王顿住话头，用目光征询公子疾。

“臣疾之所以返回，是有一事要征询大王，讨个确信，否则，臣回咸阳，难以向王兄复命！”公子疾目光如剑，射向易王道。

“王叔欲问何事，但请讲来！”

“臣疾别无他问，只想亲耳听大王说一说储君废立的事，好回咸阳向王兄奏报实情。否则，臣疾回到咸阳，回奏王兄，说燕王已经明旨废太子，改立子职，却又出尔反尔。王兄万一震怒，由此引发两国争端，那时大王反说是臣疾误解大王之意，臣疾岂不是……左右不是人了吗？”公子疾二目如炬，逼视易王。

“这……”易王说不出话，看向纪九儿。

纪九儿也被公子疾的言辞震慑，一时呆在那儿。

“燕王，”公子疾改了称呼道，“秦使嬴疾只求一句利索话，由燕王亲口说出，仅此而已！”

“寡……寡人……”易王支吾半天，再次看向纪九儿。

纪九儿灵机一动，跑到一侧，拿出苏秦带来的秦卒在韩抢粮的画面，呈递易王，小声道：“王上，这个？”

易王大喜，接过画，看向公子疾道：“唉，不瞒王叔，寡人本已听信王叔，改立子职为太子，不想苏秦归来，给寡人看了这个，”说着递给纪九儿，“呈王叔过目！”

纪九儿将画递给公子疾。

公子疾展开，审视良久，突然爆出一声长笑：“哈哈哈哈！”

“王叔所笑为何？”易王盯住他。

“为这幅画啊！”公子疾抖动手中的羊皮，再次长笑，“哈哈哈哈！”

“此画有何好笑？”易王倾身，盯住他。

“臣疾敢问大王，这是画的什么呢？”

“听苏子说，这是韩人所画的秦卒抢粮场面。你看上面的旗号，有‘秦’‘司马’等旗号呢。”

“哦？”公子疾又是一番细审，抬头问，“敢问大王，是何秦卒在何处抢粮了？”

“咦？”易王盯住他，“就是前番司马错引军在桑丘大战齐人，秦人溃败，辎重尽皆留给了齐人，无粮可吃，后来退到韩地，饿得受不了，便抢韩民的粮，被韩人画出来了呀！”

“哈哈哈哈！”公子疾又是一番长笑。

“王叔又笑什么呢？”

“此番是笑大王！”

“哦？”易王坐直身子，敛神问道，“寡人有何可笑之处？”

“臣疾本以为大王是个聪明之人，今日看来，大王是聪而不明啊！”

“何为聪而不明？”易王沉起脸色道。

“聪是耳朵听得见，明是心里辨得清。”

“敢问王叔，寡人何处没有辨清？”

“大王请再审审，”公子疾将画递给纪九儿，“此画由羊皮精制而成，割裂整齐，加工精美，没有任何异味。试问大王，韩国的边民能用得起这样的羊皮吗？”

“这……”易王细审羊皮。

“再看画面，”公子疾接道，“从画面看，线条流畅，布局紧凑，画工极好，敢问大王，这样的画工，韩国的边民能画得出来吗？”

易王看向画面。

“唉，”公子疾轻叹一声，“大王啊，耳朵好是好事，可心也得明啊，否则，臣子多了，口杂了，大王听什么就信什么，不用心去细想深究，这要冤死多少臣民哪！”

易王面色尴尬。

“大王试想，”公子疾指向画面，“如果秦卒抢粮，说明秦卒已经饿得不行了，看到粮食，那是多么紧张的事，是瞬间就要抢完的，能这么站着，让人画下来吗？再说，那些边民，有几个会画画呢？明眼人一看，就知是宫廷画师所为。这样的羊皮，也只有宫廷画师才有。就臣疾所知，这样一块羊皮，在郑城是有店铺可卖的，一块羊皮要二十刀币，而二十刀币可买三斗粟米！王上啊，有哪个边民舍得花二十刀币去买块羊皮，再找个画师把秦人抢粮的场面画下来呢？”

易王长吸一口气，眉头拧起。

“大王宫中也有画师，大王若是不信，可以叫个画师审审此画，是秦人在抢粮时由边民所画，还是苏秦所请来的画师所画？”

显然，于易王来说，公子疾所言为常识，是不需要画师验证的。奇怪的是，当初苏秦展示时，自己为什么就没有这么想呢？

易王的眉头拧得更紧了。

“大王啊，”公子疾趁热打铁道，“苏秦本为无信之人，无信之人的话怎么能听呢？别人可能不知，而苏秦当年赴秦，臣疾与他打过多次交道。当时王兄新立，商君谋逆，遭王兄车裂。商君身死，国无可用大才，王兄便立榜，招揽天下英才。苏秦高车大马赶赴咸阳，在咸阳城中大谈帝道，讲的全是谋逆之言，说什么天下要一统于秦，要王兄帝临天下，吞灭天下大小邦国，包括大王的燕国。这桩公案，天下是无人不知啊，因为当初他是开坛论道，听他讲解的天下士子多达数百。王兄是仗义之君，当初尚未称王，仍旧是周天子所封的周臣，听闻来自周室的士子竟然在大庭广众之下口出谋逆之言，心里那叫一个火啊，本是一定要杀他的。可大王知道，秦王是爱才之人啊，苏秦自称是鬼谷弟子，与庞涓、孙膑、张仪齐名，王兄是爱才心切啊！再说，苏秦是应王兄的金榜才高车赴秦的，王兄怎么能杀一个应约之人而寒天下士子之心呢？于是，王兄便放他走了。可结果呢？此人离开秦国之后，非但不感念不杀之恩，反倒对秦国怀恨在心，蛊惑天下人心，污蔑我秦国为虎狼之国，搞出一个轰轰烈烈的六国合纵来。结果如何？六国合力伐秦，却兵败于函谷关。之后呢？三晋打作一团，齐、燕也发生纷争，唯有秦国远离中原纷争，转向巴蜀不毛之地。至于司马错引军远征齐国，臣疾早向大王解释过，是王兄应齐王密约，与齐人演了一出戏而已，可大王偏就不信。就今日而言，六国之君，有谁还肯去信一个无信的苏秦呢？可大王偏就信他！大王身为秦王贤婿，却不听翁国王叔之言，反听一个有负其翁的不信佞人，岂不让人好笑吗？”说完顿住话头，二目直视易王。

公子疾一番长论，字字戳心，惊得易王额头出汗，胸口发闷，二目眩晕。

“虽然如此，”不知过了多久，易王总算是回过神来，朝公子疾拱手道，“寡人仍有一惑，请王叔解之。”

“大王不必客气，”公子疾回礼道，“疾知无不言。”

“齐国。”

“齐国怎么了？”

“照理说，苏秦合纵对齐国有百利而无一害，齐王为什么还要与秦人合谋？”

“臣疾敢问大王，苏秦合纵对齐都有何利？”

“这……”易王语塞。

“唉，”公子疾叹道，“大王啊，假设您是齐王，这且讲讲，合纵对您都有哪些利？”

“这……”易王再次支吾。

“未来先不说，”公子疾舞动手势道，“就拿过去几年发生在大王眼皮子底下的事来说，臣为大王解析一下合纵对齐的‘好处’！”

“寡人愿闻。”易王倾身道。

“六国纵亲初成，魏王就要伐秦，夺回原本属于秦国而被吴起夺去的河西之地。齐国既入纵亲，就不能不出兵。但齐王根本不想伐秦，因为秦人与齐毫无瓜葛，齐人的真正对手是魏国，秦、魏起争对齐只有好处。这不，苏秦竟然以合纵之名让齐国去帮助它的敌国攻打一个与己毫无瓜葛、对己只有益处的秦国，岂不是帮倒忙吗？果然，齐王借口大王废立，掉转枪口征伐河间。其实，征伐河间是假，不伐秦人才是其心。”公子疾侃侃解道，“大王啊，齐王才是一个明白人。再后，纵亲起争，魏王使庞涓伐赵，苏秦向齐求救。齐与魏才是对头，所以齐王转身就去打魏，那叫一个狠哪！再后，魏人伐韩，苏秦再次向齐求救，齐人再次战魏，打死了庞涓。结果呢？齐人两番为纵亲出兵，得到什么好处了呢？只得到一个好处，就是齐人战死数万，粮草被魏人烧空，齐国由一个富国变成一个穷国。好处让谁得了呢？楚人。趁齐、魏大战之际，楚人几乎是兵不血刃地得了襄陵！大王啊，如果您是齐王，您会怎么想？您还会相信苏秦吗？”

易王越听越在理，再次深吸一口气。

“再说，”公子疾进一步分析道，“苏秦合的是纵。什么叫纵呢？南北为纵。天下列国，拥车万乘者仅有七国。在这七国里，何为纵呢？由南而北，分别是楚、韩、魏、赵、燕五国。而东西为横，何为横呢？齐、魏、秦三国。在这三国里，偏偏齐、魏因黄池之战结仇，互不相让，引发连番大战。为解此仇，王兄特使张仪入魏，出任魏相，与齐结交，只伐赵、韩。岂料苏秦前奔后跑，两番赴齐求援。齐王惦念黄池之仇，便两番相救，杀死了魏国太子并庞涓。魏王气昏了头，欲报仇，却又力不胜逮，因为纵亲国皆是他的仇敌，没有人肯去帮他了。魏王无奈，只好求秦人出兵。张仪曾为秦相，也只好舍脸向王兄搬兵。张仪是王兄的妹夫，王兄看在妹妹面上，答应出兵，但这个兵只是出给魏王看的，因为王兄与齐王没有任何仇怨。所以，在出兵之前，王兄就密函齐王，演一出戏，既给魏王看，也给天下人看。”

“那……死伤两万人呢？还有辎重尽弃？”

“哪儿来的死伤两万人？”公子疾哂笑一声道，“大王为什么不派人到实地查验一番而偏听苏秦的一面之词呢？大王试想，如果王兄真要伐齐，数千里征战，为什么只派出五万人，且连辎重也没有运送呢？大王想想看，五万远征军，没有任何辎重供应人员！远征军的所有供应，一半是魏人给的，一半是就地购买的。既然要做戏，本钱也是要花的。大秦国库中，其他虽不多，金银却有的是，因为蜀地有条水，叫金沙水，水中尽是金沙！秦人只需将那金沙捞出来，放到炉子里熔炼，金子就流出来了。秦国有的是金子，泗下有的是粮食。秦军佯败，正要撤退，这些粮食要它何用呢？正好送给齐王一个顺水人情，因为齐人的粮库全让庞涓烧了，这辰光缺的正是粮食！”

“可……秦人为什么一定要战败呢？”

“因为秦人不败，魏王不肯依呀！”公子疾叹道，“唉，大王呀，你试想想，如果你是秦王，魏王求你出兵，你是要打赢呢，还是要打败呢？”

“当然要打赢了！”

“关键是，打赢之后，你能得到什么好处呢？”

“这……”易王抓耳挠腮。

“土地吗？太远了，齐王纵是肯给，秦国怎么辖制呢？粮食吗？秦人有的是。金子吗？秦人有的是。人口吗？齐人又懒又馋，还爱讲排场！海盐吗？秦人有的是巴盐。鱼虾吗？运不到秦国就臭了。让齐人认输吗？输赢只是个虚名，我家王兄向来是个讲求实际的人。”公子疾逐条分析道，“反过来说，如果秦卒没有打赢，魏王脸上就倍儿有面子了！”

“这……”易王不解，“请的援兵吃了败仗，魏王为何脸上反有面子？”

“大王啊，你随便想想，大魏武卒两番败给齐人，连所向无敌的庞涓都战死了，我王能让秦人打胜仗吗？如果秦卒打胜了，就会显出大魏武卒的无能，是这个道理吧？反过来说，司马将军若是打败了，魏王一看，哇！原来齐人真的好厉害啊！难怪庞将军会……于是也就心服口服了！”

公子疾生拉硬拽出这番大道理来，讲得竟也是头头是道。

“唉，”燕易王听进去了，悔之莫及，长叹一声，“这么说来，苏秦果真是个无信之徒，寡人……如果不是王叔，就又上他的当了！”

“王上啊，”公子疾打起亲情牌来道，“无论如何，您是王兄的贤婿，臣疾也算是一丝儿也没有掺假的亲亲王叔。亲亲王叔再犯糊涂，再不更事，总也不能损害贤婿的燕国啊。燕国只有好，只有富强，秦国的公主才能得到安全。秦国公主只有得到安全，才会开心。只有公主开心又安全，公主的阿大才会高兴，公主的王叔才会开心。大王想想，那个齐王仅仅为了一个亲外孙，就不惜大动干戈，兴师动众地伐燕，取燕十城方才罢休。假若子职，还有王兄的心爱之人，也就是大王的王后，真的有个三长两短，王兄会是怎样的反应呢？王兄如果动怒起来，即使是王叔也不敢去想会有何后果啊，因为王兄是个不顾一切的人。这些年来，大王也都目睹了。六国合力也未曾撼动秦卒分毫，巴、蜀数百年基业，更兼蜀道之难，可秦卒只用了十个月，便先灭蜀，后灭巴，拓地数千里，得人口近百万，连蜀粮、巴盐也成了王兄的囊中之物啊。”

公子疾的鸿篇大论，可谓是软硬兼施，易王听得心服口服，不再辩解一句，拱手应道：“姬苏愚痴，谢王叔指点迷津。姬苏该如何去做，还请王叔指点！”

“大王只需去做一事，废太子哙，立子职！”

“姬苏谨听王叔！”易王转对纪九儿道，“召鹿毛寿！”

入夜。

当鹿毛寿将这个惊人的变故一五一十地禀报完毕时，子之惊呆了。

子之两手捂脸，两个拇指按在耳后，来回使劲揉搓。

不知搓了有多久，子之猛地抬头，声音很轻地道："毛寿！"

"主公？"鹿毛寿小声应道。

"干吧。"

"要毛寿怎么干？"

子之起身，走到一个隐秘的角落，不一会儿又走出来，将一只小铜壶递给他。

毛寿接过，端详铜壶。

"不可开塞！"子之警告。

鹿毛寿"嗯"了一声，看向塞子。

这是个软塞，塞得很紧。

"毛寿，猜猜壶中何物？"子之问道。

鹿毛寿掂量几下，又摇了摇，然后摇摇头。

"你可晓得，先君是怎么宾天的？"子之问道。

"这……"鹿毛寿迟疑了一下，"毛寿不知，只是觉得，先君从孟津的纵亲盟会归来，突然就……"

"就是壶中之物。"子之声音淡淡地给出谜底。

鹿毛寿倒吸一口冷气。

"壶中之物是一种毒气，由东胡一个巫人配制出来，没有名字，也不知是由何物配制，无色，无味，人一嗅到就死了。"

鹿毛寿震惊："主公是说，先君他……"说着看向铜壶。

"正是。"子之长叹一声，"先君一世英雄，却走得不好！"

"谁干的？"鹿毛寿话音出口，旋即就皱眉了，"瞧我，净问些不上道的。"

"你可晓得，先君为何得嗅此气吗？"子之问道。

"毛寿不知。"

"因为先君要废储君，传其位于子哙！"

"明白了。"鹿毛寿握拳道，"主公也要让这个弑父者同受此报！"

“正是。”子之淡淡说道。

“毛寿有一事不明。”鹿毛寿盯住子之，“如此隐秘之事，是怎么传出来的？”

“是子哙讲给我的。”

“哦？”

“姬苏弑君之后称王，迟迟不立其夫人田妃为后，却改迎秦女，欲立秦女为后。田妃与姬苏早有嫌隙，姬苏的所有活动均在她的关注之下，姬苏毒杀先君的毒气，田妃也得到一瓶。田妃欲毒杀姬苏，立子哙为王，可与子哙谋议时，子哙不仅不肯，还将其母唯一的一瓶毒气揭开塞子，扔进水中。之后的结局你也晓得了，在新王立秦女为王后时，因齐人施压，田妃被赐死。”

“唉，”鹿毛寿长叹一声，“殿下什么都好，就是心太软了。如若不然，燕国就不会遭这么多的劫难！”

“正是。”子之亦叹，“眼下的难题是，燕国不能交在子哙手中，却又不能不交在子哙手中。”

“怎么办，主公？”

“还能怎么办？”子之摊手，“送走易王，立子哙！”说完指了指铜壶，“你将此壶纳入袖中，设法与易王独处，然后悄悄拔出塞，将铜壶扔到易王脚下。毒气弥出，易王瞬息气紧，必死无疑，且毫无征兆，肤色如常。”

“可……”鹿毛寿盯住铜壶。

“拔塞之时，”子之从袖中摸出一物，“你将此物捂在鼻上，快步走出。之后，你再返回，收走此瓶，隐去。后面的事，我自有安排！”

“毛寿领命！”鹿毛寿接过捂鼻之物，审之，是一团绒毛，他盯住绒毛细审，显然是怕它有所闪失。

“此为解毒之物，是那巫人制此毒气时一并配制的解物！”

鹿毛寿放下心来，将那物并铜壶小心收好道，“主公，何时动手为宜？”

“迟误不得了，就今宵，就这辰光！”子之握拳道，“你马上进宫，说有急事密奏恶王。俟觐见时，你就奏报我逃走了。恶王必定震惊，暴怒，你趁恶王发怒时，抛出此物。”说完起身道，“走吧，从今日始，本公要离开此庐了！”

二人快步走出，在夜幕掩饰下直向宫城，在西宫门见到了市被。三人议过各种细节后，鹿毛寿入宫，市被则派出几个心腹武士，换作夜行服，远远随在鹿毛寿身后。

于易王来说，废立既定，事不宜迟。

易王召请了老太师并两个王室长辈，使纪九儿宣读完废立诏命，便开始陈述废子哙、立子职的缘由，并进行废立典礼等一应事宜。

此时，守值宫人悄悄进来，小声奏报：“王上，鹿毛寿有急事禀报！”

“急事儿？”易王怔了下，看向纪九儿，“看看，什么急事儿？”

纪九儿走出，不一时，进来禀道：“出事情了。是大事！”

“什么大事？”易王一惊。

“是特大的事！”

“快，传他进来！”易王急道。

“王上——”鹿毛寿一进门就扑倒于地。

“怎么了？”易王急问。

“子之将军他……”鹿毛寿欲言又止。

“子之？他怎么了？”子之是易王最担心的人，尤其是在这节骨眼上，因此问道。

“跑了！”

太师与两个长老面面相觑。

易王倒吸一口冷气，看向纪九儿道：“他跑哪儿去了？”

纪九儿也极震惊。

诏书已就，明日就要在大朝上颁布，子之却在这个节骨眼上逃了，这是天大的事！

“臣也不知呀，”鹿毛寿一脸惊魂道，“不瞒王上，燕国朝野，臣最不放心的就是子之将军，每天晚上都要亲往巡视。就在方才，臣去巡视，却喊人不见，仔细查验，方见大街的靠墙处躺着三具尸体，皆是……守望他的人。臣吓坏了，拔剑冲到子之门口，见柴扉与舍门全开着，舍内空无一人，也无灯光。臣连叫几声，没有见人，反身欲走，却被一物绊倒！”

“何物？”

“臣也不知，”鹿毛寿从袖中摸出铜壶，“就是此物！”说着拔出塞子，扔向易王，迅即掏出绒物捂在鼻上，转身就走。

一切发生得太快，易王未及反应，也未及叫喊，只觉一阵气紧，伸手捂在鼻子上，已是迟了。

纪九儿先是傻了，继而反应过来，抬脚就踢铜壶，可脚未踢到，人却已栽倒。

毒气迅速弥散，老太师和两个王亲长老，以及在场宫人尽皆中毒，纷纷倒地。

三息过后，宫中一切平静。

鹿毛寿依旧用绒物捂住鼻子，复走进来，见所有人都不再动弹了，这才走到易王跟前，捡起铜壶，见易王案前放着纪九儿拟就的废立诏书，便拿起来，塞进衣袖，随后悄悄走出，掩上殿门，隐在暗夜中。

是夜，子职得立，王后兴奋，早早就用香汤沐浴，更将后宫布置一新，洒满香露，只待易王过来，她好侍寝。

可一直候到二更，易王仍未过来。王后晓得易王在召太师并王亲长老谈论废立的事，也就不急。又候一时，已交三更，王后睡意蒙眬，担心易王过来时自己睡熟而失礼，遂使宫正前往前殿探看。

宫正走到前殿，见殿门关着，门外并无一人。

宫正觉得奇怪，上前悄悄推门，开出一道细缝，朝里观望，见正堂的大门虚掩着，有光亮透出，院中却空无一人。

显然，易王仍在。宫正猜出他们仍在议事，就在门外守候。

宫正又守良久，却未听到任何声响。

宫正大奇。

正常情况下，如果易王在此，殿门外面会有两个卫士守值，偏殿也会有几个宫人侍奉茶水。然而此时，殿门外面既无守卫，偏殿里也无灯火与宫人，甚至连个传旨的宫人也没看到，但见一切静寂，人气全无。

宫正纳闷，趋步走到正堂的大门前，又听一时，仍无动静，便小声禀道：“王上？”

没有人应答。

宫正提高声音：“王上！”

仍无声音。

宫正急了，推门打开一道细缝，立时呆了。

殿中，横七竖八地倒着十几具尸体。

“天哪！”宫正欲逃，却两腿发软，他一步一步挪到殿门外面，也不见一个人影。宫正不敢声张，正好腿脚也来了气力，便撒腿向后宫飞逃。

听完禀报，已经脱衣在榻的王后，脸色瞬间惨白。

王后晓得，她正在历经一场宫变，且这场宫变是由她的对手发动的。

“娘娘，怎么办？”宫正急道。

“快，快叫王叔！”王后回过神来，对一个贴身宫女悄嘱一句，在宫女的侍奉下抖着身子穿衣，边穿边对宫正道，“传鹿毛寿，不可声张！”

当公子疾急如星火地赶到宫中时，王后并众宫人已经守在内殿门外，谁也没有出声。

公子疾推开门，几步跨到易王跟前，用手探探他的鼻孔，已无气息。再试众人，无一存活。

公子疾查看偏殿，除正堂之外，不见一人。

“王叔？”王后带着哭腔。

“诏书呢？”公子疾搜索殿中，没有寻到诏书，急问。

“谁知道呀？”王后应道，“应该是在御史鹿毛寿那儿，听王上说，诏书是他写的，我已传他来了。”

“传宫尉，宫城戒严！”

当值宫尉前去各个城门传旨，来的却只有西门尉市被，因为另外三个宫门的门尉已被市被控制。

走在最前面的是御史鹿毛寿，跟在他身后的是市被与数百甲士。

王后急迎上去，对鹿毛寿道：“鹿大人，快，出大事了！”

“什么大事？”鹿毛寿佯作不知。

“王……王上……”王后指向殿门。

鹿毛寿与市被走进堂门，扫了一眼，即刻退出。

市被朝众甲士大叫：“听令！”

众甲士一齐看向他。

市被指着王后、所有宫人还有公子疾：“把他们全抓起来！”

众甲士不由分说，一拥而上，在众宫人的尖叫声中，将在场的人全部抓了起来。

“鹿毛寿？”王后惊惧，大叫。

“臣在！”鹿毛寿走到双手被执的王后跟前。

“有……有……有人弑……弑王……”王后连话也说不囫囵了。

“是的，娘娘，”鹿毛寿一脸沉静道，“在抓到凶手之前，先要委屈娘娘一时！”说着朝市被喊了一声，“市将军，将娘娘他们押在娘娘宫中，好生看待，宫城戒严，搜索凶手！”

“得令！”市被挥手，转对众甲士道，“将他们押到娘娘宫中，严加看管！”

“鹿大人，”在被甲士押走之前，王后扭头，朝鹿毛寿叫道，“王上的诏命，可在你处？”

“诏命？”鹿毛寿佯作不知，“什么诏命？”

“就是大王今天后晌让你拟就的废立诏命，都加过玺印了！”

“废谁，立谁？”鹿毛寿明知故问。

“废太子哙，立公子职呀！”

“回奏娘娘，”鹿毛寿微微拱手道，“臣未曾受命，亦未曾拟过这样的诏命！”

“鹿毛寿，你……”王后急了，带着哭腔。

“带走！”鹿毛寿看向市被道。

王后又闹又叫，自始至终未出一言的公子疾却早已看出猫腻，晓得大势已去，长叹一声，对王后道：“公主，甭与他们费口舌了！”

这一夜，整个蓟城都在繁忙中度过，街上到处是跑步声、车马声、招呼声。所有百姓都晓得发生事情了，却不知发生了何事，无不在忐忑中度过。

及至天明，尘埃已经落定，亲近子之的两万人马分四路驰入城门，太子哙在子之及亲子之的部分大夫的簇拥下走进宫门。王后、公子职及公子疾皆被拘押，公子疾的从人多被抓起，黑雕散隐。后宫及百官之家不知发生了何事，无不人心惶惶。

日头初升时，在子之主持下，稀里糊涂的太子哙于燕宫正殿登基即位。子之也真聪明，只字不提易王死因，只对众臣宣称，先王突患重病，于昨夜薨逝，依照燕宫旧制，由太子哙即正位。

无论是子之还是子哙，在燕国上下皆有口碑。先王既薨，一切都成过去，众臣也就安心了，依序叩拜新王。

子哙发出的第一道旨令是，定先王谥号为“易”，为先王举办大丧。想想也是，易为变，先王之始及先王之终，还真是充满变数呢。

接后三日，子哙连发几道旨令，拜子之为相，辖制百官并三军，拜鹿毛寿为上卿，任命将军市被为宫尉，并按子之提供的名册重置百官职守，蓟城几家死忠于易王的大户均被抄没。整个变动过程波澜不惊，没有腥风血雨。

三日过后，蓟城解禁，新立百官上朝。燕国百姓皆知子哙仁善，得知是他为王，无不笑逐颜开。子哙随即大赦天下，燕国旧貌换新颜。

可在子哙即位的第三天，子之与子哙之间就发生了一次重大冲突。

冲突的核心是如何处置王后及公子职。子之认定是秦使、王后欲改立子职为太子且谋害先王，因而，当以弑君罪悄悄处死王后、子职与秦使。子哙却坚决反对。子哙看过现场几人的尸体之后，已晓得他们死于何毒了，而这样的毒只有子之才能搞到，王后与秦使是不可能得到的。

无罪而诛，必遭天谴。

争至最后，子哙以不当燕王相迫，子之无奈，只好长叹一声，对子哙道：“王上，未来有一天，您终会为今天的仁慈付出代价，从而使燕国陷入绝境！”

子之传令放走王后并子职，流放他们至武阳。至于公子疾，作为秦使，自也放行。

王后一行车马在子之亲信的押送下离开蓟城之后，子哙即使其夫人驾王辇亲赴武阳，恭请太后姬雪回宫，主持燕国宫政。

姬雪却不肯回来，回来的是苏秦。

纵亲六国中，苏秦最不想看到的就是燕国内乱。这种情愫深深地植根于苏秦的心底，一半是出自对姬雪的情感，一半是出自对老燕公支持他合纵的感恩。因此，当变故发生，袁豹快马加鞭，于中山境内追上来时，苏秦的震惊可想而知。

苏秦随即掉转车头，朝蓟都疾驶，中间换马不歇，星夜兼程，前后不过三日就已驰入蓟城南门。

城门已经解禁，百姓秩序井然，苏秦担心的动乱并没有发生。

苏秦吁出一口长气，放缓车速，驰往宫城。

苏秦归来，子哙喜极而泣，与子之一起将他迎入偏殿，将事件过程简述了一遍。

苏秦支走他人，独问子之易王的死因。

子之晓得瞒不过苏秦，遂将如何毒杀易王的过程扼要讲述。当年文公突然离世，死因蹊跷。姬雪力主查出真凶，苏秦之所以劝说她不可张扬，一是为稳定燕国政局，二是未能找到有力证据。因为先君文公生前与死后几乎没有差别，既见不出外伤，也验不出毒素，完全像是急病暴毙。

“唉，”苏秦长叹一声，对子之道，“一切皆是天命。当年子苏逼死子鱼，以此毒术害死先君，今得此报当是咎由自取。然子苏毕竟是燕国之王，更是方今王上的生父，身后之事不可逾礼。”

“这个自然，”子之保证道，“在下已与王上议定了，为先王行大丧之礼。”

面对如此结局，苏秦自也无话可说。

无论如何，子哙继位是个不错的结果，至少说是一举挫败了秦人的所有图谋，使他可在未来一段辰光搁置齐、燕争执，脱身处理三晋与楚国的事，尤其是楚国，情势已经迫在眉睫了。张仪的下一个目标必定是楚，而楚国若无苏秦，就没有人是张仪的对手。屈平虽说智睿，但过于稚嫩。陈轸虽说老练，但在楚国并无根基，尤其是楚王，对他当年为秦人效力之事存有芥蒂。在楚国，陈轸只有一个人可以借力，就是昭阳，但昭阳年迈，已是强弩之末不说，更不得楚王之心。

苏秦在燕国又住了几日，协助子哙立其长子姬平为太子，立姬平生母赵妃为王后，主政后宫。苏秦连续观察旬日，见蓟城并无大乱，子之行事也还有度，也就放下心来，辞别蓟城，再次奔赴邯郸。

易王后、公子职诸人出蓟城后，在子之手下的押送下来到武阳，被交给武阳守褚敏。然而，第二日凌晨，二人就易装换车，与公子疾一起，出武阳南门，涉过易水，越过边境，拐入中山境内。

由于公子疾于此时打出秦使旗号，加之新旧交替，一切尚未就绪，燕国边关未曾得到王命，秦使一行数车便一路无阻地越过边境关卡，进入中山。

嫁出去的公主不宜回门，再说，就这样灰溜溜地回去，无论是王后还是公子疾，都于心不甘。经过权衡，公子疾决定将王后并公子职送往赵国，一则赵地与燕地隔着中山，二则秦人可以通过河西地北入晋阳制赵，三则赵国有燕国公子在手，东可制齐，北可制燕，西可结秦，堪称是一举三得、皆大欢喜的妙策。

这样想定，公子疾就引领车队越过中山，直入邯郸。

王后出行时带着不少金银珠宝，公子疾寻到合适位置，便帮他们买下一处宅院，留下两个得力黑雕守护，嘱咐他们隐姓埋名，暂不暴露身份，随后方才动身回秦。

燕宫惊变，于姬雪倒是一次完全解放，因为武阳别宫的原有卫士全被撤换，她终于可以自由自在地出入宫门了。

然而，太后依旧是太后。为姬雪的名誉着想，苏秦在返至武阳时，仍旧没有出入别宫，而是在武阳包下一个偏静的客栈，于天色傍黑时分，由飞刀邹带来姬雪，两相厮守。不再有任何压力的姬雪在苏秦面前快活得像个孩子，一边脉脉含情地看着他，为他弹琴，一边听他娓娓讲述蓟城宫变始末，好似他所述及的根本不是一场惊心动魄的政变，而是一些与她毫不相干的邻家琐事。

也是天意留人，这夜刚好下起大雨，之后沥沥拉拉又下了几日，苏秦也就不再着急赶路，与姬雪连续相守七日。

无论于姬雪还是于苏秦，这七日都是他们此生中最舒心也最放松的七日，在武阳这个僻静的客栈里，由飞刀邹与春梅守护于室外。

至第八日，天色大晴，道路也无泥泞。苏秦记挂赵国，遂别过姬雪，踏上远途。

赵国的事出在上党。赵国新都邯郸与旧都晋阳之间，隔着太行山。太行山为南北脉行，刚好绝断了东西交通，好在有几条河水穿流而过，形成了几条天然通道，由南至北，称作太行八陉。

就八陉而言，沟通赵国新旧两都的只有两条陉，一条为井陉，在中山国境内，赵人必须借道中山。当然，中山也不是不肯借道，实际上，赵人的大部分物资及人员往来，都是经由井陉完成的。因为经由井陉，山路是最短的，成本是最低的。另一条陉在邯郸西南，叫滏口陉，沿滏水河谷抵达武安。武安邑是赵国地盘，因而，滏水陉的武安以东段归赵国所有。然而，由武安向西的广大地盘，则属于韩国的上党郡所有，赵国必须经由韩国国境，一路向北，直到橑阳、阏与等韩国城邑，之后再次进入赵国国境，直达晋阳。这条道赵国人最不想走，路远不说，主要是还得看韩人的脸色。但在更多的情况下，也即在与中山交恶之时，赵人就又不得不走。

韩人晓得赵人的艰难，因此总是力所能及地为赵人提供便利，甚至不设关卡，或设卡但不收赵人的关税。然而，毕竟是自己的脖子卡在他人手里，赵人想不郁闷也难。

百多年来，赵人软里硬里，明里暗里，一直在尝试从韩人手里拿到橑阳、阏与的辖制权，可韩人不肯。两国几番为这两邑爆发战争，但韩人毕竟是正义在手，底气更足一些，即使赵人暂时拿走，他们也会设法夺回。

近年赵、韩两国分别受到强魏的挤兑，二邑的辖权也就如变戏法似的来回转换。庞涓围邯郸时，橑阳、阏与在韩人手里。庞涓再围新郑时，两邑中的一个关键邑——橑阳，被赵人抢占。这辰光，魏国疲软，韩、赵各无大事，于是韩人誓言夺回橑阳，并为此调兵遣将。赵人也不甘示弱，一面加强城防，一面调兵遣将。

对于韩、赵的两邑之争，苏秦心知肚明，只是太行之东的事情更大、更多，一宗接一宗，使他无暇顾及上党两邑的局地纷争。但这辰光，纵亲两国已经发展到兵戎相见，苏秦就不能坐视不理了。

苏秦回到邯郸，不及洗尘，就入宫觐见赵雍。

迎出殿门的却是一个胡人，身后站着同样着胡服的肥义。

苏秦怔了，定睛细审，方才认出是赵王，紧忙拱手道："臣苏秦叩见大王！"

"哈哈哈哈，"赵雍长笑几声，上前携住苏秦的胳膊，"我就晓得你是这个表情！走，咱们屋子里说去！"

与几年前相比，赵雍完全长成了，英气逼人。

俟君臣坐定，苏秦盯住赵雍道："敢问王上，这……"

"苏子回来得恰到关键处，"赵雍笑道，"寡人正欲出行，只差半个时辰你我就见不上面喽！"

"王上这……"苏秦略作迟疑，"不会是到上党吧？"

"哈哈哈，差点儿是！"赵雍情绪极好，"不过，寡人有个更好的去处，上党只能留待下次喽。"

"更好的去处？"苏秦盯住他，"是何宝地？"

"是比宝地还要宝的地哟！"赵雍几乎是情不自禁了，"寡人一刻也不想耽误，恨不得插翅飞过去呢！"

"臣贺喜王上喜得宝地！"苏秦拱手，看向他的胡服。

"肥义，"赵雍看向肥义，"你对苏子讲讲，苏子不是外人，是赵国相国！"

"禀报相国，"肥义拱手道，"臣陪王上假作胡人，拟过境中山入燕，由蒲阴陉进山，巡察一块新辟的疆土！"

"新辟的疆土？"苏秦怔了，"经由蒲阴陉？"

"因为它就在蒲阴陉的尽头。"

"该不会是涞源吧？"苏秦问道。

蒲阴陉的尽头是涞源。蒲阴陉是由北向南横断太行山脉东出的第二条贯通山道，其尽头的涞源盆地方圆数十里，盛产谷物与山货。

苏秦没有去过涞源，但是晓得这个地方，因他不止一次听子之讲过。子之认为，赵、中山与燕，谁能控制涞源，谁就能控制北太行的枢纽。从子之在地上所画的涞源位置图上可知，由该处向北是飞狐陉，直通塞外胡地草原，这辰光为赵国的代郡。由该处向西，直通灵丘，这辰光也归赵国了。灵丘是另外一个枢纽，向北，可通代郡，向南，可通晋阳与上党。而由涞源向东，则可经由蒲阴陉东出太行，直达燕国与中山国。

蒲阴陉东出太行的谷道为易水。易水分作三条，分别称南易水、中易水与北易水。其中北易水、中易水皆在燕国境内，南易水则位于中山国境，因而，无论是对中山还是对燕，蒲阴陉都是重中之重的交通要道，涞源盆地更是连接灵丘、代地与东出蒲阴陉的中转补给处，因而一直是中山、燕国与赵国的争夺之地。

“嘿，”赵雍大为惊讶道，“不愧是苏子，连这么个小地方您也晓得呀！”

“臣贺喜大王！”苏秦再次拱手祝贺。

“哈哈哈，”赵雍笑道，“不瞒苏子，这真是一块宝地呀。有此宝地在手，整个飞狐陉，西至灵丘盆地，北至代地，就完全打通了。至于蒲阴陉，眼下尚在燕人手里，我得了涞源，再向燕人借道，就可南北夹击，中山必破矣！”

苏秦深吸一口长气。

看来赵雍的注意力已经不在上党，而改在中山了。

果然。

“苏子来得正好，”赵雍话锋一转，盯住苏秦，“寡人此去巡游，可能需要一些辰光，上党的事，就拜托苏子了！”说完拱手。

“敢问王上，”苏秦回过礼，轻声问道，“上党之事，臣当如何处置？”

“依纵亲之法，”赵雍言简意赅道，“和为贵！”

“王上英明！”苏秦拱手致礼，“若是此说，臣倒有一策！”

“苏子请讲。”

“前番臣去郑城，得知韩室有一公主，年方二八，贤淑智慧，貌若艳花，姿若蓓蕾。若王上有意，可使媒人前往聘亲。王上若与此女结为百年之好，韩王说不定会拿上党二邑作为嫁妆呢。”

“哈哈哈哈，”赵雍爽朗笑道，“寡人后宫正缺一名贤德韩女，这就劳烦苏子走一趟，促成好事！”说罢拱手作礼。

“由臣出面不妥！”苏秦回礼道，“王上可使楼缓！”

“传旨，有请楼缓！”赵雍吩咐完内臣，又转向肥义道，“肥义，寡人久未与苏子叙话了，有好多大事待请教呢。巡行之事，暂缓几日。”

“臣遵旨。”肥义应道。

苏秦与赵王等议过赵国诸事，回到府宅时已交一更。府中灯火通明，秋果迎出，说有贵客在厅中候他。

苏秦疾步进厅，见是墨家尊者屈将子。

见过虚礼，苏秦便支走秋果，让她煮茶，随后关上房门，拱手笑道：“一看到前辈，就晓得有大事了。”

“是有一桩大事，”屈将子应道，“苏大人前番吩咐老朽查访魏王死因，历经数月，总算查出来了。”

“哦？”苏秦倾身，压低声音问，“何人？”

“黑雕。”

“黑雕？”苏秦显然不太熟悉这个名称，“是秦人吗？”

“是的。”屈将子道，“秦王在终南山设立了一个秘密场所，叫黑雕台，训练了大量间人，散布于列国，彼此之间以鹰雕联络，信息传送十分迅捷。”

苏秦心头猛地一震，眼前浮现出公子华，在咸阳时曾听他讲过如何养雕的事。

“这些秦人有男有女，各怀绝技，皆是死士。其中一个叫天香的，早在安邑时，就是眠香楼的第一娼妓，迷惑了太子魏申，太子申之死就与她有关。”屈将子用不疾不徐的声音道。

“老天！”苏秦以手捂脸道。

“之后因为涉及公孙衍案，眠香楼遭灭门，只有二人逃走，一是天香，二是地香。二人均逃到秦国，天香入黑雕台，成为黑雕台雌雕中级别最高的黑雕，地香则嫁给公孙衍，现在是公孙衍夫人。”

“这么说……天香又到魏国了？”

“是的，”屈将子接道，“她到魏国后，先守在太子申府中，又在庞涓征伐邯郸时逃走，赶赴赵国，勾上魏国副将魏嗣。天香才貌双全，有媚术，魏嗣迅速被她迷惑。之后，她一直守在魏嗣身边。马陵之战时，她给太子申写信，约他会于宋境。此前天香无故失踪，太子甚是念她，见信即往赴约，却惨遭杀手。她杀死太子申，只有一个目的，就是扶魏嗣上位。魏嗣如其所愿当上太子，但他的毛病是迷花恋柳，不久就与魏王舞姬赵妃勾搭成奸，致她成孕。赵妃晓得乱宫闱是死罪，眼见藏不住真相，上吊自杀了。内宰查案时，天香使人抢走尸体，并杀死知情人。事情闹大，终于惊动魏王，扯出了魏嗣。魏王震怒，欲废太子，立太子申之子为储，天香却抢先出手，毒杀了魏王，没想到用毒太过，连带到了张仪。魏嗣如愿继统，后面的事就是大人所看到的了。如果不出意外，不久之后，天香或会成为魏国王后，为魏王生育子嗣，传承魏室香火。”

“老天，”苏秦禁不住打了个冷战，“前辈可有证据？”

“大人请看这个！”屈将子摸出一只雕牌，递给苏秦。

苏秦审视雕牌。

“我们抓到一个天香身边的宫人，从她身上搜出这个。这是一只雕牌，散布于天下列国的秦国间人，人手一只，凭此牌彼此联系。黑雕之间，不认人，只认牌。”

“她……人呢？”

“死了。”屈将子应道，“她一直为天香传递情报，在被制伏后，她什么也不肯说，后来我们使用幻术，她无法控制自己，才一一说出实情。听她所述，天香在成为魏王妃后已升作金雕，在黑雕台算是最高级别了。从幻术中醒来之后，她趁守护自己的墨者不备，借口如厕，在松绑之际腾出手吞毒而死。”说完又指向雕牌，“她吞的毒就在这个牌里。”他摆弄雕牌，现出牌中机关，指着一些毒粉残余道，“毒药还有一些，其为剧毒，可瞬间毙命。”

“真是一桩天大的事，”苏秦将雕牌纳入袖袋，朝屈将子拱手道，“在下代魏王，代魏国，代纵亲列国，诚谢前辈！”

屈将子回礼。

“楚国怎么样？”

“旬日之前，老朽听说，张仪已到商於了。”

二人扯起楚国的事，正扯之间，门外传来一阵轻轻的脚步声与一声咳嗽，接着秋果推门进来，在几案上摆满茶点，作礼退出。

秋果快步回到自己房里，闩上房门，拼命压住心跳。

刚才屈将子提及天香的话，她全都听到了。

其实，在离开客厅之后，见身后的房门被掩起，她便几乎是出于职业的本能，迅速踅回，蹑手蹑脚，趴伏在离房门不远处的暗影中，支起耳朵窃听。

一直听完天香的事，秋果才悄悄挪出黑影，潜回，整好茶点，进客厅摆好后，失魂落魄地回到自己的房舍。

天哪，他们谈的一定是她，在山里面将她训练几个月的人，黑雕台中她的上司的上司，所有雌雕的训练人与掌控人。秋果只是没想到，天香现已升为金雕，也就是说，已与公子华平起平坐了。

这一夜，秋果失眠了。

她摸出自己藏在心窝处的雕牌，心底涌出一股突如其来的寒意。眼下苏秦已经晓得黑雕台的事，这只牌子是万不可露出来的，否则，她就死定了。

她不怕死，但她……她不能如此这般地死在一直将她视作爱女的苏秦手里。

及至天亮，秋果便寻机出去，潜往邯郸黑雕的联络点，将事变扼要述出，由他们记下，写作密报，飞传大梁。

天香得报，吓傻了。整整呆了半个时辰，心眼才算活络过来，开始寻思应策。

显然，就目前的她来说，面前只有两条路可走，一是放弃这儿的所有，逃回秦国，二是干掉苏秦。

天香晓得墨者的厉害。莫说是她，即使黑雕台的人全部动员起来，也不敢轻易向墨者开战。但墨者的软肋是，他们的影响只在下层民众，而对于宫廷，他们向来不插手，也不屑一顾。

真正危及她地位的只能是苏秦，因为证据在他手里，他也有足够的影响力去说服魏嗣。近些日来，无论在床榻上，还是在朝堂上，天香都敏锐地觉出，魏嗣开始厌倦她了。在床榻上，她的媚功越施展，魏嗣便越退缩。这也难怪，后宫里美女如云，从来不知养生的魏嗣，精气已被掏空。至于朝堂上的事，魏嗣也早对她的强势干预忍无可忍，只是迫于她的压力，不敢不听而已。因而，只要苏秦讲出此事，无论有无证据，魏嗣都会听信，都会顺势将一切过失归在她的身上，将她碎尸万段而后快。

然而，是否除掉苏秦，这是国家大事，远非她所能决断。

天香想定，便将眼前危局写作急报，亲手放飞她的爱雕。那雕只用大半日工夫，就能飞行逾千里，落足于终南山的雕台。

公子华不及读毕，即叫备车，飞驰入宫。

这辰光，刚好公子疾由赵归来，正在向惠王禀报燕宫剧变。

从开始入见到这辰光，公子疾有张有弛，说说停停，已足足讲述三个时辰了。

自始至终，惠王未置一言。当公子疾讲到他如何带着燕后母子仓皇逃出燕境、驰入中山之时，惠王的神经终于松弛下来，眼里滴出泪水。

是的，从儿时起，惠王不知读了多少宫变书册，听了多少宫变故事，而今天，宫变就真真切切地发生在他的宝贝女儿身上。他的嫡亲女儿和他的嫡亲外孙，就在这辰光，逃离了本该属于他们的宫殿，亡命于异国他乡，成为故事中他时常为之哀伤、痛惜的落难之人，而身为强国之王的他，竟然是鞭长莫及！

于惠王来说，比二位嫡亲浪迹天涯更为可叹的是，他与张仪苦心经营近十年的这枚黑子，本以为它能成为一根刺入纵亲后背的利刺，却突然间以这般出人意料的方式，棋死刺出。

从公子疾的讲述来看，燕国之变似乎与苏秦无关。然而，无关也是有关。没有苏秦一而再地反对废立，就不会有后面发生的这一切。

二人正自伤感，公子华进来了。

“王兄，”公子华呈上天香的急报道，“魏宫急报！”

惠王拆看完毕，两手捂脸，任由急报从他手中滑落。

公子华捡起，递给公子疾道：“疾哥，你也看看！”

公子疾看完，给他一个苦笑道：“真叫祸不单行啊！”

公子华也早晓得了燕国的事，他的拳头渐渐捏紧，良久又松开，盯住惠王道：“王兄，怎么办？”

“还能怎么办？”惠王松开面庞，两手一摊，“让她回来吧。”

“这这这……”公子华急了，“如果天香回来，我们就全……”

“不让她回来，你说怎么办？”惠王盯住他。

“要不，就依天香之方！”公子华目现凶光道，“有这个人在，我们大秦……就无出头之日！”

“我早说过，若杀苏秦，不会发生现在这些事情！只可惜……”惠王顿住，看向二人。

是的，当年，在那个风雪之夜，放走苏秦的正是公子华，而说服他放人的则是公子疾。如今，苏秦的存在却让二人各吃苦头。

公子疾、公子华互看一眼，各自低头。

“再说，苏秦若是这般死了，别人不说，你们的妹夫若是晓得，还不寻你俩拼命？”

公子疾、公子华再互看一眼，闭目。

“还有，天下若无苏秦，寡人也是……”惠王看向远处，缓缓闭目道。

兄弟三人不再说话。

时光凝结。

“再好好想想，”不知过了多久，惠王打破沉寂，“看有没有别的法子。”说完缓缓起身，“你们去吧，寡人累了！”

公子疾、公子华拱手别过，转身离开。

“华弟，拿走这个！”就在他们走到门口时，惠王送出一个声音。

公子华回头。

“这个东西，”惠王指着公子疾放在案头的急报，“寡人没有看到。魏国的事情，寡人完全不知情！”

公子华听得明白，回身，拿起急报，匆匆退出。

走出宫门，公子华扯住公子疾，小声道：“疾哥，你说，该咋整哩？跟当年一样，王兄不肯决断，华弟只听你的！”

公子疾两手一摊：“华弟，你这在说什么呢？疾哥什么也没有看过，什么也不知道！”说完转个身，匆匆地走了。

望着他的背影，公子华缓缓蹲在宫门前的台阶上。

公子华苦思一夜，依旧想不出一个比天香之方更好的摆脱之法，但要杀苏秦，又真的不是他的心愿。

无论如何，他救过苏秦一命，更认可苏秦的为人。在某种程度上，苏秦与他，既是对手，又是朋友。再说，连王兄、疾哥都不想沾手的事，怎么能由他来经手呢？

这且不说，如果这事儿让张仪知道，又该如何？张仪会恨死他，会耻于与他再见面，会……公子华不敢想下去。啮桑之行，公子华近距离感受到了鬼谷四子之间的情与谊，苏秦与张仪，真就是比亲兄弟还亲，却又相克相杀……

但他们之间的相杀，不是这般阴损之方！

公子华的眼前浮出惠王，耳边响起他的声音：“还有，天下若无苏秦，寡人也是……”

是的，天下若无苏秦，还有什么意思呢？张仪会觉得没有对手，王兄会觉得无趣，包括他自己，也会觉得少了些什么。无论是玩蛐蛐，还是对弈，只有对手相当才成妙趣。于他们兄弟几人而言，只有苏秦这样的人才是对手，也才配做对手。

然而……

鸡鸣时分，一丝曙光陡然划过公子华的心头。

公子华提笔拟就一封回函：“香雕，已报上，上复不知魏事。雕台无决。若无良策，就回巢。金雕。”

这是一个语意暧昧的指令。

天香得书后，关门闭户，对每一个字反复琢磨，渐渐开朗。是的，大王不做决断，就是决断。金雕不做决断，也是决断。尤其是最后一句，“若无良策，就回巢”。此话已经摆明，只要她有“良策”，就可照良策行事。

什么叫良策？何为良？良是一个不确定的数，可有一万种解读。换言之，此指令分明是在告诉她，她可以自作主张。

然而，自作主张是有风险的。她的建议是除掉苏秦。可如果除掉了，天下闹起来，秦王收不住场，她就可能成为替罪羊。她不惧死，但她不能这般死。她的家人都在咸阳，还有她的理想、她的清白、她的……

是的，她必须寻到一个“良策”，一个既能符合上意又能摆脱眼前窘境的万全之策。

眼前的窘境只在苏秦一人身上。苏秦不能活着，可王上之意，是不想把事情闹大，也即苏秦不能死，或苏秦必须死于不知不觉，至少不能让天下起疑，牵扯到秦国。

然而，如何才能让苏秦死于不知不觉呢？暗杀是不可以的。她知道，苏秦身边不乏墨家高手。这些墨者不但保护苏秦，更是连她也监视在内，要不然，他们怎能抓到自己身边的小雕又得知自己的真实身份呢？

想到自己的身边就可能隐有墨者，天香不寒而栗。

天香不再放心任何人，决定亲自行动。

第二日，为防备墨者，趁天色尚未黑定，天香就与她的助手扮作寻常宫人，大大方方地走出后花园的偏门，来到大街上，转悠过几条街道，又在阴影中换过几次衣饰，她们走进一个挂着“华山神医、妙手回春”条幅的医家。

迎接她们的是个中年医家，世代在终南山居住，擅长药草、方术及蛊惑，名声很响，后来举家被公子华“请”入黑雕台，其父专职配制奇药，他则被派往大梁，明开医所，暗助天香。魏惠王所吃的药，就是由他配制的，只是她在使用时将剂量加倍了。

见天香亲自来，医家叩拜。

天香扶起他，讲出困局。

医家拿出一个小瓶："主人可以试试这个。"

天香审视瓶子。

"前番出事之后，家父谨遵金雕叮嘱，特别配制此药，刚刚调试出来，是从终南山十二种蛇、虫及十二种草木中提取的混合之液。"

"奇在何处？"

"奇在溶于水后无色无味，可作饮水。毒药发作时无知无觉，不会如寻常毒品那般肝肠寸断，吐血暴亡。"

"不会如魏王那般？"天香追问。

"再不会了。皮肤颜色一切如常，只是全身受麻，没有感觉与知觉，动弹不得，就像睡熟了，至死都无痛苦。且毒在内中，寻常疾医查不出来，只会以为是暴病而卒。"

"毒力如何？"

"巨大。据家父测试，"医师指着小瓶，"此瓶中之物，三滴可死牛，二滴可死驴，一滴可死羊。"

"人呢？"

"一滴足矣。"

"多久可死？"

"要看剂量。如果人饮，三滴可于三息致死，两滴可撑三天，一滴可撑半月。"

"帮我配一剂，两滴。"

医家拿出一个新瓶，滴入两滴，冲进去一些水，塞牢，交给天香。天香写出一封密函，连同药瓶等物装入一只锦囊，使其心腹带好，在几个黑雕护送下驰往邯郸。

天香的心腹就是秋果初入雕台时引领她训练的那个女人，这些年来战功显赫，已佩鹰牌了。她扮作一个卖针线的，被秋果引进自己房中，随后亮出鹰牌，将锦囊交给秋果，让她当场拆看。

秋果拆囊，摸出一只瓶子。

秋果不晓得瓶中是什么，欲开塞子，被来人止住，示意她囊中还有东西。秋果又掏进去，摸出一块丝帛，上面是天香的亲笔字迹。

在雕台里，天香与秋果同吃同住三个月，传授了她许多绝技，包括房中术，可惜她无处施展。但无论如何，天香都是她的师父，也是雕台里她最最佩服的人。

读完书信，秋果捂脸哭起来。

来人轻轻咳嗽，透出威严。

秋果止住哭，看向来人："阿姐，这药水真的不会要他命吗？"

"不会的，"来人安抚道，"不过是让他睡个长觉。"

"要睡多久？"

"他会一直睡。"

秋果闭目，泪水流了出来。

"秋果，"来人盯住她，声音极低，却字字威严，"还记得你初入雕台时的誓言吗？"

秋果点头。

"复述一遍！"

"我……"秋果擦去泪，复述誓言，"着雕装，别黑翎，配狼牙，戴秦星！绝七情，斩六欲，向笑死，不偷生！九天浩荡，任我翱翔；大地苍茫，是我猎场；笑里藏刀，绵中窝针；贫富不移，宠辱不惊；不动如钟，动若疾风；不杀则已，杀即毙命；光天化日，招摇过市；星辰残月，照我英姿；龙潭虎穴，等闲逛之；火海滚汤，长歌跳之；父母生我，秦公养我；我以我身，祭献秦灵；终我一生，永不叛秦；如若有背，金雕啄心！"

"秋果，这是金雕的命令，你报效国家、报效秦公的辰光到了！"来人拿过瓶子，详细讲述了此药的使用方法，之后烧掉锦囊与密函，留给秋果一些针头线脑，声音很大地告辞。

在秋果送她走出大门时，来人悄悄道："秋果，我不会走远，就在这邯郸城里住下，希望能在旬日之内听到佳音……"

这一夜，秋果望着药瓶，又失眠了。

一边是这个世界上与她关系最大的男人，一个她救过命的男人，一个她视作丈夫而对方却视她为女儿的男人，一个她欲爱不成欲恨又不得的男人，一个她越来越爱、越来越离不开、越来越不敢面对的男人；而另一边是药死这个男人的毒药。

什么是永远睡觉？秋果根本就不相信他们，因为他们是一群在黑雕台受过训的人，是连死都不惧的人。世界上没有谁比他们更狠。他们一定是要苏秦死的。他们晓得她秋果不想让苏秦死，所以才说是睡个长觉。长觉是什么？难道不就是死吗？

天将亮时，秋果寻到一块木片，削成圆饼，一面画个大人，一面画个小人，捧饼于心窝，跪地祷道："苍天在上，秋果抛掷此饼。若大人在上，此药由苏大人喝；若小人在上，此药小女子自喝。"

祷毕，秋果抛饼。

良久，秋果睁眼，视之，是大人。

秋果眼里出泪，又祷一时，再抛。

又是大人。

秋果悲泣一时，再祷，再抛。

依旧是大人。

连掷三次，秋果晓得，药杀苏秦是来自上天的意旨。

既然是上天的意旨，秋果就别无选择。

事已至此，秋果的确没有选择。自己生死事小，国家兴衰事大。作为黑雕成员，她已经为她的秦国起过誓了。

显然，是上天要苏秦死，以成全她的秦国！

送走赵王，苏秦惦念魏国的事，便决定先到大梁，处理好天香，再由大梁赴郢，与张仪决战楚境。

天色黎明，飞刀邹与两个仆从准备车马，而秋果如往常一样打点好苏秦的行囊。行囊里全是苏秦在长途旅途中的生活必备品，诸如干粮、发梳、干果等。这些东西每次都是由秋果亲自打理的。

秋果的案前摆着三件东西，一是苏秦平素饮水的竹筒，一是那个从大梁来的女人交给她的药瓶，再一是只瓷碗，里面盛装着一碗清水。

秋果打开药瓶的塞子，将药水倒进清水里。

果如那女人所说，药水无色，无味，碗中的清水只是多出一圈涟漪。

秋果用箸搅动碗，将药水拌匀。

秋果将碗中水小心翼翼地装进竹筒里，装了大半筒。

秋果晃动竹筒，里面发出咣咣声。

秋果放下竹筒，盯住它，有顷，闭上眼睛，眼里流出泪水。

猛然，秋果睁开眼，动作麻利地将竹筒里的水全部倒回碗中，再拿出一只碗，将药水分作两半，一半倒进竹筒，另一半倒进她寻到的一只空瓶子里。

秋果将装好药水的瓶子塞紧，纳入怀里，再将竹筒的塞子塞上。

秋果将竹筒捂在胸前，心底发誓道："苏秦，我的官人，秋果只能做到这些了！您喝吧，您大胆喝吧。如果您死了，余下这半就是秋果的，秋果一路陪你。如果您真的如……如他们所说，只是睡了，睡个长觉。秋果向天地起誓，无论官人睡多久，无论是白天还是黑夜，秋果……都会守在您身边，为您洗澡，为您梳头，为您更衣，喂您吃，喂您喝，直到有一天，您不再吃了，不再喝了，不再出气了，秋果再喝下这瓶药，陪您！"

秋果誓毕，又跪一会儿，心道："苏秦，我的官人，您千万、千万不要喝它！您即使渴死，也不要喝它……秋果……求您了……"

院中传出苏秦叫飞刀邹的声音与飞刀邹的应答。

秋果打了个惊怔，将竹筒麻利地塞进行囊里，一把拎起，匆匆开门，走出。

飞刀邹不在，候在院里的是两个仆从。

秋果将行囊放在车里。

就在此时，苏秦大步走出他的寝舍，飞刀邹一手拎一只大箱子跟在身后，里面是苏秦的常读书籍及其他国际公务用品。

苏秦向所有送行的人拱手道别。

望着车辆缓缓地驰出院子，秋果哭了。

车出邯郸南门，走了有两个时辰，苏秦口渴，从秋果收拾的行囊里拿出竹筒。他感觉很轻，晃了晃，见筒里只有小半筒水，寻思是秋果忘加水了，便苦笑一下，仰脖喝下几口，然后看向道路两侧，问道："邹兄，离漳水还有多远？"

“前面就是河梁，不到二里了！”飞刀邹扬鞭指向一个高堤。

“太好了！”苏秦应过，仰脖将筒中水全部喝下，又将竹筒放好，道，“过漳水时，歇个脚，舀点儿水，秋果忘备了！”

“好嘞！”飞刀邹应下，吆马爬坡。

不过五息，苏秦便觉得肚子不适，舌头发麻，气紧，想急叫飞刀邹停车，却发不出声，继而两眼一黑，歪倒在车里。

飞刀邹跃马上堤，及至河梁处，便喝马停车，跳到地上，笑道：“主公，河梁到了，竹筒呢，我下去舀水！”

苏秦没有应声。

飞刀邹看过来，见苏秦歪在车上，二目闭合，以为他睡去了，就没放在心上。

飞刀邹寻到他的竹筒，走下漳水，见水流清澈，便掬了几口喝下，然后习惯性地将竹筒灌上清水，晃荡几下，冲洗干净，而后灌满清水，快步上堤。

“主公，水来了！”飞刀邹将苏秦的竹筒递过去。

苏秦没有应声。

“主公？”飞刀邹觉得不对，摇晃他，已是不省人事。

飞刀邹摸到他的鼻孔，发现尚有气息，摸脉，也仍在跳动。他探看四周，整条衢道上，视野里只他们这一辆车，几个行人远在二里开外，远处田野里还有一些劳作的农人，近处无一可疑人员。

飞刀邹认定苏秦也许是患急病了，便不再多想，掉转车头，沿来路飞驰。

第五章

说灵肉先生释疑　斩玉蝉痴女了情

云梦鬼谷，夏日的凌晨清凉舒适。

旭日升起，但被高大的东山实实在在地挡在视线之外。幽深的山谷被东山庞大的躯体所投下的阴影完全笼罩。

早起的鸟儿或在跳跃觅食，或在吵闹戏耍，没有一个甘于寂寞。

山洞里依旧静谧。

洞里亮着一盏灯，火头不大，但整夜亮着，映照在拐角处的一道布帘上。

布帘将一处洞窟与主洞隔开。布帘之内，靠左侧石壁的地方架着一具木榻，榻上铺着软席，席上罩着一床陈旧却不失洁净的被子，被子下是裸着两只玉臂的玉蝉儿。

微弱的灯光透过布帘，映衬出玉蝉儿姣好的面容。

陡然，玉蝉儿的五官紧张起来，双唇嚅动，想张开，却又张不开。继而是肢体，她的两脚动起来，两手想扬起，却又扬不起，似有一股巨大的力憋在她的躯体里，欲动不能，欲叫不得。

玉蝉儿的额头沁出汗珠。

玉蝉儿的嘴巴快速嚅动，手脚急剧抖动，汗珠变大，眼眶微颤。

玉蝉儿终于叫出声来："快……快……啊——"

随着最后一声紧张而又响亮的“啊”字，玉蝉儿打挺坐起，大口喘气，两眼不无惊惧地扫视四周。

洞里传来急促的脚步声。一人紧跑过来，掀开布帘，几乎是冲进洞窟，声音急切：“蝉儿姐？”

“师……师兄……”玉蝉儿继续喘气。

童子坐下，拉过她的手，紧紧握住。

玉蝉儿渐渐安静下来。

又是一阵脚步声，鬼谷子不疾不徐地走了过来，站在布帘处。

“先生——”玉蝉儿改坐为跪，揖礼。

“你们……”鬼谷子盯了她一会儿道，“跟我来吧！”说完走向洞口。

童子拉起玉蝉儿，跟在鬼谷子后面，走出洞口，来到草舍里。

天更亮了，光线透过两扇窗子射进来，草舍里一片光明。

鬼谷子在他的席位上坐下。

童子、玉蝉儿互望一眼，各自坐好。

“蝉儿，”鬼谷子看向玉蝉儿，“说说，看到什么了？”

“蛇。”玉蝉儿早已平静下来，淡淡应道。

“多少条？”

“十二条。”

“都有什么蛇？”

“叫不出名字，有黑的，有花的，有蓝的，有紫的，有白的，还有红的……”

“还有什么？”鬼谷子闭目良久，问道。

“还有奇怪的植物，全都没见过。”

“它们怎么了？”

“它们都在追杀……苏秦！”

一阵长长的沉默。

“植物也追杀？”童子问道。

“是的，它们……那些蛇，还有那些凶恶的怪草，将苏秦围在中间，苏秦无地可逃，让它们缠住了，苏秦……”玉蝉儿眼前再次浮出梦中场景，泪水流了出来。

“蝉儿姐，”童子笑道，“别是过于挂念苏师弟了？”

“师兄，瞧你——”玉蝉儿脸上微红，不无嗔怪地瞟了他一眼，正要责怪，童子轻嘘一声，朝鬼谷子努努嘴，然后敛神，进入冥思。

鬼谷子一动不动，两眼闭合，似在神游中，但眉头紧拧。

玉蝉儿晓得鬼谷子神游去了，便马上坐正，跟从先生进入冥思状态。

邯郸相府里，苏秦静静地躺在寝室的木榻上，面色一会儿红，一会儿白，嘴巴微张，呼吸微弱。

榻边是几个墨者，匆匆赶到的屈将子正在搭脉。

相府的客堂，坐着几个御医，从他们的疲态看，想必是在相府里一夜未睡。

飞刀邹紧张地注视着屈将子的手。

秋果跪在榻边，两手抓住榻沿苏秦的衣襟一角，悲伤欲绝，两肩因抽泣而微微颤动。

屈将子放开脉搏，又翻开苏秦的眼，观看眼白，还想掰开他的嘴唇，检查舌头，但未能成功。苏秦的两唇合得很紧，像是在拼命咬着什么。

屈将子又搭了一会儿脉，放下，缓缓走出，在客堂的席位上坐下。

几个墨者跟了出来。

飞刀邹也紧跟几步，压低声道：“师父，怎么样？”

屈将子摇头。

“师父？”飞刀邹急了道。

“奇怪，”屈将子没有理会飞刀邹，而是看向其他几个墨者，“老朽摸过不少脉，但从未摸过这般脉象，既不是死脉，也不是活脉，这……”说着看向飞刀邹，“苏大人在发病之前可有征兆？”

“没有。”飞刀邹应道，“凌晨还是好端端的。我们是到魏国去，一路上并无异常。车近漳水，主公叫住我，问到漳水没，我说前面就是。主公说，过漳水时停一下，加点水。过漳水时我停车，见他歪在车里，叫他也不应。我以为他睡去了，就将他的竹筒拿到河梁下，装好水。走上来时，感觉有点儿不对劲，再叫他，仍然不应，仔细审看，发现主公是昏迷了。我吓坏了，摸主公鼻孔，还有气，便马上掉头回来。主公他……”

“苏大人叫你时，喝水没？”屈将子似是想到了什么。

“这个……”飞刀邹想了一会儿，“不知道呢，驾的是驷马辎车，还隔着车篷，而且走得快，马蹄声、车轮声都很大，主公如果喝水，是听不见的。”

“把苏大人盛水的竹筒拿来。”

飞刀邹取过竹筒，仍旧是满满的一筒水。

屈将子盯住竹筒，有顷，对飞刀邹道：“抓只鸡来！”

飞刀邹出去，不一会儿便拎着一只鸡过来。

屈将子将鸡的嘴掰开，倒水进去。

等了很长一会儿，屈将子将鸡扔下。

鸡受了惊，扑腾几下翅膀，飞跑而出。

屈将子追在鸡后面走了一会儿，见鸡仍在活蹦乱跳，眉头拧紧。

“师父，”飞刀邹似是猜出什么道，“我……我见竹筒外面有点儿不干净，就浸在漳水里洗了，又怕筒里的剩水不干净，就又舀水冲洗了！”

“唉，”屈将子长叹一声，将竹筒交给一个墨者，“收起来吧。”然后转对众墨者道，“走，检查辎车，查验车上所有什物！”

云梦山草舍，鬼谷子神游归来，吁出一口气。

听到这声气息，童子与玉蝉儿也都结束冥思，看向他。

鬼谷子面色和缓很多，甚至挂起笑了，他看向童子，声音和蔼：“你小子，入谷多少年了？”

“回禀先生，小子记不住了，”童子回了一个笑，“只是觉得，好像不是个小子了！”

“呵呵呵呵，”鬼谷子爽朗地笑起来，盯住他，点头道，“是哩，是哩，瞧你这个头，老朽该叫你大子了。”

“小子就是小子，小子不敢称大子！”童子拱手道。

“咦，你已觉得不像是个小子了，这又不敢称大子，叫老朽怎么称呼你呢？”

“先生想怎么称就怎么称，想怎么呼就怎么呼，无论是什么，先生一叫，小子必到！”童子调皮地冲他挤了个眼。

“好好好，”鬼谷子连说三个“好”字，冲他竖起拇指，“好小子，冲你这句话，就可以出谷了！”

“先生？”童子笑容僵住，很是震惊，盯住鬼谷子，又看向玉蝉儿。

“呵呵呵呵，”鬼谷子笑出几声，“叫小子是有点儿不妥了。从今天开始，老朽就叫你大子吧。”

“这个……大子？”童子吐了下舌头。

“蝉儿，”鬼谷子看向玉蝉儿，“你来谷中多少年了？”

“蝉儿也不记得了，”玉蝉儿拱手道，“只记得寒来暑往，朝朝暮暮。”

“说得好哇，”鬼谷子不无感叹，喃声重复道，“寒来暑往，朝朝暮暮。”然后将二人来回打量了几番，道，“老朽叫你俩过来，是想问几句话。”

“弟子恭听！”玉蝉儿、童子双双改坐为跪，叩首于地。

“坐起，坐起！”鬼谷子扬手道，“呵呵呵，你们这样跪下，叫老朽怎么问话呢。”

玉蝉儿、童子互望一眼，笑了，都坐起来。

“如果老朽没有记错，”鬼谷子盯住玉蝉儿，“蝉儿入门，志在由医入道。”

“是的，先生，弟子矢志，由医入道。”

“你能说说这个‘医’字吗？”鬼谷子声音柔和。

玉蝉儿蒙了。

这是一个看似简单实则庞大的问题，一时真还无从说起。

“就解这个字吧。”鬼谷子笑脸盈盈。

“就弟子所知，‘医’字有两个写法，”玉蝉儿在地上写出两个“医”字，一个是“医”，另一个是“醫”，解道，“‘医’字从‘匚’从‘矢’，是指篮筐里有矢，就是装矢的筐子。‘醫’字从‘医’从‘殳’从‘酉’，殳指器械，酉指酒。由形义可知，‘医’

字是救治受箭伤的人，而‘醫’字指的是具体救法，就是用酒清洗，再用刀具等器械救治受箭伤的人。”说完浅笑，拱手道，“弟子望文生义了！”

“它还有一种写法，”鬼谷子微微点头，笑着补充，“是毉，下分不是酉，是巫。”

“用巫术治病？”

“医不治病，只治伤。”

“是的，是的，”玉蝉儿迭声应道，“病为内，伤为外。”

“你所说的病为内，它内在何处呢？”鬼谷子依旧笑吟吟的。

“内在于……”玉蝉儿迟疑了一下，接道，“肌肤之内，就是说，病从内来。譬如脏器、腠里、骨节。”

“呵呵呵呵！”鬼谷子连笑几声，“看来，老朽的蝉儿只能是治个外伤喽。”

“先生？”玉蝉儿眼睛睁大，眨巴了几下。

“好吧。”鬼谷子收住笑，“你是由医入道的，老朽再问你，何谓道？”

玉蝉儿陷入了更长的思考。她知道，寻常答案是应对不了先生的。

“你可依旧解字。”

“单纯解字，”玉蝉儿眼珠子连转了几转，“‘道’字有好多写法呢。”

“都有哪些写法？”鬼谷子笑吟吟地望着她。

“譬如说这三种。”玉蝉儿在地上写出“道”（古体字）字的三种不同写法。

“说说它们。”

“就字形看，第一个，两边是个‘行’字，中间是个人，意指人在途中；第二个上下二分，上分是人在途中，而下分是只手，当是在指引行者方向，以导引行程；第三个写法常见于书册与铭文，尚在宫中时弟子就问过师父，听师父说，这个字解起来很有意趣。”玉蝉儿顿住，似是回想了一会儿，接道，“此字从辵，从首，辵为三行三止，首为初始。此字意指行人在始发之后，经过三行三止，终于抵达目的地。”说完玉蝉儿笑了笑，“当然，这些远不是先圣之道。先圣之道，敬请先生导引。”

“说得好呢，”鬼谷子点头微笑，“你来此谷，是由医入道。时运在转，习俗在变，今日之医已不是专治箭伤了，也治内病。今日之道已不是人在途中了，也指天地法理。恍兮惚兮，其中有道，惚兮恍兮，其中有理。你看得见天，看得见地，却看不见法理。但天地之道无处不在，天地法理无处不有，是不？”

“是的，先生，”玉蝉儿应道，“弟子恍然有悟矣。”

“悟出什么了？”

“医之道。”

“哦？”鬼谷子以目光鼓励道。

“医之道，不在医伤，不在诊病，而在破解伤病之谜，感悟生命之理，再由生命之理，感受生命之道，进而感受天地大道……”

鬼谷子以笑回应，微微点头，轻轻鼓掌。

“先生，”玉蝉儿得到勉励，声音坦然了许多，脸上却浮出惆怅，“这些年来，弟子常与师兄琢磨伤病疾患，切磋针砭汤药，探觅经络之谜，感悟生命之理，医术虽有长进，却又总是隔着一层什么。弟子就如在一片不知边际的森林中寻觅一只松鼠，有时，还没看到松鼠的影子，自己竟先迷路了，东奔西撞，茫然不知所向；有时，弟子似乎看到它了，接近它了，可就在伸手去捉它时，它又倏然不见。”说着苦笑，“弟子之苦，还求先生解脱！”说完拱手。

“你这是钻在深山野林了。”鬼谷子看向童子，“大子，在大山林里迷路，你该怎么办呢？”

“登高。”童子一口应道。

鬼谷子转向玉蝉儿。

“请先生指点弟子登高的路！”玉蝉儿再次拱手。

“呵呵呵呵，”鬼谷子笑道，“路就在你的脚下。你无须费力，只要三跳两蹦，就可达到山巅了。”

“先生，怎么达到？”

“老朽问你，你现在何处？”鬼谷子略顿，又补充一句，“譬如说，你是在哪儿迷路的？”

“肝脏吧，它起了一个囊肿。”

“肝脏为什么会起囊肿呢？”

“肝气瘀滞。”

“肝气为什么会瘀滞呢？”

“肾气不畅。”

“再推。”

“肾气不畅是因于肺气不足，肺气不足是因脾气不好，脾气不好是因心气过旺……”

“哈哈哈哈，”鬼谷子大笑起来，“你若是倒过来推，心气过旺是因为肝气淤滞呀。”

“是哩，是哩，”玉蝉儿急道，“弟子急的就是这个，转来转去，依旧在这圈子里，怎么也跳不出来！”

“老朽问你，你说的这气那气，气从何来？”

“这……”玉蝉儿寻思一时道，“气从鼻来。”

“鼻中生气吗？”

“鼻孔吸入天之气，天之气入肺，生出肺气，肺气入肾，生出肾气，肾气入肝，生出肝气，肝气入心，生出心气，心气入脾，生出脾气，脾气入肺，生……”玉蝉儿戛然止住。

“你说的是吸，呼呢？”

“是五气倒回来？”

“倒过来就是逆气了。”

“那……脾气入肺，若是不倒过来，就……就直接出去了？”

“呵呵呵，”鬼谷子笑道，“不出去岂不憋死了吗？”

“先生是说，”玉蝉儿若有所思道，“所谓呼吸，就是天之五气经由鼻孔，在人体里转悠一圈，又出去了？”

“呵呵呵呵，”鬼谷子又是几声笑，“你这不是跳出来了吗？”

玉蝉儿长吸一气，陷入长思。

“你个大子，还有你个蝉儿，”鬼谷子不无慈爱地看向二人，笑眯眯地开启他的说教，“欲知疾病，须知生命。何为生命？生者，地之活物也，命者，天之指令也。这下知道何为生命了吗？”

“照先生所说，生命就是由天命所生的所有活物。”玉蝉儿应道。

“是啊，”鬼谷子不由慨叹，望空揖拜，“所有生命皆拜上天所赐！”随即又看向二人，“你们可以再推，什么叫天呢？”

“天为阳，”玉蝉儿略一思忖，“天就是乾，就是日月星辰与无穷虚空。”

“地呢？”鬼谷子问道。

“地为阴哪，是坤，是我们脚下的大地。”

“你说的是《易》中之道，不是生命之道。于生命而言，”鬼谷子先指天，后指地，“此天非彼天，此地非彼地。”

“这……”玉蝉儿一脸茫然。

“生命者，天命生物。所谓天命生物，这儿的天不是上天的天，而是生物本身的化育元素，这些化育元素是奉天之命，由不得生命自身的。这些元素数量众多，包括天，包括地，包括父，包括母，包括生命所出生的时辰、地点，也包括决定生命质量的体貌、智愚特色等等。”

“先生是说，凡是生命自身奈何不得的元素，都叫天命？”

“正是。”鬼谷子微微一笑，“你这就晓得天是什么了，老朽再问你，天又从何而来？”

“从道而来。”玉蝉儿脱口而出。

“是的，”鬼谷子赞道，“道又是个什么呢？”

“道……”玉蝉儿迟疑了一下道，“就算是个无吧。”

“是的，你可以叫它作无，也就是说，天是个有，这个有是从无中来的。你可循依此序，再往回推。”

“道为无，无中生有，有为一，一为气，气化阴阳二气，阴阳二气生出和气，和气化生宇宙万物，宇宙万物化生天地精气，天地精气化生万类活物，是谓生命……”玉蝉儿推至此处，戛然而止，陷入思考。

鬼谷子轻轻鼓掌。

“先生，是否可以说，这种推演就是生命之道？”玉蝉儿问道。

“如你方才所解，道是一个旅程，三行三止，有始有终。但这不是先圣之道。先圣之道包含这个过程，也超越这个过程。它是一张巨大的网，它纵横交错，它密密麻麻，它涵盖一切，它无所不容，它无边无际，它无始无终，但它仍旧是个过程。这个过程从无而来，至无而终……”鬼谷子微微闭目，似是在讲述一个遥远的往事。

“这……”玉蝉儿急不可待，插道，“既然它无始无终，先生为什么又说它从无而始，至无而终呢？这不是有始有终了吗？”

“是的，”鬼谷子解释道，“作为道，它无始无终；作为过程，它有始有终。这个始是无，是道；这个终，也是无，是道。”

“先生是说，万事万物，始于无，终于无。在始与终之间，也就是在无与无之间，是有，这个有，就叫事物。这个事物由无到无的过程，是谓事物之道；这个事物在整个过程中的因果演化，是谓事物之理。是不？”玉蝉儿顺住这个思路接道。

“好蝉儿，”鬼谷子赞扬了一句，冲她笑笑，“你这就站在山巅上了。在这个山巅，你看到的将不再是一棵一棵的树木，一道一道的沟壑，而是成片的山林，是连绵的沟壑，是风起，是云涌。在这个山巅，你可以洞明沟是如何连壑的，风是如何摧云的。你还可以察觉风从哪里来，云在何处起，风向哪儿去，云往何处涌。你可以由此察觉入手，去解析每一道沟壑、每一片树林、每一股气流、每一朵浮云，因循其理，求得其道，从而达观通道。”

鬼谷子的话如醍醐灌顶。

“先生，”玉蝉儿的心窗打开了，“弟子是否可以这么理解，要想知医，就要知病；要想知病，就要知人；要想知人，就要知生命之理；要想知生命之理，就要知生命之道；要想知生命之道，就要知天地之道；要想知天地之道，就要知道。”

“好哇，好哇，”鬼谷子竖起拇指，连声夸赞，“你已经走在道上了。”

“谢先生勉励！”玉蝉儿拱手道，“弟子的困惑是，由大道至疾病，这条关系链是如此之长，这张关系网是如此之大，弟子……总是迷茫！”说着再拱手道，“敬请先生指点迷津！”

“要知生命之道，”鬼谷子缓缓说道，“须知生命。所谓生命，一是生，二是命。生命由何而生呢？生命由气而生。气又由何而生呢？气由道生。道生气，气生命，是谓生命。”

“先生方才说，命是天之令，这……”玉蝉儿有些凌乱，眯起眼来。

“道化生气，为一；气化生阴阳二气，为二；阴阳二气相冲，生出和气；和气化生出天地万物；它们之间在化生过程中的因果密码，我们可以称作天之令，也就是命。”

“天地万物皆为形体，生从何来？”玉蝉儿问道。

“生由灵体而起。”

“灵体呢？”

“灵由精生，精由和气中的阳气而来。”鬼谷子捋了一把白须，“这么说吧，生命的过程是，道生气，气生阴阳二气。阳气成精，精生灵；阴气赋形，育出体；灵与形合，是谓生灵。”

“如此说来，天地万物，皆为生灵。”

“是的，古人祭天祭地，祭的就是天地生灵。”

“那……生命呢？”

“生命是天地生灵进一步化生出来的。”鬼谷子解道。

“它是怎么化生的？”玉蝉儿不肯放过一丝疑惑。

“由命化生。”鬼谷子再捋一把长须，“万物皆从一来。要想明白这个化生过程，就要从这个一开始。一为气，万物皆由气生。天人合一，合的是气。四时八节，节的是气。呼吸吐纳，无不是气。气化阴阳二气，是为二。阴阳二气相冲，生出和气，是谓三。气和则物生。”

“物为形体，形体为阴。和气成形，是不是说和气类同于阴气？”玉蝉儿在这儿道出心结。

“并不类同，”鬼谷子应道，“和气为阴阳二气相冲之气，你可以称它作三，就是说，它一体包含阴气和阳气。阴气沉淀，成就形体，阳气升华，成就精灵，形体与精灵领受不同的天命，合为一体，是谓生命。”

“也就是说，”玉蝉儿思忖一时，抬头接道，“生命有两个体，一个是形体，一个是灵体，形体由阴气化生，灵体由阳气化生。”

“是的，是的，”鬼谷子连声肯定，“具体到人，就是由两个体组合而成的，一个是形之体，一个是气之体。形之体为阴气化生，是谓肉体；气之体由阳气化生，是谓灵体。形之体是可见的，我们叫它形象；气之体是不可见的，我们叫它藏象——”

“先生，先生，”玉蝉儿如同抓到了什么，急切打断道，“弟子所惑，正在这儿，您能讲讲这个藏象吗？”

“欲解藏象，须知生死。”

“生死？”玉蝉儿显然想不通藏象与生死还能有关系，眼睛大睁。

“是的，”鬼谷子解道，“不知生，就不知死；不知死，也就不知生。人生是个由始至终、由生至死的序列。这个序列从无开始，至无结束，此所谓起于尘埃，归于尘埃。生命之始，父携阳气之精，母携阴气之精，父母交合，两精感受天命，结为一体，一个新生命因此诞生。这个新生命从诞生之时起，就含有阴阳二体，一个是肉体，一个是灵体。二体协和，生命便孕育、成长、壮大、成熟、衰老。直到有一天，二体不再协和，灵体便离开肉体，相互分离，于是，这个生命就没有了。肉体分散，归于尘埃，合于大地阴气；灵体升华，归于虚空，合于天地阳气。”

“这么说来，”玉蝉儿眨巴几下眼睛道，“阴体与阳体，或肉体与灵体，相合则生，分离则死，是不？”

“是的。”鬼谷子应道。

“生为二精相合，死为二精相离，阴体与阳体是同时离合吗？”

“非也，”鬼谷子摇头，“阴阳二体，合则生，离则死。从初合至终离，二体由无到有，由生到长，由长到成，由成到衰，由衰到竭，竭则死。阳体为先天元气，阴体为后天孕育。就人而言，二体合离可分三种模式，一是同生同死，二是阳去阴存，三是阴去阳存。”

“何谓同生同死？”

“先天之阳，天赋命寿为百二十年，是谓天年。后天之阴，天赋命寿亦为百二十年。同生同死意即二者皆尽天年，正常生死。”

“阳去阴存呢？”

“‘阳去’意指先天之阳耗尽，已百二十岁，但由于生者修炼得法，后天之阴得到充分养护，百二十岁依旧存活，是谓阳去阴存。甚者于阳离多年而依旧肉体不散，鲜活有弹。”

“蝉儿明白了，”玉蝉儿接道，“所谓阴去阳存，就是肉体未能得到合适护养，未及天年即衰竭，而阳体仍在。”

“是哩，”鬼谷子点头，“大凡生命，同生同死者鲜，阳去阴存者寡，阴去阳存者众。何以如此？不惜天命。或过劳，或过欲，或过食，或缺食，或因不知天命而失方，或因外力强加而夭亡，或因阴阳不和而自毁，或因走投无路而自尽……”

“若是肉体不存，阳体就无处可附，于是便成为游魂，对不？”玉蝉儿问道。

“你可以这么说吧。与阴体一样，阳体繁纷复杂，其统帅可称元神。阴体腐散，归于尘土，元神失去依处，自然就会成为游魂。”

“所谓入定云游，就是元神离体了？”

“你也可以这么说。”鬼谷子应道，“修炼之人，可以操控元神离体，云游四方虚空而无遮挡，见到常人所不能见。”

“难怪先生足不出谷，便能天下事无不了然呢。”

“你二人只要悉心静修，也可成就此术。”

“谢先生鼓励！”玉蝉儿拱手，再问，“先生方才说，阳体繁纷复杂。弟子甚想知道，它是怎么个复杂呢？”

“欲知何为阳体，就须明了何谓天人合一。”

“请先生赐教！”

“天人合一，指的是先天阳体如何合于后天阴体。”鬼谷子指向空气，“宇宙之气，分为金、木、水、火、土五行。五行之气由鼻吸入，经由肺、肾、肝、心、脾五脏，化生为肺、肾、肝、心、脾五气，这就是众所称谓的五脏之气。老朽问你，人为何要化生出五脏之气？”

“这……”玉蝉儿迟疑了一下，“弟子真还没有想过。”

“因为它们要供养与肉体共生的先天灵体，因为灵体也是要吃饭的。”

“哦，”玉蝉儿恍然有悟，情不自禁道，“弟子明白了，这个灵体就是五脏之神，也就是神、魂、魄、志、意，对不？”

“正是。”鬼谷子点头肯定，“宇宙大气由鼻入肺，其精化生肺气，养魄；魄气入肾，其精化生肾气，养志；志气入肝，其精化生肝气，养魂；魂气入心，其精化生心气，养神；神气入脾，其精化生脾气，养意。神魂魄志意受养于五脏所化之五种宇宙精气，是谓五脏诸神。五脏有形，是谓五脏；五神无形，是谓五藏。”

先生所挠正是玉蝉儿的痒痒。

“先生，为什么叫它们为神魂魄志意呢？换言之，怎么来释义它们呢？怎么来区别它们呢？只是按照化生它们的脏器予以区别吗？它们就是志思吗？它们支配肉身吗？它们是怎么支配肉身的？它们……”玉蝉儿一口气问出一大串来，许是觉得问得太多，许是一口气没缓过来，话到此处戛然止住，两眼炯炯有神地盯住先生。

“呵呵呵，我们的蝉儿是个贪心的人哟！”鬼谷子再捋一把长须，笑道，“人有二体，一为肉体，一为灵体，抑或称作阴体与阳体。灵体也称本神，归藏于五脏，由气脉沟通往来，由五脏化生之精气供养，可称五藏神，分别叫神魂魄意志。与生俱来谓之精，两精相搏谓之神，随神往来谓之魂，并精出入谓之魄，心有所主谓之意，意之所长谓之志……”

“别别……”玉蝉儿急急止住，微微闭目，自语道，“两精相搏？是哪两个精相搏呢？精为宇宙精华，天地之德，作用于人体，化生出五脏精气。相搏的两种精气是肺气与肾气呢，还是肾气与肝气？抑或是五气中的任意二气呢？为什么是两精不是五精呢？为什么……”她陷入深思，良久，抬头，看向鬼谷子，“先生，为什么？”

“是啊，为什么呢？”鬼谷子不无调皮地挠了几下耳根，又把老寿眉捋了捋，朝玉蝉儿做了个鬼脸，“老祖宗就是这么说的，你若不信，可有两个选择：一是去问老祖宗，二是自个儿慢慢体悟。你有的是时光，是不？”

“好吧，先生，您接着说。”玉蝉儿催道。

“接着说什么呢？”鬼谷子皱起老眉，拍拍脑门子，“让你一搅和，老朽一时想不起来了。”

“是蝉儿的错，”玉蝉儿紧忙站起，走到鬼谷子身后，轻轻揉按他的后脑门，揉了一会儿，附在他耳边，柔声道，“先生，这下想起来没？”

“呵呵呵呵，想起来喽。”鬼谷子笑着接道，“五藏精气，经由脉络营运，输送至此处，”说着拍拍脑袋，“就是你方才按摩的地方，化生为思虑情志，派生出喜怒悲忧恐五情。”

“思虑情志？”玉蝉儿喃声重复。

“就是志思神德，统称为心之四术。”

“志思神德？心之四术？”玉蝉儿思考了一会儿，抬头问道，“先生，志思神德由五气化生，为什么却不提其他四藏，只称心术？它们指的全是思虑吗？怎么分别它们呢？它们既然存在于头脑，又为什么称作心之四术呢？”

“五藏诸神，以心藏为主，其余四藏皆受制于心。志为心之所向，思为心之所虑，神为心之所游，德为心之所制，此四者皆由心生，是以被称作心之四术。”鬼谷子稍做停顿，接着解道，“至于四术不在心中，而在脑中，是因为它们是心的派生，是心指使它们履行使命的。”

“什么使命？”

“控制肉体。”

“啥？”玉蝉儿眼睛大睁，“肉体不是由五藏神控制的吗？”

“非也，”鬼谷子应道，“肉体是由大脑控制的，大脑产生意识体，意识体控制肉体的行为。”

“那……还要五藏神做啥？”

“哈哈哈哈，”鬼谷子捋须大笑，“五藏神指令大脑呀。”

“啊？”玉蝉儿惊道，“这……大脑也是灵体吗？它是独立的灵体呢，还是灵体的一部分？如果是独立的，难道人有两个灵体吗？如果不是，它是灵体的哪一部分呢？它又是怎么指令肉体的呢？”

“这么说吧，”鬼谷子闭了会儿眼，缓缓解释道，“如你所知，人只有二体，一为肉体，一为灵体。灵体与肉体各自独立，是无法沟通的，于是就需要一个媒介，它就是大脑，你可以叫它意识体。灵体想干什么，就下达指令给意识体，由意识体传达给肉体，肉体按照意识体传达的指令行动。”

“咦？”玉蝉儿眼睛睁大道，“为什么灵体不直接下达指令给肉体呢？”

“因为灵体是先天的本初之体，它有直觉，没有感觉。所有的感官都与大脑连通，所以它们大多距离大脑最近，譬如说眼、耳、鼻、舌，它们都长在头上，没有长在肚子上。”

“可这……为什么呢？”

“因为灵体是五藏体，是生物最重要的核心体，是要归藏起来，被层层保护起来的。这就是它们为什会长在人体中间，外面还要受到多根坚实肋骨及脊柱的护佑。”

“明白了，”玉蝉儿兴奋地接道，“灵体没有感觉，不知道肉体外面究竟发生了什么，因而无法做出判断应对，也就无法指令肉体。而意识体直接连接感官，洞悉外来变化，因而可以随时给出指令，是不？”

“呵呵呵，蝉儿就是蝉儿。”鬼谷子竖给她一个拇指。

“因为要指令肉体行动，所以意识体产生出了志思神德，是不？”

“是呀，是呀。”鬼谷子连声赞叹。

“可……先生，蝉儿觉得，外在变化繁纷复杂，意识体在发出应变指令时，有时根本来不及志思神德呀！为什么只将这四者列为四术？”玉蝉儿盯住他。

“哈哈哈哈，”鬼谷子笑道，“你这是问不倒老朽不罢休啊。这么说吧，要厘清这个，你首先要明白何为志思神德。”

“先生方才说过了呀，志为心之所向，思为心之所虑，神为心之所游，德为心之所制。”

“是的，”鬼谷子应道，“心为五藏神之总舍，志、思、神、德，分别表述心的四种应变法术。心的应变法术有个法则，即趋利避害。志术为心之所向，指的是意识体对外界的初级应变，决定肉体采取何种行动以趋眼前之利，避眼前之害。如果眼前来看尚无利害，长远来看却有利害，意识体就要进入第二个层面，思术。思为心之所虑，经过思虑，意识体可对长远之利、长远之害做出判断，并给肉体发出应对的指令。至于神、德，是意识体的更高级应对。神术为心之所游，神通广大，可超越肉体，游于感官之所未见、未觉、未达之域，譬如筹谋、设计、造物、著述、立说、辩论、遐想等等。上述三大心术是否合适，在利于自己时，是否也利于群体，利于天下，这就要求意识体做出判断，这个判断就是曲直与是非，也就是心的最后一术，德术。”

鬼谷子所解透彻明晰，玉蝉儿、童子闻所未闻，如饮甘霖，大为过瘾。

“这么说来，灵体是活在意识之外了？”玉蝉儿问道。

“是的，它活在意识之外，于冥冥之中主控意识。”

“明白了，”玉蝉儿恍然有悟，“这个冥冥之中，就譬如做梦，人在熟睡时，就会失去意识，梦中的所见所闻，该当是灵体了，是不？”

“是的，灵体是与天沟通的，是以只在意识离位时，譬如梦中、酒后、行巫术时，或为迷术所惑时，才会现身。”

“是了，是了，”玉蝉儿大悟，“所以说，人们越是想得多，越是想得明白，越是想得细微，越是想得周全，就离灵体越远，也就离天越远。所谓返璞归真，其实就是使自己接近灵体，释放灵体，与天沟通。”

“哈哈哈哈，”鬼谷子大笑起来，指向童子，“譬如眼前这个大子，他就真的处于返璞归真的状态呀！”

“咦，怎么扯到小子头上了？”童子嘴巴一撇道，“傻瓜才真返璞归真呢，看小子给您闹个事儿出来！”

“哈哈哈哈！”鬼谷子、玉蝉儿大笑起来。

“先生，”玉蝉儿的问题显然没完，几声笑过，接着发问，“五脏内藏五神，那六腑呢？同为脏器，它们的区别只在藏与显吗？藏象没有腑吗？”

所谓六腑，就是胃、大肠、小肠、三焦、膀胱、胆这六个人体新陈代谢的腑脏。

“这个是生命的运化了，”鬼谷子解释道，“据上古所说，天食人以五气，地食人以五味；五气入鼻，藏于心肺；五味入口，藏于肠胃。由此说可知，五脏运化天之五气，六腑运化地之五味。五脏化天之精气而藏之，六腑传地之五味而不藏。五脏藏精不泄，故满而不能实；六腑传味不实，故实而不能满。”

“什么叫满而不能实？”玉蝉儿追问。

“实者，积也。精气要饱满，但不能堵塞，塞则积。而要不塞就须时刻营运，所以叫满而不能实。”

“若照此推，”玉蝉儿接续推道，“于六腑来说，五味入口，是胃实而肠虚；五味下泻，是肠实而胃虚。所以叫作实而不能满，对不？”

“可以这么解。”鬼谷子应道，“确切来说，六腑重在传化，胃、肠的虚与实都是变数，六味不可积实。积实于胃，胃胀；积实于肠，肠梗，皆为疾症。”

“就弟子所知，奇恒之腑也是藏而不泻，为什么它们也不是藏象呢？”

玉蝉儿所提及的奇恒之腑，指的是脑、髓、骨、脉、女子胞等人体结构，古人认为它们一旦长成，就只藏不泻，所以称作奇恒之腑。

“藏象为先天阳气所化，奇恒之腑则为后天阴气所成，怎么能是藏象呢？”

玉蝉儿轻轻嘘出一口气，思虑有顷，抬头又问：“先生方才提到六腑疾症，为什么不叫病呢？病与疾有差别吗？”

“呵呵呵，”鬼谷子望着这个处处较真的弟子乐了，“你倒是会问。你可写出这两个字来。”

玉蝉儿寻到木板，在上面写出“疒”“疾”二字。

“你看这个‘疒’字，是一个人躺在榻上，浑身冒汗，在发烧呢。再看这个‘疾’字，不但躺在榻上发烧，身上还插着一个‘矢’字，就是中箭了。想想看，它们之间有何差别呢？”

“就是说，”玉蝉儿盯住二字，“病是来自内伤，疾是来自外伤，对不？”

“正是，”鬼谷子肯定道，“当然，外伤并不一定与箭矢相关，所有外伤都叫疾。疾来得快，痛得很，人最厌恶，所以才有疾恶、疾恨、疾风、疾速之说。疾是要医的，所以疾与医都与矢有关。至于病嘛，那叫个慢悠悠呀，所以要躺在榻上慢慢出汗，慢慢发烧。”

“这么说，疾比病厉害了？”

“呵呵呵，”鬼谷子笑了，“你再想想，疾伤的只是肉体，也就是阴体，病呢？”

“哎哟哟，”玉蝉儿一拍脑瓜子，豁然开悟，“病伤的是灵体，是不？”

鬼谷子捋须笑笑，算是肯定了。

“天哪，”玉蝉儿如同醍醐灌顶，大眼盯住鬼谷子道，“弟子可否这样说，除去外伤，所有的病，都与灵体相关，都是五藏神受到伤害。五藏神将这些伤害传导给大脑，由大脑转化成意识，再由意识命令肉体采取行动以排除这些伤害，是不？”

鬼谷子美美地捋了一把长须，给了她一个微笑的点头。

“再推下去，四时风暴寒暑，也不是肉体，而是灵体受到侵扰，于是再传导给意识，由意识命令肉体穿衣解裳、挡风避暑，是不？”

鬼谷子又捋一把长须，两道目光不无慈爱地凝视他的爱徒。

“如果外界侵扰过重，肉体无法落实大脑指令，就会躺在榻上，或冷或热。灵体无可奈何，只好指令大脑，让肉体进入生病状态。此时，病者家人就会求助于巫、医，使针砭灸汤等外力介入。这些外力针对的明为肉体，实为灵体，是不？”

“是的，但也不完全是。”鬼谷子解释道，“在肉体无可奈何时，灵体就会启动自我修复，这也是大多数病症通过静养就会自我痊愈的原因。病越大，需要修复的时间越长。至于针砭灸汤之类的外力，不过是起辅助灵体、使其加快自我修复过程的作用。不过，一旦庸医上门，方不对症，术不得法，便非但不能帮辅灵体，反倒有碍于灵体的自我康复。是以庸医害人，是以修医者须先修德，修术者须先修行。”

“谢先生教诲！”玉蝉儿拱手道。

“也有灵体修复不了的时候。”鬼谷子补充道，“譬如说，五气之中的某一气彻底堵塞，形成囊肿。一气堵塞，处处堵塞，灵体用尽全力，仍旧无力修复，亦无外力可以借助。”

“那怎么办？”

“还能怎么办？”鬼谷子苦笑一下，做了个无常鬼勾人的动作，“这个世上，大多数人都是这般，这就叫作死于非命。就是说，他的天命未到，阳寿仍有，但其阴体或耽于淫欲，或过多劳苦，经营不善，便提前与阳体分离。”

“此时的阳体没有阴体可以寄托，就会成为鬼魂，对不？”

“是的，”鬼谷子点头，“还有一种情形，譬如说发生意外，即有强大的外力伤及灵体，灵体猝不及防，既无备也无暇启动修复，或超出了其修复功力——”说完顿住话头，盯住玉蝉儿。

“灵体发出信号，寻求帮助呀！”

“能够帮的已经帮过了。”

“那……这该怎么办呢？”玉蝉儿急道。

“它会向更远的亲人求助。”

“它……怎么求助？”

“托梦呀，向梦中的亲人灵体求助。”

听到“托梦”二字，玉蝉儿一下子忆起方才的梦境，打了个寒战，颤声道：“天哪，苏师弟他……他让毒蛇咬了！”

“是的，苏秦遇到麻烦了。”鬼谷子语气肯定。

玉蝉儿泪水涌出，扑通跪地道：“先生，请救救他！”

“大子？”鬼谷子转向童子。

“先生，还是叫小子吧。”童子嘴一撇，做出个鬼脸，“大子听起来咋这么别扭呢。”

“那就大小子吧。”鬼谷子笑了，“大小子，那粒药丸还在吗？”

“是随巢前辈没有吃下的那一粒吗？”

“是的。”

“在呢。”说完，童子进洞，将他小心包裹起来的那粒药丸搁在鬼谷子案上。

“交给你的蝉儿姐。”

童子将药丸交给玉蝉儿。

“蝉儿，”鬼谷子转向玉蝉儿，“拿出你的针来。”

玉蝉儿取出一套针具。

“为师这就示你一套祛毒伏魔、起死回生的针法！”鬼谷子缓缓脱去上衣。

“先生？”玉蝉儿疑惑地盯住鬼谷子，看着他那一身饱经风霜的胴体。

“下针吧，先取毫针，由外关入，透内关，提插捻转，各三息。”

鬼谷子微微闭目，伸出手臂，现出外关穴。

“先生——”玉蝉儿晓得先生是在教她去救苏秦的方法，泪水止不住地流下。

“蝉儿姐，”童子不急不慌地脱下衣服，伸出胳膊，笑吟吟道，“扎我的，我的皮嫩，肉紧，不像先生的，皮厚，肉松，扎起来没个感觉。”

“嘿，你小子，这是嫌弃为师呀！”鬼谷子睁开一只眼，斜了他一下，然后指向猴望尖方向，“到猴望尖去，采十二草。”

“哪十二草？”

“拿笔来。”

童子拿过笔，递给鬼谷子。鬼谷子写出十二种草名，童子收起，便提上篮子，疾步出门，投猴望尖而去。

听到童子远去的声音，玉蝉儿轻声道：“先生，那十二种草药莫不带毒，这……”

“天地五行，有生有克，万物皆然。”鬼谷子看向她，笑笑道，“蝉儿，下针吧。”

玉蝉儿再次拿起针。

“不是此针，是彼针！”鬼谷子起身，走到案边，从一个罐中摸出一粒黑乎乎的药丸吞下，又走到榻边，躺下。

“彼针？”玉蝉儿一脸茫然。

“放下手中的针，走过来，到我身边。”

玉蝉儿放下各式银针，走到鬼谷子身边。

“闭目，凝神，放空你的心，什么也不要想。”

玉蝉儿闭目，凝神，大脑放空。

渐渐地，玉蝉儿走在草丛里，远远听到一个声音：“蝉儿——”

是鬼谷子在叫她。

“先生，蝉儿来了！”玉蝉儿循声跑去。

鬼谷子躺在草地上，手指肝部，一脸痛楚。

“先生，你怎么了？”

“有一条蛇，它……缠住这儿了，你找找看。”

玉蝉儿急了，瞪眼寻蛇，不消一时，果然看到它了。

“先生，我看到它了，是条黑蛇，凶得很呢，我该怎么办？”

“用圆针，先刺它眼睛，再刺它七寸！下手要快，要狠，要准。”

“晓得了，先生！”玉蝉儿拿起圆针，瞧准蛇的眼睛，嗖嗖两声，直刺过去。那黑蛇两眼出血，松开先生，向草丛里逃去。玉蝉儿大叫一声：“哪儿逃！”又照准蛇的七寸一刺三捻，那蛇挣扎几下，不动了。

“太好了，蝉儿。还有一条，在这儿。”鬼谷子又道。

“来了，先生，是条花蛇，还用圆针吗？”蝉儿问道。

“用毫针。刺它七寸。”

玉蝉儿便换作毫针，刺向那花蛇的七寸。

屈将子仔细查验了苏秦所乘坐的车辆，对车上之物不放过一丝痕迹。前后折腾了一个多时辰，并未发现疑点。

唯一的疑点，就是苏秦喝水的竹筒。

屈将子的目光再次落在竹筒上，飞刀邹、木实等墨者也都看向它。

“邹，再讲一遍，从你们出发直到漳水苏子发病！”屈将子看向飞刀邹。

飞刀邹又讲了一遍，终了道：“我敢说，途中与往常一样，没有任何异常，唯一的异常就是水的事。”然后盯住竹筒：“可所有的证据都让我在漳水里洗掉了。”

“唉！”屈将子长叹一声，“全怪老朽啊。不该让你一人护送苏子。”

“木实要跟我们一起走的，是主公不让。”飞刀邹应道，“主公是不想麻烦大家。这些年来，我陪主公往来出行，不知走过多少地方，全都没事，也就没再坚持，实在是太大意了。”略顿，道，“师父，主公不会是得下什么急病了吧？”

“从发病及症状看，当是中毒。”屈将子推断。

“中毒？”飞刀邹纳闷，“不会吧。我们一路出发，途中根本没有停留，也没有与任何人有过交往，怎么可能中毒？”

“如果是急病，”屈将子解道，“只能是中风。如苏子这般急切的中风，只能有两种，一是心中风，二是脑中风。若是心中风，人很快就没了，苏子挺不到现在；若是脑中风，不会有这么快，也不会有这么厉害，老朽因而断定是中毒。”

“什么毒？”飞刀邹急问。

“要是知道，就好了。”屈将子再次盯向竹筒，那是唯一的证据了，尽管什么也没有验出来。

飞刀邹蹲下，闷头思虑究竟是什么环节出了问题。

飞刀邹拿过竹筒，盯住它，耳边响起苏秦的声音：“邹兄，离漳水还有多远……过漳水时，歇个脚，舀点儿水，秋果忘备了！”

“秋果忘备了！”飞刀邹打了个激灵，眼前浮出秋果。

飞刀邹快步跑到苏秦寝处，见秋果依旧跪在苏秦榻前，头顶住苏秦的肋边，已经睡去，嘴角流出涎水，脸上几道泪痕。

苏秦的一只手搭在她的脸上。显然，是她将苏秦的手扳过来，搭在上面的。

她太伤心了。

她哭了一整夜，想是哭累了。

苏秦仍在昏迷中。

飞刀邹摸了下他的鼻息，仍有气息，察看脸色，也并无异样。

飞刀邹悄悄退出，回到院中。

“筒里的水是谁装的？”屈将子问道。

“不知道呢，”飞刀邹应道，“之前出行，主公的生活起居，多由秋果打点，尤其是水，途中必备，秋果每次都要装得满满的，不知怎的，这次她竟然忘装了。主公路上喝水，想是水不多，才问我离漳水多远，我说快到了，主公便吩咐我，到漳水时停一下，舀点水。之后不过两刻钟，就到漳水了，我舀水前发现主公歪在车里，以为他是打盹了，就没再打扰他，等我舀好水上来才发现主公是……”略顿，又道，“想是主公见快到漳水了，就将筒中的剩水全部喝下，方才中毒的。”

“若是此说，这水或就与秋果有关！”屈将子沉思良久，低声道。

“可……”飞刀邹迟疑了一下，“她不会加害主公的。就弟子所知，主公身边，最信任的只有四人，一是雪公主，二是在下，三是袁豹，四是秋果。”

“秋果呢？”屈将子看向屋子。

“我刚查过，她一直守在主公身边，睡着了，一脸眼泪。”

“说说她，”屈将子吁出一口气，“她是怎么来到苏大人身边的？”

飞刀邹便将他所知道的秋果的故事及她与苏秦之间的情义略述了一遍。

“秦国，独臂人？”屈将子沉思良久，转对木华，“木华，你替下秋果，严密守护苏大人，任何人不可进入苏大人卧处。”说完又看向木实道，“两件事，一是捎信给雪公主，请公主速来；二是派人赴尧山，接菲菲过来，该是她认见生身父母的辰光了。”

木华、木实领命而去。

“府中戒严，无论何人，”屈将子转身对飞刀邹道，“不经准允，不可进出府宅，尤其是苏子寝处！”

童子到猴望尖采药，天黑未回。

玉蝉儿大急，欲进山寻找，被鬼谷子止住。

次日午时，童子回来，大汗淋漓地将竹篓子交给玉蝉儿，呵呵乐道：“嘿，先生让采的这十二味，真还不好寻呢！差点儿掉进崖子里。”

鬼谷子闻声出来，验过草药，确证无误，遂将它们选出一些，均量分作三份，装入三只袋子，递给玉蝉儿，缓缓说道：“苏秦命不该绝，虽中剧毒，但因施药之人未曾施以足量，是为不幸中的万幸。你有旬日可以救他，大可不必惶急。”

“谢先生指点！”玉蝉儿接过袋子，放入她早已打好的包裹里，重新包好。

“对了，还有一味药引子，老朽差点儿忘了！”鬼谷子盯住她，半笑不笑。

“什么药引子？”玉蝉儿急问。

“泪珠儿。”

“泪珠儿？”玉蝉儿奇道，“什么泪珠儿？”

“玉蝉儿的泪珠儿。”鬼谷子微微闭目道，“你可于熬药之时酌量施放。”

“我？”玉蝉儿脸上一红，轻声道，“多少为宜？”

“酌量呀，你随心即可。”鬼谷子淡淡一笑，“蝉儿，去吧。苏秦的五脏之神在等着你的解救呢。”

玉蝉儿“嗯”出一声，拜过师父与童子，戴上斗笠，跨出舍门，走进午后的烈日中。

玉蝉儿沿溪边小径疾步走远。

鬼谷子缓缓跟出，站在一块巨石上，久久地凝视玉蝉儿远去的身影。

玉蝉儿的身影渐渐消失在视线之外。

鬼谷子的目光却未移动，依旧凝视那个方向，好像她的身影未曾消失似的。

“先生，”童子跟出来，站在石头下面，“日头毒呀！”

“是的，日头毒。”鬼谷子重复一句，身子却未动弹，目光依旧射向玉蝉儿离去的方向。

“蝉儿姐她……会回来的！”童子晓得他在看什么。

“是的，”鬼谷子的声音更缓了，又是一句重复，“她会回来的。”

“那……先生还在看什么呢？”

“是呀，老朽还在看什么呢？”鬼谷子再次重复一句，跳下石头，头也不回地走回草庐。

“咦，”童子目送鬼谷子走进草庐，噌地也跳到石头上，若有所思地远眺玉蝉儿隐身的方向，喃声自语，“先生这是怎么了？观先生神态，苏师弟当无大碍。蝉儿姐亲手救活苏师弟，喜犹不及，怎么能哭得出来呢？蝉儿姐哭不出来，先生为什么要用她的泪珠儿来做药引子呢？嘿……”

玉蝉儿没有车马，依靠双脚紧赶慢赶，于苏秦病倒的第四日后晌方才抵达邯郸，寻到相府时已近黄昏。

相府门口站着几个甲士，执戟肃立。

“诸位甲士，”玉蝉儿疾步上前，拱手道，“我是从云梦山赶来的，有急事面见苏秦，请壮士禀报！”

见她直呼苏秦大名，几个甲士互望一眼，一人应道：“相国大人有令，这几日概不会客，客人有何事，请过几日再来！”

“请壮士禀报大人，我不是客，是你们相国大人的师姐，奉师父之命，前来寻他，请速传禀！”玉蝉儿不卑不亢。

“这……”几个甲士面面相觑，一人问道，“可有名帖？”

“这样吧，”玉蝉儿略略一顿，“请你们府宰出来，我对他讲！否则，误下相国的大事，你们谁也吃罪不起！”

甲士迟疑了一下，进府禀报飞刀邹。

飞刀邹走出，看向玉蝉儿：“客人是——”

“我是从鬼谷来的，奉鬼谷先生之命前来探望苏秦！”

“鬼谷先生？”飞刀邹盯住她，“您是——”

“我是鬼谷先生的弟子，苏秦的师姐！”

“敢问客人尊姓大名？”由于天香的原因，飞刀邹对所有美女都不放心了。

“玉蝉儿。”

听她报出“玉蝉”二字，飞刀邹明白不会有错了，不无激动地深深鞠了一躬：“您……来得太好了，主公他……在等着您呢！”随即让到一侧，伸手道，“请！”

飞刀邹引领玉蝉儿直入客堂，禀报屈将子。

屈将子仍旧不放心，详细问过几件事情，确认她是鬼谷弟子，方才拱手见礼，引她直入苏秦卧处。

苏秦躺在榻上，面无血色，如同死去一般。

玉蝉儿近距离地凝视苏秦，这个她一直挂念在心的男人。

玉蝉儿动手了，搭脉，翻眼，查齿。

玉蝉儿闭目，入定。

玉蝉儿的心念渐渐聚集，穿入一个灵异的世界。

恍惚间，远处浮出一个影像。

是苏秦。

苏秦的影像越来越近，越来越清晰。

再细审去，苏秦的身上爬满蛇蝎，扎满奇怪的草木毒刺，那些毒物正在全力吮吸苏秦的血气。

苏秦拼命挣扎，但那些毒物越缠越紧，将他牢牢缚住。

绝望中的苏秦看到她了。

苏秦向她发出呼喊，可她什么也听不到。

苏秦使尽全力向她靠拢，可被那些由植物结成的大网紧紧罩住。

玉蝉儿伸出手，向他叫道："苏公子，蝉儿来了，蝉儿这就救你，这就……"

玉蝉儿不由得打了个冷战，恍然出定。

显然，苏秦的五藏神伤得极重，已经撑不住了。

玉蝉儿再次搭脉。从脉象判断，一如鬼谷子所断，苏秦最多可以坚持旬日，也就是说，她只有数日时间可以施救。

玉蝉儿不敢怠慢，吩咐飞刀邹将苏秦扶起，掏出童子交给她的药丸，塞进苏秦口中，喂他温水，迫他咽下。

"官人，请解开他的衣裳！"玉蝉儿转对飞刀邹，指了一下苏秦道。

飞刀邹脱去苏秦衣裳。

"你们出去吧。"玉蝉儿吩咐飞刀邹。

飞刀邹等全部出去，掩上房门。

玉蝉儿望着赤身裸体的苏秦，这个在她心头驱之不去的男人。

而今，他近在咫尺，等待她的解救。

玉蝉儿闭目养神。

一路奔波，玉蝉儿太累了。

玉蝉儿从随身所带的包囊中取下葫芦，打开塞子，喝了几口水。

玉蝉儿缓过神来，起身，至距苏秦一步远处，扎下架势，屏气凝神，再度入定。

苏秦现身了。

在鬼谷子万能解药的作用下，苏秦已经回过神来，而那些缠绕他不放的毒物正在失去活力，尤其是那些蛇蝎毒虫等，已渐渐开始迷盹。

"师姐——"苏秦向她招手。

"苏秦，蝉儿来了！"玉蝉儿没有叫他师弟，而是直呼其名。

"苏秦有劳师姐了！"苏秦苦笑，指着依旧缠绕在他身上的毒物，

“苏秦不能成礼了！”

“你不要动，我这就救你！”玉蝉儿摸出银针，瞧准一只黑蛇，直刺其双眼。那蛇飞逃，玉蝉儿疾步赶上，一针刺入它的七寸，提插转捻，不消一时，那蛇便僵死不动了。

之后一个时辰，玉蝉儿越战越勇，将那些毒虫一一揪出，针刺其目，继而是七寸。那些蛇蝎共有十二条，皆为终南山中极毒之物，尤其是最后一条长蛇，性情凶猛，不逃反扑上来。玉蝉儿将所有的针法全部试过，依旧拿它不住。

玉蝉儿正自忧急，隐约听到鬼谷子的声音：“蝉儿，这是条王蛇，以食蛇为生，寻常针气拿它不住呢。”

“何以拿之？”玉蝉儿叫道。

“用剑气。先断其芯，后斩其首。”

玉蝉儿抽出宝剑，待那蛇再扑上来、口中吐出芯子之时，催动剑气，断其芯子。那蛇没了芯子，四处乱窜。玉蝉儿寻到时机，待那蛇窜到跟前之时，一剑挥去，剑气直入那蛇七寸，终于蛇头被断，滚落于草丛里。

玉蝉儿看向苏秦，见他全身已完全放松，沉沉睡去。

玉蝉儿嘘出一口气，乍然出定，方觉一身是汗。玉蝉儿看向房中油灯，见油已耗尽，又听向四周，静寂无声。此时远处传来更声，已是夜半。

玉蝉儿为苏秦盖上薄被，伏在他的榻边，沉沉睡去。

翌日凌晨，玉蝉儿醒来，见苏秦脉象趋稳，脸上现出血色，知他已无大碍，遂摸出真正的银针，刺向苏秦身上的不同穴位，以培元护本，清除残余毒素。

玉蝉儿施完针，许是感应，转过头来，于无意中瞥到一物。

是一枚金蝉儿！

没错，是飞刀邹于昨晚从苏秦的衣饰上取下来的，就放在苏秦的那堆衣饰里。

玉蝉儿心底一震，伸手摸去。

玉蝉儿拿到金蝉，放在掌心，仔细端详。

一丝儿没错，是她姐姐姬雪的金蝉儿！

玉蝉儿取下自己的玉蝉儿，与那金蝉儿摆在一起。

两只蝉儿一模一样。一只乳白，一只金黄；一只温润如脂，一只灿若星辰。

日上一竿，一辆驷马辎车停在苏秦府前。

不及车辆停稳，一个女子便从车上噌地跳下，接着是另一女子。

她们分别是燕国太后姬雪与她的侍女春梅。

姬雪没有收到木华的音信。与姬雨一样，她也是在苏秦出事的当天夜里梦到苏秦，醒后再也睡不着，未及天亮，便果决吩咐春梅备车，直驱邯郸。

由武阳到邯郸虽然不算太远，但要越过中山国，还要涉过几条河流，偏巧一条没有河梁的小河突发大水，耽误了将近一天辰光，中途又考虑安全，晓行夜宿，赶到时已是第五天了。

当姬雪跌跌撞撞地跑进苏秦的卧室时，玉蝉儿又喜又惊。喜的是她终于见到了分别多年的姐姐，惊的是她为什么会来，且来得如此之快。

“阿姐——”玉蝉儿扑进姬雪的怀里，姐妹二人抱在一起。

姬雪也很惊喜。

一路上，她什么都想到了，只没想到会在这儿见到妹妹。

“他……怎么样了？”姬雪一把推开玉蝉儿，跪在榻前，一脸忧急地看向一脸安详地躺在榻上的苏秦。

苏秦身体赤裸，只有羞处搭着一条被角，不同穴位上，依旧扎着数十枚银针。

“苏秦——”姬雪泣不成声，用手抚摩苏秦的脸，继而是他的额头、耳朵、脖颈、胳膊、手……凡是没有下针的地方。

姬雪抚摩一遍后，将脸轻轻贴在苏秦的脸上，泪水哗哗流淌，滴落在苏秦的脸上。

看到姬雪这一连串不顾一切的举动，玉蝉儿凌乱了。

眼前的这个人……是她的那个阿姐吗？是老燕公的夫人吗？是大燕国的太后吗？

所幸，房中只有她们姐妹二人。飞刀邹在引姬雪进来之后，已掩门出去。

姬雪哭泣良久，方才和缓下来，将苏秦的手紧紧握住，贴在自己的心窝上。

此时的玉蝉儿已不是凌乱，而是目瞪口呆了，她两眼傻傻地盯住姬雪，好似盯住一个怪物。

玉蝉儿的眼珠不由自主地转向那只依旧放在衣饰上的金蝉儿。

许是注意到了身后的妹妹，姬雪终于回过神来，看向姬雨，指着银针问："阿妹，是你扎的？"

姬雨似乎未从震撼中回神，木讷地点点头。

"阿妹，姐晓得你行的！"姬雪紧紧抱住她，声音急切，带着哭音，"快救他呀！他……这是怎么了？他得的什么病？他怎么会这样？他怎么会这样？他怎么会……这样？他一直很棒的，他连伤风都很少，他……怎么一下子就成这样了呢……阿妹……"说着将她抱得越来越紧，泣不成声。

"阿姐，"玉蝉儿似乎明白了点什么，只是不肯相信，也不愿相信，喃声应道，"苏秦是中毒了，有人下毒！"

"天哪，"姬雪越发急了，"下的什么毒？什么人下的？这毒……阿妹，快……快告诉阿姐……"

"是由毒虫、毒草提炼出来的剧毒。"

"天哪！他要紧不？你得救救他，你得救活他，你……你必须救活他……"姬雪摇动姬雨道，几乎是语无伦次了。

"阿姐放心，苏秦已无大碍了，是先生为他配的药，先生晓得他中毒了！"

"太好了！"姬雪再次抱紧姬雨，"是鬼谷先生吗？是的，肯定是他。可他……怎么晓得苏秦中毒了？"

"先生晓得的，先生什么都晓得！"

"鬼谷先生，"姬雪扑地跪下，朝鬼谷方向连连叩首，"姬雪谢您了，姬雪谢您救活苏秦，姬雪……"说完又是一顿叩首。

姬雪叩完，就地席坐，看向姬雨。

时辰到了，姬雨将苏秦身上的银针一根一根拔下，收拾起来，在姬雪对面席地坐下。

“阿姐，你……”姬雨欲言又止。

“阿妹，”姬雪盯住姬雨，“你给阿姐透个实底，”说着看向苏秦，“他几时能醒过来？”

“我不晓得，”姬雨应道，“先生要我施针三轮，这是第二轮。观他气色，摸他脉搏，可知毒素正在排解，生命已无大碍，再施一轮，当可清醒！”

“快施呀！”姬雪急不可待。

“施针要有时辰的。”姬雨应道。

“实在是太好了，”姬雪喜极而泣，“阿妹呀，你真的不知道，他，苏子，对阿姐有多重要，他……”

“阿姐，你……他……你们……”玉蝉儿心里发堵，勉强挤出这几个字后，戛然止住，缓缓闭目。

谷中多年，玉蝉儿已经修炼出一项能力，无论内中多么凌乱，只要一闭眼睛，就会于瞬间静下来。

是的，这辰光，她迫切需要的是让自己静下来。

“阿妹，”姬雪也安静下来，盯住姬雨，“阿姐晓得你想知道什么，阿姐这就告诉你！”

姬雪娓娓道来，讲她出嫁那日，苏秦如何在雨中冒死拦住她的嫁车，赠送她自己削的那把木剑，她一路上如何抚摩苏秦赠她的剑哭泣到蓟都，那把剑如何陪伴她到燕宫，如何陪伴她度过那些不堪回首的寂寞日子，燕宫如何内乱，老燕公如何无奈，她如何无助，苏秦如何在她最需要的时候来到燕宫，如何助燕公平定内乱，老燕公如何不满太子姬苏，如何与她讨论传位于孙子哙，太子姬苏如何谋杀燕公，逼她，还要污辱她，苏秦又如何在关键辰光救她，稳定燕国政局……

往昔岁月的滴滴点点，姬雪一五一十地全都倾诉给了姬雨。

“阿妹呀，”姬雪的眼里饱含热泪，“你真的不知道，那一天，燕宫生乱，燕公生病，阿姐无助，欲到宗庙求助神明保佑。行至蓟宫外面，有人拦住阿姐的车辇，自称是洛阳人苏秦，天哪，阿姐……阿姐的全身都是抖的。那是阿姐多少年来心心念念的人哪，阿姐天天都要抚摩他的剑哪，阿姐以为此生此世再也见不到他了，可他……来了，且他还是鬼谷子的弟子。他向阿姐讲鬼谷先生，讲阿妹，讲庞涓，讲张仪与孙膑，讲那里发生的一切事。他还拿出一块手绢，那上面有在洛阳太学里他受胯下之辱时阿姐为他落下的泪，他……他说他一直珍藏着，他说，他在困苦时，他在无助时，他在绝望时，他在……他在任何需要的时候，都要拿出阿姐的丝帕，看一看上面的泪，阿姐……”说着泪水哗哗流下。

姬雨的泪水缓缓流出，无声地滴落在地面上。

“后来，”姬雪继续叙道，“后来老燕公走了，老燕公是让姬苏那个畜生害死的。那畜生害死老燕公，又来逼阿姐从他。阿姐无奈，只好说要以死殉葬。那畜生就逼阿姐行殉，阿姐就要行殉时，苏子马不停蹄地赶来了。在苏子救助下，阿姐逃到武阳，住在先宫陵墓边上的别宫里，明为先君守陵，实则躲避姬苏那个畜生。后来，苏子来到武阳，阿姐一心要为先君复仇，可苏子劝告阿姐，说是燕国不能乱，苏子看得远哪，阿姐信苏子，阿姐喜欢苏子，阿姐就在那夜留下了苏子，阿姐就……就是苏子的人了……”

一步一步地，玉蝉儿终于听到了她最不想听到也最害怕听到的陈述。

玉蝉儿如遭电击。

“阿姐，”见姬雪讲完一歇，玉蝉儿强使自己镇静下来，“苏秦马上就要醒了，我得为他熬些药去。他体内还有十二种毒素，须用汤药驱之。你好好守护他吧。”说完缓缓起身。

“好的，阿妹，阿姐守护他。阿妹快去熬药，要让他早点儿醒来！”姬雪也站起来。

玉蝉儿收拾起针具及她的包裹，打开门。

姬雪送她出门，看她走远，回身坐在苏秦的榻沿，将苏秦的手握在自己手里，紧紧握住。

玉蝉儿向飞刀邹讨来药罐，燃起炭炉，支走所有人，拿出一包鬼谷子亲手分好的草药，装进罐中。

罐中还缺一味，她的眼泪。

是的，她的眼泪，她玉蝉儿的眼泪。

“先生，您是什么都知道呀！”望着这只药罐子，玉蝉儿的万千委屈从中升腾，泪如泉涌，“您早就知道了呀，可您……您为什么不告诉蝉儿呢？您……为什么要害蝉儿呢？您早就知道苏秦爱的是阿姐，您早就……”

玉蝉儿拿过药罐，放在自己的胸前。

“吧嗒，吧嗒，吧嗒，吧嗒……”冷冷的陶罐平静地接纳着她所落下的每一珠泪。

玉蝉儿哭够了。

玉蝉儿的泪水流干了。

玉蝉儿止住哭，移开陶罐，将它架在火盆上。

炭火烧了起来。

玉蝉儿平静下来。

玉蝉儿缓缓从怀中摸出她的玉蝉儿，端详它。

“苏秦，苏师弟，”玉蝉儿盯住它，一字一顿道，“你记住，罐中的所有泪水，不是师姐为你流下的，是师姐为自己流下的，是师姐奉先生之命为你做下的药引子。除先生之命外，师姐再为苏师弟添加一味，以助你早日康复！”

玉蝉儿缓缓站起，将手中的玉蝉往空一扔，眨眼间抽出宝剑，在它高点回落的瞬间，一剑挥去。

随着“当”的一声脆响，那块伴她几近三十年的玉蝉儿成为碎块。

也就在这“当”的一声脆响中，玉蝉儿的内心深处突然间洞开一扇天窗，一束光亮直透而入，照射在各个角落。

玉蝉儿的广漠心海，于刹那间波涛不惊，一片澄明。

玉蝉儿一身轻松，长出一口气，捡起碎块，一块一块地放进药罐，见天色将黑，遂将熬好的汤药用细布滤好，盛进碗中，端进苏秦房间。

玉蝉儿一脸平静，冲姬雪轻叫一声：“阿姐！”

姬雪接过药碗，放在唇边，伸舌尖一点道：“还有点儿热呢。”

玉蝉儿冲她一笑，伸手搭脉，知悉苏秦的五脏已在恢复生气，完全无碍了。

玉蝉儿再次施针。

针未施毕，苏秦的嗓子便发出咕噜一声，接着发出一声轻哼，手脚开始动弹。

玉蝉儿晓得，苏秦的五藏神已经苏醒，只是意识体仍在沉睡。

“阿姐，”玉蝉儿开始拔针，边拔边吩咐姬雪，“苏公子已无大碍了，再过三刻当会醒转。那时，你将这碗汤药喂他饮下。及至明日与后日，也在这个时辰，”玉蝉儿拿出另外两包草药，“阿姐将这两包草药分别熬过，让苏公子饮下，体内之毒就可全解！”

“阿妹，你……”姬雪盯住她，“不在这儿了？”

“是的，”玉蝉儿应道，“我还有些事情，要回山中呢。苏公子这儿，有阿姐照顾，不会再有事了。”

玉蝉儿将拔好的针收拾好，装入行囊：“阿姐，还有一事，苏公子五脏受损，要休养至少一年，这期间不可劳累！”

“阿妹，”姬雪盯住她，“你……能不能多待一天？”

“先生有事，我必须回去！”

二人相互凝视，良久，紧紧相拥。

拥毕，玉蝉儿没有再看苏秦一眼，便拿起包裹，打开门，头也不回地走向大门。

姬雪追在后面，送到门口，依依不舍地目送她远去，消逝在暗夜里。

姬雪多想追妹妹回来，姬雪还有一肚子的话要对妹妹说，可……直觉告诉她，妹妹已经变了，她们之间已经陌生了许多。

一朝丢下心头重物，玉蝉儿一身轻松地回到谷里，站在谷口候她的是童子。

“蝉儿姐！”童子迎上，从她背上取下包裹。

“先生呢？”玉蝉儿问道，“他在哪儿？”

童子没有应声，转过身，指指远方。

“先生哪儿去了？”玉蝉儿顺着他的手势，见他指向高山之巅，怔了。

“云深不知处。”

“你……”玉蝉儿白他一眼，飞也似的跑回谷中，直入鬼谷子洞穴。

穴中空无一人。

玉蝉儿点亮松灯，看到案上摆着一块木椟，上面是先生留给她与童子二人的四句偈语：

了却俗缘，
缔结道心。
玉女金童，
共济世人。

玉蝉儿惊呆了。

她有太多的话要对先生讲，可……

“蝉儿姐！”不知过了多久，洞穴里响起童子的声音。

“先生他……”玉蝉儿缓缓转身，看向他，“几时走的？”

“就在今晨。”童子声音平淡，“小子欲从先生远游，可先生说，蝉儿姐今天回来，要小子候你。小子在那谷口候你一整天了。”

“先生，先生……”玉蝉儿喃声道，“您晓得蝉儿回来，可为什么还要走啊？您有何事这么急？您为什么不再等蝉儿一天呢？您为什么要抛弃蝉儿？蝉儿……蝉儿是一生一世要从先生的呀，先生为什么要抛弃蝉儿？先生，您……您为什么不等……”还没说完，便两眼一黑，晕倒在地。

是的，连续数日，玉蝉儿历经了太多的悲伤与挣脱，这又往来奔波，耗尽心力以救苏秦。先生的突然离别，实在是压垮骆驼的最后一根稻草。

说时迟，那时快，就在玉蝉儿行将倒地的瞬间，童子将她一把抱住。

童子抱她走进她的洞窟，将她放在榻上，为她盖上被子，自己则在榻前坐下，轻轻握住她的手，闭目入定。

是夜，玉蝉儿踏踏实实地睡了个长觉，及至醒来，已是翌日晨起。

看到师兄依旧一动不动地坐在自己榻前，握住自己的手，玉蝉儿心中涌出一股暖流。

是的，在这世界上，离她最近的几个人，一个一个全都远去了，只有这个与她厮守十几年且一直叫她蝉儿姐的大师兄，守在身边，不离不弃。

“师兄——”玉蝉儿柔声叫道。

“蝉儿姐？”童子出定，松开她的手，反而被她握牢。

“师兄，”玉蝉儿盯住他，“从今日始，不要再叫我蝉儿姐了！”

“为什么？”

“因为那只蝉儿，已经死了！”

童子显然也已晓得发生什么了，沉思良久：“那……小子该叫你什么呢？”

“石啦树啦，你叫什么都成。”

“叫你自在姐吧，因为姐已了无牵挂，得了自在。”

“先生既说了却俗缘，”玉蝉儿淡淡一笑，“从今日起，你就叫姐了了，姐该叫你个什么呢？”说着盯住他。

“却却。”童子顺口接道。

“哈哈哈哈，”玉蝉儿孩子似的大笑起来，松开童子的手，用力握拳，“就是这两个字，却却！”说完弹起身子，顺手抓住童子的手，“走，却却师兄，了了姐这就与你看日出去！”

了了，却却，这对已近而立之年但依旧被鬼谷子称作金童玉女的师兄师姐，手牵手走出洞穴，步入草庐。

门扉处，二人并肩而立，远眺户外。

幽谷里，百鸟鸣啭，霞光映红不远处的山尖。

第六章

战商於景翠败北　伤别离秋果归秦

玉蝉儿走了，约小半个时辰，也即玉蝉儿预言的三刻钟后，苏秦悠悠醒来。

醒来的标志是睁眼。

苏秦睁开眼，看到了守在榻沿、一直握着他的手的姬雪。

“雪儿——”苏秦轻叫。

姬雪没有应他，只将脸贴近他的脸，哽咽出声，泪水不住地流下。

“你……我……这是怎么了？”苏秦声音虚弱。

“苏子，”姬雪哽咽一时，止住道，“没事了。”

苏秦的大脑慢慢地转起来，依稀记起过去的事，诧异道：“邹兄呢？”

“他在门外。”

“叫他进来。”

姬雪召进飞刀邹。

飞刀邹将近日发生的事情扼要述过。

苏秦缓缓闭目。

“苏子，是阿妹救的你呀！”姬雪补充道。

“师姐？”苏秦睁眼，欲坐起，但没有成功，“快，她在哪儿？”

"她……走了。"姬雪应道。

"她……"苏秦止住道。

"她说先生在召她，她奉先生之命赶来救你，为你扎了三轮针呢。"

"先生……"苏秦眼里流泪道，"弟子……又让您费心了……"

"苏子，"姬雪走到炭盆前，端起搁在盆边上的药碗，"是阿妹为你熬的药，还热着呢。"

姬雪将药碗放在榻边的案上，扶苏秦坐起，又将药碗端起，小咂一点道："不凉不热，正好。"

苏秦喝下。

"还有一碗稀粥，想喝吗？"

苏秦点头。

姬雪端来稀粥，苏秦喝了几口，躺回榻上。

休养了三日，俟鬼谷子的三剂草药喝完，苏秦身上来力气了，他尝试下榻，被姬雪止住。

"苏子，"姬雪盯住他，"阿妹特别吩咐，你的五脏伤得很重，至少要休养一年。"

"这……这怎么能成？"苏秦再欲坐起，"快，召邹兄来，备车，我……我要到大梁，路上养！"

姬雪出去，刚走几步，就见飞刀邹与屈将子疾步走过来。

问候礼毕，在屈将子为苏秦摸脉时，苏秦便提及魏国，说他要尽快过去。

"苏大人，"屈将子把完脉，盯住他道，"从脉象上看，至少三个月之内，您哪儿也不能去了。"

"我阿妹说，他得静养一年。"

"是的。"屈将子点头，"身子骨是大事。天下需要苏大人，但天下需要的不是一个弱不禁风的苏大人，而是一个虎虎生风的苏大人！"略顿，又道，"不瞒大人，几日之前，老朽已在安排大人的后事呢。若不是鬼谷先生施救，大人绝无生机。"

"苏秦谢前辈了！"苏秦拱手道。

“还有，”屈将子压低声音，“此地不可久住，老朽正在为大人安排静养之所。”

“为什么？”

“您这次涉险，与魏国的事有关。”

“哦？”

“有人知悉老朽禀报大人有关魏国王妃的内情，并报告给了她，她在情急之下，才向大人下毒。”

苏秦震惊。

“如果不出老朽所断，报信与下毒之人，就在大人府中。”

“何人？”苏秦急问。

“秋果。”

“啊？”苏秦目瞪口呆，良久，喃声道，“不可能。她不会害我！”

“是的，但魏国的那个王妃会。她已无路可走，只能涉险。”

“可这……”苏秦脑子急转了一会儿，“从前辈告知晚辈到晚辈中毒，前后不过旬日，秦人怎么会……”说完顿住了。

“大人知悉宫廷，却不知悉秦人的黑雕台。黑雕台往来送信的是鹰，鹰击千里呀。莫说是黑雕台了，即使我们墨门，若有大事发生，音信亦可于一日之内传送千里。”

“前辈可有证据？”苏秦又补充道，“秋果的事。”

“有两个证据，其一是大人的饮水。听邹说，大人是在饮下竹筒里的水之后失去知觉的，毒就下在水里。大人的私物平素皆由秋果打点，那日她什么都备下了，不可能忘记装水。她是有意只装那么多的水。”

“为什么？”

“因为水装满了，大人若是只喝几口，一是毒不足量，二是会留下证据。”

“其二呢？”

“其二是大人中毒后，秋果一直守在身边，一刻不停地哭，什么也不肯说。后来，老朽忖出了什么，不让她守大人，她也觉出了什么，于昨晚黄昏时分出门，行动隐秘，中间换过衣装，最终进入一家铺面。当时已很晚，所有店铺均已关门，唯有那家铺面留着一扇暗门，她进去时里面透出亮光。良久，她才从店里出来，在街上游荡一夜，于天亮之后方才回府，这辰光就在自己房间，想是睡去了。”

苏秦闭上眼睛。

显然，这完全不是他所想听到的。

“谢前辈关爱！”良久，苏秦睁眼，对屈将子拱手道，“无论如何，晚辈恳请前辈，不可伤害秋果。”沉吟一时，又喃喃低语，半是说给自己，半是说给众人，“如果苏秦必须死，苏秦情愿死在她的手里。”

“苏秦——”姬雪扑倒在他身上，悲泣。

“雪儿，”苏秦轻轻拍她，苦涩一笑，“苏秦这不是……还活着嘛！”

得知苏秦被鬼谷子救活，秋果遭到墨家猜疑，天香震惊，将实情急禀公子华，请求下一步行动。公子华没再奏报秦王，令她与秋果即刻回秦。

秋果接到返秦指令这天，苏秦府中刚好发生了两件大事：一是屈将子为苏秦安置好了休养场所，在筹备搬迁；二是木实带着一个半大的女孩子回来了。

秋果扶着门扇，隔着门缝向外窥探。

门缝外面，喜气盈盈的院子里，守在苏秦身边一刻不离的姬雪从她的寝处飞跑出来，在半大的女孩子跟前停步，盯住孩子。

女孩子有木实的肩头高了，一身墨装，披着短剑，英气飒爽，一看就是从小习武。

女孩子也盯住姬雪。

“叫娘亲呀，菲菲，”木实指着姬雪，鼓励她，“这就是你一直念叨的娘亲！”

叫菲菲的孩子一动不动，只将两只大眼盯住姬雪，一个衣饰锦绣、华丽典雅的贵妇。

“叫呀，菲菲，你不是一直想着娘亲的吗？”

姬雪缓缓蹲下，盯住那孩子。

“叫呀，菲菲，叫娘亲！”木华走过来，站在她的另一侧。

“娘——”孩子的声音极轻。

“菲菲——”姬雪扑通跪地，向她张开双臂。

女孩子一步一步挪向她，两个躯体合在一处，搂在一起。

门缝里面，秋果流出了眼泪。

秋果腿软了，出溜在地上。

一行脚步声传入秋果的耳里。

脚步声渐渐弱下去，隐没在苏秦的寝处。

两行泪水无声地淌下秋果的眼眶。

光阴一寸一寸地挪动。

秋果终于站起来，擦去泪水，脱光身子，将满满一桶水一瓢一瓢地舀进一个大铜盆里，缓缓清洗自己的身体。

洗脏两盆清水后，秋果走到妆台前，面对铜镜坐下，对着铜镜一处一处地品鉴自己那发育得近乎完美、守至如今的处子之躯：头发是油亮的，五官是端正的，眉眼是清秀的，鼻子是小巧的，嘴唇是性感的，牙齿是洁白的，皮肤是滑腻的，胸脯是高耸的，乳尖是精致的，细腰是紧束的，屁股是圆润的，两腿是修长的……

秋果震撼了。

秋果从未想到过，自己竟然也这么美。

秋果将头发高盘，笄起，而后是粉黛，描眉，涂唇，再后，她打开首饰盒，将她的所有饰物一支一支地插在头上。

然后打开衣柜，一件接一件地穿衣裳。时值夏末，天气依旧很热，但秋果觉不出。秋果一股脑儿地将她平时几乎没有穿过的漂亮衣裳一件不落地全都穿在身上。

秋果走到妆台前，再次对镜坐下，望着镜中的自己。

秋果笑了。

秋果笑得很灿烂。

秋果笑出泪花来。

秋果给自己做出各种鬼脸。

秋果缓缓走到榻前，摸出她克扣下来的那瓶药水。

秋果打开塞子，伸鼻嗅嗅，没有怪味。

秋果塞上塞子，掂掂重量，一滴儿没少。

秋果缓缓跪下，对天祷道：“阿大，娘，恕果儿不孝了……”

祷毕，秋果从枕下摸出黑雕台发给她的雕牌，别在领口的显眼位置，将药瓶揣进内襟，打开房门，一步一步地走向苏秦的寝舍。

这时有一人抢步过来。

是木华。

“阿妹，”木华盯住她，笑道，“穿这么漂亮呀，是要做啥呢？”

“我要走了，来与义父告个别。”

“走了？”木华眼珠子连转了几转，“哪儿去？”

“很远的地方。”秋果指指西方，对她一笑。

木华明白她指的是秦国，她这是来诀别苏秦，要回国去，便略一思忖，带她走向苏秦的主卧。守在门外的飞刀邹迎上来，一脸诧异地盯住秋果。

“邹叔，”木华指着秋果道，“阿妹要走了，来与主公告别！”

秋果对飞刀邹笑笑，盯住他。

“秋果，”飞刀邹盯住她的衣服，“不嫌热吗？”

“不嫌。”

飞刀邹迟疑了一下，进门禀告苏秦。

苏秦传她进来。

飞刀邹引她走进苏秦的卧室，木华守在门口。

苏秦身体仍旧很弱，斜躺在榻上，背后靠着软垫。榻沿上坐着姬苏菲菲，菲菲身边是姬雪。

看着秋果的装饰，菲菲一脸惊奇。

秋果走到屋舍中间，距苏秦几步远处，缓缓跪下。

“秋果，快起来，”苏秦语气兴奋道，“义父给你介绍一个新朋友，你的妹妹，”说完看向菲菲，“菲菲，她就是你的秋果阿姐，阿大的义女。”

这几日，姬雪已经晓得秋果的事，一眼不眨地盯住秋果，全身高度戒备，仿佛她身上藏着杀人的凶器。

秋果未做回应，也没有看任何人，只将两眼盯住苏秦，似要把他刻在心底。

“秋果？”苏秦的目光转向她的服饰。

“苏秦，”秋果改了称呼，直呼他的名字，“我想单独与您说句话。”

在场人无不震惊，包括苏秦。

“秋果，你……”苏秦略顿，看向姬雪与菲菲，“雪儿，带菲菲出去一会儿，我与秋果说句话。”

“苏子？”姬雪急了。

“去吧，秋果有话只对我说。”苏秦执意。

姬雪迟疑了一下，拉起菲菲走向门外，回头又望了一眼，见飞刀邹与木华一左一右守在秋果身边，方才放心，大步出去。

“说吧，秋果，”苏秦笑了，“邹叔叔，还有木华姐姐，都不是外人。”

“我只想对您一个人讲。”

飞刀邹、木华愈加紧张，盯住秋果。

“邹兄，木华，你俩也出去。”苏秦的声音越发轻柔道。

“主公？”木华急了。

“出去吧。”苏秦摆手。

二人退到门外。

“秋果，没有人了，你有什么话，就说给阿大。”苏秦用目光鼓励她。

秋果朝苏秦连叩三下，一字一顿道：“苏秦，我想说三句话。”

“说吧，义父听着呢！”

“第一句，秋果不想做你女儿，从来就没有想过！”

“你……”苏秦晓得她要说什么了，笑了笑道，“好吧，那就做我阿妹。我有个师姐，正好缺个阿妹呢。”

“也不想做您阿妹。”

“好吧，第一句先搁置，第二句……”

“我想让你知道，我是秦国黑雕台的人。”秋果指向胸前的雕牌，

“这是我的标志。”

“我已经知道了。”苏秦淡淡一笑道，“第三句呢？”

秋果从胸襟里摸出那瓶药水，打开塞子，盯住瓶子，声音淡淡的：“瓶中之物本是用来毒杀您的，被秋果克扣下来一半，留给秋果自己。”说完便没有再看苏秦，将瓶举起，仰脖就饮。

“秋——”苏秦大叫一声，噌地下榻。

苏秦的“果”字尚未发出，但听“嗖”的一声，一物飞来，疾如闪电，不偏不倚地穿过秋果的臂肘，击在瓶口上。

随着“啪”的一声脆响，瓶子碎裂，药水洒落在秋果的身上与地上。

是一枚飞刀。

紧接着，两条身影几乎同时飞进，一左一右，将秋果紧紧拿住。

秋果惊呆了。

秋果第一次领教了邹叔与木华的厉害。在他们面前，她在终南山里学来的三脚猫功夫，简直不值一提。

秋果伤悲地哭了。

与此同时，姬雪、菲菲也都冲了进来。

姬雪扶苏秦上榻，紧紧坐在他的身边。

苏秦的泪水流出。

“秋果呀，”苏秦几近哽咽，“苏秦今日始知，这又欠你一条命啊！”

“邹叔叔，你……”秋果声音绝望道，“你……杀了我，杀了我呀，秋果求你——”

“雪儿，菲菲，扶秋果过来。”

姬雪、菲菲走过去。

木华取下她的雕牌，搜查全身，见她身上再无异物，方才松开她。

姬雪、菲菲一边一个，将秋果搀到苏秦榻边。

秋果跪在榻前，悲伤地呜咽，声音几近绝望。

“秋果呀，”待她的哭声弱下去，苏秦轻拍她的头，“这次的事苏秦不会怪你，不会怪天香，不会怪华公子，更不会怪秦王，因为，苏秦晓得，无论你们哪一个，都不想杀死苏秦。”

“你……怎么晓得的？”秋果止住泣，盯住他。

“先说你秋果吧，”苏秦缓缓解释，“苏秦晓得，这些年来，你的心只在苏秦身上，你怎能杀死一个你救下两次命且一直记挂在心的人呢？再说天香吧，苏秦与她无冤无仇，无牵无挂，她又为什么一定要杀死我苏秦呢？还有华公子与秦王，如果他们要杀苏秦，苏秦早就死了。”

“可……是他们一定要杀你的！”

“是的，他们不得不杀！”苏秦轻叹一声道，“现在没事了。秋果，你放心好了，你就安心守在这儿，没有人会伤害你。无论之前发生过什么，苏秦都信任你，苏秦永远信任你。还有邹叔他们，他们会保护你的！”

秋果再次悲哭。

“木华，带秋果回她房间，加强守卫，我们就住此府，不必搬家了。”

“苏大人，”秋果拭去泪，移开身体，改过称呼，“谢谢您的信任。秋果眼前只有两条路可走，一条是死，一条是回秦。雕台已经来令了。”

“这……”苏秦语塞。

“秋果是一心求死的，可邹叔叔不让秋果死。秋果再无他路，只能收拾行囊，回秦复命！”秋果语气坚决道。

“秋果，你再想想，你若回去——”苏秦欲言又止。

“若是我不回去，阿大、娘亲、弟弟，还有很多很多的人，他们就——”秋果悲泣道。

是的，他们就得死。

依据秦法，秋果若是受令不回，就是叛国罪，莫说是家人，就连亲戚、邻居都要受到株连。

这是一个死结。

苏秦思考良久，转对飞刀邹道：“邹兄，为秋果备车！”

就在苏秦遭难的当儿，一身商贾打扮的张仪在鄂君启、彭君与射皋君的陪同下由纪陵君的封地北上，巡游宛城，陪行的是车卫国。

西周时期，宛城本为申侯封地，后为楚人所灭，建立宛郡，辖周边北至方城，西至於城，东至漾陵，南至邓、穰等大片沃土，近二十年来，郡守一直是景翠。

宛城位于淯水边，城墙高厚，呈方形，东西南北各八里，有城门十二座，东西南北各三座门，中为主门，容大车通行，城门坚固。中门两侧，各五百步处，有左右二侧门。侧门狭小，仅容农车与行人出入，战时关闭。城门外面是壕沟，深且阔，引淯水环绕。如果加上周边各邑及更大范围的北地方城，就防御而言，宛城堪称是固若金汤。

张仪这是第二次来到宛城。第一次是十多年前，他拖着伤躯与香女乘着贾舍人的辎车狼狈离楚时经过这儿，在宛城歇息过一宿，换过伤药。但那时的他一心只想逃离楚地，无心也无暇观赏街景。而此番不同了，张仪故地重游，真正感受到了宛地的富足与民风，不胜感慨。

张仪此来的身份是购买犁铧的商贾，所以鄂君他们没有张扬，只以客商之礼相待。晚宴放在宛城一家豪华酒肆，幕后东家就是鄂君。陪酒的四人，分别是鄂君、射皋君、彭君与宛郡工尹昭鼠。

即使是昭鼠，也不晓得坐在鄂君客位的上宾竟然是赫赫大名的秦国相国张仪，只认为他是送来大笔生意的秦地财神。

酒过三巡，张仪兴致上来，用酒水在几案上写出一个大大的“宛”字，笑问鄂君：“君上可知此字？”

显然，张仪要的是解字，而不是只读出来。

鄂君解不出，支吾一时，看向彭君。

彭君也是一个不爱读书的人，摸摸头皮，拱手道：“在下愚拙，敬请张子赐教。”

“呵呵呵，”张仪浅笑几声，“赐教不敢，在下不过是有感而发呀。诸位请看此字，上面是个‘宀’，就是一栋房子；下面是个‘夗’字，本义是遭风吹后弯着腰的沃野之草。‘宛’字呢？就是长在屋子之内弯着腰的草。长在屋子里的草没有风为什么会弯腰呢？因为高处是屋顶，光线只能从门窗来，草木趋光，于是这些草就弯着身子，头朝门窗，所以叫宛。”

“哎哟哟！”公子启一脸惊讶，轻轻击掌，“张子不说，在下真还不知‘宛’字竟有这般寓意呢！来来来，”说罢举爵，“张子，请为这个‘宛’字，干！”

众人笑过，喝下。

见张仪目中无人，卖弄学识，且将“宛”字解释为趋势就光、直不起腰的草，而几个封君竟毫无见识，甘受其辱，坐在末位的昭鼠看不下去了，缓缓放下酒爵接道：“就下官所知，此字还有一解。据传当年炎帝过此，登高望远，见此地四周皆山，中如簸箕，清流不绝，繁草如毯，沃野平畴，由衷出叹，‘此地龙气宛潜，真乃富民之箕也’。得炎帝吉言，属下民众纷纷于此定居，播种收获，休养生息。及至先祖文王之时，灭申祠，得宛地，于此处建邑。城邑始定，要先文王定名，有人诉先王以炎帝之说，先王兴甚，一语定音，‘既然龙气宛潜，就叫它宛邑吧’。再后此邑历经变迁，由宛邑至宛城，再至宛县，再至宛郡，但变来变去，始终未曾离开过这个‘宛’字。”

昭鼠的这个解释极为高明，一是将“宛”字设为上古圣人所名，二是认定宛城是出龙气之地，三是点出宛地是由楚国的先祖征战所得。

昭鼠的机智为众王亲扳回了面子，鄂君启等无不鼓掌。

张仪盯牢昭鼠。

昭鼠是由昭阳举荐、楚王任命的宛城工尹，主司宛城地区的工坊与冶炉。这个司职官职不高，位置却好，算是肥差中的肥差，前些年一直把持在景氏一门的手中，三年前昭阳费尽心思才算倒腾过来，举荐昭鼠掌管。昭鼠是昭阳亲侄，在昭门后辈中算是有见识的一个，为人八面玲珑，上任仅三年，果是不负所望，自己赚个盆满不说，也将各方利益照顾得妥妥当当，昭氏势力也渐渐植根于景氏辖区。

“啧啧啧，”张仪收回目光，朝昭鼠竖起拇指，夸张地举爵道，“来来来，在下提议，为昭大人的博学多识，干！”

众人皆饮。

“昭大人，”张仪望向昭鼠，拱手道，“在下还有一请，代关中秦民，致敬大人一爵！”

“这……下官……”昭鼠看向鄂君。

“呵呵呵，这是该当的，”张仪笑道，“听鄂君说，犁铧的事儿全是由昭大人张罗的呢！”

“下官承蒙诸位君上错爱，谢张大人抬爱，只是，这爵酒过重，下官不敢轻饮！”昭鼠再次看向鄂君。

“哦？”张仪这也看向鄂君。

“喝吧，”鄂君朝他挥手致意，“张子的美意，怎么能轻拒呢？”

“谢张子盛情！”昭鼠这才执爵，向众君致敬一圈，与张仪对饮。

“请问大人，”张仪亲手执壶，起身，走到昭鼠跟前，为他斟满，笑道，“首批货物可否备齐？”

“库存清点完毕，有一万多只，另有各家商号里存货一万来只，计两万只有余。”

“哦？”张仪震惊，“首批是四万只，这还差一万多呢！”

“正是。”昭鼠点头。

“启公子，”张仪看向鄂君启，“契约是一个月内交货，这已过了旬日了？”

“张大人放心，”射皋君接过话头，“我们盘查过了，各家库中还存一些糙金，这就熔铸，不出旬日，当可交货！”

“这么说来，”张仪鼓了几下掌，转向昭鼠，“旬日之后就可发货喽？”

“集散整装至少需要三日，至于何时发货，下官谨听诸位君上的旨令！”昭鼠看向几位王亲封君。

张仪看向鄂君启。

“张子，十五日后起货如何？”鄂君启轻叩几案。

“为十五日之后起货，干！”张仪举爵。

翌日晨起，昭鼠自去安排集散犁铧的事，鄂君启等几个封君邀请张仪前往鄂君封地巡视炼炉。

鄂君封地广约六十里，都邑鄂邑位于宛城正北五十里开外的淯水两岸，是宛郡最重要的冶铁重邑，有大小冶炉数十座。显然，子启请封此地，看中的正是这些冶炉。这些冶炉多是由远近封君投资兴建的，鄂君只有两座。但无论是谁家冶炉，只要在鄂君地盘，他就有十分之一的抽头，单是这笔收益，任谁都眼红。

巡视完炼炉，接着看存放生铁的库房。望着码得整整齐齐的铁块，张仪笑逐颜开，又让鄂君带他前往附近农地，观赏农人如何使用耕牛犁地。张仪兴致上来，竟脱下靴子，挽袖束腰，手扶犁把，学农人的样儿由歪到直地犁了小半个时辰。

是夜，张仪在鄂邑住下，于次日晨起，离开鄂邑返秦。

将别时，张仪本已上车，却又从车上跳下，将鄂君扯到一侧，附耳悄道："仪有肺腑之言，正想吐给公子！"

"启洗耳恭听！"鄂君应道。

"想必公子已经晓得，"张仪压低声音道，"秦王已将於城封予在下。於城虽为弹丸之地，却也是在下家底。一如公子所知，於城贫瘠，在下奔波多年，亦无多少积蓄。如今家大业大了，没有钱就养不起家室。眼见逾万张口嗷嗷待哺，在下苦无良策，欣闻楚有犁铧，而关中之民却苦于耕地之难，这才灵机一动，出策货贸犁铧，欲借此赚笔小钱。于是在下奏请秦王，贸犁铧以济秦民，秦王听在下议论合理，就允准了。可在下没有多少本钱，集全部家当亦不过是百两足金。无奈之下，在下只好说服秦室有钱的公子并世家参股。他们听闻犁铧前景广阔，无不振奋，各自倾尽家财，想借此大赚一笔。公子晓得，在下虽为王室之婿，在秦却无根底，此笔生意，在下是赚得赔不得。万一做砸了，那些公子任哪一个都有能力将在下剁为肉泥！"

见张仪如此这般讲出隐秘之情，鄂君启大为感动，郑重承诺："张兄放心，有启在，保管这笔交易顺顺当当！"

"可在下一路看来，大王似是铁心伐秦呢。伐秦，首冲就是於城，也就是在下的食邑，这……"张仪欲言又止，给了他一个苦笑。

"唉，"鄂君启恨道，"都是景翠那条老狗搞事！是他一心要伐！"

"启公子，"张仪盯住他，语气凛然不可犯，"在下也不是吃素食长大的，早已在於城备下精兵三万候他，在下想让公子给王叔捎个口信，争来打去，无非为利害。未来无事最好，咱们双方全力于生意往来，各挣小钱，各享各乐。可万一有事，就请王叔麾下的勇士高抬贵手，给在下留点薄面。当然，在下也会保全王叔颜面。但凡是王叔的人马，在下不会让秦人放出一支箭！但凡王叔看上的一草一木、一城一池，在下会传令秦人悉数让出！”

“谢张子成全！”鄂君启拱手道，“张子厚意，启一定捎给王叔！”

张仪依依惜别鄂君，当晚驱至宛西涅邑。涅水由北部伏牛山的五垛顶奔流直下，流至山脚后，在宛城通往於城的衢道处拐了个大弯，形成这座城池，再流向南，汇入黑水。这座城池位于涅水的弯道北岸，故叫涅邑。涅邑原为楚人的一座商贸集散小邑，被商鞅攻占之后，方才扩建成一座中等城邑，屯锐卒八千，成为秦人最东部的前沿阵地。

翌日晨起，张仪巡视完四门防御，交代守将一些事项之后，又驱车向西，过黑水至於东重镇淅邑，再次巡检防御后，于次日回到於城。

张仪刚进府门，一行车马亦入城门。

这是由咸阳一路赶来的秦惠王。

与惠王同行的是公子疾与公子华。

张仪回府的第一件事就是洗澡。当惠王赶到府上时，张仪仍旧泡在池子里，正自哼着曲子搓皮。

是魏章进来禀报的。

张仪惊呆了，噌地从盆里跳出，匆匆穿上衣裳，赶到正殿。

正殿是当年商鞅建的。张仪来后，未做任何改动，只将商君府改作於城君府。

君有君位。张仪的君位也是商君留给他的，与其他席位稍稍不同的是，君位的地上铺着一块织锦软毯，面前立着高大气派的雕龙几案，案上放着玉圭。

张仪进门，见秦王坐在客席上，君位给他留着，不由分说便将秦王硬扯到君位，按他坐下，道：“委屈王上了，先凑合着坐！”随后自己退后，叩首道：“得罪，得罪，臣是真的不知王上驾到呀！”

“呵呵呵，”惠王扬手笑道，“寡人可是算准了你将在这个辰光回来，便卡着点儿上门，只没想到你会在澡池子里。”

众人皆笑起来。

一番客套之后，张仪与魏章在右侧的臣位坐下，虚出左侧席位，按公子疾与公子华分别坐了，君臣切入正题。

“张相国呀，”因有魏章在，惠王不便称妹夫，便改作官称，“不瞒你说，一个多月来，寡人心里惦着个事儿，辗转反侧，睡不着呀。”说完盯住张仪。

“如果不出臣所料，王上所惦的当是那几箱黄物。”张仪缓缓应道。

“嘿，”惠王笑了，“你倒说得轻巧。什么几箱，是几十箱呀，寡人的全部家当都在里面。快说说，寡人的犁铧在哪儿？”

“如果王上有耐心，在此小住半月，当可看到楚人首批送来的四万只犁铧！”

“是吗？”惠王来劲了，“要是这么说，寡人真就不走喽！”

接下来半个时辰，张仪将如何前往纪陵面见王叔，如何到宛城看货，又如何约定起货日期等过程详述了一遍，听得惠王心驰神往。

“呵呵呵，”惠王乐不合口道，“看来这宗生意寡人是亏不了喽！”说完略顿，敛笑，轮番看向张仪与魏章，“张相国，魏章将军，让寡人真正睡不踏实的还不是这两千镒金子，而是商於。一连好多天，寡人都在凌晨时分梦到南蛮在磨刀，这才动身赶过来。”说着盯住魏章，“魏将军，兵来将挡，南蛮若来，寡人想听听你会如何抵挡？”

魏章早就有备，引他们走到一侧，拨开一道帘子，现出一张沙盘，这是魏章用庞涓的沙盘技术制作的，其上涵盖西至咸阳、东至宛城、北至洛阳、南至郢都的广域地貌，层峦起伏，道路沟壑、城池村镇、兵营要塞、粮草集散等无不赫然在目。

“禀奏王上，”魏章指向沙盘上插着楚旗的楚卒营寨道，“就末将所知，楚人已调动三路大军约二十一万人于我商於周边，其中有王师三万、景氏方城守御劲卒六万、屈氏劲卒六万、王亲封君出师劲卒六万，征战指日可待。”说着指向商於谷地，“如果不出末将判断，楚人袭我，可有三种方案：一是兵分两路，一路由宛城沿商於衢道西征，抢涅邑、淅邑，夺占东武关，一路由丹阳沿淅水河谷北征，夺占於城；二是兵分三路，上述两路不变，第三路由丹水河谷插向商南，从背后袭击西武关；三是上述三路不变，再分一路，出上庸，击我汉中地，与我全面开战。”

"将军所析甚是，"惠王点头，"敌势汹汹，将军如何应对？"

"末将的计划是，"魏章指点沙盘，"无论楚军主攻何处，末将皆起本部主力迎战其中军，与景翠对阵，寻机决战。其他二路，皆重兵布防，据险以守。只要击溃楚国中军，其他二路也必不战自退。至于上庸之敌，末将以为，就眼前楚军动向，楚王尚无意图与我全面开战，因而可以忽略不计。"

"将军麾下能战之士可引多少？"惠王问道。

"五万。"

"以五万之士抗二十一万楚国锐卒，将军可有胜算？"

"胜算有三。"魏章声音清朗道。

"哦？"

"一在势险，我得地利；二在气聚，我得人和；三在器锐，我得器利。地利，可以少胜多；气聚，可同仇敌忾；器利，可勇气百倍。反观楚人，远征攻坚，不得地利；家国杂糅，不得人和；更重要的是三，两兵对战，决胜之勇，在器。两兵相若，智勇相当，执矛者胜执棍者，放矢者胜掷石者。"

"将军有此气势，寡人就放心了。"惠王再次点头，"虽然如此，我们还得防个万一才是。"说着转向公子华，"华弟，你有何说？"

"若以臣之意，不战则已，要战就得把楚人打趴下。"公子华握拳道。

"怎么个打趴下？"

"仿效张相国在楚灭越之法，"公子华指向地图，"增调锐卒一十五万，合兵二十万，以锐卒隐于沟壑，之后敞开大门，坚守城池，放敌长驱直入。待敌完全入袋，我锐卒便封闭关隘，截断楚人粮道，关门打狗。"

"是够狠的！"惠王笑了，又转向公子疾道，"疾弟呢？"

公子疾笑了笑，看向张仪。

惠王也看过去。

"魏章将军，"张仪没有答话，而是转向魏章道，"如果楚有中军六万，在你跟前排兵布阵，你需要多少兵马可以敌之？"

“何谓敌之？”魏章不解。

“就是与敌决战沙场，枪对枪，刀对刀，将军需要多少兵卒可以守住阵势？”

“若是单单守住阵势，锐卒两万足矣。”

“若是击溃对方呢？”

“再加五千！”

“王上，”张仪转身对惠王道，“臣之意，商於谷地不可再增一兵一卒，仅以现有五万御敌足矣。”

“你说说，如何以五万之卒御敌二十一万？”

“由魏将军引锐卒两万，迎击景翠中军，溃之，但不追击。臣另备一万接应，但不参战，以防万一。臣引一万，驻守涅邑，与敌一军交战后，让出涅邑、黑水关，坚守东武关。另有一万锐卒，七千守西武关，其余三千布疑兵于丹水谷道，应对楚人右军。臣使人探过，丹水河谷多险滩深谷，由丹阳至商城，长约数百里，人迹罕至，险阻重重，虽有小道，但若通行大军，几无可能。楚人袭我，只能出奇兵，杀我于不防。而我出疑兵，且在各处小道上据险设隘，楚人见我有防，必退。”

“哟嘿，”惠王拧眉道，“你这是将商城十五邑摆空城呀？”

“苍头编伍，守好城门即可。”

“这这这……”公子华急了道，“相国大人，商於三十邑，失不得呀。商城不说，只说这於地十五邑，楚人比我们还熟，沟沟坎坎，他们都可以无孔不入呀。於地还好，大不了还给楚人，而商洛若是空城，让楚人卡住峣关，断了后路，可就全完了！”

“华公子若是闲得无聊，不怕没仗打，大可亲自引兵守在峣关。”张仪语气笃定道。

“如此用兵，倒是新颖，”惠王看过来，仰起笑脸，“相国大人这且说说，妙趣何在？”

“妙趣无他，此战我们不能大胜！”

“也败不得，对不？”

“正是。”张仪左眼眯起，右眼角略略上扬，看向附近的梁柱。

“若是在下没有记错，”公子华直揭其短，“前番伐齐，张兄也是这般要求司马兄的，结果如何？”

“呵呵呵，”张仪倒不生气，“华公子看好了，这次结果会大不一样！”

“说说因由！”惠王好奇了。

“王上，二位公子，魏将军，”张仪逐一提过，问道，“兴兵打仗是为了什么？”

“这还用说，为战胜呀！”公子华脱口而出。

“战胜又为什么？”

“灭其祠，占其土，得其民，夺其财！”

“敢问公子，”张仪直视公子华，“就眼前情势，若是公子用兵，能灭其祠、占其土、得其民、夺其财吗？”略顿，又道，“公子不要忘记，是商君夺占楚人於地十五邑，楚人兴兵伐我，收回失地，我是被动应战，而不是主动誓师伐楚，矢志灭其祠、占其土啊！”

公子华嘴唇连张几下，又合上了。

“说下去！”惠王盯住张仪。

“眼前战争，是为商於之地。而商於之地，我失义在先。与魏人战河西时，我得义；今日楚人征伐商於，楚得义。两军交兵，得义者勇。此其一。其二是，河西于魏室是贪欲，是霸凌，是置秦于死地，胜败无关紧要；于秦室则不然，是生死攸关！同理见于商於。秦前有武关，后有峣关，胜败无关紧要；于楚室则不然，也是生死攸关！”

“要的就是这个！”公子华握拳道。

“公子如果要的只是这个，”张仪淡淡一笑，“今日之战就得听在下的！”说着做了个苦脸，“再说，其他不说，单是这个於城，身为於城君，在下便是既失不得也舍不得呀！”

“说得是，”惠王盯住张仪，“请问相国，今日不可大胜，何日可以？”略顿，又笑了，“寡人是个急性子哟！”

“待其内政不治、贵胄奢靡、君臣不和、忠良塞言之时。”

“呵呵呵，”惠王笑了，“看来是个长活儿呀。”

“对于方五千里之楚，王上想一口吞下去吗？”

“寡人眼下真还没有那么大的胃口，这听你的。”惠王看向众人道，“相国说的是，眼下不宜与楚决战，但军威还是要打出来的，要让楚人尝尝我大秦勇士的厉害，死了夺取商於这条心！”说罢看向魏章，“魏将军，寡人看你喽！”

“末将得令！”魏章字字铿锵道。

翌日凌晨，张仪陪同惠王一行驱车直驰於城北面的山沟，巡视刚刚落成的兵工坊。

在守护严密的山沟沟里，新搭起了一百个铁铺，五百名匠人正在测试各种冶、锻设备，需要配比的其他金属也都准备就绪，一切皆在等候由宛地行将运来的四万只犁铧。

返回途中，惠王与张仪同坐一车。

惠王兴致颇高，大谈乌金兵器在未来征伐中的威力。

张仪听着听着，眉头皱起。

“仪弟，你怎么了？”惠王觉出异样，打住话头，问道。

“不瞒王兄，仪对打打杀杀没有兴趣。”

“咦？”惠王惊讶道，“不打不杀，如何能一统天下，践行你的横策？”

“仪所横的首先是策，其次才是打杀。”

“是哩，是哩，”惠王赞同，“打杀不是你的兴趣。说说看，这又想到什么策了？”

“这辰光没有好策，只对一个女人感兴趣。”

“哟嘿？”惠王来劲了道，“什么样的女人，能让仪弟感兴趣呢？说说她。”

“别致。”

“哪儿别致了？”

“哪儿都别致。”

“哈哈哈哈，”惠王大笑起来，“你这是相中她了。我看女人，只看长相，一是屁股，二是胸，三是脸。说说看，此女是哪儿别致？”

“不胖不瘦，不高不矮，该大的地方大，该小的地方小，该凹的地方凹，该凸的地方凸，其他就没啥了。”

“呵呵呵，”惠王笑道，“这些话等于没说。好吧，依贤弟品位，此女当是不差。既然相中，去娶来就是！”

“臣这儿没有她的位置。”

“封个妾室呀，於城君不能只有一个夫人，是不？”

“过不去於城君夫人那道坎。”

“哈哈哈哈，为兄晓得你想说啥了，”惠王拍拍胸脯道，“小妹那儿，包在为兄身上！”

“香女呢？”

“香女识大体，只要贤弟喜欢，想必她不反对。”

“我这儿呢，也过不去呀。”张仪指指自己的鼻子，给了他一个诡笑。

“咦？”惠王愣了，“你说来道去，却又不娶，究底是想做啥？”

“不是臣不娶，是臣不能娶。”

“为什么呀？”

“不为什么，臣不能与王上争夺同一个女人呀。”

“哟嘿，”惠王苦笑道，“绕来绕去，咋又绕到寡人头上了呢？不瞒你说，寡人后宫，女人实在太多，争风斗宠，明抢暗夺，烦死人，一到天黑，我就犯怵。有时候，寡人真想把她们全打发出去！”

“这个女人王上是不会烦的。”

“寡人还没见过，你怎么晓得寡人不会烦她？”

“就仪所知，怕是王上不敢见她。”

“哟嘿？”惠王叫道，“她是老虎还是狮子？”

“比老虎、狮子厉害。”

“啊？”

“惹恼了她，她敢骑在王上身上，拔掉王上的胡子！”

“她敢！”惠王大声道，“我剁了她！”

“呵呵呵，”张仪笑了，“这话王上尽可在臣面前说说。若在榻上，面前只她一人，王上怕是连想都不会，更不要说做了。”

“为什么？”

“一是舍不得，二是剁不得。”

“为何剁不得？”

“因为她是大楚王叔的义女！”

后续的车途中，张仪大谈芈月，将芈月的可爱之处及真实身份一一道来。

“这这这……”惠王皱眉道，“照你所述，这桩亲事倒是不错。只是，这若撺掇成了，寡人岂不是成了魏章的女婿吗？”

“王上呀！”张仪笑道，“列国后宫的辈分，能排吗？再说，芈月的父亲早就战死在河西了。魏印是魏印，魏章是魏章，芈月是芈月，他们是三个人。王上就作不知，一了百了。”

“好吧，”惠王又是一声苦笑，“为大秦计，寡人豁出去这个身了！”

就在宛城工尹昭鼠亲自押车，将四万只犁铧一张不落地送到於城指定库房之时，伐秦主将景翠驰往郢都，接受怀王询问军情。

“禀大王，”景翠指点军情图中的秦人控制区道，“就眼前探报，秦人尚未向商於谷地增兵。商於谷地原有秦卒五万，近四万屯驻于武关以东的於、淅、涅等一十五邑，主要防我突袭。武关以西一十五邑，秦人仅有守卒一万五千，其中武关守卒五千，商洛诸邑仅有一万，守城亦是不足。秦于汉中屯锐卒五万，一则受我上庸驻军牵制，二则巴蜀乱局未定，汉中秦卒不敢妄动。”说完又指向楚境，“末将部署依旧未变，从现备兵马中精选能战锐卒，兵分三路：左军三万为东路，由庄峤为将，出宛城，一万围取涅邑，两万西渡黑水，夺黑水口，取淅邑后，正面攻击东武关；右军三万为西路，由逢侯丑为将，沿丹水河谷昼伏夜行，奔袭商城，在攻取商城之后，向西夺取峣关，向东夹攻西武关；中军六万由臣亲领，沿淅水北上，与秦人主力决战于於城。三路皆为实攻，彼此配合，将商於之敌截作三段，分段围歼。”

“甚好。”怀王指向西武关道，“关键是这儿。景将军，只要拿下西武关，关东诸邑就是瓮中之鳖了。”

“臣受命！”景翠拱手，朗声应道，“臣一定拿下西武关，收复整个商於，将秦人彻底堵死在关中！”

“呵呵呵，”怀王笑了，“寡人的胃口没有那么大。此番征伐，只要将军能够收复被公孙鞅强占的於城十五邑，寡人就迎出郢都，为将军牵马，为所有的参战将士记功！”

“大王，”景翠握拳道，“臣不收复商於，誓不回返！”

方略确定之后，景翠陪怀王前往太庙，卜得一个上吉的卦。怀王心情大好，定出吉日，祭旗出征。

祭完旗，景翠便由郢都驰往丹阳中军大帐，召集各路将领传达王命，发令出征。

丹阳位于丹、淅二水之间，是楚国的龙兴之地，也即楚国最早的封地。之后到楚武王时迁都郢城，此城渐渐没落，但楚室先君多葬于此，立有先庙祭祀。

秦得於城诸邑之后，丹阳成为楚国最重要的防御城邑。楚人在此深沟重垒，重兵布防，守卒不下两万。且周边各邑，尤其是邓、襄两座大城，也都屯有重兵。各城邑之间驰道畅通，遥相呼应，一处烽火燃起，友军两个时辰就可赶到。

楚若伐秦，丹阳更是最佳的出击位置，由丹水河谷向西，可直插商城，切断秦人退路；由淅水河谷北上，又可直插於城。

无论是向西还是向北，无不是山地，河谷更是曲折蜿蜒，不利战车。因而，此番伐秦，除东路之外，中路与西路皆以步卒为主，只配少量战车。打先锋的多是由巴地、越地精选出的山地战勇士。

一切如景翠所断，魏章只引锐卒两万迎战，没有配备战车，是清一色的步卒。

鉴于双方实力悬殊，景翠传令，东路与中路升旗张势，沿衢道稳步推进，西路则偃旗息鼓，沿丹水河谷向西直插。

中军一路向北推进，在淅邑南侧约十里处遭遇秦军主力拦阻。

秦人冲出一尉，射出战书，是主将魏章亲书，劝楚卒退兵，不可犯境，否则秦卒誓死一战，保卫家园。景翠亦射回一书，强调此战奉王命收复失地，要秦兵退回关中，否则，后果自负。

两封书信分别交付对方，等于是各下战书了。

景翠传令就地屯驻，驱车亲往探视，见秦人正在一大片开阔地带排兵布阵。就阵势来说，显然已大体列好。

由于此地皆为平川，没有高点，景翠遂升起高车，居高探阵。在足有十丈的高车顶端，方圆十里左右的河水地势、人马移动尽收眼底。

秦阵位于两条河流的交汇处。一条是淅水，河宽水阔，由北而南；另一条是淅水的无名支流，由西而东。一大一小两条水流构成一个“丁”字形，秦阵就位于这个“丁”字的南侧。也就是说，秦人西侧与背后皆是水流。虽说背后的无名支流不大，但时值夏末秋初，北山不久前一连下过几场大雨，河水皆在上涨。无名支流上架有一条土木河梁，仅可容二车错行。

景翠大喜，因为秦人这样列阵，几乎就是死地。一旦兵败，数以万计的兵马只有一条河梁，即使河梁不被踩塌，也会形成拥堵，结果是谁也无法过桥。至于梁下的水流，如果万人同涉，水流再浅也会堵成汪洋，何况这儿是两水交汇处，就景翠所知，深已没顶。秦人这般列阵，摆明是要以死相搏了。

景翠知道，两军相逢，如果是以多击少，少者将自己置于死地，是用兵大忌。

景翠传令排兵布阵，从南、东两个侧面将秦人围定，同时派出多路探马，将周边十五里之内的沟沟坎坎悉数探过，皆不见秦卒埋伏，惊喜之余，也是纳闷。

无论如何，眼前就是机会。

机不可失。

景翠传令偏将屈遥引兵一万，向东绕道，在东八里河水浅处涉水过河，由后包抄，一是截断秦人援兵，二是在敌人兵败溃退时，断敌退路。

屈遥领命而去。

所有秦卒皆列于阵，景翠使人在高台上按照秦人行伍一一数过。秦阵共有将士两万名，分为左右两个方阵，每阵横竖各一百人。两个方阵之间，隔了一条通道，道宽仅容一辆战车通过。

这样的布阵，简直不合阵法。

景翠左看右看，前想后想，始终想不明白秦人为何摆出这种作死的阵形，这是摆明要决一死战的。

面对这样的阵法，景翠也无计可施。秦军两个方阵合在一起，构成一个矩阵。破矩阵之法，通常为锥形阵。而锥形阵重在锥尖，锥尖如果突不进去，则此锥无功。最好的锥尖是甲车。然而，景翠虽有甲车，但一眼望去，整个地貌并不适合甲车行驶。甲车冲阵，重在速度，而此地多是庄稼地，踩在秦人脚底下的是没膝深的禾苗。庄稼地原本便虚软，加上禾苗及浇水用的沟坎，再好的马与车也会失速。通常情况下，对方在没有战车的阵地上布下此阵，就一定会在阵前挖出许多沟陷，以阻止敌手的战车行进。

景翠召集众将，传令由步卒组成锥阵，以破敌矩阵。

为使秦人首尾难顾，景翠决定从南与东两个方向，分别以六个锥阵破敌，每个锥阵设精兵五千。同时又准备锐卒两万，一万接应六锥，围剿溃敌，另外一万向后防守，以备不测。

众将领命而去，排出六个锥阵。

景翠登上高车，指挥全局。

两军对阵，万箭待发。

高车上，景翠极目四望，并无异常。东方极目处，屈遥的一万人马已经渡河，在向秦人后方包抄。

感觉万无一失，景翠传令擂鼓。

主将的战鼓响起，六个锥阵中的将鼓也响了。六支巨锥，一步一步，有条不紊地从正面（南）与侧面（东）两个方向踩着禾苗压向敌阵。

敌阵如如不动。

六支锥阵在推进中，果然遇到人为的沟壑。但于步卒而言，这些旨在阻挡战车的沟壑根本构不成障碍。

最先接近敌方的楚人锥阵，在相距秦人一箭开外处止步不前。

楚军鼓声亦止。

六支锥阵尽皆达到预定位置，止步待命，位于锥尖部分的军卒一手持盾牌，一手持枪矛。楚军的弓箭手则各持弓箭，散于锥阵之外，组成矢阵，引弓搭箭。

由三万人马组成的六支巨锥，与由两万人马组成的庞大矩阵，隔一箭之地，两相峙立，六枚锥头分别瞄准矩阵，如在弦之矢。

双方主将都没有照面致礼，而是各自在自己的阵后核心位置竖起高车，掌握大势，摇旗布令。

一刻钟过去了。

两大军阵兀立不动，悄无声息。

又是难熬的一刻钟，双方仍旧无声对峙。

在第二个一刻钟就要结束之时，景翠的号旗挥动，楚人的战鼓擂响。刹那间，楚人万弩齐发，六支锥阵如六枚离弦之矢，分别射向矩阵。

秦人的矩阵依旧如如不动，既没有擂鼓，也没有射箭，只是阵上忽然竖起一只只盾牌，远远望去，数以万计的盾牌在阳光下自成一景。

楚人射来的箭矢大多扎在盾牌上。

自楚人擂鼓至两阵相触，秦人并无一矢发出。

几息之间，巨大的撞击爆发了。

紧接着，令人震惊的一幕发生了。六支庞大的巨锥在砸向矩阵之后，锥尖并没有如期嵌入，而是如同刺在一块铁板上，六尖分别折断，只将秦阵的前两排军卒压下。但这两排倒下的秦卒，迅速就被后面赶来的秦卒替上。

站在高车上的景翠看呆了。

楚卒奋不顾身，如潮水般拥上，却如同撞上一道牢固的堤坝。撞击之后，率先倒下的往往是楚卒。冲在最前面的楚卒纷纷倒下，后面的便补上继续冲击。秦卒也有倒下的，但后面的秦卒也迅速补上。两军交接处，顷刻间堆起一道人尸之墙。

锥头未能如期嵌入，只好自动散开，构成一道平面，向矩阵全方位发起进攻。

秦人的长枪刺来，楚卒习惯性地用盾牌阻挡。然而，令众楚人未曾料到的是，那矛头往往直透盾牌，刺入楚人胸膛。

排在前面的楚人前仆后继，临死也没明白秦人是怎么一下子就刺透盾牌置自己于死地的。而跟在后面的楚人却看得清楚，都发怵了。

于是，秦人再以利矛刺来时，楚人不再以盾牌相挡，而是干脆扔掉盾牌，以枪搏击。

两枪相击，即使双方同时刺中对方，最后倒下的也往往是楚卒。

更要命的是，就在双方相持不下时，秦人的战鼓响了。

战鼓声中，秦卒突然暴喝出声声“杀”字，近两万张口同时喊出，声震苍穹。随着战鼓，秦人开始出击。排在前面的秦卒在第一声“杀”字之后，每人分别刺向一个楚卒。跟后的楚卒未及解救，后面一排秦卒即冲上来，越过第一排秦卒，刺向楚卒的第二排。就在前面两排仍在搏杀之际，第三排秦卒再度冲出，无视正在搏杀的前两排对手，直接冲向第三排楚卒。然后是第四排、第五排。一排接一排，都井然有序、排山倒海一般压向楚阵，且每名秦卒只锁定一名楚卒。

每冲出一排，秦卒都要发出一声整齐的“杀”字。

在这声震长空的气势下，楚卒崩溃了。

正在冲击的楚卒胆战心惊，纷纷掉头向回跑。

景翠急了，擂鼓进击，但主将的鼓声也被秦卒万众一心的“杀”声淹没。

秦卒发出更响亮的“杀”字，在后追刺。

楚卒全面溃退，后队做前队，掉头回奔。

景翠知道，他所惧怕也未曾料到的败局，来了。

景翠跳下高车，持枪逆向冲击，欲战死疆场，却反被自己的溃兵挡住。

景翠被自己的溃兵包裹着，冲撞着，向南败退。

与此同时，在秦人后方呼应的屈遥的一万部卒，见楚人败退，情急之下从背后杀出，欲从后面冲散秦人。但秦人早有准备，迅速推出几辆防守城门所用的刀车，一辆接一辆地堵在桥面上。个别楚卒好不容易越过刀车，还没回过味来，就被秦人箭射枪捅，死于非命。

桥梁下面，水深过人，如果强行泅渡，别的不说，单是浸水的甲衣，就会沉重到难以接战。关键是，早有秦人弯弓搭箭，候在对岸了。

由于泅渡不成，楚卒虽众，却也只能面对一座孤桥，无计可施。

眼见对面的楚人越退越远，秦人胜局已定，自己若是再不撤走，就会有腹背受敌的危险，屈遥于是传令原路撤返。

秦人似乎并没有赶尽杀绝的意思，追了十余里，便鸣金收兵。

景翠退至三十里处，见秦人并未追来，遂检点各部人马，三万冲锋征卒已有近半不见，另有带伤数千。欲再扎营休整，却见随行辎重已丢失殆尽，留给了秦人。

景翠长叹一声，欲拔剑自刎，但被陆续赶回的屈遥等部将拦住。

面对如此强悍之敌，景翠传令退军至丹阳。

接后两日，其他两路的战报陆续传来。先是西路军，沿丹水河谷西进不足百里，忽见秦人隐于两边山头，据险要处设关立卡。此路重在奇袭，杀秦人于无防，却不料秦人早有防备，在险要地段设下伏兵，居高临下，滚木礌石，阻断前路。楚人组织进攻，秦人也不抗拒，退到另一险阻处抵抗。

丹水河谷，越向西越险，百多里处只能说是刚入险境。此时就有秦人拦阻，离商城还有一百多里，攻击前进必不可行。楚将无奈之下，传令撤退。

只有东路庄峤传来捷报。庄峤所部一路西攻，“收复”涅邑，“攻克”黑水关，正欲向西攻打淅邑，闻中路军败，遂在黑水关扎营待命，快马报请景翠。

景翠长叹一声，传令庄峤原地待命，守住黑水关并涅邑，谨防秦人反扑。

景翠拟出战报，驰报怀王，请求旨令。

怀王传令退守丹阳。

楚人筹备数年之久的光复商於之战，以景翠中军战败、楚人死伤逾三万的惨痛代价草草收场。所幸庄峤引领的封亲族兵光复涅邑，攻克黑水关，将秦人逼退至淅邑及东武关一线，好歹为楚人挽回了一点面子。

护送秋果的辎车驶过函谷关后，辚辚行至小秦村的路口。

秋果叫停，在车中发呆了小半个时辰后，吩咐拐向小秦村。

秋果已有十几年没有回来了。

让秋果惊讶的是，小秦村变了，变得她已经认不出来，尤其是她的家。原来的宅子全部不见，在原宅地上新起的是几处大院子，院门不再是柴扉，而是黑漆大门，门外还立着两只石兽，张牙舞爪的，她认不出是什么。

驷马大车缓缓停在门口。

有人迎出来，像是个家宰。

秋果跳下车，走过去。

家宰认不出她，可观她气度，不是寻常人，便问道：“姑娘，你找谁？”

“这是秦大川的家吗？”秋果问道。

“是呀，是呀，大川是我家老爷子呢。姑娘是——”家宰盯住她。

秋果没有睬他，径直走进大门。

原来的狗不见了，朝她吠叫的是两只雄壮的黑狗，被拴在一个角落里。

听到狗叫，秦大川走出堂门。

大川揉揉眼睛：“秋果？”

“阿大——”秋果住步道，盯住他，眼眶湿了。

“哎哟，真是我的好闺女哩！”大川紧前几步，一把抱住秋果。

父女二人拥抱。

“她娘，咱家闺女回来了，是秋果呀！”大川朝后面的院子里大叫。

秋果娘跌跌撞撞地跑出来，见到秋果，一屁股坐在地上哭起来。

秋果上前，朝娘磕了个头，抱住娘哭。

不一时，几进院子的人全都出来了，有仆人，有二川、三川家的两个婶婶，还有大小不等的一群孩子，众人簇拥着秋果走进客堂。

“阿公呢？”秋果扫视一圈问。

大川抹泪。

大川带秋果走向后面角落处的偏院，这是他们的家庙。秋果立了几次大功下来，秦家已经荣升为大夫级别，修建家庙了。

秋果在爷爷的牌位前叩首，涕泣。

“闺女，把你的事对阿公说说！”大川问道。

“叫我说啥？”秋果道。

“说说你与苏大人的事呀，你阿公最想知道的就是这个。苏大人咋没回来呢？”

秋果低头，抹泪。

“阿大，”大川叩首，对着牌位诉说，“你最想见的孙女秋果回来了。她可是咱家的大功臣呀，是她带给咱家一个大贵人，就是苏秦苏大人。苏大人是阿大您一眼就相中的，您的眼真是亮闪啊，因为这个苏大人，咱家才有这荣华富贵，才有这几十井田，才有这么大的院子，才有这些仆人，才有这吃不尽的粮，才有这用不完的钱……”

大川一桩一桩地讲述眼前的好事，将它们一股脑儿安在苏秦头上。

秋果越听越悲，大声哭起来。

“闺女呀，你哭个啥哩？”大川心疼了，“快给阿公说说你与苏大人的事。阿公临终还在念叨你俩呢。”

“我与苏大人没有什么事儿，他是我的义父呀！”

“这这这……他是当真了呀！”大川急了，“他咋能……那你……嫁给谁了？”

“我谁也没嫁，谁也不嫁！”

“哎呀，哪有闺女不嫁人哩？”大川责她一句，跺脚道，“阿大这就为你寻个婆家去！就凭咱家这光景，哪家的小伙儿不眼馋？”

“阿大，”秋果又给阿公叩了个响头，转过来盯住阿大的独臂，缓缓说道，“我走了。”

“到哪儿？”大川吃惊。

“咸阳。”

“咦，去咸阳做啥？”

“给你们挣钱，挣田，挣更多房子，还有荣誉！”秋果大步走向前院道。

“咸阳好呀，”大川来劲了，“阿大陪你去。”说完紧跟几步，语气兴奋，“闺女呀，咱家在咸阳也有一套大宅子呢，可排场了。这辰光是你阿弟一家住着。你阿弟学成匠人了，会打制乌金兵器哩，这辰光说是到於城了，王上一个月就发三石粮，咋也吃不完哩。不瞒闺女呀，阿大倒是想住在城里，可你娘不习惯，死闹着要回来。这不，阿大放不下她，只好跟她回来。嘿，到家一看，还是咱这乡下地儿广，人头熟，美着呢，一来二去，也就不想去了……”

“阿大，你有完没完？”秋果抢白了他一句，加快脚步，径直走向大门，在闻讯赶来的村人们的惊愕目光中走出院门，噌地跳上马车，吩咐车夫扬鞭而去，竟连家里的一口水也没喝上。

“这这这……”望着绝尘而去的驷马辎车，大川不明所以，伸出独臂连拍了几下后脑勺，“这孩子……”

秋果一路驰入秦川，拐向终南山，直入黑雕台。

验过雕牌，有人引秋果进山。

迎接她的是天香。

“秋果，总算是等到你了！”天香笑盈盈地向她张开双臂。

秋果扑入她的怀里，万千委屈化作一声长长的“师父——”，然后号啕大哭。

秋果在赵国的一系列表现，尤其是药杀苏秦的事，让天香甚是满意，天香对她充满信任与感激。天香安抚了她一会儿，便扶她走进屋舍，详细问过这些日的事。

秋果一一讲了，只未讲出她克扣一半药水留给自己的事，末了说道：“都是弟子不好，未能完成师父之命！”

得知是鬼谷子派其弟子搭救苏秦，天香在震惊之余，深信不疑。

想到苏秦与张仪，庞涓与孙膑，天香长叹一声，对秋果道：“这事儿怪不得你，是天不绝他苏秦。再说，这也未必不是好事，换个角度，师父还得谢你哩！”

“好事情？”秋果怔了。

“我恨死魏嗣那个白痴了，一天到晚就琢磨干那个事儿，从没想过正事儿。记得孔仲尼说过，朽木不可雕也，烂污泥是扶不上墙的，”天香甩甩手，大笑几声，“哈哈哈，这下好了！”

“可你……在他身上下了那么大的功夫呀！”

“哈哈哈哈，”天香笑声豪爽，“我的这身功夫呀，下到哪儿都是个下，这不，又来旨令了！”

“去哪儿？”

“郢都！”

“啥辰光？”

“金雕前几日就催我走，我候在这儿，只为等你。”

“等我？”秋果眼珠子转了几下，“师父让我也去？”

“从今往后，”天香拍拍她的肩，“无论到哪儿，我都会带着你。如果有一天我们必须死，我们就死在一起。”

“师父？”秋果流出泪来。

“从今天起，甭叫我师父了，就叫我阿姐！我认你做亲妹妹！”

“阿姐——”秋果激动得伏在天香怀里哭起来。

“阿妹，”天香拉起她，“阿姐带你洗个澡去，洗得香香的，今晚你陪阿姐睡！”

“嗯。”秋果点头。

二人走到山后一片棚区，里面有许多泡池，池中是地热温泉。泉水刚流出时烫到可以煮蛋，而在附近流一大圈后再注入这些泡池，温度则刚好。

早有小雕备好各式洗梳用品，服侍她们脱衣下池。

泡进热水里，暖意融融。

秋果为天香搓身子。

“阿姐，你的身体真美，无论哪儿都好看，没有一丝儿瑕疵！”秋果赞叹。

“老喽，”天香笑了起来，捏了几下秋果的身子，“还是你年轻呀，捏哪儿都是紧绷绷的。待会儿阿姐再教你几招，看不迷死那些南蛮子！”

“迷死南蛮子？”秋果不解。

“对呀，我们这次到郢都，干的就是这事儿！”

“啥事儿？”

“开眠香楼！”

“啥叫眠香楼？”

“就是青楼呀，专逗男人玩，寻男人开心！”

“玩啥呢？”秋果一脸懵懂。

“就是姐最后教你的东西，玩死那些臭男人！”天香笑道。

“我……”秋果脸红了。

“说说看，苏秦那人，他能撑多久？”

“什么撑多久？”

“这儿呀，”天香指了一下她的私密处，“姐的那些功夫不能白教你，是不？”

“他……我……我们没有……”

“什么？”天香震惊，“他没有那样吗？”

被人戳到痛处，秋果看向别处。

“这么说，你……依旧是个处女？”天香盯住她。

秋果出泪。

“天哪！”天香惊叹道，“你没有弄出一些风骚来，勾勾他？譬如，他夜半读书时，你去服侍他，少穿一些，或者一丝儿不穿！”

“他……他不看我，他闭起眼，他……他斥责我……他……我……”

“好一个姓苏的！”天香奇道，“难道他是块木头？”

“他心里早有人了！”

“谁？”

“燕国太后，雪公主！”

“嘿，”天香恍然明白，“早些年就听说燕太后与他有暧昧，不久前又听说没这事儿，你这一说，算是坐实了！”

“他们还生了一女，十来岁了。”

“天哪！”天香不敢相信自己的耳朵道，“他们……怎么做到的？”

“我也是刚刚知道，就这辰光，他们一家子团聚了，就在邯郸他的府里！”

“哈哈哈哈！”天香非但没有惊讶，反而长笑几声。

“阿姐，你笑什么？”

“笑他苏秦呀！”天香止住笑声，但依旧乐不合口，“阿姐以为他是个金身玉体呢，原也是个偷腥的猫儿，哈哈哈哈，好玩，好玩！”说完朝秋果竖下拇指，“这桩事儿怪不得阿妹了，阿妹已经很棒了呢！听金雕说，苏秦是个怪人，要在一条道上走到黑的。他家里原本有个媳妇，叫小喜儿，说是他阿大为他寻的，明媒正娶进门，直到今天，他还没有碰过她！我以为是瞎传，听你这么一说，当是真的了！遇到这号人，莫说是你，纵使阿姐上阵，也是无可施展呀！”

“阿姐，”秋果咬牙道，“我这就把身子破了，跟你到郢都！”

“好妹子呀，破不得！”天香再笑起来，“得把你这金贵身子带到郢都，看阿姐开出一个好价码！”

第七章

扮巫阳屈平招魂　查乌金大王动怒

华夏大地，水道纵横。

比河水大的，唯有江水。

江水原本不叫江水，叫金沙水，因为水中多金沙。

金沙水流过万年洪荒，奔流入蜀，再汇聚蜀山诸水，始称江水。

江水浩荡，缓缓东流，涌入巴山。

巴山多峡，在巴楚相争的那个年代，所有的巴山江峡皆叫巫峡。

巫峡因一座叫巫咸山的大山而得名。

巫咸山因山上有座叫巫咸庙的神庙而得名。

巫咸庙因一个叫巫咸的巫人而得名。

巫咸因发现该山的一个溶洞里所流出的泉水含浓盐而得名。

据传，上古有十大灵山，每一座灵山都居住着一位大巫，他们分别是巫咸、巫即、巫朌、巫彭、巫姑、巫真、巫礼、巫抵、巫谢、巫罗。

天下十巫，主司人天沟通，巫咸为其长，因为人是离不开盐的。

巫咸是个女人。据传她是天神之女，主司巴山云雨，为整个巴山的主宰。

始祖神庙位于巫峰的一处山坳，仰视巫山绝顶，俯瞰山下盐泉。山坳经过人为修整，现出一块平地，方约数十丈，相传为当年巫咸的起居处。

神庙依山就势构筑，不知经过多少代的修缮，到楚人征伐商於的这年夏天，依然完好无损。

坳中奇草异木，鸟语花香，景色绝美。一眼细泉从石缝里涌出，在一棵老树下面的一泓清池里稍做逗留，便汩汩远去。

天气晴好，庙中凉爽，这是一个美好的初秋丽日。

清水池边，一个少女在为一个老巴人行针，一个长衫老者头戴雉羽，面谷而坐，随心抚琴。

老巴人与几个显然已就过诊的男女巴人闭目聆听。

一曲终了，少女取出针，扶老巴人站起来，试着走了几步。

几步走完，老巴人推开她，快走几步，慢走几步，一脸惊愕地冲她竖起拇指道："神针哪，小祭司，你这手艺超过那个鹖冠人呢！不瞒你说，我这条老腿让那个鹖冠人扎过不知多少次，没有一次症状减轻，你才扎几针，嘿，它就乖乖地听使唤哩！"

"嘻嘻，"被称作祭司的少女冲他做了个鬼脸，"早晓得您老会哄人，没想到这般会哄呢，"说完淘气地拱手作礼，"云儿这厢有礼了！"

"哈哈哈哈！"众巴人皆笑起来。

笑声被一阵隐隐传来的号角声冲断了。

老巴人向众巴人招手，又朝鹖冠人扬扬手道："辰光到了，得下盐池子喽，白兄弟，弹一曲上路！"

正在弹琴的长衫鹖冠老者朝众人笑笑，弹出一支送别曲。

"老阿公，这个！"少女取过他的拐杖，追上去，递给他。

"看看看，"老巴人接过来，拍拍腿脚道，"老阿公的这条老腿已经好了，还要这劳什子做啥？"说完顺手扔进山沟，夸张地大踏步走去，走到拐角处，又转头对鹖冠人道，"白兄弟，你带出一个好外孙女哟！"

少女姓白名云，是鹖冠老者的外孙女，也是巫咸庙的祭司。

待众巴人走远，白云便返回，走到石案边，收拾这些巴人带给她的诊费，有干馊了的米粑子、几小块盐巴、一只山獾及一些杂七杂八的细碎日用品。

这些当是那些来诊病的巴人所能带来的最好的酬谢了。

白云发出一声轻叹，走到鹖冠人身边，蹲了下来。

鹖冠人依旧弹琴。

“老外公，”白云语气沉重道，“他们起早贪黑，一个一个都累病了，日子却越来越难过！”

“唉。”鹖冠人停住，长叹一声。

“为什么呢？”白云看向山下，“听那个老阿公说，早些年，他们还富足得很。”

“是哩，”鹖冠人点头，“那时节，他们是巴人。”

“可他们依旧是巴人哪！”

“已经不是了，”鹖冠人再叹一声，“现在他们是楚人。”

“巴人？楚人？”白云若有所悟，喃声自语，“是巴人，他们就拥有盐泉，是楚人，他们就一无所有了！”

“是哩。”

“外公，”白云略略一顿，看向东方，“有个事情，云儿想好久好久了！”

“你说。”

“云儿想到山外看看。”

“看什么？”

“郢都。”

“郢都没有什么好看的。”鹖冠人再次弹琴。

“咦？”白云按住他的手，“外公不是说它繁华热闹吗？说那儿到处是人，到处是房舍，还有王宫。还说有一个叫什么章华台的，是人间所无，天上才有呢！”

“唉，”鹖冠人沉默良久，长叹一声，“外公讲的是它的过去，是很多年以前！”说着缓缓起身，引她走到崖边，指着不远处的一棵大树，“而现在的它，一如那棵大树！”

白云顺着他的手势看过去，不解道：“外公，那棵大树怎么了？”

“看起来青枝绿叶，只是，过不了多久，它就会成为枯木！”

“咦？”白云瞪大眼睛看过去，半是自语道，“它不是长得好好的吗？”

“你可近前去看。”

白云走过去，察看了一番，又走回来，笑道：“外公，我晓得了，它生虫了呢。”

“是的，它生虫了。上上下下，里里外外，到处都是蛀虫！”

“外公呀，”白云扑哧一笑道，“您老怎么想不开呢？”说着指向山上的树，“外公说说，在这山上，哪棵树上没有虫子？再说了，生虫又怎么了？前几日，云儿还看到几只鸟飞来，落在那棵树上，上上下下捉虫子呢！虫子越多，小鸟便越开心，是不，外公？”

“是的。小鸟可以捕吃外面的虫子，可里面的虫子呢？它们才是要命的！”

“看我寻只啄木鸟来！”白云握拳道。

鹖冠人冲她一笑，俯身抚琴。

“外公？”白云再次捉住他的手，发嗲道，“云儿是认真的呢，云儿……早想下山看看，就看一次，行不？”

“孩子，你还是不要下山的好！”鹖冠人盯住她，语气凝重。

“为什么呀，老外公？”白云急了。

“因为，”鹖冠人一字一顿道，“山外不是你的天！”

“咦，”白云眉头拧起，“外公早就说过，方圆的天皆属于巫咸，山外难道就不是了吗？我是巫咸庙的祭司，山外的天不是我的，又是谁的呢？”

“是楚王的！”

“可他只是楚人的王，不是楚天的王！”

“唉，”鹖冠人苦笑一声，“孩子呀，你不说，外公也晓得你为什么要下山，可……”他欲言又止，低头抚琴。

琴声错杂。

“老外公，”白云敛起笑，在他侧旁缓缓跪下，“云儿晓得外公的担心，”随后如同演戏一般，声音立时哽咽，泪水饱盈，“可……外公呀，云儿实在……想去看看他……”

鹖冠人的指头放缓，琴声抖颤。

"云儿求请外公了！"白云叩首道，"求请外公这就告诉云儿，那个人他姓啥名谁，家居何处？"

鹖冠人的手指颤得更厉害，琴声止住了。

"老外公，云儿就去看一眼，云儿想去看清他，看清他是何等样人，非但造下云儿之身，还让娘亲为他……"说完看向远处的断崖，泪水夺眶而出，哽咽良久，"您的外孙女……求请外公成全！"

"孩子呀，"鹖冠人抚摩她的长发，"你去看了，会失望的！"

"为什么？"

"因为你会看到你不想看到的。"

"云儿什么都想过了，外公，云儿从未求过外公，只此一次……"说罢白云叩首。

鹖冠人老泪流出。

白云长跪不起。

不知过了多久，鹖冠人长叹一声，起身，走向庙门。

白云也起身，跟在身后。

庙有三重门，第一重是前殿，供奉的是风伯飞廉、雨神屏号、日御曦和、月御望舒；第二重是中殿，供奉的是云神；第三重是后殿，也是主殿，供奉的是主神巫咸。

鹖冠人带她走进第三重门，在巫咸的塑像前跪下。

一番祈祷之后，鹖冠人占筮，得出一签，下下。

"孩子，"鹖冠人将此签交给白云，"不是外公不让你去，是巫咸始祖不让你去啊！"

白云接过筮签，泪如雨下。

白云止住泪，对神像叩首，哽咽道："始祖在上，许您的云儿再求一签！"说罢亲手弄筮，出签，中下。

白云再次求请，再占，中签。

"外公，"白云将中签递给鹖冠人，"您看到了吗，始祖爷开恩了，给云儿一个中签，中签不好也不坏，是不？"

"唉，"鹖冠人长叹一声，"天命不由人哪，你执意要去，这就去吧。"说完走到神像后面，拉出一只暗屉，从中取出一块玉佩，递给白云，“这块玉佩是你娘留下来的，你可佩在身上！”

白云捧过玉佩，凝视它。

佩上精工刻着一凤一凰，首尾相交，缠绵悱恻，可惜仅有一半。

“外公，它不是一只玉佩，只是一半呀！”白云盯住鹖冠人。

“它的另一半，就在你要寻的那个人手中！”

“外公，”白云震惊，“您不知道他叫什么？”

鹖冠人摇头。

“娘亲没有告诉过您？”

鹖冠人摇头。

“祖师爷在上，”白云将玉佩捧在手心，朝始祖叩首，心中祈祷道，“您的云儿再次求请您老人家，保佑云儿早日寻到那个持有另一半玉佩的人，为云儿……为娘亲……”

王师出征三万，战死八千多，伤者数千，被俘数千。景翠所率的宛郡部众，伤亡略少，但也差不多是这个数。

战后次日，秦人通知楚人认尸。屈遥带人前往战场，但见秦人已将尸体分别归拢，另有来不及撤离的伤重者，也都安排了救治。

屈遥谢过秦将魏章，前往验看，见楚卒尸体皆被一袭素色麻布包裹，甲盔及兵器悉数被秦人收走。屈遥吩咐被俘军卒将尸体运回丹阳，由丹阳守尹规划出一块墓地，殓棺入葬。伤者也被秦人小心送回，由楚军医全力救治。

安排完所有善后之事，景翠让儿子景缺引领方城诸师回宛，自与屈遥引领王师，拖着疲惫不堪的身躯，踏上回郢之路。

身为主将，他必须回郢，向怀王谢罪。

败军无气势，即便是王师。与开拔时的雄赳赳气昂昂相比，返郢的这支由一万多人组成的行伍，无不耷拉着脑袋走在途中。

所有的战车都用于运送负伤的兵卒，包括景翠自己的。

队伍当中，屈遥打头，景翠走在最后。

败北回郢的路上，一日比一年还长。走了旬日，队伍才算抵达荆门。

荆门就是荆州的大门。荆门是个大邑，位于荆州北方郊野，城高池深，是楚人设于郢都正北的最后一道防护壁垒。

荆门若破，郢都也就保不住了。

荆门真还有道门，但这道门原本并不是门，而是两座山。山不高，但在这平川里气势不俗，左右兀起于南北二都贯通的主驰道两侧，南抵郢都，北达楚国旧都丹阳。

当年武王北征至此，登临二峰，有感于二峰气势，传旨在此立门。于是，一道石墙拔地而起，连接二山，在中间驰道通达处又设立了一个高大的石拱，状若城门洞，但并没有装门。门洞上方，武王亲题“荆门”二字，字大如网雀之罗。

之后，历代楚王每逢北征，都要在此誓师祭旗。

北征兵卒只有穿过这道门，才算出征。回师兵卒也只有穿过这道门，才叫归家。

是日错午时分，景翠麾下的回归王师，无论是步行的，还是在车上的，开始一个接一个、一车接一车地越过这道雄门。

在他们过门时，从巫山深处一路下山的白云静静地站在西侧的峰顶上，犀利的目光略带惊讶地凝视着这支似乎永远也走不到头的队伍。

白云第一次看到这么多兵卒。

白云的目光渐渐落在站于石门两侧的一家子身上。

这一家子共有三口，一个面对她的年轻女子倚石门站着，一个四五岁大的女孩子骑在她的脖子上，不无期盼地盯住从她们面前走过的每一个兵士。大门的这一侧，一个略大一点的男孩子骑在一棵树上，也是两眼紧盯路面，生怕错过一个人。

小女孩的声音隐隐传来，一声接一声：“阿大呀，阿大呀，我是小囡囡呀，你在哪儿？阿大呀，我是你的小囡囡呀，囡囡和娘亲在门这边，阿哥在门那边，我们都在寻你呢！阿大呀，您快应一声，我们已经等不及啦……”

每一个从她们跟前路过的兵士无不落泪。他们勾着头走到跟前，然后抬起头，给她们看看脸，免得她们看不清，以为漏掉了。

不知过了有多久，队伍总算走到了尽头。

走在最后的是景翠。

景翠一直勾着头，不敢看向那道门，更不敢看向门上的大字。

景翠看到了这一家人。

景翠在他们三人跟前住脚。

景翠没有过门。

景翠的步子越走越慢。

景翠走到那女人跟前，在她面前跪下。

那女人怔怔地望着他，脸上写满绝望。

女孩子从她妈妈的脖子上出溜下来，盯住景翠许久没刮的花白胡子，声音很大地道："阿公，看到我的阿大了吗？他是不是还在后面呢？他叫大胆，因为他的胆子特别大，他在王师里，是枪手，他的枪可长可长啦……"

景翠抱住女孩子，两行老泪夺眶而出。

"阿公别哭，"女孩子安抚他，"我的阿大还在后面，是吗？我娘亲说，阿大一定会回来的，因为我的老阿公病了。阿大是个孝子，他要回来带老阿公去看病……"

"是的，孩子，你的阿大会回来的。你守在这儿，三天之后，他就回来了……"景翠放下她，站起身，缓缓走过拱门。

景翠走远了。

这一家三口没有走，依旧守在拱门边。

白云的眼睛雪亮，将一切看得真切。

白云缓缓下坡，走向在绝望中仍旧满怀期待的一家三口。

过荆门后，王师没有回郢，而是就地屯扎在荆门城邑的郊野，等候一场大典。

这场大典是楚国太庙为阵亡将士举办的招魂仪式。

依照传统，远征之士班师之时，活着的人要先一步回来，过荆门，之后在荆门为阵亡将士举办一场招魂仪礼，使客死他乡、飘荡无着的英灵回归故土，各入各家宗祠。

大营刚刚扎好，屈遥就引着一个荆地渔人走进大帐。

那渔人粗布短衫，头戴渔人斗笠，提着一只鱼篓，篓中是十几条鲜鱼，有几条还在蹦跶。

坐在主将席上的景翠看向渔人，给了他一个苦笑，缓缓闭目。

渔人脱下斗笠，走向景翠，在他案前席地坐下。

渔人敲敲几案，重重咳嗽了一声。

景翠睁眼，惊愕道："田将军？"

是田忌。

"哈哈哈，"田忌长笑几声，"老夫守你十几天了！"

景翠却笑不出来，哭丧起脸，长长地叹出一声。

"屈将军，"田忌转对屈遥，指指鱼篓，道，"去，把这几条鱼弄几个菜，在下与景将军要喝几口！"

屈遥召来参将，安排完毕后，守在帐门处。

"来来来，"田忌向屈遥招手，指指身边席位，道，"咱几个比划比划，秦人究底是怎么打赢的！"

屈遥坐下来。

"景兄，"田忌盯住景翠道，"胜败乃兵家常事，在下也打过不少败仗。打胜仗无须多说，这打败了，就要琢磨琢磨，究底是为什么打败了，是不？"说完转对屈遥，"拿图出来，解说解说！"

屈遥拿出地图，景翠、屈遥分别将此番伐秦的攻略，从战略到战术，都详述了一遍。

"景兄，屈将军，"田忌听毕，沉思良久，缓缓说道，"就二位所述，景兄的方略没有不当呀，即使在下用兵，也不过如此。奇怪的是，我军几乎是三比一对阵，为什么秦人反倒赢了呢？"

"田将军，请看这个！"屈遥起身，拿出一个包裹，解开，现出一支矛头，"这是末将在收殓死士时，从楚卒的体内拔出来的，枪杆折断了！"

田忌接过矛头，细审，拭锋，大为震惊，抬头对屈遥道："拿盾来！"

屈遥拿过盾牌。

田忌以矛头刺盾，盾体立破。

“拿甲衣来！”

屈遥拿过甲衣，田忌再刺，甲衣破。

田忌目瞪口呆。

良久，田忌从腰间取出佩剑，刺盾，刺甲衣，皆不破。

“唉，景兄啊，”田忌长叹一声，“在下晓得秦人为什么赢了！”说着将矛头递给景翠，“就赢在这支矛头上！”随后赞叹道，“啧啧啧，好手艺哟！不瞒景兄，前些年在下在宛，一眼看到宛地的乌金，就晓得未来的疆场一定是属于它们的。在下蹲在工坊里，锻打乌金，尝试打制一套兵器出来，可锻来打去，还没搞出个名堂，就让苏秦召回齐国去了。此番回来，在下早已死了疆场的心，忘情于江湖之乐。只是听闻景兄兵败，在下才守在此处，只想探个明白，不想却意外看到这个！”

“唉！”景翠长叹一声。

“景兄，抗兵相若，决定胜负的是兵器，而不是其他，尤其是这一次！”田忌指着阵图道，“秦人以两万之徒，对阵六万雄兵，且不施诡计，不施奇兵，不用任何方略，只用最笨的矩阵，置己于死地，以实力搏杀，最后却能取胜，仗恃的就是手中利器啊！”

“田兄，”景翠抬眼，盯住田忌，“换作是您，该如何应对？”

“照我脾气，一如景兄，也是这般战败！”

“是这样啊！”景翠心里好受许多，长吁一口气，良久，又抬头，“难道就没有制胜的方略了吗？”

“或有一个。”

“田兄快说！”

“若是孙膑军师在侧，”田忌指着阵图，“他或会吩咐景将军稳住军阵，先将陷入绝境之敌围困，再调东路与西路回来，层层设围。秦人这般布阵，粮草必定不足，只能被迫攻击突围。敌阵利守不利攻，景将军若设坚垒守之，秦人的长矛再厉害，也或无施展之处。不出旬日，置于困境的两万强敌外无强援，内无粮草，军心不战自乱，必溃。”

“唉！”景翠长叹一声，悔不当初，以拳击打自己的脑袋。

“呵呵呵，”田忌笑道，“再愚笨的人，事后都是聪明的。观当时之势，景兄胜券在握，攻阵也是成理！”说着又转对屈遥，“屈将军，鱼汤你是喝不成了，快速回郢，入宫觐见大王，将此矛头展示于王，禀明败因！楚人此败，非战不力，乃器不力！”

“遵命！”屈遥收好矛头，起身拱手，“末将这就动身，二位慢叙！”

屈遥驱车赶向郢都。

作为败军副将，屈遥没敢直接进宫，而是先到了屈平舍中。屈遥晓得怀王与屈平相善，想拉他做个铺垫。不料屈平不在家，说是刚与太庙尹前往荆门，主持招魂仪式了。

屈遥只好寻到靳尚，拉他觐见。

这些日来，怀王一直憋着商於之败的气。他实在想不明白，堂堂二十一万大楚雄师竟然会败给秦国的区区五万人，尤其是主将景翠，是六万对两万。秦卒再厉害，楚人也是三打一呀。再说，那些楚卒也都是景翠亲自选拔出来的骁勇之士！

屈遥觐见时，怀王面前仍旧放着景翠的战报。

屈遥趋进，叩首于地。

怀王盯住他，久久没有说话。

“王上，末将叩请死罪！”屈遥再叩。

“你回来得正好，”怀王终于发话，指指案头上景翠的战报，“说说，以六万攻两万，你们究底是怎么战败的？”

“末将……”屈遥再叩，“无话可说，只请死罪！”

怀王刚要发作，靳尚趋前，拱手道：“臣有奏！”

“说吧。”怀王看向他。

靳尚将一只盒子放在面前道：“盒中之物是屈将军从战场上带回来的，请王上详审！”

怀王示意，宫尹上前，将盒子拿了过去，摆在他的几案上。

怀王打开盒子，现出两种颜色不同的矛头。

怀王取出矛头，一手一支，细细审视。

黑色的枪头上留有血污。

靳尚击掌，候在外面的宫人进来，呈上一只盾牌。

“王上，”屈遥抬头，看向怀王，“黑灰色的矛头是从我们将士的遗体上取出的秦卒矛头，许是秦人用力过猛，枪杆也断了。黄褐色的是我们的矛头，盾牌为我们的将士冲锋抵挡所用，具体战况，大王可以亲试！”

怀王拿起楚人的矛头扎向盾牌，未能扎穿，再以秦人的枪头刺向盾牌，锋头透出。

怀王审视着那只乌黑铮亮且带着血污的矛头，倒吸了一口冷气。

一切无须再说。

怀王看向屈遥：“景将军何在？”

“景将军他……”屈遥以手掩面，“在荆门大帐，今晚为将士们招魂。王上，末将晓得景将军，他……一路回来，走在最后，一句话都没有说呀，他……他无颜觐见大王，只怕招完魂就……”说罢叩首于地，放声悲哭。

“靳尚，”怀王晓得他指的什么，转对靳尚道，“快，你与屈遥速去荆门，有请景将军，就说寡人有话问他！”

屈平一大早就到荆门去了。

与他同行的是庙尹、大巫祝及太庙的涉礼巫祝。

王师败归。早在几日之前，太庙尹就依惯例奏报怀王，要为战死他乡的亡灵举办招魂仪式。怀王阅过奏报，未召庙尹，却传屈平，授命他主司招魂仪礼。

出征之前，怀王亲到太庙占卜，得上上吉签，不想却战败了。庙尹晓得怀王是在为此生气，因而对屈平不敢怠慢，忙不迭地安排所有庙祝配合，生怕再出纰漏。

楚人的招魂仪礼是一系列的复杂仪式，单是招魂就分作三道关。第一道在荆门，第二道在郢都北门，第三道在太庙的英烈祠。

三道关中，最重要的是第一道，因而，楚国在荆门城外的军营校场边上设立了招魂台。招魂台是个永久性土石建筑，台方十丈，高三丈，外观雄伟。台后是个三层阁楼，题匾为“王师英烈祠”，专门供奉历代王师的阵亡牌位。

这些牌位以六军为单位，由每一军造出英烈名册，册上注明了战役名称、阵亡地点、英烈总数、英烈名号、英烈的生卒与籍贯等，以供后世查阅。各郡县、封君阵亡英烈的招魂仪礼，则由各地或各封君依礼举办。

招魂仪式通常定在日落之后的人定时分，因为那时节，日尽月出，阳静阴动。

招魂之时，招魂台上会插满各色各样的招魂幡。按照程序，于远方战死的万千英灵要在招魂幡的号令下，飞越夜空，在荆门前面盘旋，之后落脚于荆门上的临时旗幡。

之后，这些英魂将在旗幡与舞乐的招引下，盘旋于招魂台，归附于各部各将的旗号，过第一道关。

再后，英魂会在巫祝令幡的导引下向南飞穿，盘旋于郢都北门，附着于北门旗幡，过第二道关。

再之后，英魂将飞向太庙，附着于太庙的英烈祠旗幡。英烈祠根据所招到的英灵，造册具表，请求王命封印，再依据王命封印制作出牌位，传回荆门英烈祠。所封册表受供于荆门英烈祠，所制牌位则由荆门英烈祠分发给各家各户，由英烈的家属认领，供奉于各家各户的宗祠或灵堂。

此番招魂，太庙特别用心。由于英魂众多，途程遥远，且须飞越星空，跨越河流、湖泊、高山，还要克服各种拦道恶魔，因而在招魂台的中央，庙尹特别吩咐将太庙所辖的楚地最强有力的天、地、人三路大神的牌位悉数请至。天神计有上皇太乙、日神东君、云神、大司命、少司令、风伯飞廉、雨神屏号、日御曦和、月御望舒等二十余位；地神计有大神巫咸、四方山神与山鬼、四方水神、四方土伯等近百位；人神计有祝融、颛顼、三皇、楚人先祖等百多位，可谓集中了楚地广宇神、仙、巫、鬼的最强大阵容。

鉴于屈平与怀王的关系，庙尹再三恳请屈平扮演巫阳。招魂大礼上，最主要的角色便是巫阳。通常，这个角色由庙尹亲自扮演，而这次特别让给屈平，可见他的复杂心情。

屈平辞不脱，同时觉得这个角色新鲜、刺激，也就顺口应下，连日来向庙尹与大巫祝请教仪礼的各种细节，及至祭日，总算是胸中有数了。

是日向晚时分，荆门的招魂现场人声鼎沸。来自附近各邑的阵亡家属被安排在招魂台的正前方，有数千人，后面及两侧则是几天前班师的阵亡将士的战友们。

早已布置完毕的招魂台上，一面巨大的“楚”字旗迎风招展。台前点起两堆薪火，巨大的亮光映照在招魂台的无数面招魂幡上，台的两侧插着几十面写有死者生前所属将官番号的楚师帅旗。

所有人面台而跪，火光中现出景翠苍白的脸。

在正前方的第一排核心位置，跪着一直守候在荆门边上的母子，这是景翠特别安排的。

小姑娘的身边，坐着白云。显然，这一家三口的命运揪住了她的心。

太阳落山，巫乐响了起来，沉闷而哀悼。巫乐声中，十数工祝身穿奇装异服，开始翩翩起舞。

场面庄重、静穆、压抑。

按照程序，整个招魂仪式分为三节：第一节，巫乐起场，大巫祝登台召唤天地神灵到位，造出气氛；第二节，巫阳登台，向天地四方唱诵招魂曲辞招引魂灵；第三节，由三军各部的旗手登台，摆动各自的旌旗，再由巫人逐一唱咏该部阵亡将士名单，包括他的姓氏、村落、年龄、职别等。

程序进入第二节，该屈平扮演的巫阳登场了。

披头散发的巫阳身着奇服，戴着一个特制面具，在一阵紧密的巫乐声中缓缓登场。

屈平面向西北而立，双手高扬。

场上气氛为之一振。

巫乐声缓，屈平慷慨悲吟，声音铿锵道：“魂兮归来！去君之恒干，何为四方些？舍君之乐处，而离彼不祥些……”

让人始料不及的是，屈平刚刚吟出第一句，就有一股狂风蓦然吹来，原本不动的各色旗幡于瞬间哗哗作响，两大堆篝火乍然腾起，巨大的火苗顺风冲举，挂在招魂台上的几盏明灯随风摇荡，场面惊险。

人们全都惊呆了，纷纷望向天空。

空中，黑压压的乌云正由北而南，冲压过来。

屈平急了，双手冲天，面向东方，继续他的招辞：“魂兮归来！东方不可以讬些。长人千仞，唯魂是索些。十日代出，流金铄石些。彼皆习之，魂往必释些。归来兮！不可以讬些……”

屈平的辞令刚刚吟完，一阵更大的强风吹过来，篝火啪啪作响，火星四溅，一些火星飞向人堆，坐在前面的人们纷纷惊叫与躲闪。

屈平目瞪口呆，不知所措地看向正在台上为他伴舞的几个巫女。

巫乐更加起劲，巫女舞得更加疯狂。

在疯狂的巫乐中，已经下场的大巫祝再度上场，围着屈平跳舞，显然是在安抚他。

“怎么回事儿？”屈平压低声音，“是我做错什么了吗？”

“不是，”大巫祝仰头看天，“是云神带着飞廉、屏号来了。庙尹大人不该请他们几个到场的！”

飞廉为风伯，屏号为雨伯。

屈平这也记起，台上供着他们几个的牌位，立有他们的旗号。

“怎么办？”屈平急了，“快撤下去！”

“撤不得呀！”大巫祝小声应道，“请神容易，送神难。这已请来了，就不能撤，否则，两位大神发起怒来，更不得了！”

“这这这……这该怎么办？”屈平头上流汗。此番他受王命招魂，又自扮巫阳，干系重大，无论闹出什么差错，他都是解释不清的。

“屈大夫，请镇定，镇定，镇定！”大巫祝一连安抚几声，绕他跳起缓步舞，一边跳，一边往空作法，口中喃喃出词，不知在念叨什么。

风伯、雨伯却似没有懂他，狂风愈疾，乌云愈滚。

紧接着，一道闪电破空而来，一声惊雷在不远处炸响，各色旗帜哗啦啦响，咔嚓一声，一根旗杆从中折断。

一场强雷雨近在眼前。

面对如此变局，跪在场上的所有人，竟然无一个逃走或移动，因为他们知道，他们是在为亲人招魂。一旦招不回来，亲人的亡魂就不能归家，就只能在外永世流浪。

屈平跪下，仰望天空，双手伸张，声音悲切道：“东皇太一，佑我英灵吧！”

人们全都跪倒，叩首于地，跟从巫阳发出悲号：“东皇太一，佑我英灵吧！”

在暴雨就要倾泻的刹那，招魂台上倏然冒出一个白色的身影。

是白云。

不知何时，白云已悄悄离开那一家子，换作一身施法的祭司服，现身于招魂台。

一袭白纱本就薄如蝉翼，又在狂风中时不时地被完全掀起，白云那无可挑剔的少女胴体几乎全裸地展示在招魂台上。

白云却毫无顾忌，两脚跳起怪舞，全身旋转如陀螺，渐渐旋近屈平。

屈平还没有回过神来，白云却已完全进入施巫状态，一手持令幡，一手拿铃铛，在有节奏的舞蹈中响铃作法，发号施令。

正在跳舞的众巫女似乎从未见过这般舞蹈，愣愣地站在边上，看着她一个人跳。

依旧跪在舞台中央的屈平盯住她，也是呆了。

白云一边舞，一边作法，口中念着连大巫祝也听不懂的咒文。

不一会儿，奇迹发生了。

狂风小起来了。

乌云缩回去了。

天空现出一道蓝蓝的裂隙。

闪电与雷鸣越来越远，再也看不到、听不见了。

显然，眼前这一切，出乎太庙尹与大巫祝的意料。大巫祝断出，台上这位女子控制云神的法力远在他之上。他甚至认为，这位女子的出场要么是屈平要么是怀王瞒着他所做的安排。

大巫祝下台让贤，吩咐下人更换被风吹折的旗杆，整理篝火及灯具。

屈平依旧傻傻地跪在台上，两眼眨也不眨地紧盯住她。

白云没有走，而是放下令旗与铃铛，无视台上众巫的存在，只给屈平一个谜一样的笑，向他伸出纤手。

屈平也伸出一只手。

白云一把扯起他，围住他继续跳舞。

一股奇怪的感觉从屈平的心底油然升起，使他不由自主地顺从她的脚步，与她手拉手在台上跳起来。

巫乐再次响起。

屈平显然已经忘记招魂的事了，顾自与她伴跳。

白云松开他的手，向南天长啸一声，放声吟出："魂兮归来！南方不可以止些。雕题黑齿，得人肉以祀，以其骨为醢些。蝮蛇蓁蓁，封狐千里些。雄虺九首，往来倏忽，吞人以益其心些。归来兮！不可以久淫些……"

天哪，白云是在接吟他方才的招魂辞。

屈平这才想起自己的职责，转向西天，长啸一声，接吟道："魂兮归来！西方之害，流沙千里些。旋入雷渊，爢散而不可止些。幸而得脱，其外旷宇些。赤蚁若象，玄蜂若壶些。五谷不生，藂菅是食些。其土烂人，求水无所得些。彷徉无所倚，广大无所极些。归来兮！恐自遗贼些……"

白云转向北方，长啸过后，接道："魂兮归来！北方不可以止些。增冰峨峨，飞雪千里些。归来兮！不可以久些……"

众人有识者已经听出，屈平与白云是在分别吟唱天下四方（东南西北）的苦厄与劫难，劝告在外游荡的魂灵，任何一方都不是可投之地。

乌云渐渐退去，天空变得湛蓝，星光现出。

但没有人在意头顶的星光，所有人的目光全都盯在招魂台上的巫阳与凭空冒出来的美丽巫女身上。

天下四方吟完，屈平接吟上苍也是不可去之所："魂兮归来！君无上天些。虎豹九关，啄害下人些。一夫九首，拔木九千些。豺狼从目，往来侁侁些。悬人以嬉，投之深渊些。致命于帝，然后得瞑些。归来来！往恐危身些……"

白云随即吟出地下幽都更不可投："魂兮归来！君无下此幽都些。土伯九约，其角觺觺些。敦脄血拇，逐人駓駓些。参目虎首，其身若牛些。此皆甘人，归来！恐自遗灾些……"

六合之内皆不可投，游魂该去哪儿呢？

屈平吟出一处所在："魂兮归来！层台累榭，临高山些。网户朱缀，刻方连些。冬有突厦，夏室寒些。川谷径复，流潺湲些……”

白云接吟：“魂兮归来！翡翠珠被，烂齐光些。蒻阿拂壁，罗帱张些。纂组绮缟，结琦璜些。室中之观，多珍怪些。兰膏明烛，华容备些……”

这是人间仙境啊！

这么好的去处又是哪儿呢？

答案不言自喻，是荆地，是郢都。

郢都之地所拥有的不仅仅是景美物华，还有灯红酒绿，美女韶华。

屈平与白云向天招手，同声勾引：“魂兮归来！二八侍宿，射递代些。九侯淑女，多迅众些。……容态好比，顺弥代些。……姱容修态，絚洞房些。蛾眉曼睩，目腾光些……”

众工祝齐声唱道：“魂兮归来——”

这一声唱过，夜空里现出一道亮光，瞬息而逝。

是一颗流星从北方的夜空里划过。

“快看，流星！”人群中不知是谁叫起来。

众人纷纷抬头看天。

更多的亮光划过夜空，嗖嗖嗖地飞越夜空。

屈平神情激动，面向西北，仰天召唤：“魂兮归来——”

白云亦张开双臂，向天呼唤：“魂兮归来——”

众工祝齐声：“魂兮归来——”

台上台下所有的人都站起来，伸手向天，齐声召唤：“魂兮归来——”

大巫祝传令，所有的招魂幡摇动起来。

天上的流星更多了，无数道全光在四面八方的夜空里飞划而过，转瞬即逝。

所有人都知道，它们就是四散飘浮的英灵，因受到亲人的召唤，不远万里归来，隐没在各色旗幡上。

看着万众欢腾的场面，景翠满脸是泪。

景翠悄悄地站起来，离开他身边的将士们，一步一挪地走向远处，隐没于篝火照不到的阴影里。

景翠走到野外，走到一棵他早已选中的老树下。

景翠解下腰带，搭在枝丫上，挽出一个套。

景翠钻进套索，蹬倒垫石。

一连串动作，景翠一气呵成，没有一丝儿拖沓。

就在景翠挂在枝上做最后的挣扎时，一路尾随而来的两道黑影飞步赶到。一人掷出飞刀，割断了套索。

景翠扑通落地。

一轮弯月挂在西天，月光下，映出靳尚和屈遥的脸。

招魂台上，屈平将精心准备的招魂辞全部吟完，天上的流星也少下去了。

一袭白衣的白云跳着跳着，捡起她的令幡与铃铛，跳向舞台的边缘，随后隐在一个暗处，纵身跳下高台。

招魂礼仪进入下一节，庙尹上场，邀请所部将军或军尉登台点名，以免遗漏。

不及众将军上场，也不及摘下面具，屈平朝庙尹拱了个手，便循着白云隐去的地方纵身跳下。

屈平看到了那道白影，她正在寻找什么。

白影提起一个包裹，快步走进夜幕。

屈平紧追于后。

两个身影一白一黑，一前一后，一路追到了旷野里。

弯月就要沉下去，月光依然斜过来。

白云停住步子，转身，面向屈平。

屈平走近，站在她面前，似乎这才想起头上的面具，便摘下来，扔到地上。

微弱的月光洒在屈平洋溢着青春的脸上。

白云盯住他。

在她的目光逼视下，屈平有点儿不知所措。

白云扑哧一笑："巫阳，你一路追我做什么？"

"你……"屈平反问，"为什么要跑？"

“咦，”白云叫道，“这不得寻个地儿换衣服吗？”

“是在下错了！”屈平背身，闭目道，“换吧，我闭眼。”

白云瞄了他一眼，动作麻利地脱光自己，打开包裹，换上原先的巴女服饰，又将招魂所用的白色礼服放进包裹，然后冲他叫道：“好了。”

屈平转过身，见面前站着一个巴女，愣怔了一下，冲她拱手道：“巫阳诚谢上仙施法驱云，为英烈招魂！”

“哦哦，没想到你是追来诚谢的呢！”白云冲他一笑，抱拳还礼，“是的，本祭司施法，向来是要收谢礼的。敢问巫阳，拿什么作为谢礼呢？”

“你是祭司？”屈平先是惊愕，继而恍然有悟，“是了，是了，上仙当是巴地祭司了！敢问祭司，司祭何方大神？”

“司祭何方大神是本祭司的事，这已半夜了，巫阳要给什么谢礼，就快拿出来，本祭司还要……”白云生生将“寻个歇处”咽下。

“这……”屈平迟疑了一下道，“敢问祭司，在下当以何礼致谢？”

“哟嘿！”白云瞪大眼睛，“你这人倒是成趣，你去问问天下，哪有致谢的问受谢的谢以何礼？”

“是了，是了，”屈平失语，摸摸身上，穿的依旧是巫阳服，没有带钱，只好尴尬地笑笑，抱拳道，“在下走得急些，身上竟是没带谢礼，也无可酬之物。如果祭司不嫌弃，可随在下回到招魂台，在下必以重金相谢！”

“重金？”白云瞪大眼睛，“什么是重金？”

“就是很多金子。”

“嘀，”白云两手一摊，“道是什么呢，原来是很多金子。只是，本祭司不置房，不置地，要很多金子何用？”

“这……”屈平挠头道，“敢问祭司，不收金子，要在下如何致谢？”

“哦，对了，”白云盯住他，“你说你有好多金子，这些金子都是你的吗？”

“不是。”

“咦，不是你的，你怎能拿来谢我？”

"在下可奏请大王，从大王处支领谢金，再来谢你！"

"你是何人？"白云心里一动。

"在下屈平，字原，楚宫文学侍从，今奉王命为战殁英灵招魂！"屈平自报门户。

"屈平？文学侍从？"白云闭目有顷，然后抬头，盯住屈平，缓缓吟道，"后皇嘉树，橘徕服兮。受命不迁，生南国兮。深固难徙，更壹志兮……"

屈平大奇："你能吟出此诗？"

"可是你写的？"白云盯住他。

"惭愧，惭愧，"屈平抱拳道，"是在下十三岁时习作，今日看来，稚嫩了！"

白云似是没有听见，顾自闭目吟道："……苏世独立，横而不流兮。闭心自慎，终不失过兮。秉德无私，参天地兮……"

屈平感动了。

"你真是写作此诗的屈子？"白云吟毕，两眼直逼，似乎他在说谎。

"我这……"屈平现出个苦笑，两手一摊，"该怎么来证明自己呢？"

"嘻嘻，"白云调皮一笑，"是屈子就不必自证了。这样吧，本祭司初次下山，人地两生，屈子欲致谢礼，就给本祭司一个宿处，几顿饭吃，如何？"

屈平压抑住心头激动，伸手礼让："祭司大人，请！"

得与帮自己大忙的恩人同归，屈平幸甚至哉，引领白云回到招魂台边，听见几个将军仍在台上一个接一个地吟咏勇士们的英名。

屈平寻到大巫祝，刚为白云安顿好宿处，屈遥就来请他。

二人走进景翠的大帐，见靳尚也在。

帐中，景翠复盘战斗，将他的战略、战术与东、西二路呈送的战报一一详述了一遍，然后长叹一声，苦笑道："唉，翠自幼好战，戎马一生，历战无数，多是败绩。垂暮之年，蒙王恩施遇，翠受命征秦，精心筹备，悉心谋局，誓言收复商於，雪我大楚大耻，不想却……"说着看向远处，良久，又道："翠欲以死谢罪，岂料靳大人这又……"

“景将军不可多想，”靳尚拱手道，“是屈将军禀报大王，大王使在下来请将军，说有大事谋议！”

翌日上午，靳尚与景翠、屈平一行人马由荆门直驱郢都，入城已是傍黑。

鉴于屈平只是文学侍郎，不便参与军政，靳尚便只带景翠、屈遥先一步入宫觐见。屈平则载白云回到他那个位于城外南郊的草庐，将她安置妥当后，方才驱车入宫，欲就招魂事回谢王命。

靳尚入报时，怀王刚刚用过晚膳，坐回案前。负责后宫事务的宫正入见，奏请是夜该由何妃侍寝。

怀王随便指点一个，打发走宫正，随即旨令宫尹：“有请景将军！”

俄顷，景翠在前，靳尚、屈遥跟后，趋入宫门。

景翠自缚其臂，负荆袒肉，入宫门后膝行至王案前面，叩首至地道：“辱命之臣景翠叩请死罪！”

“上官大夫，”怀王瞄了他一眼，转对靳尚道，“为景将军松缚！”

靳尚解去景翠的绑缚。

“唉，”怀王轻叹一声，“此战失利，过不在将军。”然后指向旁边席位，“景将军，请！”

景翠叩首，涕泣道：“罪臣……谢大王不杀之恩！”

“景将军，”怀王指指案面上的秦兵矛尖，“你晓得秦人的这款兵器是拿什么打造的吗？”

“回禀大王，”景翠应声，“战后这些日来，臣一直在琢磨秦人的兵器。就臣所知，秦人兵器是由乌金合金锻造出来的。”

“乌金合金？”怀王眯起眼睛问道。

“就是以乌金为主，”景翠全盘搬出田忌的分析，“添加锡、镍等金的合金，经过锻打，锋利无比！”说着膝行至前，指秦人兵器道，“大王，秦人仅以两万之众，置于死地对抗我六万锐士，仗恃的正是这款兵器。有此兵器，他们胆气粗壮啊！我以锐士三万组锥阵冲击，将士们不是败在战上，而是败在气上。末将站在高台上，眼睁睁地看着我们的勇士前仆后继，纷纷死在秦人的长矛下面。勇士们奋不顾身，战至后来，锥尖钝了，锥尖断了，锥阵变作矩阵，可勇士们仍在冲锋。然而，秦人是一排接一排，整整一百排，每杀出一排，后面一排就会自动冲出，我们跟后的勇士看得是肝胆俱寒啊，王上，末将——”

怀王摆手止住他，转向靳尚道：“上官大夫，乌金、锡、镍我们都有，为何不制作这般兵器？”

“回禀大王，”靳尚应道，“兵器制作诸事，归右司马辖制！”

“传右司马！”怀王转对宫尹道。

楚国右司马是昭阳的长子昭雎，这辰光刚好在其府中，得传飞速赶至，被当值宫吏引至内殿。

“昭雎，”怀王将楚国生产的矛头与盾牌啪地扔在他面前道，“你好好看看，这东西是不是你的兵坊制作出来的？”

“是由臣的兵坊制作！”昭雎细细审过，小声禀道。

“自己试一试，拿你的矛，刺你的盾！”怀王敲打几案。

昭雎一时搞不清是怎么回事儿，看向屈遥。

不及屈遥解释，怀王又扔过去秦人的矛头道：“你再试试这个！”

昭雎拿起秦人的矛头，情不自禁地打了个寒战，再次看向屈遥。

屈遥扼要解释了此番伐秦，秦人是如何胜在兵器上，听得昭雎头上汗出，又以乌金矛头刺向盾牌，立时洞穿。

昭雎叩首：“臣……臣……”

“不要‘臣’了，”怀王声音果决，“听旨，仿造秦制矛头，一年之内，配齐三军！”

“大王，”昭雎一时急眼，“臣……臣做不到啊！”

“咦？”怀王瞪起两眼，“为何做不到？”

“臣有两个做不到，一是乌金短缺——”

“乌金短缺？”昭雎的话音还没落地，怀王就冷笑两声，“嘿嘿，宛城到处都是乌金炼炉，寡人的乌金呢？”

“这……”昭雎自知失口，几乎是嗫嚅道，“臣亦不知！”

“右司马的话，你们几位都听到了吧？”怀王看向众臣，将几案震得咚咚直响，“乌金兵器，没有乌金的秦国能制，盛产乌金的大楚却制不出来，这事儿传扬出去，岂不是个天大的笑柄吗？”

昭雎嘴巴翕动几下，又合上了。

“说，你的二呢？”怀王追问。

“短缺锻造技艺！”

“什么？”怀王更怒了，“堂堂大楚，几百年前就有削金如泥的宝剑干将、莫邪，这还短缺工艺？”

昭雎叩首于地，不敢再吱一声。

“王上，”景翠出言开脱道，“就臣所知，右司马所讲是实情。干将、莫邪是青铜合金，而秦制兵器为乌金合金，二者性质不同，工艺有异！”

“哦，对了，”怀王盯住景翠，“差点儿忘了，楚地乌金大多在宛城，你是宛郡守尹，寡人可要问问你，寡人的乌金呢？”

“就臣所知，”景翠应道，“几个月前，宛地还不缺乌金呢。”

“昭雎！”怀王看向昭雎道，“你说个究竟，宛地的乌金是缺，还是不缺？”

“缺！”昭雎一咬牙，脱口而出。

“好了！”怀王摆手，“昭雎，你去吧，拿上这支矛头，找你的匠人琢磨锻造技艺！记住，寡人只给你三个月，届时琢磨不出，甭怪寡人绝情！”

“臣领旨！”昭雎叩首，拿起秦人的矛头走了。

“上官大夫，”怀王转向靳尚道，“这就去，速查乌金下落！”然后转对景翠道，“此战虽败犹荣，传旨，凡阵亡将士，每人抚恤金一镒，其家室免赋三年；凡伤残将士，依惯例将养，抚慰；其他将士，不记功，不记过！”

“罪臣……”景翠叩首，涕泣道，“代三军将士叩谢王恩！”

“大王？”宫尹记旨，小声提醒。

“嗯？”怀王看向他道。

“粗算下来，单是王师的抚恤金就不下万镒，前几日听令尹大人说，库金——”宫尹不再说下去。

“哦？”怀王吸了一口气。

宫尹近前，耳语。

“发吧，不足部分，宫账支付！”怀王语气沉定道。

景翠几人退出，刚至宫门，便遇到由草舍赶来的屈平。

“屈大人，”靳尚心里存事，拦住他道，“辰光已经迟了，王上在歇息呢。你干脆明日再行觐见，”说完转对几人道，“烦请诸位随在下寒舍一叙，谋议一下乌金的事！”

离王宫最近的便是靳尚府宅，见他盛邀，几人也就乐从，跟他走向靳府。

靳尚吩咐掌灯，安排饭食。

辛苦一日，大家也都饿了，待食材上来，便饱餐了一顿。

餐毕，靳尚赶走下人，关门闭户，敛神说道：“诸位大人，你们也都听到了，方才大王要在下追查乌金，在下晓得事儿棘手，也晓得乌金之事其实你们谁都知道，只是不便说出而已。这辰光没有外人，大王也不在场，在下恳请诸位畅所欲言。在下保证，今宵的话，止于今宵，在下只是听听，即使禀报王上，也断不会讲出诸位！”

“靳大人这是什么话呀，”屈平笑笑，半是责怪道，“楚国是大王的，更是你我大家的。几天前听屈遥说，此番征秦，我们是败在兵器上了。秦人使用的是乌金兵器，而我们使用的依旧是青铜兵器。常言说，工欲善其事，必先利其器。器若不利，事必不善。可如何使器利，在下是外行，今日正好借靳大人这块宝地，向诸位讨教！”

靳尚与屈平这么一唱一和，气氛也就热闹起来。凑在一起的这几个人原本便不是碌碌之辈，个个胸怀大志，欲在楚地成就事业，让靳尚、屈平几句话一讲，无不热血沸腾，推心置腹，各将所知一一吐露。

“说起乌金，”昭睢看向景翠道，“就在下所知，没有谁能比景鲤大人清楚！”

景鲤是王室工尹，掌管与协调楚国各地的工矿商贸，与昭睢合作较多。

景翠当即派人召请景鲤，这才从他口中得知秦人征购数以万计的犁铧、楚国各地商肆的犁铧皆被调往宛城的事。

这是特大案情，但事涉王亲，尤其是涉及王叔与鄂君，谁都不吱声了。

“这怎么能成？”屈平激动了，“若是在下没有记错，王命规制，凡涉及五金、皮革等物，都不可私货出关！”

“屈大夫，”景鲤应道，“王命规制的五金，为金银铜镍锡，不含乌金。乌金是近些年才成气候，因而大王于前年才又新颁一命，将乌金也列入关禁。”

“这不就成了？”屈平握拳道，“他们这是违禁！”

“依律没有违禁！”景鲤接道，“秦人订购的是犁铧，而犁铧是农具，不在关禁之列！”

显然，秦人与王亲，钻的正是这个空子！

几人一直谋议到天色大亮，方才各回各府。

靳尚睡足一觉，又使府人将郢都及附近所有的店肆暗访一遍，记下数据，于第三日后晌入宫，向怀王扼要禀报了犁铧事件，末了奏道：“王上，就臣所查，郢都所有店肆的犁铧全部运回了宛城。更可怕的是，其他乌金产品，譬如马蹄掌、牛蹄钉、铁耙齿等物，也都统统回收，运回了宛城，说是要回炉铸作犁铧！”

“这这这……”怀王震惊道，“他们为什么这么干？”

“听说秦人出的是三倍价！”

“大胆！”怀王一拳震几。

“王上，”靳尚轻叹一声，“如果不予制止，及至明年，莫说是制作乌金兵器，即使农人耕地，怕也买不到犁头了！”

“传旨，将他们统统押起来，重刑治罪！”

“王上，眼下还治罪不得呀！”靳尚又是一叹道，“臣查过王命典制，关禁所列五金，为金银铜镍锡，乌金不在其内。乌金被列入关禁是前年由大王特别颁发的王命，但王命禁的只是乌金，没有列入犁铧。在边关那儿，乌金是乌金，犁铧是犁铧。犁铧是农耕用具，与粮食一样，是可以在列国间往来商贸的。”

“这……”怀王语塞，良久，看向靳尚道，“是何人将犁铧卖给秦人的？”

“臣也不知。”靳尚低声道，“臣只受命追查乌金，未曾受命追查犁铧。再说，犁铧出关未曾违法，怎么追查？大王若要禁止此事，只能是重新颁布王命，既往不咎！”

此时宫值进来，报奏屈平求见。

“寡人知了。”怀王对靳尚摆手，转对宫尹道，“有请屈平！”

靳尚欲退走，被怀王止住。

屈平趋进。

“王上，”屈平见过礼，便开始复命招魂的事，“臣奉命招魂……”

“招魂的事以后再禀，”怀王打断他道，“寡人有更紧要的事寻你。”

“臣谨听王命！”

“这就去，起草旨令，不，是王命，从今日起，关闭秦楚边关，严禁犁铧出关。不仅是犁铧，凡是由乌金铸成的任何制品，概不可出关，违者依法严惩！”

“王上，臣有奏！”屈平应道。

“讲。”

“敢问王上，因何要禁乌金、关闭边关？”

“你有所不知，秦人用我乌金，锻造兵器，致使景将军伐秦兵败！”

“就臣所察，”屈平奏道，“景将军兵败，与我犁铧输秦并无关系！”

“啊？”怀王震惊，盯住屈平。

靳尚也是震惊，不明白屈平何以这般说话。如果此败与兵器无关，身为主将的景翠就难辞其过了。

“王上，”屈平不疾不徐道，“边关商贸，从来有之，尤其是秦楚边关，从巴盐、丝麻、服饰、颜料、家具、陶瓷、各式器皿，到粮食、食糖、酒等等，应有尽有，沟通有无。若是关闭边关，其他不说，单是边民生活就没了着落，何况还有许多人以边贸为生呢？”

“你扯边贸做什么？”怀王盯住屈平道，“寡人想知道的是，景将军为何兵败？”

“景将军兵败，败在内，不在外。”屈平从袖中摸出一卷奏折，“臣之所陈，皆在此折中，请王上审阅！”

宫尹走过去，接过奏折，呈交怀王。

怀王展开。这是一条羊皮卷，很长，字也写得较小。显然，屈平在此奏折上花了不少工夫。

“屈平，”怀王匆匆浏览了一下，便收起奏折，搁在案上，盯住屈平，“你这奏折容寡人慢慢赏读。景将军败因，你且扼要说来！”

“就臣所察，”屈平晓得怀王性急，抱拳道，“景将军可有三个败因，其一如王所述，是败于兵器。人胜兽，不在手，而在手中之器。两强相逢，器锐者勇。何方拥有锐器，何方就会气盛，气盛则勇。然而，此番与秦交战，却与秦人购我犁铧无关。就臣所察，犁铧售秦是新近之事，前后不过一月。一月之内，秦人是不可能用我宛城乌金锻造出那么多乌金兵器来的。这说明，早在战前，秦人便已锻造出这等锋利锐器，而我毫无察觉，依旧使用青铜兵器。不巧的是，秦人虽能造出这般兵器，却缺少乌金，若是明目张胆买我们的乌金，又怕引起我方警觉，这才以贩贸犁铧为由，绕着弯地取我乌金，以锻打利器！”

屈平分析合情合理，怀王听进去了，盯住他问：“其二呢？”

“其二是，臣赴荆门招魂之时，得与将士们畅聊战事，听他们详述了战场局势。从开战至溃败，双方搏杀过程可分为两个时段，前一时段是我方攻击，战士们多是前胸中枪，后一时段是我方溃退，将士们多是后背中枪。就伤亡数量而言，后背中枪者远多于前胸中枪者。这说明，楚卒怯战！”屈平突然顿住，看向怀王。

怀王耳边响起景翠的声音：“……仗恃的正是这款兵器。有此兵器，他们胆气粗壮啊！我以锐士三万组锥阵冲击，将士们不是败在战上，而是败在气上。末将站在高台上，眼睁睁地看着我们的勇士前仆后继，纷纷死在秦人的长矛下面。勇士们奋不顾身，战至后来，锥尖钝了，锥尖断了，锥阵变作矩阵，可勇士们仍在冲锋……”

“你说得是，”怀王点头道，“景将军提过这事儿。这是一场不对等的拼杀，我方败在气上，在秦人锋利的兵器面前，气怯了。”

“臣以为，”屈平接道，“我将士气怯，并不仅仅在于器不利！”

“哦？”怀王倾身。

“在于制令。”

“在何制令？”

“奖惩制令。”屈平解道，“秦人气勇，一勇在赏，二勇在器。秦国王命，直接奖罚兵士个人。任何士卒只要斩敌就有功，有功就受赏，反之，溃退则受罚。而楚国制命却不是这样，王命奖惩只对将，不对具体兵士。兵士有功不能受赏，战死得不到抚恤，溃退自然也不受罚，因为王命惩罚的只是将官，这也可说明为什么景将军一战败就要负罪自裁。”

怀王被屈平的分析折服了，长吸一口气，接问道：“其三呢？”

“内不和，为秦人所用。”屈平一字一顿道。

“哦？”怀王大吃一惊，“此话何来？”

“这只是臣的感觉，只能算作推测。”屈平应道，“依据部署，景将军是兵分三路，那其他两路战况如何呢？西路未战而回，东路一举收复涅邑、黑水关二地，可伤亡居然是零！拼死苦战的只有景将军的中路，即王师！”

怀王倒吸一口冷气。

“王上呀，”屈平长叹一声，“我有大军二十一万，秦人仅有区区五万，这是碾压优势，即使我中路战败，倘若其他二路奋勇向前，商於之战断也不是这般结局！”

怀王的两只拳头渐渐捏紧，良久又松开，对屈平拱手道：“屈平，寡人谢了！你这就去，先拟王命！”

屈平谢过恩，在宫尹引领下前往偏殿拟写王命。

望着屈平的背影，靳尚心里发堵，苦笑一声，摇摇头，内中叹道：“唉，你个小子，真就是个写诗的，什么都敢想，也什么都敢说啊！”

一连数日，屈平都不在舍，偌大的宅院里只有白云与两个仆从。两个仆从皆是一把年纪了，一个护理花草，一个弄茶烧饭，从关系上看，似乎是对夫妻，因为晚上他们就住在同一间草舍里。

因在郊区，屈平的宅第足有几亩地见方，可分前后两进院落，左侧近水，右侧邻坡。院中除几幢草舍之外，多是花圃，圃中所种，无不是兰花。

严格来说，此宅不可叫宅，更应称作兰苑。白云闲得无聊，就将苑中的兰花品种尽数一遍，竟达百种之多。由于兰花多怕阳光，老花匠还在花圃上面搭起凉棚。棚为花匠用竹丝编成，工艺精致，远看如席。除兰苑之外，宅前舍后，还长着几片竹林，也都被花匠修理整齐，形成图案，显出别具一格的精致来。

纵使在巫咸山里长大，白云也是第一次看到这么多的兰花品种，天天追在老花匠身边侍弄不停。从老花匠口中，白云得知，屈平在城区还有一处宅院，是楚王赏赐的官宅。此处的草舍是他多年前买下的，也是他最欢喜的所在，但凡有空，他就守在这儿，与老花匠一起侍弄兰花，有时也呼朋唤友，歌舞宴乐。

“那……他的夫人呢？”白云随口问道。

“主公还没成家呢！”老花匠笑应道。

“为什么呀？”白云惊讶道，“以屈大夫这般年纪，该有家室了！”

“呵呵呵呵，”老花匠连笑数声，“就老朽所知，提亲的倒是不少，可没有哪个女子配得上呀！”

“哟嘿，”白云笑起来，“原来屈大人是挑花眼喽！”

“是呀，是呀，”老花匠不无自豪道，“不瞒姑娘，满城里的大家闺秀，没有哪个不想嫁给我家主公呢！”说着又压低声，“姑娘，观你衣装，可是从巴地来的？”

“嗯。”白云点头。

“你真够幸运！”

“为啥幸运？”

“你是我家主公留宿于舍的第一个女娃子呀！不瞒姑娘，甭看我家主公的这个草舍不算奢华，可在这座城里，不知有多少大户人家的闺女想赖在这儿不走呢！”

“哟嗬，”白云又是一笑，“听老伯这般夸他，我可真就不走喽！”

“不走好咧，”老花匠笑起来，“老伯就欢喜你这样子的，会侍弄花草，还会做饭看书！待主公回来，我得让他一直留着你！”

“谢谢老伯，”白云拱了个手道，“顺便问声，附近可有神庙？”

“呵呵呵，”老伯笑道，“这个城别的不多，神庙却多，啥神都有。咋哩？”

“有巫咸庙吗？”

“好像是有一个，破败喽！”

“为什么呀？”白云惊愕。

“因为巫咸是巴人的神，楚人不待见哪。”

“在哪儿？”

“在下里。”

“下里在哪儿？”

“在郢都西南角，”老花匠指了个方向，“姑娘可沿门前这条道右拐，一直走进城门，在第二个路口左拐，再一直向西，走到第四个路口，那儿就是下里了。你可在第四个路口右拐，穿过一条花街，可以看到另一条东西向的巷子，巫咸庙就在那个巷子里。前几年老伯去巷子里买花，顺道前去拜祭巫咸大神，见它已经不成样子了，庙里也没人，巫咸神的身上都结着蛛网呢。”

“谢老伯了。”白云拱手谢过，出门而去，直到天黑方才一身灰土地回来。匆匆吃过晚饭，在水边洗了个澡，便沉沉睡去。

夜半时分，门外传来车马声，接着有人进来，在白云寝处对过的书房里掌起灯。

那灯一直亮着。

眼见一个时辰过去，那灯却一直不熄。白云失去睡意，出于好奇，起身走去，见是屈平正襟端坐于书房，正自书写什么。

门是敞开的。

白云走近，站在门口。

屈平在书写。

白云跨过门，走前几步，站住。

屈平仍在书写。

白云又前一步，几乎站在他跟前了。

屈平却依旧沉浸在书写里，毫无察觉。

白云夸张地撩起睡裙，在他对面坐下。

许是裙裾摩擦的声音太大，屈平乍然抬头，见跟前赫然坐着白云，吃了一惊道："是你？"

"哟嘿，你终于看见人了！"白云盯住他，一脸嗔怪。

屈平尴尬地笑笑。

"写什么呢？"白云看向案面。

"奏折。"屈平抖了一下竹简。

"什么叫奏折？"

"就是写给大王看的文章！"屈平笑笑道，"对了，这见你了，在下正好有一请呢！"

"什么请？"

"前几日忙活国事，怠慢祭司了。"屈平抱歉地笑笑，"昨晚得闲，在下想到一事，就赶赴太庙，求请巫祝借些乐手，待会儿天亮了，就有乐手前来。"

"让乐手做什么？"

"想向祭司请教招魂那晚您所跳的那个舞蹈，"屈平兴奋道，"真是棒极了，在下从未见过呢。在下想让太庙的巫祝学一学，俟楚地哪儿旱了涝了，就跳它一曲出来，好为楚人消灾解难！"

"唉，"白云轻叹一声，"你是真的不懂呀。常言说，各进各的庙，各敬各的神。本祭司那日所跳是与巫咸神说话，只有巫咸神能懂，你让侍奉其他神的巫人去学，他们怎能学得会呢？即使学会，如果不信巫咸神，巫咸神又怎能肯听呢？"

"这这这……"屈平挠了会儿头皮，一脸苦相道，"好祭司呀，无论如何，在下已经求请大巫祝，大巫祝也使乐手来了。待巫女来时，你就随心跳几曲，权当耍个乐子！"

"屈大人，"白云盯住他，一脸严肃道，"跳给神的舞，能耍乐子吗？"

屈平愕然。

"屈大人，"白云换过脸色，一脸诚敬道，"你信巫咸神吗？"

"信！"

"你起个誓！"

"咋起呢？"

“你随便起，就说你信巫咸神即可。我信你。”

“祭司听好！”屈平跪地，向天誓曰，“楚人屈平，从即日始，奉巫咸大神所教，从巫咸大神所命，若有违逆，天打雷劈！”

“谢屈大人敬奉巫咸大神！”白云拱手，继而甜甜一笑道，“从现在起，本祭司可以教你巫咸之舞了。”

第八章

顶大梁左徒负重　履商约王亲走险

几盏宫灯亮着，远处依稀传来鸡鸣。

怀王依旧坐在他的书阁里，眼睛闭着，似乎睡着了，又似乎没有。面前的几案上，赫然放着三卷竹简，两卷是屈平的表奏，一卷是屈平从苏秦处带回来的《商君书》。

宫尹侍立于侧，眼睛闭着，头勾着，显然有些顶不住了，头猛地点了一下，身子差点儿歪倒。他打了个愣怔，紧忙站直。

许是让他的这个动作惊到了，怀王睁开眼，瞟了他一眼，随即目光又转向几案。

怀王伸手，拿起屈平的表奏，目光落在几个字眼上，分别是“联齐抗秦”“吴起之法”，良久才将其放下。

怀王眼前浮出屈平的形象，耳边浮出屈平的声音：

“……苏子说，楚国虽大，却四处封国裂土，实为五指张开的巴掌，而秦国在商君变法之后，已成一只铁拳。以铁拳对散掌，楚人必败。若想与秦相抗，楚可行三策：一是变法改制，化掌为拳；二是坚持合纵，与齐为盟，相互声援；三是用贤任能，修整武备，严阵以待！

“……秦人气勇，一勇在赏，二勇在器。秦国王命，直接奖罚兵士个人。任何士卒只要斩敌就有功，有功就受赏，反之，溃退则受罚。

而楚国制命却不是这样，王命奖惩只对将，不对具体兵士。兵士有功不能受赏，战死得不到抚恤，溃退自然也不受罚，因为王命惩罚的只是将官，这也可说明为什么景将军一战败就要负罪自裁……

“……景将军是兵分三路，那其他两路战况如何呢？西路未战而回，东路一举收复涅邑、黑水关二地，可伤亡居然是零！拼死苦战的只有景将军的中路，即王师！

“……我有大军二十一万，秦人仅有区区五万，这是碾压优势，即使我中路战败，倘若其他二路奋勇向前，商於之战断也不是这般结局……”

“水。”怀王伸手道。

“王上，”宫尹紧忙过来，端起两只玉杯，一杯自己尝了一口，见温度正好，才将另一只双手呈上，“这水不冷不热，正好呢。”

怀王接过，咕嘟咕嘟一气饮下，将杯子递回。

“王上，”宫尹又续一杯，搁在案上道，“鸡都叫了，龙体要紧哪！”

怀王闭目，没有理他，也没再伸手要水。

“今宵，不，是昨夜，该到郑娘娘了，她……一直在候着王上呢。”

“对她讲一声，更作明日吧。”怀王指向殿门道，“这就去。”

宫尹应过，刚刚出门，迎头便遇到郑袖，手里抱着她的琴。

“娘娘？”宫尹惊愕。

“嘘！”郑袖冲他努了下嘴，轻轻趋进，一直走到怀王近旁，见他仍在闭目沉思，遂在客席坐下，将琴放下，摆好，轻拨琴弦。

随着一声弦动，怀王睁开眼，方才看到郑袖。

“是你？”怀王惊喜。

郑袖冲他一笑，顾自拨弦。

弦音清幽，如丝如缕，如点如滴。

怀王的两眼充满爱意，一股暖意油然涌出心底。

怀王站起来，拿起案边王剑，大声道：“郑袖，来个有劲的！”

“臣妾来了！”郑袖话音落处，指法改变。

一时间，御书阁里，弦声铮铮，龙飞剑舞。

一曲舞毕，天已大亮，雄鸡啼过三遍。早有宫人端来净水，怀王洗过，转对宫尹道：“传旨，召靳尚！”

天麻麻亮就蒙召，靳尚不明所以，心急火燎地赶到宫中，却是怀王要他陪吃早餐。

用过早膳，怀王脱去王服，换作一身贵族常装，吩咐宫尹轻车出宫。轻车非王辇，显然怀王要简服出行。宫尹共安排了两辆驷马辎车，怀王邀靳尚同车，宫尹与侍卫长乘坐另一辆。

“王上欲驾何处？”走有一程，靳尚终是憋不住，小声问道。

“一到你就晓得了。”怀王朝前一指。

待车马停在一处府宅，靳尚方知怀王是来寻屈平的，心头一凛，但迅即又现出悦色，跳下车召唤门人。门人出来，应说屈平回他的草舍去了。

“王上，”靳尚小声禀道，“屈大夫的草舍臣去过一次，晓得路径。是臣去召他过来呢，还是——”

怀王朝前又是一指道：“你在前面带路。”

“好嘞！”靳尚跳到车前，换下御手，驾车径出南门，驶入一条沿河水岸边修筑的林荫小道，在屈平的草舍外面停住。

“王上稍等，待臣进去，请屈大夫迎驾！”靳尚禀道。

怀王没有应他，吩咐侍卫长等候在门外，朝宫尹、靳尚努了下嘴，便大步走向柴扉。

柴扉是虚掩着的，并无门人。

靳尚噌地跳前一步，推开柴扉，迎请怀王。

“王上，”靳尚指向宅院，一脸是笑道，“就臣所知，屈大夫这个宅院在郢都当是独一无二的！”

“说说看，”怀王打量柴扉道，“怎么个独一无二了？”

“院中别无草花，只长四物！”

“是何四物？”

“兰、竹、梅、菊！”

怀王大步走入，果见院落阔大，放眼望去，果如靳尚所言，内中只有兰、竹、梅、菊四种植物，是分区种植的。最多的是兰花，占去绝大部分苑圃，而菊花只在甬道两侧，至于竹与梅，皆在周边。整个苑圃甬道纵横，错落有致。除四物之外，真还看不到一株野草，更不用说有杂植了。

老花匠蹲在兰苑里不知在忙些什么，见他们过来，只站起，拱手笑笑，又埋头干活。

前面是两排草舍，此时陡传来乐声。

“嘿，”怀王住步，听了一会儿，笑道，“这人倒是逍遥哩！”说着快步走去。

三人沿甬道走过第一排草舍，见到一块草坪，坪上坐着七八个乐手，皆着巫服，操弄着管弦金石。还有两个巫女动也不动地站在一侧。

怀王三人隐在草舍里。

一阵嘈杂的声音磨合过后，钟磬起韵，琴瑟和合，一曲巴山巫乐响了起来。

巫乐响了一阵后，一个身披白纱的女子随着节奏缓缓舞入草坪，令怀王、靳尚眼前一亮。

是白云。

白云的纱衣是由一层细细的蜀丝织成的，薄到她身体的每一个细节，无不展现在这白日的光里。但她似已进入某种法术状态，对周围的人事浑然不觉，顾自跳起一种怀王从未见过的奇怪舞蹈。

让怀王更为惊呆的是，随着白云的手招向一个方向，一个全身赤裸、头戴羽冠、只以一圈花环围在腰间以遮羞的男子跑了出来，走向那女子。

原来是扮作巴巫的屈平。

白云向他伸出手，拉住他的手。

巫乐舒缓。

白云拉住屈平走向草坪中央，停住脚，两只大眼如磁石般盯住屈平。

屈平也看向她，四目对视。

怀王觉出了屈平的不自在。

然而，在白云富有魔力的凝视下，屈平渐渐着了魔。

屈平的魔怔越来越大。

白云移动脚步，唱歌。

屈平跟着她动，跟着她唱。

怀王听不懂他们在唱什么。

白云越舞越快，而屈平就如一具木偶，随着她的舞动而舞动。

白云的舞姿越来越丰富，难度越来越大，而屈平竟如事先排练好似的，与她配合得恰到好处。

二人你来我往，你进我退，分分合合，合合分分，不知跳了多久，怀王的眼都看花了，总算听到舞曲缓下来，渐渐止住。

二人的舞蹈也缓下来，随着乐音停在场中心，依旧如刚开始那般，四手相拉，四目对视。

显然，二人仍在恍惚中。

怀王的两只眼睛死死锁在白云身上。

“王上，”靳尚看得真切，凑到他耳边，声音极轻道，“臣晓得这个女子！”

“哦？”怀王看向他。

“那晚臣与屈遥奉命召请景翠，刚好遇到屈平举办招魂仪礼。臣寻景翠，见他也在现场，就没打扰他，只站在身后观看。屈平扮巫阳，刚要招魂，却出现险情，乌云忽来，电闪雷鸣，眼见就要下暴雨。招魂最忌雷雨，因雷会惊到魂，雨会湿招幡，幡招展不起，魂就无所可依。大巫祝急了，上场协助，但止不住呀。屈平大急，跪在场上，正祈求中，这女子忽然上台施法，跳的正是此舞。她跳过之后，即刻风住云退，现出晴空。再后，她与屈平共同招魂。臣看到天上流光纷纷飞逝，说是众英魂归来了，全场无不流泪。然后，景将军就……就走出去，走到旷野，寻到一棵大树，挂到枝上。幸好臣与屈遥赶得及时，才救他下来，否则，王上就见不到景将军了！”

怀王“哦”出一声，眼珠子仍旧盯在白云身上。

“听屈平说，此女是个巴地祭司。”

怀王再次“哦”出一声，径直走出隐处，走向草坪。

怀王的两眼直直地盯在白云身上。

屈平背对怀王，而白云正好面对他们。

白云惊愕。

白云身子一抖，从行巫的恍惚状态中醒过来，见怀王已经走到屈平身后，屈平却浑然不觉。显然，他的身心依然在恍惚中。

怀王住脚，二目如炬，所有炬光都射在白云近乎赤裸的青春躯体上。

薄纱里面，纤毫毕现。

突然走进两个男人，且被面前之人这般盯视，白云极不舒服，拉着屈平的手一松，一个转身，便径自离去，款款走向她的草舍。

望着她的背影，屈平若有所失。

此时有巫女认出怀王，吓傻了，跪在地上叩首，不敢抬头。

所有巫女尽皆跪下。

屈平感觉到了异样，转身，赫然看到怀王。他先是发呆，继而窘迫。欲进礼，赤身裸体；欲说话，舌根发僵；欲逃走，腿脚不听。

怀王的嘴角浮出笑，轻轻鼓掌。

屈平依旧僵在那儿。

怀王看向靳尚。

靳尚不由分说，扯住屈平的手，将他拉进草舍，取下他的羽冠与花环，寻到他的衣服，匆匆为他穿上。

屈平的舌头总算是反应过来，急切问道："靳大人，这……这这这……这是怎么回事儿？"

"嘿，"靳尚悄声道，"在下也是不晓得呀。王上早早召我，约我见你，我们先到你府上，又寻到此处，见你柴扉开着，就进来了，谁晓得你们在……"

"唉，"屈平苦笑道，"这下出丑了！"

"你唉个什么？"靳尚诡诈一笑，"这又怪不得你，失礼也是大王的事。走吧，快去见礼！"

二人走到前面的草舍，见怀王已经坐在客厅的主席位上，宫尹立在他的身侧。

屈平入见，叩首道："臣……死罪！"

“呵呵呵，”怀王眉开眼笑道，“屈平哪，请起！请起！”

“臣……委实不知……”屈平再叩道。

“呵呵呵呵，”怀王扬手，“起来，起来，难道还要寡人拉你不成？”

屈平谢过，挨靳尚坐了。

“屈平哪，今朝寡人开眼界了！”

“臣……”屈平脸色涨红，再现窘态。

“不是别的，”怀王笑了下，解围道，“寡人指的是这个舞蹈。你俩跳得真好哇，寡人观舞无数，此舞却是不曾见过呢！”

“臣……谢王不罪之恩！”屈平拱手。

“你还没讲是何舞呢？”

“是巫咸大舞。”屈平不敢有瞒，便将根由详细禀了，“前些日，臣在荆门主持招魂仪礼时，天降雷雨，是巫咸山祭司助臣驱云，使臣不负王命。臣欲表达谢意，而祭司因初次下山，人地生疏，要臣提供食宿，臣不能不从。臣知祭司侍奉巫咸大神，而巫咸主司风云雷雨诸神，遂至太庙请来巫乐，求祭司教授她们沟通巫咸大神之法，以适时行云布雨，为楚人祈福。祭司不肯，因为巫各有奉，神各有司。臣再祈请，祭司见臣意诚，要臣起誓信奉巫咸之教。臣起誓，祭司于是教臣，也就是王上方才所见之舞！”

“巴巫祭司？巫咸大神？巫山云雨？”怀王重复了几句，朝屈平拱手道，“转告祭司，寡人谢她了，也谢巫咸大神了。告诉她，寡人择日另行祭拜，诚谢巫咸大神为我英灵驱散雷雨！”

“臣代祭司叩谢王恩！”屈平回礼。

“寡人此来，非为此舞，而是为这些！”怀王示意宫尹拿出三捆竹简，轻轻摆在前面的几案上。

是屈平的两个奏本与《商君书》。

屈平正正衣襟，拱手道：“臣谨听王示！”

“你的奏本，还有《商君书》，寡人全都看了，越看越是睡不着呀。”怀王指向宫尹道，“你可问他，寡人一连三天没有睡安稳，昨晚更是坐到天亮。方才在路上，寡人倒是打了个小盹，这又看了你俩的舞蹈，精气神就好多了，哈哈哈哈！”

屈平眼里潮湿了，良久，向天拱手道：“臣……臣代楚民感恩上苍！”

“咦，你谢上苍为何？”怀王惊异。

“天降圣王，楚民怎能不谢？”

“唉，”怀王长叹一声，“什么圣王呀。天降大才于寡人，若是要谢，也该是寡人来谢。”说完朝天拱手。

屈平原本便多愁善感，怀王几句暖心的话，就将他的泪水勾了下来。

“屈平哪，你奏得好呀，”怀王拿起一捆奏折，展开，眼睛却没放在奏本上，而是盯住屈平，似乎是在背诵他的表奏，“蜀国、巴国，秦人得之；汉中之地，秦人得之；商於谷地，秦人得之；秦人的下一步棋，必是谋我，而我无多少屏障可借。尤其是这商於，秦人若是乘筏由丹水、淅水顺流而下，我将防不胜防啊！”闭目，又道，“这还都是外。外敌，寡人不怕。寡人怕的是你的这一奏啊！”说着拿起另一本奏折，展开念道，“国多亡于内不治。”

靳尚睁眼望去，见案头展开的奏折上被怀王用朱笔圈起两列，赫然写的是：“……贵胄百僚朋比结党，无不醉生梦死，尽日饕餮，长夜欢娱，上贪国财，下争民利……”

“王上贤明！”屈平也瞥到了，拱手道。

“唉，屈平哪，”怀王又出一声长叹，“你点出的依旧是外，寡人的难处，还有许多你是不晓得啊。譬如说，这动兵的事儿。照理说，兵来将挡，可寡人手里并没有多少兵将。粗算下来，大楚共有军卒逾六十万，可寡人仅御六军，也就是六万，只占十分之一。人言楚天广阔，楚天之下，皆为寡人所辖，可寡人真正令行禁止的，也不过十分之一。再就是税赋，楚民所纳若为十成，封君占其四，朝廷薪俸占其三，寡人手中能够掌握的不过是区区三成。这三成中，两成是供养六军的，一成是供养宫室的，寡人手头连个应急的钱也没有啊。不瞒爱卿，就这辰光，寡人正在为那近万阵亡将士的抚恤金发愁呢！寡人旨令不足的金银由宫中支付，宫里却没有余钱，只能厉行节俭。节俭就要缩支，可宫里也是复杂得很哪，无论缩减到谁的头上，也都不肯依！”

“王上……”屈平欲言又止。

“屈平哪，”怀王给出个苦笑道，“你想说什么，寡人晓得。楚国这病，是老病，是囊肿，要治这病，得动刀子。可这刀子不是好动的呀，拔一发而疼全身。动皮连着肉，动肉连着筋，动筋连着骨，动骨连着髓。寡人思来想去，没有个解，”说着又出一声苦笑，抖动奏疏道，“这才赶到你这儿，登门求贤哪！”

“谢王上高抬！”屈平拱手，慷慨陈词，“既然是囊肿，就必须切除；既然是坏疽，就一定要割掉。否则，它是要害死人的。王上呀，我大楚几百年基业，断不能让一个囊肿毁于一旦啊！”

“屈平哪，”怀王看向奏折，“照你这表奏所说，囊肿可就不是一个了，而是一个连一个。怎么动刀，你可曾想过？”

“臣正在思考。”屈平应道，“臣以为，王上或可依从苏子所言，改制变法。”

“苏子是怎么言的？”

“苏子之意是，改造当年吴起在楚所行之法，使之因应方今实情。”

怀王沉思良久，又将目光落在《商君书》上：“屈平哪，你想没想过使用秦法？”

“臣想过，”屈平的目光也落在《商君书》上，“苏子当年入秦，就是冲着这本书去的。苏子想得大，想的是天下。苏子以为，若要结束天下纷争，就必须一统天下，而一统天下，唯有推行秦法。”

“是呀，是呀，”怀王连连点头，“此书寡人看过数遍，越看越觉得好哇。”说着不无感慨，“想当年，就是商君变法之前，凡有大事，秦人得看我大楚脸色。那时节，巴国是巴人的，蜀国是蜀人的，汉中之地是楚人、秦人、蜀人共分的，商城诸邑是秦楚结好时节先王送给秦人的结好之礼。秦有商城，楚有於城，两家虽在个别城邑有所冲突，大体仍是好的。所有的改变只在商君变法之后啊！”说完眼里射出从未有过的光又道，“寡人真的不敢设想，若我大楚也行此法，结果会是如何？”

屈平心头一凛，抬头应道：“臣倒是想到一个结果，王上想听吗？”

“你讲！”怀王目光热切。

"大王不再是大王，楚人也不再是楚人了！"

"为什么？"

"大王将不再是楚人之王，而是天下之帝。作为天下帝王，大王一声令下，天下莫敢不听，大王说一，天下莫敢说二。而楚人也不再是楚人，楚人与所有列国之民一样，皆是天下人。"

"这个好啊，寡人盼着看到这一天呢！"怀王兴奋道。

"可另外一些事情，大王或许不想看到！"

"还有何事？"

"大王或就听不到管弦，看不到霓裳，赏不到歌舞，读不到诗赋，品不到美味，尝不到佳酿——"

"这……"怀王急了，截住话头，"为什么呀？"

"因为这些皆是商君之法所严禁的！按照商君之法，所有楚民只被许可两桩事：一是耕，二是战。"

"寡人特许不就可以了吗？"

"若此，大王就涉嫌带头违法！按照商君之法，刑法面前人人平等，大王也不例外。商君初行变法之时，秦国太子违法，受割发之辱不说，其傅遭劓，其师遭笞，这是天下皆知的事！"

"这……"怀王皱眉了。

虽然看完了全书，但他真还没朝这儿想过。

"还有，"屈平接道，"无论是在这宫里，还是走出宫门，大王只能看到一种颜色，只能听到一种声音，只能使用一种度量，只能听到一种语言——"

"一种什么颜色？"

"大王喜欢的颜色！"

"不错呀，"怀王兴奋道，"寡人特别喜欢红色！"

"若此，大王将看不到除红色之外的任何颜色，譬如白色、灰色、橙色、金色、黑色……"

怀王这才意识到问题的严重性，沉思良久，抬头问："秦人是这么过的吗？"

"王若不信，可使人前往秦地验证。"

怀王长吸一口气。

“再有，”屈平缓缓说道，“如果有人违法，譬如说臣，该当腰斩，那么，臣的家人，臣的亲戚，臣的十邻，也就是离臣最近的十户人家，包括八旬老翁与三龄幼童，皆当处以相同刑罚！”

“这这这……”怀王急了，“这不合理呀！”

“可它合法，这叫连坐法。”

“为什么要连坐？”

“因为他们隐情不报！”

“如果他们不知情怎么办？”怀王揪心了。

“他们是没有办法证明自己不知情的。”

怀王苦笑，摇头道：“还有这法？”

“问题的关键是，臣并没有违法！”

“啊？”怀王的嘴巴张大了。

“臣是被某个人诬告了。”

“他为何诬告你？”

“臣不知呀，王上！”屈平两手一摊道，“或许因为他们惧怕什么，譬如说，万一臣真的犯了罪，他们可能会由于未能提前告发而遭连坐呢。”

“那……”怀王心犹不甘道，“你没有犯罪，不认就是！”

“臣不能不认呀，”屈平两手又是一摊，“大王的刑狱里有足够的刑具，臣……”

“这这这……这不是枉法吗？这不是人人自危吗？”

“这就是商君之法，王上！”屈平语调平淡。

“岂有此理！”怀王一拳震几，而后似又觉得不甘，看向靳尚，“靳尚，秦法是这样吗？”

“臣听闻秦法严酷，可未曾去过秦地，具体如何，臣亦不知。”靳尚淡淡一笑，不把话说死。

“咦？”怀王看向屈平，“屈平哪，你也没有去过秦国，怎么知道得这么清楚呢？”

“臣没去过，可苏子去过。”屈平将话扯回正题，“苏子居秦数月，亲眼见证秦法，觉得秦法上不合天道，下不合地理，中不合人伦，这才离秦返家，以锥刺股，苦悟制秦之法，终得合纵之术，成就六国纵亲，这些大王全都看到了！”

几日来，怀王好不容易打定主意效秦之法，却被屈平一席话否决，整个人都蒙了，勾头沉思。

“屈平哪，”良久，怀王抬头道，“秦法既不行，依你之意，寡人当以何策应对？”

“臣思来想去，大王只可奉行一策，就是苏子的纵亲长策，结六国之力，以遏秦势！”屈平给出解决方略。

“若结六国，我堂堂大楚岂不是与那些蕞尔小邦平分秋色了吗？”

“王上，臣有一问。”屈平盯住怀王。

“请讲。”

“王上是要效法三皇，成就天下圣王呢，还是想效法桀纣，成就一代暴君？”

“这这这……”怀王苦笑，看向靳尚，“这还用问？谁人想当一代暴君？”

“天下圣王，无一不视天下人为同胞，与天下人同忧同乐，与天下人共享天下。唯有天下暴君，才要独享天下，视天下人为草芥，让天下人奉其一人之乐！”

“屈平哪，”怀王再也无话可说，凝视屈平，不无感慨道，“寡人一直以为，你是一个多愁善感的人，不过是以诗文曲赋见长。真没想到，你的胸襟这般宽广哪！”

“大王过誉了！”屈平拱手道，“臣不过是想大王所想而已。自古迄今，天下万邦，莫不以德行、势力说话。楚地广阔，楚民众多，势力雄冠天下。只要大王德行天下，外奉纵策，内治法度，楚国之势必定是天下无敌，大王眼下的蕞尔小邦，能有谁不唯大王马首是瞻呢？天下皆听大王，秦国敢不听吗？秦国听从大王，大王再示之以德，要求他废除严苛之法，秦王敢不听吗？那时节，天下列国皆听大王，大王自然德化天下，岂不就是万古圣王了吗？”

“呵呵呵呵，”怀王笑了道，“寡人怕是活不到那么长远了！

不过，屈平哪，你这话，寡人爱听！寡人今日来，不是来谋长远的。”说着拿起案上的奏本，“你在这儿讲得好呀，国多亡于内不治。眼前之急，不是纵策，而是治内。寡人此来，就是要请你来治治这个内！”

“怎么治？”屈平问道。

“就从乌金始治！”怀王一字一顿道，“寡人明日颁发王命，就是你前番起草的，也由你付诸实施！”

屈平怔了。

作为文学侍从，他是无权推行王命的。

“上官大夫！”怀王看向靳尚。

“臣在。”靳尚拱手。

“从明日起，你放下其他事，只做一事：辅助屈平，推行王命！”

靳尚怔了。

二人面面相觑。

上官大夫等同于中原列国的上大夫，位居朝中列大夫之首。而屈平不过是个文学侍从，照理当由上官大夫辖制。此时怀王竟然让上官大夫去辅佐自己的下属，怎么听也是匪夷所思的事。

“王上，”屈平禀道，“臣为列大夫，靳大人是臣上官，臣……”

怀王看向宫尹。

宫尹从袖中摸出诏命，呈送怀王。

“屈平，你看看这个！”怀王将诏命递给他。

屈平接过，展开，呆在那儿。

诏命赫然写着“左徒”二字。

左徒为楚宫中权力最重的官，再上一步，就是昭阳的令尹大位了。

“左徒大人，还不谢恩？”怀王笑吟吟道。

屈平这才反应过来，忙手奉诏命，起身，跪叩道：“臣屈平谢王厚遇！”

“呵呵呵，起来吧，”怀王抬手，“左徒大印，明日寡人朝堂上颁！”说罢起身，转对宫尹道，“起驾！”

次日怀王大朝，迁屈平为左徒，并颁布诏命，严禁乌金等系列产品的边贸，其中列明，无论是何产品，只要内含乌金，皆在被禁之列，违者严惩。

此令一出，满朝震惊，尤其是子启。

子启忙将诏命抄写一份，赶至纪陵君府宅，见偌大的厅堂里坐的尽是人，看人头不下三十。王叔居于正中主席，彭君、射皋君分坐两侧，人手一长卷账册。

在场人的表情无不喜庆。

这是一个喜庆的日子。负责犁铧贸易账务的彭君、射皋君已将首批四万只犁铧的账款全部厘清，正在公布红利。

子启进来时，射皋君正在宣读账款。

子启迟疑了一下，在后面坐下。

射皋君宣读完毕，负责监督的彭君认定射皋君所公布的账目确凿无误，之后，看向王叔。

“诸位亲友，”王叔拱手一圈，“承蒙大家看得起芈楸，信任芈楸，将真金白银投给芈楸，芈楸难以表达感激，只有尽心尽力，为大家谋福谋利。此番犁铧贸易，诸位红利翻番，可喜可贺。俗语云，亲兄弟，明算账。任何人只要对首批货物的账目有所质疑，就可向他们二位发问，求请详细。生意讲的是赔赚，但无论是赔是赚，账目都要算在明处，是不？”

众王亲纷纷摇头，表示没有疑问。

“既然没有疑惑，”王叔再次抱拳道，“芈楸就视作过了。今日大喜，芈楸聊备了薄酒清汤，请大家开怀畅饮。”说罢击掌。

府宰应声，早已等候的仆从络绎不绝地将美酒佳肴皆端上来。众亲就在厅堂吆三喝五，投壶行令，狂欢起来。

子启向王叔招手。

王叔走出，与子启走到偏厅。

子启呈上刚刚颁布的王命诏书。

王叔看过，脸色沉了。

如此重大之事，怀王事先竟然未向“过问工贸诸事”的王叔征询意见，甚至未透给他只言片语，就直颁王命了！

当然，怀王有理由这么做，王叔毕竟只是过问，且已是先王的授权。作为大楚新王，怀王大可以不予征询。

王叔闭目。

彭君、射皋君也都看到子启招手，随跟了过来。

王叔没有睁眼，只将诏书递了过去。

二人看过，各吸一口冷气，看向王叔。

“是昭阳吗？”王叔说话了，显然是问子启。

“今日大朝，昭阳没到。”

“哦？”王叔睁大眼，紧盯子启。

“就小侄所知，这事儿与昭阳无关。”

“不是昭阳，又是谁撺掇的？”

“屈平！”

“他一个案前弄臣懂个什么？”彭君一脸不屑。

“彭叔，”子启苦笑一声，“从今日始，他不是弄臣，而是左徒了。”略顿，又道，“这且不说，父王还将靳尚、昭睢、景鲤、屈遥等几个干练人手，划拨左徒府辖制！”

“什么？”射皋君暴跳起来，“竟然连上官大夫也归他管？”

“屈平？”王叔重复了一句，“听说此人文采不错呀！”

“是哩。”子启应道，“十三岁写出《橘颂》，十六岁参与苏秦合纵，为六国起草盟誓。父王惜其才，封他为文学侍从。几日前，此人奉王命前往荆门为王师英灵招魂，遇大雷雨，吹断旗杆。但此人得巴巫相助，不仅将云雨驱走，还真的施出法术，让天上落下流星雨，说是亡灵归幡，众皆惊叹。今日迁任左徒，是破格擢升，连晋三阶！方才退朝之后，朝堂都炸了！”

“看来你是知他了！”

“父王身边的人，小侄不敢不知。”

“此人可有弱处？”王叔看向他，“譬如说，金银、奇珍、奴仆、田产？”

“无一是其所好。”

“美人呢？”

“就小侄所知，”子启略略一想，接道，“此人颇得女人缘，郢都贵妇、才女，包括父王身边的宠妃，均争相诵其诗赋，慕其才情。名门闺秀私底里议起，莫不以嫁他为幸。不过，迄今为止，小侄未曾听闻他与哪个美人有染！”

王叔闭目，有顷，出声道：“彭弟，听说昭鼠手中有个彩壶，你可见过？”

“见过一次，”彭君接道，“昭鼠当个宝，听说花了大价钱，藏得紧哩。”

“把它搞来。”

“呵呵，”子启笑了，“王叔看上了？”

“想过过眼。”

“啥？”子启震惊道，“他那个破玩意儿小侄见过多次，拿来做夜壶还嫌不中看呢，怎么能过王叔的眼？”

“唉，”王叔苦笑道，“你呀！”说罢摇头。

“好好好，”子启吐了下舌头，“小侄这去讨来就是！”

“王叔，”射皋君一脸惆怅，“第二批的三万只犁头估计快备齐了，这货……还要发不？”

“发！”子启握拳道，“否则，还要金节做什么？”

“唉，”王叔轻叹一声，“还是等等吧。是好事，就要多磨。”

“等不得呀，二哥！”射皋君急了道，“按照契约，三个月内要交第二批货，屈指算来，这辰光已快到了！”

“唉，”王叔再叹一声，“王兄出此禁令也不是空无来由啊。淅水之战你们也都看到了，秦人是拿我们的乌金制成的兵器啊！”

“二哥呀，”射皋君急辩，“秦人的乌金兵器哪能扯到咱的犁头上呢？咱这犁头从交付秦人到淅水开战，满打满算不过半月，秦人工匠就是日夜不睡，也打造不出这么多的兵器！这是风马牛不相及的事！”

“相及与不相及，你们自己还不清楚？”王叔盯了他们一眼，“这几年，你们还不是明里暗里把这乌金卖给秦人？”

射皋君咂巴一下嘴皮子，不再吱声。

“王叔，”子启接道，“我们本大可不必与秦人争，是昭氏、景氏那两个东西鼓捣大王打这一仗的，景氏是为於地十五邑，昭氏则是与齐人撕扯不清，这里面有猫腻！”

“我在想，”王叔若有所思，“万一秦人真将这些犁头铸作矛头呢？”

“王叔，”子启应道，“铸与不铸是他们的事！彭叔说得是，我们没必要与秦人争。别的不说，单是这淅水之战，秦人没有增兵，没有垒墙，还把涅邑、黑水关让给咱，这说明人家就没准备打，是我们要打。再说，秦室的人跟咱一样，也是只想发财的。张相国还在为咱保媒，如果保成了，咱与秦室就是一家亲呢。”

“是呀，是呀，贤侄说得是！”子启的话音尚未落地，彭君、射皋君便连声应和。

王叔没有说话。

一阵长长的沉默之后，王叔抬头，看向子启：“贤侄，你去一趟靳大人府上。”

“做啥？”

“咱这生意，靳夫人出了本金，今朝结账，她没来。你与彭叔算一下，将她的利钱结了，送到她府上！”

“二哥，咋结哩？”彭君小声问。

“三倍利！”

“这……”彭君咂巴了一下嘴皮子，“满打满算，搭上人工，我们才赚两倍利，其他人都只结一倍，却给她结三倍，净赔不说，若是漏出风去，咋个解说呢？”

“算账去吧。”王叔闭上眼睛。

于靳尚来说，自昨日凌晨被怀王叫走，直到此时回家，一连十二个时辰，每一个时辰都是熬过来的。

左徒这个席位，无论如何排序，都该是他靳尚的。自十六岁那年当上太子侍卫至今，一晃竟是二十来年，即使没建功勋，苦劳也是该的。可它……偏就在眨眼之间，也在他最不经意之间，轻轻飘飘地就到了他屈平的屁股下面。他屈平有何能耐？不就是能写几首诗赋吗？什么长策短策，完全都是胡闹！

靳尚越想越郁闷。后晌，屈平请他入府议事，没议多久，他就头疼欲裂，额上沁汗，极是难受。屈平急了，请来医师诊脉，医师说他虚火攻心，开出几剂祛火的药，让他回府煎服。

靳尚提上药包，驱车回府。

家宰迎上，靳尚将草药扔到他怀里，要他煎熬，随后便转身走向寝处。这辰光，他什么也不想，只想美美实实地睡上一觉。他晓得自己为啥头疼，因为昨夜里他自个儿折腾了一宵，根本就没有睡。

天尚不黑。

靳尚走进内室，边走边脱官袍。

响声惊动了室内，一阵凌乱过后，一人噌地跳起，啪地关上了什么，一屁股坐在上面，待看到是靳尚，方才长长地吁出一口气，连拍胸口："哎哟我的娘耶，你这是要吓死人哩！"

是他夫人。

"咦，"靳尚将官袍脱下，挂在衣冠架上，走到榻边，在榻沿上坐下，看向她道，"大白天的，你不在外面招呼家事，守在这儿做啥？"

"嘘——"靳夫人打了个手势，指指屁股下面。

靳尚看过去，是只精美的礼箱。

"哪儿来的？"靳尚盯住箱子。

"天老爷送来的！"靳夫人压抑不住兴奋，"夫君，你猜，箱中盛着何物？"

"丝绸？"靳尚踢掉靴子，躺到榻上，拉被角盖住肚子。

"不是。"

"珠玉？"

"不是。"

"猜不出了。"

"哎呀，瞧你笨的。本夫人提示一个，黄颜色！"

"不会是金子吧？"

"哎呀夫君，你真是灵光哩。再猜猜有多少？本夫人先提示一下！"靳夫人伸出三个指头。

“三镒？”

“不是。”

“三十镒？”

“不是。”

“总不会是三百镒吧？”

“哎呀夫君，你真是灵光哩！”靳夫人啪地打开箱盖，“夫君请看，黄澄澄的，方才我正在数哩！”

天哪，是三百镒金！一镒为足金六两，三百镒就是足金一千八百两！

靳尚噌地从榻上跳起，一步跳到箱前，看向箱中，果是一箱黄金，一镒一块，码得满满的。

“哪里来的？”靳尚屏住呼吸，盯住她问。

“本夫人赚来的呀！”靳夫人不无自豪地道，“甭以为就你会赚钱，是不？”

“你……”靳尚高度紧张道，“怎么赚来的？”

“本夫人将咱家中的余钱投作本金，这些只是利金，本金还没收回来呢！”

“利金？三百镒？”靳尚不敢相信自己的耳朵，有顷，又盯住她问，“多少本金？”

“一百镒。”

“一百镒？利金三百镒？”靳尚闭了会儿眼睛，“放进去多久？”

“三个月，一个月净赚一百！”靳夫人压低声音道，“夫君，你再猜猜本夫人是投给谁了？”

“谁？”

“王叔呀！”靳夫人压住兴奋道，“三个月前，王叔夫人寻到我，向我讲起一笔生意，稳赚不赔，问我要不要投点儿。王叔的生意，谁能傻到不做？本夫人二话没说，就让家宰盘查账目，将所有的外账全收回来，刚好凑够一百镒，我亲手交给王叔夫人了。嘿，我还担惊受怕呢，一直没敢对你讲，没想到才三个来月，就赚了这么多！”

“唉，”靳尚长叹一声，“夫人哪，你……”然后一个劲儿地摇头，“赚这三百镒不打紧，可就是把你的夫君拖进坑里了！”

“啊？”靳夫人震惊道，“啥坑？”

“说给你，你也不懂，唉！”靳尚复叹一声，退回榻边，咚地躺下，拉过被子，蒙头盖上。

将三百镒金送给靳夫人之后，子启憋着一口闷气，径直回府，从府宰口中得知，有一个人在客堂候他多时了。

子启大步走进客堂。

闻声迎出的是车卫秦。

子启晓得车卫秦是为何而来，硬着头皮见完礼节，便拱手笑道：“上次见面，一晃竟是月余，芈启方才还在与王叔他们念叨车兄，说要得空寻访车兄呢，车兄可就来了！”

“谢公子挂念，”车卫秦回礼，“在下早说要来拜望公子并王叔的，可公子晓得，要将那些犁头运到咸阳，真还不是个易事，方方面面都得安排呢。好不容易脱出身，在下便紧忙赶来。”说着指向一侧，“公子请看，在下为公子并诸位王叔带来什么了？”

子启这才看清堂中靠柱处摆着四只箱子，箱盖上打着封条。

子启晓得箱中是何物，却故作不知，看向车卫秦。

“前番那四万只犁头，张相国并几位王室公子尽皆验过，赞说货真价实，正好用于秋耕。公子晓得，关中多种冬麦，寒露之前，秦国最大的农事便是耕地，老秦人为此不知吃过多少苦呢。今年得了这些犁头，老秦人可以松口气了。”说着车卫秦指向箱子，“箱中之物是第二批三万只犁头的一半费用，另外一半，在下使人送到射皋君府上了，主要是为避嫌。”

“货还没送呢，怎能收款呢？”

“我也是这样说，是於城君一定让送。”车卫秦摇头道，“唉，於城君是性情中人，不晓得生意是怎么做的，只觉得与公子并几位王叔投缘。前些日大王出兵征伐，驻守於城的魏将军出于不得已，在淅水与景将军起了场冲突。尽管是出于无奈，但毕竟是有所得罪。於城君怕公子与几位王叔心生不快，定要在下先付款，后验货，好让几位王叔定心。於城君向来一言九鼎，在下不敢有违呢！”说着从袖中摸出一册，“箱中之物，详细账目皆在此册，公子可让下人拆箱验证，万一缺斤短两，或货色不纯，在下再做补偿。”说罢双手呈送账册。

“谢於城君，谢车公子信任！”子启接过账册，置于案上，拱手谢过，又做出一个苦脸，长叹一声，“唉！”

“启公子何以长叹？”

“车兄啊，”子启复叹一声，苦笑道，“这几箱东西怕是还得麻烦你再带回去！”

“哦？”车卫秦很是惊愕。

“车兄请看这个！”子启缓缓掏出王命诏令。

“呵呵呵呵，”车卫秦读过，将诏命递还，笑过几声道，“这个诏书，於城君已经料到了！”

“哦？”这下该子启惊愕了。

“不瞒公子，”车卫秦压低声音，“於城君之所以预先送出这几箱东西，就是想到大王会出这个诏命。”

“可诏命一出，生意是没办法做的！”

“哈哈哈哈，”车卫秦笑道，“看来公子是没有读过《易》啊！”

“此话怎讲？”

“什么叫《易》呢？易就是变。什么是变呢？变就是通。变则通，不变则不通。自古迄今，上有王命，下有变通，这是万古之理。”

“这……”子启眨巴了几下眼睛，“怎么个变通？”

“敢问公子，大楚的关是怎么禁的？”

“是关卡里禁的！”

“那公子交货时，不走关卡不就得了！”

“这……凡是大道，都有关卡，不走关卡如何能行？”

“大道设了关卡，小路呢？旱路设了关卡，水路呢？在这大楚地盘，依公子的身价、才智，公子若想做什么，有谁能拦？又有谁敢拦？何况还有王叔，还有那么多大楚封君。常言说，法不责众，无论是谁，都不会傻到断绝所有人的财路，是不？”车卫秦压低声音道，“就公子所知，秦法严酷不？可公子也都看到了，来与公子做犁头生意、闷头发大财的都是什么人？皆是王亲。像在下这样的，尽管是功臣后人，也只能是个跑腿干活儿的料，人家赚大箱银子，在下也就是赚点儿血汗铜钱。所有这些，你以为秦王他不知道？他清楚得很，他不过是睁一只眼，闭一只眼而已！他不能不闭呀！因为这些人中，哪一个都与他秦王连着筋、通着气、和着血呢！”

“那……”子启怔了下道，“启却听说，秦法不容情，连太子犯禁，也都……”子启顿住。

“哈哈哈哈，”车卫秦又是一阵长笑，“这你也信？什么叫法？法是王颁的。王可颁法，自然也可断法。再说，王的法是哪儿来的？是大臣拟写的。哪一个臣能蠢到写出一个连自己也一并在禁的法呢？不可能。哪一个王能颁一个连自己家人违禁也要杀头的法呢？不可能。自古迄今，所有的法都是颁给百姓看的，都是吓唬百姓用的！譬如说当年太子犯禁的事，你以为真的惩罚了他？那是先君做给天下人看的！刑嬴虔的鼻，割太子的发，杖公孙贾的屁股，都是商量好的，为的就是做给天下人看看，让他们守法！秦国的事你也都看到了。秦法是商君搞的，先王在时，商君难道就没有违法过？可商君受过刑吗？执商君法的所有人受过刑吗？没有。商君之死是在先王崩天之后，商君功高震主，叛乱谋变，方今秦王才杀他！”

车卫秦的一番大论彻底震慑了公子启。

“受教了！”子启抱拳，随后看向四只箱子，“在下相信公子，箱中之物，在下暂且收下，量数就不必验了，公子莫要多付就是！”

“哈哈哈哈，”车卫秦大笑几声，“在下不是於城君哟，多付一镒，就得自赔一镒哟！”

二人说笑了几句。天色已晚，子启要安排宴席，被车卫秦拦住。

“启公子，”车卫秦笑道，“在下此来，一是履於城君之命，二是还想与公子搭伙做个买卖。”

“这个好哩，”子启鼓掌道，“芈启别无他好，只对赚钱的事有兴致！”于是倾身道，“什么买卖？”

“公子若有雅兴，就随在下走一遭！”车卫秦拱手邀道。

子启召来府宰，将账册并四只箱子交付他登记入库，然后便跳上车卫秦的辎车，随他来到郊外一个隐秘处所。

迎接二人的是天香。

宴席没上多久，车卫秦便借故走开。天香则施展本领，将子启勾了个神魂颠倒，喝了个酩酊大醉。

半梦半醒之中，子启领教了天香的房中绝技，惊为天人。

翌日晨起，用早膳时，车卫秦又来了，带着秋果作陪。

用完早膳，天香、秋果携手离开。

“启公子，”车卫秦盯住子启，笑道，“昨晚睡得好不？”

“啧啧啧！”子启连声赞道，“这女人简直是个天人！”随后压低声，“不瞒你说，在下也算是阅女不少，可此女这等功夫，在下真还没有经历过呢，真叫个妙不可言哪！”

“哈哈哈哈，”车卫秦笑道，“公子是个识货人哪。”说着也凑近他，压低声道，“公子可知一个叫天竺国的地方吗？”

子启摇头。

“那个国里的女人，擅长房中之术，叫六十四艺，艺艺惊人。昨日陪公子的叫天香，幼年流落西戎，遇到一个从天竺国来的巫人，得学此艺。公子昨夜体验，不过是区区几艺而已。待咱这个生意立起来，公子就可体验所有技艺，在下保管公子欲仙欲死呢！”

“天香就是天竺国的香了？”

“正是。”

“啧啧，”子启赞道，“怪道她这般厉害！”

“不止是她一个呢！”车卫秦应道，“天香手下有几十名女子，个个皆知六十四艺！只要公子有此意向，你我合力在郢都立个香楼，保管生意好做！”

“成！”子启伸手。

二人紧紧握手。

“早膳时你带来的女子，又是何人？”子启问道。

“公子相中了？”

“呵呵，”子启笑了道，“这倒不是。只是车兄带来之人，想必都是不一般的！”

“公子眼毒啊！”车卫秦竖起拇指道，“此女将是我们香楼的第一品！”

“哦？”子启惊道，“她有何艺？”

“应该没有艺吧。”

“啊？”子启愕然道，“没有艺，为何是香楼的第一品？”

“因为她是一个人的义女！”

“谁的？”

“苏秦！”

子启两眼大睁。

“她还两次救过一个人的命！”

“救过谁？”

“苏秦！”

子启长吸一口气。

“她还生活在一个人的身边不下十年！”

“不会又是苏秦吧？”

“让公子料中了。”

“那……她是不是与苏秦……那个……”子启顿住，用目光征询。

“苏秦是她义父！”车卫秦一口否决。

子启又长吸一口气。

“让此女做香楼的招牌，公子以为如何？”

“不可！”子启急道。

“哦？”

“这是个奇女，本公子收了！”

车卫秦鼓掌。

接后数日，子启让出一栋位于郢都核心区的奢华客馆，由车卫秦作价入股。前后不过旬日，此楼就被车卫秦使人装饰一新，门首大匾上，“品香楼”三个用脂粉涂色的大字赫然夺目。

华都丽日，艳阳高照。

一堆爆竹响过，鼓乐声中，以天香为首的众香粉黛登场，品香楼正式开张。楼里楼外，张灯结彩，管弦乐中，佳丽竞技。远在门外三十步处，就可嗅到一股又一股扑鼻而至的西域异香，窥见到各色各样的俏脸，玉体弄姿。

在子启等公子的高调宣扬下，不消数日，满郢都的富家公子、达官贵人大多晓得此楼了，离楼百多步的拴马场也渐次猛闹起来。

接到子启的紧急指令，昭鼠不敢怠慢，忙将他的宝贝陶壶小心翼翼地做了防震包装，带着它昼夜兼程，一路颠簸地赶到郢都，未进家门，便直接入见。

子启审过陶壶，赞扬了几句，然后指壶道："昭大人，这只老壶本公子借用几日，你甭心疼哟！"

"这……"昭鼠怔了道。

"是王叔要借！"子启笑道，"本公子才不稀罕你的这个破壶呢！"

昭鼠两手抱头，良久才抬头道："敢问鄂君，王叔欲借几日？"

"咦？"子启眼睛圆睁，"王叔借几日，你问我，我哪能晓得哩？这破壶真要是让王叔看上了，该是它的福气才是！即使你白送给我，拿它撒尿我还嫌难看哩！"

昭鼠吧咂了一下嘴唇，缓缓站起，拱手道："公子若是无事，下官这就回家了！赶路太急，有点儿不舒服呢。"

"哎哎，甭急，还有一事！"子启拦住他，"各地回收的犁头，到货多少了？"

"二万五千。"

"其他呢？"

"不足一万。"

"打总儿是三万五千！"子启自语一声，沉思有顷，道，"你先回家吧，不可乱走，休息几日，候我的话！"

昭鼠走出府门，上车之际，回身狠唾一口，随后疾驰而去。

昭鼠没有回家，而是直驱昭阳府宅。

昭鼠不期而至，昭阳惊喜有加，忙让昭睢安排酒菜，呵呵乐道："贤侄呀，阿叔昨晚还在与昭睢念叨你，他说你在宛城混得不错，真正好哩。阿叔老喽，你们几个年轻人能够立事，阿叔死亦瞑目矣。"

"阿叔，"昭鼠抹泪道，"您给小侄安排的这个差事，苦哩！"

"哦？"昭阳惊愕道，"说说，出啥事了？"

昭鼠遂将那只陶壶的事扼要述过，随后恨道："鄂君启，还有射皋君与彭君，除敛财之外，狗屁不通。他们仗着是王亲，任谁也不放在眼里，包括景叔！"

"是呀，是呀，"昭阳叹道，"人家是王亲，这是没有法子的事儿。那只壶，他们要，你给他就是。这个世上好东西多的是，对不？你回来得正好，咱叔侄说说宛城的事。近些日朝里闹大事，多与你的宛城有关。关于这乌金，阿叔早想问问你呢。"

昭鼠将他所知道的犁铧诸事详细禀过。

"十万只犁头，"昭阳屈指算计着，"一只犁头重约三斤，乌金总重当是三十万斤。一只炼炉一个月产出三千斤，三十只炉产出九万斤，三十万斤需要三个月……"说完闭目。

"阿叔呀，"昭鼠接道，"这是不可能的。炼炉虽多，矿石却难。矿地在东南山，少说也离鄂地二百多里。"

"咦，为何不将炼炉直接放在矿地？"昭阳倒是惊讶了。

"阿叔有所不知，"昭鼠详细介绍道，"矿地没有石炭呀，寻常木炭烧不化矿石。石炭的产地在鲁关外面，那儿有个平顶的山，山下面埋的净是石炭。石炭也叫煤，火力猛，但运到矿地就不合算了。鄂地刚好位于乌金矿地与石炭矿地的中间，所以适合修建炼炉。石炭好运，运来也都好用。只是那矿石，好不容易运来一车，砸碎熔化，运气好的能出个两三斤，运气不好，多少能出一点儿就算不赔，最倒霉的是一点儿也熔不出呢。好在这乌金，一旦炼出来就不会报废，可以反复使用，就像黄金一样，只要不丢，只会是越来越多。"

"呵呵呵，原来如此呀！"昭阳捋了一把胡须，"看来这几年贤侄长进不少。"随后敛笑，倾身道，"贤侄呀，就眼下情势，如果不出老夫所料，子启召你回来，不只是为那只壶，一定还为你手里的犁头。你等着看，好戏在后头呢。"

说话间，昭睢报说酒菜备好了。

昭阳刚要吩咐开宴，家宰邢才进来禀道："主公，陈大人喜得公主，下人送来喜帖，小人已经打赏过了，这是喜帖！”说完呈上喜帖。

“呵呵呵，今儿是个好日子哩！”昭阳指着酒席，看向昭雎道，“昭鼠呀，陈大人有喜，阿叔就不陪你了。雎儿，把族上几个兄弟召来，为昭鼠洗尘！”

昭雎应过，召来昭鱼、昭盖、昭蒯、昭应等几个昭门兄弟，陪昭鼠饮酒。

昭阳出得门来，让邢才弄了个礼箱，使下人抬起，直入离他家不远的陈轸府。

陈轸满面春风，迎出府外，将昭阳让至客堂，喜滋滋地从内室抱出一个襁褓，递给他，呵呵乐道："老哥呀，你这个小侄女刚到世间，在下谁都舍不得让看，一定要先过过老哥的眼！”

昭阳接过，审视婴儿。

孩子睡着了，两眼眯着。

昭阳抱了一会儿，递还给陈轸，捋了把胡子道："嗯，咋看都像陈兄，只是这鼻子、颜色稍稍不同，鼻梁子要高些，颜色要白些！”

“呵呵呵，”陈轸乐了，“不瞒老哥，在下要的就是这个。刚出来那辰光，嘿，一声不哭。稳婆说，不哭不成呀，让我打屁股。我哪舍得打呢？终了是稳婆狠，照她的小屁股啪啪啪啪连打几巴掌，她这才哭。一哭不打紧，声音那个响呀，好听死了。还有她那眼珠子，一边哭，一边滴溜溜儿乱转，蓝颜色，跟她娘的一模一样！”

“她若长大，一定是倾国倾城哩！不知是哪家的小哥有福气娶她！”

“哈哈哈哈，”陈轸笑道，“在下早想好了，待娃子生下来，若是儿子，就娶老昭家的闺女；若是闺女，就嫁给你们老昭家。这不，老哥怕是想推也推不掉喽。”

“哈哈哈哈，”昭阳大喜道，“你给我的儿媳妇取个啥名？”

“玉。”

“啥玉？”

“当然是我陈氏家的玉喽！”陈轸诡诈一笑，“不是你老哥家的那块宝璧！”

“玉”字让人想起当年被陈轸丢进云梦泽中的那块和氏宝璧，昭阳不免一阵心疼，老眉皱起。

“唉——”见到昭阳这个表情，陈轸如演戏般做出个苦相，发出一声抑扬顿挫的长叹，“好老哥呀，轸弟这心里苦哇。”

“哦？”昭阳抬头，“贤弟还有何苦？”

陈轸将婴儿递给女仆，让她抱走，然后夸张地摇头：“唉，轸弟折腾了几年，竭尽股肱之力，好不容易弄出个崽子，却又终归是你们老昭家的，唉，叹只叹我这……陈氏一门，唉……”

“呵呵呵呵，”昭阳乐了，“贤弟再加一把劲儿就是！”

“也只能如此呀。”陈轸两手一摊，“怕是又得折腾几年！”说着盯住昭阳道，“观老哥喜气冲天，不会仅仅是为得了这个儿媳妇吧？”

“是有个好事情哩！”昭阳压低声音，将犁铧及王禁诸事略述了一遍，末了道，“不瞒贤弟，那帮王亲，在下早就看不顺眼了。”

“老哥为何看不顺？”

“贪哪！”昭阳恨道，“上自五金，下至油盐，在大楚这块土地上，凡是能够生财的东西，没有他们不想占的！”

“哈哈哈哈，”陈轸长笑几声，凑近昭阳，神秘兮兮道，“在下得了个准信儿，不知老哥想不想听？”

“你说就是。”

“在宫前大街，就离你此处不远，近日新起了一个香楼，听说里面货色不少哩。”

“香楼？货色？”昭阳眯起眼道，“什么货色？”

“美人呀！”陈轸声音更低了，“在下逛过一次，又使人逛过一次，嘿，里面是活色生香哩。列国美女，各色各样，有滋有味，还有几个小白妞儿，虽说赶不上你弟妹当年，却也是异域风情，引得楚国男人翘首以盼哪。”

“这……”昭阳吃不准他想说什么，眉头皱起道，“陈兄呀，今朝你得公主，是大喜日子，哪能讲起那些青楼里的龌龊事来？”

“不是青楼，是红楼呀，楼里楼外，那颜色真叫个一片红呀。就连门楣上的三个字，也是脂粉色的，听说是用胶膝拌了香粉、脂粉糊上去的，大老远就能嗅到香呢！”

陈轸越解释，昭阳越不解，眉头拧得更紧了。

“哎呀呀，老哥您怎么不开窍呢？”陈轸急了，凑近他道，“轸弟再讲给你，香楼里的女人不仅香，活儿也做得好啊。甭看老哥御女无数，但轸弟敢说，您真还没有品过这等风情！”

“什么风情？”

“天竺风情！”

“天竺风情？”昭阳愈加不解。

“天竺六十四大法术！”

“这……”昭阳蒙了，“什么六十四大法术？”

“就是男女房中的法术呀！”陈轸越发来劲了，“嘿，细品起来，譬如说，抓挠，”说着比划抓挠动作，“有八种抓法，就是八种挠法，老哥没有听说过吧？还有咬啃法术，也是八种。再有就是拥抱的八种法术；体位，八种；亲嘴，八种；还有那个交合……”

“这这这……”昭阳毛了，咳嗽了几声，肃神道，“陈老弟呀，这不是你的风格呢。你究竟想说什么，这就直说出来！”

“哈哈哈哈，”陈轸大笑几声，“老哥果是痛快人！”随后凑前道，“在下不想说什么，只想与老哥搭伙做笔生意！”

“什么生意？”

“也立一个楼。”

“什么楼？”

“元亨楼！”

“元亨楼？”昭阳眯眼，沉思一时，突然一拍脑袋，“在下想起来了。听闻当年魏之安邑有这么个楼，说是楼中有鬼，老白家的金子全被这个鬼吸进去了，后来，是庞涓……”昭阳想起庞涓是陈轸对头，便止住了。

“呵呵呵，”陈轸竖起拇指，“老哥好记性。老哥可知，那个楼是谁开的吗？”

昭阳摇头。

陈轸指指自己的鼻孔。

“哦？”昭阳瞪大了眼睛。

“如何？老哥肯搭伙不？”

“这……”昭阳急道，“钱是好，但咱不能这么赚呀！再说，就在下所知，陈兄理当不差钱！”

“啥人能嫌钱多，是不？”陈轸笑道，“譬如那些王亲，他们差钱吗？他们的钱十辈子也花不完，而且他们还有封地，只要封地里的人不死绝，他们就会一直有钱，可他们为什么还要卖犁头呢？为什么还要立这个品香楼呢？”

陈轸绕来绕去，昭阳这才明白他想绕的是什么，眼珠子瞪得溜圆。

“昭阳老哥，”陈轸点出他的名讳了，“你可知道，在安邑之时，在下为什么要设那个元亨楼？”

昭阳摇头。

“因为那个眠香楼！”陈轸一字一顿。

“赌楼与青楼有何关系？”

“那个眠香楼是秦人立的，楼里有一个名叫天香的，勾走了魏国太子的魂！”

昭阳目瞪口呆。

“如果在下的老眼没有看错，那个天香，此时就在郢都，就在品香楼里，且还勾走了方今王子，鄂君子启的魂！下一步她会勾谁，在下可就不敢想喽！”

显然，事情闹大了。

“天香在安邑卖身，秦人便得了河西。天香这辰光来到郢都，在下有个预感，秦人要得的怕就不是一块区区的商於喽。”

昭阳倒吸一口冷气。

昭阳渐渐握拳。

昭阳的老拳咚的一声砸在几案上道：“看我把它封了！”

“老哥怎么封？”陈轸笑笑，摇头道，“大楚王法，没有禁娼。有人卖春，有人买春，这是生意。人家在做合法生意，老哥凭什么去封？再说，出房子的是启公子，说不定还有王叔。老哥掂量掂量，你敢封启公子和王叔的生意吗？”

昭阳不吱声了。

厅中静寂。

不知过了多久，昭阳下定决心，抬头看向陈轸道："兄弟，听你的。你说，你的这个楼该怎么立？"

"在下相中一个宅子，就在品香楼的对过，听家宰说，那楼是你们昭家的。"

"我送给贤弟！"

"不是送给我！"陈轸连连摆手，"是我们搭伙。你出硬货，就是房舍、装饰，在下出软货，就是做生意的人。生意所得，你我五五分成！"

"你有什么人？"昭阳问道。

"元亨楼的原楼主呀，他叫林东，是个鬼精鬼精的人，他身边还有一个叫桃红的女子，那也是个人精。有他们二人在，我们这个生意想不火也不成呀！"

"他们在哪儿？"

"应该还在安邑。"陈轸笑道，"相信他们舍不得我的那个楼呀，那是搬不走的。不过，生意也应该很差了。只要在下召请，他们不会不来！"

昭阳再无二话，当即召来邢才，吩咐他一切听从陈轸，在品香楼对面筹设元亨楼。

子启带陶壶入见王叔，见他正与射皋君、彭君说事儿。

"王叔，"子启吩咐下人将陶壶抬到厅中，呵呵乐道，"您要的这个破壶，小侄已经弄到手了。"

王叔摆了下手，指向一个角落。

子启让下人将壶抬过去，然后寻了个席位坐下。

"刚刚使人请你，人应该还没到你府上呢，你竟就来了！"王叔给冲他一笑。

"早说要过来呢，还没出门，昭鼠到了，送来这个破壶。"

射皋君语气急切地问："昭鼠说啥没？"

“备足三万五千只了，随时可以装运。还差两万五就能到十万足数，再过两个月当可筹齐。”子启赞道，“没看出来，这人竟是个干将！”

“总觉得此人不靠谱。昭府的人，我真正不放心呢。”彭君看向子启，“只有贤侄……”

“是我让用他的！”王叔揽了下来。

“二哥？”彭君怔了道。

“宛地是景家的，昭家想插足，这是好事情。昭鼠到宛地，人生地不熟，你们几个帮帮他，应该不是坏事，昭家理应领情。”王叔给出解释。

“二哥呀，你是好心人，”彭君接道，“不过小弟把话先撂这儿，放条毒蛇在身边，就得提防让蛇咬了。”

“也是。”王叔看向子启，“你得留个心眼。”然后又看向三人，“人齐了，咱们这就议议犁头的事。无论如何，得有个方略。”说着看向彭君，“彭弟，你作何想？”

“小弟之意是见好就收。”彭君接道，“这些年下来，王兄还是照顾咱自家人的，但凡咱们张口，王兄没有不应的。王兄既然颁发王命，咱不能打王兄的脸啊！”

“咱哪儿打他脸了？”射皋君盯住彭君，气呼呼道，“他颁这个王命，几时与咱商量过？你我就算了，二哥的脸，他总得给吧？毕竟官面上，工矿商贸归二哥辖制，这是父王临终时的谕旨，可他呢？”

彭君不再说话，看向别处。

“再说，”射皋君接道，“一码归一码。咱与秦人签这个犁头契约，是在他颁王命之前。契约立了，咱却不履约，还算是人吗？中原人整天骂咱是南蛮子，凭啥骂咱？就是因为咱不开化，不守约。彭哥呀，你随便想想，人家与你签约了，先给了定金，占了总数的百分之三十。第一批货钱货两清，第二批货还没送到，人家又先把钱给了。这叫啥？叫信任。人家这么信任咱，咱呢？说撕约就撕约了？王命当然重要，但这王命是啥辰光颁的？人家怕不放心，专门找咱做生意，因为咱们是王室。这若收钱不做了，人家会作何想？只会说咱们是串通王兄，谋人家的财！”

射皋君噼里啪啦讲出一大席话，句句成理。彭君再无话说，看向王叔。

“贤侄？”王叔转向子启道。

“二位叔呀，”子启看向射皋君与彭君，嘴角撇出一笑，“咱能不能甭扯别的？赚钱就是赚钱。”

“嘿，你小子！”射皋君冲他笑了。

几人都笑起来。

“几位叔，”子启敛起笑，拱手一圈道，“小侄以为，这桩生意停不得！大体算下来，抛开本金，能有三倍利呀，咱不过是倒个手而已！几位叔讲大义，讲信誉，小侄全都不懂，小侄只想说几句实在话。实在话就是，咱需要钱哪！咱得养家兵，咱得养臣僚，咱得养眷属，咱得养百工，咱还得起屋造苑，春游秋狩，侍奉宗庙，上支王差，下酬百官，无论是内治还是外战，咱时时处处都离不开钱哪！可钱从哪儿来？有啥钱能比这个生意来得快？”

“贤侄，”王叔盯住他道，“不是王叔不想赚钱，王叔是忧心哪。秦人若是不用这些犁头耕地，而是化作枪头，你想过后果没？”

“王叔呀，”子启急了道，“咱是做生意的，生意就是生意，是不？犁头卖给秦人了，就是人家秦人的，人家拿它做什么，咱管得着吗？咱犯得着管吗？再说，没有咱的乌金，秦人就不做乌金枪头了？秦人会到别处去买！天下不只宛地产乌金，是不？即使秦人没有乌金，只要咱言而无信，收钱不给货，一如射皋叔所说，人家能不打咱吗？人家若是打咱，拿什么东西不能打呢？就说这次淅水之战吧，咱究竟败在哪儿，小侄不说，几位王叔难道能不知道吗？在犁头卖给秦人之前，人家早已造好乌金兵器了，只是咱不知道而已！几位王叔也都知道，淅水之战，秦人是不想打的，是咱打到人家的门口！是景翠他们嚷着要打，闹哄哄地打上门去，结果打败了，却赖乌金的事，天底下哪有这等混账事儿？小侄敢说，父王的心已让那三家祸事精迷住了！都是什么东西呀，东打打，西打打，整天嚷嚷着就想打架！晓得他们为什么要打吗？起初我还以为他们是要开疆拓土呢，可这辰光看来，完全就是为谋私利！”

说完恨恨地指向东北，“襄陵的事几位王叔全都看到了吧！襄陵那八个邑，个个富得流油，可所有的油全都流进他老昭家了！想想我就生闷气！”

子启的这一番话，虽说直率，却是成理。想想也是，几个人中，除王叔之外，也只有子启敢说出来。

“哈哈哈哈，”射皋君大笑几声，冲子启竖起拇指，“听贤侄说话，真叫痛快！其他不扯了，贤侄你说，咋个办哩？”

“小侄之意，我那父王既然有命，作为臣下，咱也不能抗命，是不？那怎么办呢？走暗不走明！”子启应道。

“什么叫走暗不走明？”彭君追问。

“就是不走边关！”子启将车卫秦的方案简述了一遍，末了道，“小侄详细算过，犁头每只不过三斤来重，三万五千只，总重不超过十一万斤。长途不可负重，按人均三十只犁头起算，一千家丁就可全部交货！再使五百勇士保驾，可保无虞！”

这是一个实用方案。

三位王叔互望一眼，表情释然。

“射皋弟，还有贤侄，”王叔捋了一把胡须，看向射皋君与子启，“你们讲得是，生意就是生意，规矩不能坏。当然，我们也可以以王禁为由，与对方中止合约。不过，即使中止合约，也要征得合约方同意，我们是不能单方撕约的。由于秦人先走一步，全额付清了第二批货的款项，这个口也就不好开了。我大楚王室不能有约不履，否则，今后何以取信于天下？但王命也是不可违的，贤侄所言，作为权宜之计，倒也可以一试。我有两个建议：一、运货之人不能用家丁，可挑选苍头；二、你仨尽量少出面或不出面，全盘交给昭鼠。”

王叔的话是定锤。

子启几人于是又议了一些细节，便分头行事去了。

第九章

祈云雨怀王上心　正王法楚廷赌天

说干就干，事不宜迟。

子启当晚便宴请昭鼠，射皋君、彭君作陪。三人对昭鼠的才干各出肯定之语，并说王叔尤其欣赏昭鼠，俟时机成熟，就荐他接替景翠做宛郡守尹，云云。子启特别讲到那只陶壶，说王叔只是好奇，看一下而已，待他回宛，王叔就予以奉还。要他尽管放心，连夜就出发回宛，做好送货前的所有准备，待子启三人抵宛后便开始行动。

昭鼠谢过信任，回家别过妻、子，让下人备好车马，自己则闪入昭阳府宅。

“阿叔，”禀报一毕，昭鼠流泪道，“小侄此去，怕是凶多吉少了。此来诀别阿叔，一是听听阿叔指点；二也是请求阿叔，万一小侄有个三长两短，小侄的妻儿老小就托给阿叔了！”说罢起身，叩首。

“贤侄呀，”昭阳扶他起来，捋了一把早已花白的长须，“你说的事，阿叔晓得了。若是他人对你这般讲，阿叔一定阻止。可既然是子启对你讲，阿叔就没话说了。跟着他们干吧，干成了，或许你能有远大前程。王叔不会轻易答应什么，可一旦应下，他一般都是会兑现的。景氏治宛，不仅是咱昭门不满，王叔他们也有不少怨言哪。不瞒你说，当初调整各地职缺时，宛郡工尹是个肥缺，谁家都在争，最终让你拿去，多半也是王叔的意思。王叔主抓工贸诸业，名册到最后都是由他过审的。他若不认可，随便动笔画个圈，就轮不上你了！”

“有阿叔这话，小侄心安矣！”昭鼠拱手道。

“不过，阿叔也得提醒你一句！”昭阳盯住昭鼠道，“你不可单独去做。无论如何，你都要拉上鄂君。彭君、射皋君不行，一定要拉上子启。否则，无事皆大欢喜，可万一有事，只凭阿叔一人，是帮不了你的！”

“小侄谨听阿叔！”昭鼠起身拜过，作别。

送走昭鼠，昭阳召来昭睢，讲了昭鼠的忧心。

“怎么办？”昭睢盯住昭阳。

“这是顶风作案，你可透给屈平。”

“昭鼠咋办？”

“不会有事的，顶多吃点儿苦头。”

“听屈平说，大王这次是动真格的了，任谁都不可犯禁！”昭睢忧心道。

“鄂君可以！”昭阳摆手道。

巫咸山绝谷里，屈平在前，怀王在后，拨开草木，攀缘而上。

“大王，看，巫咸庙到了！”屈平登上一个高处，声音激动道。

怀王急上，却被一个软软的东西缠住了腿，怎么甩也甩不开。

屈平跳下来，拔剑斩断那物，怀王回身一看，是一条巨蟒。怀王脚底轻松了，几下子就攀上岩顶，但见一片青翠，绿草如茵，阵阵清香扑鼻而来。

怀王放眼望去，却并不见巫咸庙。

“屈平，巫咸庙呢？”怀王左右四顾道。

“大王请看！”屈平手一挥，远处缓缓升起一个庙宇，富丽堂皇。那庙宇一直升到天上，浮在那儿，下面是白云朵朵。

“大王，巫咸大神来了！”屈平跪叩。

怀王看向那庙，很是惊愕，原来那不是庙，而是一个巫咸大神。

大神浮在白云上，向他二人飘过来。

“大王，你不是为祈雨来的吗，快祈祷呀！”屈平催促道。

“巫咸大神在上，”怀王叩首，拜道，“楚地大旱，楚民蒙难，熊槐特来宝山，祈请大神布云施雨，赐福楚民……”说完再拜。

可眨眼间却不见了巫咸大神。

怀王抬头，尤为震惊，此时远处走来一个白纱少女。

白纱少女向空中招手，空中便现出一群巫女，手中各拿乐器，奏起巴山巫乐。

少女款款走到怀王跟前，伸手给他。

怀王细看，是祭司白云。

怀王站起来，拉住白云。再看自己，身上不见王服，竟是赤身裸体，只有一圈树枝挡在羞处。原来怀王不知何时变作祈雨大礼上的巫阳了。

巫乐声中，二人跳起一种奇怪的舞蹈。

此时屈平不见了，旁边燃起了几堆篝火，火光熊熊，热浪滚滚而来。

怀王与白云由对舞变成贴身舞，怀王渐渐搂住白云。

音乐越来越狂，二人越跳越欢，越贴越紧。

白云沉在音乐和舞蹈里，一脸迷醉地将脸贴在怀王胸脯上。

白云的白纱落下去，赤身裸体了。

火光明灭中，一张由百花铺成的合欢榻若隐若现。

怀王瞄见那张榻，便带着白云踏着巫乐舞走过去。

眼见二人就要跳到合欢榻上，音乐却戛然而止。

白云睁眼，盯住怀王，惊愕地一把推开他。

怀王惊了，不知所措地看着她。

“你是何人？”白云声音震颤道，“巫阳呢？我要巫阳！”

“我就是巫阳呀！”怀王应道，“你看，我这装饰，难道不是巫阳吗？”

“你不是，你是大楚之王！”白云后退。

白云的身上又有白纱了。

那白纱越来越白，怀王看不清白云的躯体了。

“我……我是巫阳啊，白云，”怀王辩解道，“我是来求云祈雨的，你快布施云雨！”

“你不是巫阳，”白云继续向后退，盯住他道，“屈大人呢？屈大人在哪儿？他才是巫阳！”

“屈大人不在这儿，这儿只有我，我就是巫阳！”怀王张开两臂，扑了过去。

“你看看你自己，你是大楚之王！”

怀王回看自己，果然又是王服在身，王冠在首。

“白云祭司，”怀王顾不得其他了，径直欺前道，“寡人是大楚之王，寡人要你，寡人要云雨，寡人要巫山云雨！”

“大楚之王，”白云一步步后退，手指向他，“你不可过来，我要屈大人，我只要屈大人，我的云雨只给屈大人……”

“白云，白云，”怀王急了，连续叫她的名字，“我是大楚之王，大楚的天、大楚的地，大楚的一切都是寡人的，寡人要云雨，寡人只要云雨，你快给我云雨……”说着跌跌撞撞地扑过去。

白云长袖一挥，如天女一样飘升。

白云越升越高，随后飘远，空中留下一串长长的声音道：“屈大人——”

怀王张开双臂，撒开两腿，在后狂追，边追边叫：“白云，白云，白云……”

怀王突然飞了起来，一直飞到天空，抱住白云，口中不住大叫：“云雨，云雨，寡人要云雨……”

“大王？大王？”怀王的身边响起急促的声音。

怀王陡然醒来，见自己抱着郑袖睡在榻上，一床锦被让他蹬掉于地，郑袖更是让他搂得几乎喘不过气来。

怀王尴尬，忽地坐起。

郑袖将锦被扯上来，盖在身上。

远处传来鸡鸣，窗棂透出亮光。

怀王揉了会儿眼，愣了会儿神，缓缓下榻，窸窣穿衣。

听见怀王起榻的声音，在外房侍寝的宫女全都起来，服侍怀王。

洗梳之后，怀王走进郑宫后花园里，例行晨练。郑袖搬过琴来，为他伴奏剑舞，众宫人亦都过来，观舞助兴。

舞至一半，怀王的动作慢了下来。

怀王收住剑，抬头看天。

“大王，”郑袖住琴，小声提醒道，“这一曲还没舞完呢！”

怀王没有睬她，依旧观天，若有所思。

郑袖顺着他的目光看向天空。

天空晴朗，万里无云。

“多久没有下雨了？”怀王半是自语，半是征询郑袖。

“好像是有些日子了！”郑袖眼皮子眨巴几下，小声应道，“花园里的花草早就旱了，臣妾得天天浇水呢。”

“是呀，”怀王的目光仍在天上，“一丝儿云也没，看来，旱情还不小呢。”

“大王，天若旱了，庄稼岂不长不好了？”

“唉，寡人愁的正是这个。”

“咋办呢？”郑袖走过来，关切地盯住怀王。

“祭祀雨神！”

“怎么祭祀呢？”郑袖轻声问，“臣妾能帮上忙吗？”

“嗯，”怀王闭目有顷，盯住她道，“还甭说，这事儿真得劳烦你呢。”

“臣妾愿为大王分忧！”郑袖一脸好奇，“只是，雨神在哪儿？臣妾又该怎么行祭呢？”

“雨从云走，云从巴山来！”怀王指向西边道，“巴山深处有个巫咸山，山上有个巫咸庙，庙里有位大神叫巫咸，云神雨神皆听大神差遣。”

“这……”郑袖眉头微拧道，“大王是要臣妾前往巫咸山上的巫咸庙里祭祀巫咸大神吗？”

“呵呵呵，这倒不用，”怀王笑道，“巫咸山太远了，都是大山，你吃不消哩。”

“那咋办呢？”

“听闻那个庙里的祭司到郢都了，你去求请她就是！”

"好哩，"郑袖笑道，"臣妾今日就到太庙，请庙尹寻那祭司，安排祭祀，为大王祈雨，赐福天下黎——"

"不用去太庙，你可直接寻她！"怀王打断她。

"这……"郑袖蒙头了，急问，"那个祭司在哪儿？是男是女，姓啥名谁？"

怀王白了她一眼道："若是男巫，寡人能让你去请吗？"

"嘻嘻，敢问大王，"郑袖猛地想到了什么，眼珠子连转几转，扑哧笑了，"那个祭司可是姓白，单名一个云字？"

"咦，你如何晓得？"

"大王晨时好像梦到她了，口口声声唤她名字，还……还把臣妾搂得紧哩！"

"你……"怀王大窘，扫了一眼仍在不远处观舞的众宫人，敛了敛神，压低声，语气严厉道，"怎可亵渎巫咸大神？"

郑袖吓了一大跳，跪地，叩首道："臣妾知罪！"

"好了，好了，起来吧。"怀王摆手，放缓语气道，"巫咸大神既已托梦于寡人，这个事儿就迟缓不得，你立马安排祭祀，不可懈怠！"

"臣妾领旨！"

早膳之后，怀王上朝。郑袖左想右想觉得无着，便寻到怀王身边的宫尹，打探详情。宫尹透给她，或可询问上官大人。

朝堂与后宫之间隔着一堵高墙，朝大夫没有特许是不可进后宫的，宫尹此话等于是许可她征召靳尚。郑袖于是放胆，使宫吏前往召请靳尚。

在宫吏引领下，靳尚走进后宫，进入南宫，也就是郑袖的宫院。

按照后宫规矩，若无楚王在场，宫妃是不能私见朝大夫的，若见，也须第三者在场，否则就会说不清楚。所以靳尚觐见时，郑袖着服齐整，端坐于主人席，几个宫吏并宫人尽皆侍立。

靳尚趋入，叩首道："臣靳尚叩见南宫娘娘，恭祝娘娘万福！"

"靳大人，"郑袖也是急了，顾不上叫平身，便问道，"听说巫咸山来了个祭司，是巫咸庙的，你知道她吗？"

"回禀娘娘，"靳尚自己起来，走到客席坐下，拱手道，"臣知道。”

“太好了！”郑袖问道，“她在哪儿？”

“在屈平家里。”靳尚盯住郑袖，“娘娘何以问起此事？”

郑袖将怀王的谕旨扼要说了，道：“靳大人，本宫从未办过这等事情，对巫咸大神也一无所知，如何去做，本宫实在不知呢。朝中之人，本宫谁也不熟，只好向靳大人请教了！”

“臣乐意为娘娘效力！”靳尚一听就明白是怎么回事，拱手应道，“巫咸大神以风云雨露润泽大地，大王让娘娘主持祭祀，是娘娘洪福齐天。臣贺喜娘娘了！”

“听大人此话，本宫稍安！如何祭祀，还请大人为本宫操心！”郑袖拱手道。

“谢娘娘信任！”靳尚再次拱手谢过，“就臣所知，巫咸庙祭司名唤白云，眼下寄住于左徒屈大人府中，与屈大人相善。以臣愚见，娘娘可使人召请屈大人，让屈大人求请祭司，事就成了。至于如何祭祀，臣也不知，娘娘征询祭司即可！”

“谢大人了！”郑袖松出一口气，笑道，“再难的事，一到大人手里就是易事。不瞒大人，本宫虽应下大王谕旨，却真的是一筹莫展哪！”说罢转对宫吏道，“你去，传本宫谕旨，有请左徒屈平！”

作为除令尹府之外最重要的府衙，左徒府断然不是形同虚设。从被任命的第一天起，屈平就搬进了怀王特赐的左徒府宅，这是一个紧挨昭阳令尹府的五进院落，别的不说，单是院门外面的两尊石狮就非同凡响。与此宅同赐的还有三十名仆役与十名卫士，宅中一应内务，都由一个颇为精干的府尹统筹。

除处理左徒的分内事之外，为因应王旨，屈平新立了三个特别事务司——五金司、盐铁司、缉查司，由景鲤、昭睢、屈遥分别兼任三个司的司尹，上官大夫靳尚负责大局协调。四人皆是高官，各有府宅，平时皆在自己的府宅理事，但须在每天卯时，到司徒府会聚，议事。

这日，还不到卯时，昭睢便提前赶到，向屈平密报了宛地有可能发生的犁铧走私。屈平问过详情，遂请靳尚、景鲤、屈遥入府谋议。

偏巧靳尚应召进宫去了，来的只有景鲤与屈遥。

情况火急且重大，因为谁都知道，他们要面对的是王亲，要抓捕的是鄂君、彭君、射皋君等谁也惹不起的超级大鳄。

“诸位大人，”屈平语气平静地讲解事态，“在下得到一个绝密消息，由于所有关卡尽皆封闭，有人急了，要铤而走险，准备将大量乌金偷运给秦人！”

屈平没有透出消息来源，是为了保护昭睢。

几人面面相觑。

屈平展出宛地形势图，指图接道：“诸位请看，如果偷运大批量乌金，对手只能选择最近的距离，因为多走一里路，就会多历一分风险。由宛地至淅邑，最近的距离是这儿！”说着拿笔在图中勾出一条线，由宛城经涅邑，直到黑水关。

“这条线路中，”屈平在涅邑与黑水关两处画了两个圈，“重要的是这两地，一是涅邑，二是黑水关。淅水战后，大王令庄峤左军回撤，将此二地的防御移交给了宛郡，由景缺将军辖制。”说着盯住二邑，“就在下所知，涅邑守尹可能已被对方收买，因而，我们能够掌控的只有一处——黑水关！”说完再指图，画出两条线，道，“在下的判断是，对手会伪装成货运，将犁铧之类藏于其他物品内，于光天化日运往涅邑，之后再选择夜间由涅邑出发，沿小道绕过关卡，涉过黑水，与秦人交接。”

见屈平不但得到情报，且连对方要走的线路都摸得一清二楚，屈遥、景鲤很是惊愕，同时也有疑惑。

“万一对手不走这儿呢？”景鲤指图道，“譬如，对手这样走，将货装船，沿淯水运至穰邑，再由穰邑陆运至此，由这儿过黑水！”

“嗯，”屈平点头，“景大人说得是，对手也可能这样，但无论如何，对手必须涉过黑水！”说着沿黑水画线，道，“在下之意是，我们沿黑水布线，无论对手怎么过，都在黑水对岸一举将其擒获！”说着看向昭睢，“昭大人，你是何意？”

其实，这些都是昭睢透给他的，而昭睢是听昭阳讲的，昭阳是听昭鼠讲的，昭鼠是与子启谋划出来的。

然而，屈平不能透出这个，否则，一旦泄密，就害了昭家。

“左徒与景兄所析尽皆成理。”昭睢拱手道，“沿黑水设防还有一个益处，就是一旦截获，对手将无话可说，因为，”他指图道，“由这儿到这儿，黑水是我方控制的边界，如果不越黑水，即使抓获对手，他们也会狡辩说，不过是将乌金移个地方而已。乌金是他们的，他们想怎么移就怎么移。然而，一过黑水，性质就不同了。”

昭睢点出这个，众皆叹服。

“诸位大人，”见几人达成共识，屈平拱手道，“事不宜迟。对手如果偷运，就会以最快的速度达成，快到让我们来不及反应。所以，在下决定，今日动身。”说完看向昭睢，“昭兄，你留下来，处置府中事务。”又看向景鲤与屈遥，“景兄与遥弟，劳烦二位辛苦一趟，与在下赶赴黑水关！”

几人点头。

要调用景缺，必须景翠发话。

屈平与景鲤驱车赶到景翠府，将情势禀过。

“动用关卒，须请王命！”景翠给出用兵步骤。

屈平随即入宫觐见怀王，将情由细述一遍，但没有透出是子启等王亲。

怀王震怒，当即出具虎符，给出诏令，握住他的手道：“屈平哪，寡人候的就是这个！”说完取下佩剑，“拿上这个，大胆抓捕。无论何人，若敢抗命，先斩后奏！”

屈平跪地，郑重接过王剑，又拿到虎符与王旨，匆匆去见景翠。景翠书信已就，盖上私印，交给屈平。

兵贵神速。从得到密报，到备车出征，前后不过一个时辰。然而，就在屈平跳上马车，准备扬鞭驰骋之际，一辆宫车疾驰而至，南宫宫吏从车中跳下。

“左徒屈平，请接懿旨！”宫吏冲屈平抱拳。

屈平拱手复礼：“臣屈平恭听懿旨！”

“南宫娘娘谕旨，请左徒屈平见旨即随车入宫，有要事相请！”

显然，“南宫娘娘”与“要事”几字阻住了屈平。

几人面面相觑。

“景兄，”屈平解下王剑，并虎符、王旨与景翠密信等一并递给景鲤，压低声道，“你与屈遥先走一步，在下进宫觐见娘娘。若是事情不大，在下追赶你们。若是事大，那边的事儿就托给你俩与景缺，由二位并景缺将军全权处置。有王命在身，王剑在手，你们放胆行事。大王决心已下，国之蛀虫，不可不除！”

景鲤接过，别过屈平，与屈遥跳上各自的辎车，疾驰而去。

望着两辆辎车驰远，屈平长叹一声，然后回身跳上宫车，在宫吏引领下直入后宫，觐见南宫娘娘。

屈平吃惊地发现，坐在南宫客席上的竟是靳尚。

“臣屈平叩见南宫娘娘！”屈平叩首。

“左徒大人，请起！”郑袖伸手，微笑示意。

“谢娘娘恩赐！”屈平起身，在靳尚对过留给他的席位上坐下，拱手道，“娘娘召臣，可有臣效力之处？”

“是这样，”郑袖笑道，“近日楚地干旱，多日无雨，祸及庄稼。今日凌晨，巫咸大神托梦于大王，大王遵从神谕，吩咐本宫祭祀巫咸大神，请她布云施雨。本宫长居深宫，孤陋寡闻，不知巫咸大神在何处，也不知如何祭拜，更不能违逆王命，于无奈中，求问上官大人，方从上官大人处听闻巫咸山有位祭司与左徒熟识，本宫喜甚。由于旱情严重，王命急促，本宫方使宫人召请大人，劳烦大人求请祭司入宫，助本宫祭祀巫咸大神，求请大神布施云雨。”说罢拱手道，“望屈大人成全！”

显然，这是一个极其意外的非常事件，且前后因果合情合理。

然而，屈平王命在身，而南宫娘娘，包括上官靳尚，并不知道这个突发而至的王命。是将王命讲出，以求请理解而奔赴王命呢，还是不讲出来，遵从娘娘懿旨？

屈平的脑海里急剧翻腾。

如果讲出，就等于泄密。娘娘与靳尚虽说不会讲出，但后宫嘴杂，尤其是涉及王亲，只要走漏一点儿风声，后果就不堪设想。若是不讲，他只能遵从娘娘之命，否则，就有不敬娘娘之嫌。后宫诸宫中，怀王独宠南宫。不敬南宫娘娘，失礼于大王不说，万一娘娘闹腾起来，更是多生枝节。

“臣受命！”想到此处，屈平拱手。

“左徒大人，”就在屈平退至门外，转身欲去时，郑袖又送出一句，“要尽快请到祭司哟，本宫只在此处恭候！”

屈平拱手应过，匆匆赶回府中，让府尹备辆辎车，直驰草庐。

屈平看看天色，大约已申时。如果赶急一点儿，接到白云，将她送到宫中后，及至天黑，他或能赶到荆门。若是换马夜奔，他或可于明日黄昏之前赶到黑水关。

可白云却不在家，老花匠说她一大早就到下里的巫咸庙里侍奉巫咸大神去了。屈平晓得下里，但真不晓得那里还有个巫咸庙呢，遂问明详细地址，吩咐车夫一路驰去。

辎车连拐了几道弯，转入郢都西街的一个集市区。西街为工坊区，住的多是社会底层的手艺人，人口密集，市场庞杂，店肆林立。这里的街道越走越窄，进入巷子后，竟走不动车了。

屈平吩咐车夫守在巷子外面，自己则匆匆穿过巷子，边走边问，一路寻到了老花匠述及的小庙。

庙门上写着“巫咸神庙”四个字。

庙有些年代了，看样子是个弃庙，非常破败，完全不配这个闹市的景致，但匾额却是新挂起来的，字也是新题的，字迹娟秀，当是白云的手迹。

让屈平吃惊的倒不是庙的破败，而是庙门外跪着的几个人。看服饰，他们全是巴人，似乎在等候什么。

跪在队尾的是一个衣衫褴褛的老乞丐。

屈平觉得奇怪，大步走到庙门口，跨上台阶，朝里一看，更是吃惊。只见跪在地上的巴人排作一行，在庙院里井然有序地打了三道弯，一直排到殿门。乍看起来，院子里到处都是巴人。

这些巴人大多一身汗臭，衣不遮体，但都极其虔诚，神色静穆地跪在地上，朝着殿门，五体投地。

屈平晓得，这儿是巴人居住区，俗称下里，是郢都最底层人的生活区，生活在这里的人被楚人称作“下里巴人”。

这些巴人，一些是没有被杀的战俘，一些是出于各种因由而流落于楚地的，另有一些是世代居住于郢地的巴人盐商。这些巴人大多熟悉一门吃饭的绝技，全靠绝技吃饭，郢都楚人也渐渐离不开他们，所以才在这儿专门辟出一个里，让他们居住，生息。一开始，这个里内住的多是巴人，后来，楚人中的下层百姓，或想学巴人手艺的人，或因其他缘由的人，也都搬了过来，下里渐渐就混杂了。

殿门开着，堂中立着一个泥塑，当是巫咸大神了。泥塑被修饰一新，还上了一层颜色，看起来栩栩如生。

泥塑前面排列着五片竹席，每片竹席上都躺着一个患者。凡是躺下的患者无不袒胸露臂，有的甚至全身赤裸，以方便祭司下针。

所有巴人都按秩序静静地跪着，守候自己的轮次。场面静穆、庄严，没有人喧哗。

维持整个场面的是祭司白云。

白云站在殿中，一身巴巫服饰，披头散发，全神贯注地盯住眼前的患者，口中喃喃自语，不知在念叨什么。每念叨一句，她就朝患者的某个部位扎上一针。众患者中，少的只扎一针，多的连扎好多针，甚至几十针，远看上去，患者就像个刺猬。

白云身后的几案上放着两只竹篓，里面盛满竹筒。

每扎毕一个病人，在起针时，白云就会从竹篓里摸出一只竹筒，一手握紧，另一手在尾部一推，筒的前面就会喷出一股似水非水的液体，如雨雾般射向患者的身上或头上。每个被喷的患者无一例外地都打了个激灵。

激灵打完，患者就朝巫咸大神叩首拜谢，随后离开。接着排在序位的下一人便膝行进门，朝巫咸神叩首，然后解带脱衣，躺在席上，任由白云行针。

望着他们的裸体，白云全无羞怯。

显然，在她眼里，他们根本不是男人，只是病人。

屈平看呆了。

这些日来，屈平一直忙活国事，若不是南后娘娘有请，他几乎要把白云忘了。真没想到，她竟然寻到这个地方，做出这等大事。

从宫中出来的屈平一身官袍，冠带周全，站在庙中这些衣衫不整的穷人中间，真就是个怪物。所有人都像看戏似的盯住他，没有一人睬他，更没有人向他施礼。

屈平陡然觉得自己来到了一个不该来的地方。

屈平疾步退回，匆匆走到他的辎车边，对御者道：“把你的衣服脱下！”

御者惊讶地看着他。

“脱呀！”屈平边说边脱自己的衣服。

御者脱下衣服，屈平不由分说，便拿来穿在身上，又指着自己的官袍道：“要是冷了，你就穿上这个。”说完脚步匆匆地又返回去。

屈平回到巫咸庙时，白云已经诊完多人，跪在庙门外的病人全都进去了，那个衣衫褴褛、浑身散发着刺鼻臭味的老乞丐依旧跪在队尾。

也许是觉得自惭形秽，老乞丐与前面的人保持着至少三四步的距离。

屈平自觉地跪在老乞丐身后。

老乞丐看到他，赶忙起来，走出去，远远地跪在屈平后面，离屈平的距离更远了。

老乞丐身体很弱，但仍撑着。

“老人家，”屈平看向他，指指前面道，“你该在这儿！”

老乞丐摇头，指指前面，示意他先。

“老人家，您哪儿不舒服？”屈平观他气色不好，额头出了汗，便语气关切地问道。

老乞丐没有理他，顾自跪着，眼睛闭合。

屈平轻叹一声，摇摇头，欲走过去跪在队尾，又觉得没有必要，就也挨住乞丐坐下，离他约两步远。

申时过去，已入酉时。

屈平估算时间，照这速度，若是将所有患者全部诊完，天色怕是要黑定了。南后那儿要是再误些时辰，今晚肯定走不成了。

走不成怎么办？明日再去？万一郑袖再有什么事又该如何？

屈平倚在庙墙上，闭目思忖。

如果自己不去，他们能行吗？他们为什么不能行呢？自己又为什么不放心他们呢？淅水之战，屈遥已是景翠麾下的裨将军，带兵过万，而景鲤更是大楚工尹，反观自己，不过一个文学侍从，无论是出使还是谋事，都还没有完全独立地经历过事呢。

是的，宛地他大可不去。事关重大，昭睢断不会虚言。那拨人已卖四万只犁头，剩下六万只是绝对不会收手的，而面对王命，他们只能孤注一掷。所有这一切本就在他的预料之中，他也将他所能想到的应对方案部署妥当了。景鲤、屈遥皆是朝中能臣，办事可靠，尤其是景鲤，处事干练，断不会也不敢视王命为儿戏。再说，大王授命左徒府缉查乌金，这是谁都晓得的。作为左徒，他如果不在府中，对手反而会起疑。反之，自己一直守在府中，说不定是个好事呢。

这样想定，屈平心里踏实了许多，也不再着急。他睁眼西望，太阳快要落山，不时有被治疗过的患者走出庙门，然后还不忘跪下，朝巫咸大神再磕个头。

屈平走至庙门一看，队伍竟只剩下不到两行了。

院子里依旧静穆，屈平可以清晰地听到白云的吟咏声，但听不懂她在吟咏什么。看来，他要讨教的东西还多着呢。

屈平正自忖思，突然传来“哎”的一声，有人扑通倒地。

屈平看过去，是老乞丐。

老乞丐歪倒在地，不省人事。

“老人家！”屈平赶过来，俯身挡他鼻孔，见仍旧有气，便伸手抱起老人，大步跨进庙门。但他没有越位，只是静静地站在队尾。

屈平不能破坏这个神圣、静穆的秩序。

这个突兀的动作引来院中所有人的目光。屈平虽然换了御者服饰，但在这个庙院里仍旧是个衣着体面的人。而这样一个衣着体面的人竟然抱起了在这儿排了几乎一天队却始终守在队尾的老乞丐，众患者无不震惊。

这些患者谁都晓得老乞丐本来是排在他们前面的，这辰光被人抱着，显然病得不轻了，于是便一个接一个地让出自己的位置。

屈平循序走进殿门。

刚好白云在给一个患者喷水，腾出了一个席位。屈平便将老乞丐放到席位上，脱去了他本就不能遮体的褴褛衣衫。

白云也看到了屈平，很是震惊。

屈平冲白云深揖一礼，指指老人。

白云闭目，朝巫咸神念叨了几句，便转身，为老人搭脉，又翻翻眼皮，察看了手指、耳轮等，确定病情，便开始下针。

屈平朝巫咸大神跪下，替老乞丐，替所有患者，叩谢大神恩惠。

待最后一个患者走出庙门，天色已完全黑定。

一整天没有停歇，纵使气血充盈的白云也累坏了，饿坏了。

看到白云的疲态，屈平扶她走出庙门。走了有百来步，白云指向巷子里的一个饭馆，笑道："请我吃顿饭，好不好？"

屈平笑了笑，拍拍肚皮道："我这儿也在咕咕叫呢。"

二人拐进饭馆，点了些吃的。待结账时，屈平摸向袖袋，竟无一铜，这才意识到自己穿的是御者的服饰，他抱歉地笑笑，起身道："麻烦你待一会儿，我的衣饰在车上，这就取去！"

"坐下吧！"白云笑笑，"本祭司是此店常客，已与店家讲好打总儿结了。"

屈平抱歉地笑笑，复又坐下，盯住她。

二人相互凝视。

"屈大人，"白云笑问，"您乃百忙之人，何以得空来此僻巷？"

"寻你。"屈平应道。

"哦？"白云笑了，"这么些日你都没寻，今朝何以来寻？"

"惭愧！"屈平抱拳，不无感动地道，"你是怎么寻到此地的？"

"巫咸大神召唤我来的！"

"白云！"屈平直呼其名，眼中湿热。

"屈大人，你有何说？"

"我有一个请求！"

"大人请讲。"

"我……我想叫你阿妹！"

"为什么？"

"因为我没有阿妹！"屈平盯住她，"我渴望有一个阿妹，但她必须像你这样！”

“嘻嘻，”白云盯住他，调皮一笑，“本祭司也正好没有阿哥呢！”

“阿妹，你……愿意了？”屈平惊喜道。

“阿哥已经叫出口了，阿妹敢不愿意吗？”白云又是一笑。

“阿妹，你……真好！”屈平满是钦敬。

“哪儿好了？”白云歪头看着他。

“这儿。”屈平指心。

“你的这儿，不好吗？”白云也指向他的心。

“不好。”屈平喃声道。

“说说，”白云笑了，“它怎么个不好？”

“它……不洁净，”屈平几乎是嗫嚅，“有时候，它总是想到别的地方！”

“嘻嘻，”白云掏出针来，“要不要阿妹扎一针？”

屈平袒开胸脯，闭上眼睛：“阿妹，扎吧！”

白云没扎针，而是弄起神来，一边口中念念有词，一边缓缓从腰间解下竹筒，朝他的心窝上猛地一喷。

屈平打了个激灵，跳了起来。

“嘻嘻，”白云笑道，“阿哥再看看，它洁净了吗？”

屈平盯住她手中的竹筒道：“你没扎针？”

“你不是说它只是不净吗，阿妹清洗一下就可以了。”

“谢阿妹！”屈平拱手。

白云起身，朝店家笑笑，扬手别过，又伸出胳膊给屈平：“阿哥，今朝累死了，你得掩着阿妹！”

“我……”屈平迟疑了一下，挽过她的胳膊，双双走出门去。

辎车一路驰至王宫门外，缓缓停住。

屈平跳下车，扶白云从车上下来。

白云看向王宫大门。

进郢都以来，这是她第一次看到如此华丽的地方。

“阿哥，”白云指着宫门问，“这是哪儿？”

“王宫。”屈平笑笑。

“阿哥，”白云怔了道，“你为何带阿妹来到此地？”

“求请阿妹做件事情！”

“何事？”

“是这样，”屈平道出原委，“楚地旱有一个多月了，尤其是郢都。大王心忧旱情，昨夜梦到巫咸大神，便向大神祈求云雨，大神让大王举办一个祈雨大典。大王便旨令娘娘，娘娘征询了上官大人，因上官大人晓得阿妹，就举荐了。娘娘下午召阿哥觐见，旨令阿哥请阿妹入宫，阿哥……”说着渐渐止住。

“难怪屈大人今朝得空了呢！”白云脸色变了，改过称呼，“还要认个阿妹！”

“阿妹，”屈平急了，“我……阿哥……求你了！”

“屈大人，”白云盯住屈平，“我问你，上官大人是谁？他是怎么晓得我的？”

“哎呀，阿妹，”屈平解释道，“阿妹在荆门助阿哥驱云逐雨，使英灵魂归故土，楚人无不传诵阿妹神迹，上官大人自是晓得。”

“既然晓得，为何他不出面请我？”

“他不认识阿妹呀，只知道阿妹住在阿哥家里，所以才……”

“他怎么知道我住在大人家里？”

“这……”屈平迟疑了一下道，“那日阿妹教阿哥巫咸大舞，他……碰巧来寻阿哥，意外撞到了。”

白云眼前闪过怀王、靳尚与宫尹三人道：“是走在前面的那个高个子方脸汉吗？”

“不是。”

“那人是谁？”

“是……”屈平一咬牙，“大王，也就是方今楚王。”

白云打了个寒噤。

白云耳边响起她出山之前与外公的对话：

“孩子，你还是不要下山的好！”

“为什么呀，老外公？”

“因为，山外不是你的天！”

“咦，外公早就说过，方圆的天皆属于巫咸，山外难道就不是了吗？我是巫咸庙的祭司，山外的天不是我的，又是谁的呢？”

“楚王的！”

“可他只是楚人的王，不是楚天的王！”

天哪，那人就是楚人的王，眼前就是那人的宫殿！

白云微微闭目，眼前闪过怀王那日紧紧盯她的眼神，几乎突然明白他为什么要祈雨，也突然明白眼前这个屈阿哥的为难了。

“屈大人，”白云两眼睁开，直视他道，“你真的想把本祭司拱手送进王宫吗？”

“是的，阿妹，”屈平也和缓过来，语气真诚，“阿哥的确想让你进宫！”

“为什么？”白云心底一寒。不知怎的，自在荆门驱赶云雨的那个晚上起，她的心就被眼前的这个男人占据了。

“为了巫咸大神。”屈平看向西天，怅然应道，“巫咸是巴人的神，楚人不认。但巴国不存在了，巴国已经一分为二，涪陵以西，是秦人的，涪陵以东，是楚人的。巴人别无出路，要么依附于秦人，要么依附于楚人。阿哥以为，于巴人来说，相比于秦人，楚人更好一些，因为巴、楚习俗相通，神鬼相应。巫山起云，楚地落雨，巴、楚是不可分的。然而，数百年来，巴、楚时起争执，互相瞧不上对方。譬如说巫咸大神，在巴地，她是所有巴人朝拜的神灵，但在楚地，在这郢都，阿妹也看到了，就如阿哥所知，阿妹所守的那座庙当是唯一的一座，且已被遗弃多年了。”

白云抬头，凝视屈平。

“云妹呀，”屈平回视她，“今日巫咸大神托梦于大王，必有所因。大王使娘娘召请阿妹，为楚人祈福云雨，这是一个求也求不到的机缘。只要大王肯信巫咸，愿意侍奉巫咸大神，楚人谁敢不侍奉？楚人侍奉巴人之神，就会尊重巴人。巴人得到尊重，就会归附楚人。巴、楚合力，就可共同抵御秦人，共享太平福祉！”

见屈平想得如此之大，如此之远，白云怦然心动。

“好一个阿哥哟，”白云又换作笑脸，改过称呼，“这话你该早说才是，断不该憋到楚宫门口才说，是不？”

“是阿哥错了，这里向云妹道歉！”屈平退后一步，深鞠一躬。

“这样道歉是没有用的！”白云歪头看向他。

“阿妹想让阿哥如何道歉？”

“阿哥须应下阿妹两个条件！”

“什么条件？”

“第一个，楚王若要祭拜巫咸，祈雨大礼阿哥须做巫阳！”

“阿哥答应。第二个呢？”

白云从胸前摸出那半块玉佩，说道：“这是娘亲留给阿妹的半块玉佩，它的另一半就在郢都，阿哥要帮我寻到它！”

屈平郑重点头：“阿哥应下！”

白云拿出一把梳子，将披散的长发梳理了一下，又从竹篓里摸出羽冠戴在头上，将手伸给屈平：“走吧，云妹随你进宫！”

迎候他们的除南宫娘娘、靳尚之外，还有怀王。

屈平跪叩，白云却只是站着，因为她是巴神的祭司，是可以不向楚人的王下跪的。

“左徒大人哪，”许是候得太久，郑袖看了会儿白云，目光又转向屈平，稍稍不悦道，“本宫倒也罢了，你让大王也守在这儿，等候了足足一个时辰哪！”

“臣知罪！”屈平叩首，“臣回舍中，听闻祭司在巫咸庙侍奉巫咸大神，便赶赴巫咸庙，恰逢巫咸大神显灵，在为楚民诊病祛殃，由祭司主持仪式，代诊行针。臣不敢打扰巫咸大神的灵气，直候到祭司医完所有患者，才传娘娘圣谕，请祭司入宫觐见，是以来迟！”

“善矣哉，巫咸大神！”怀王感动，往空祭拜。

“哎哟哟，听你此说，是本宫错怪了！”郑袖紧忙朝二人拱手，又往空祭拜，“谢巫咸大神，谢祭司！”

“谢大王，谢娘娘！”白云拱手。

南宫娘娘再次盯住白云，目光落在她的头饰上。

那是一顶只有巴巫才戴的羽冠。

“祭司的羽冠真是好看！”郑袖脱口赞道。

“谢娘娘喜欢！”白云应道。

“本宫可以戴一下吗？”郑袖问道。

“娘娘不能。”

“哦？”郑袖的脸色沉了下去。

“娘娘，这是巴地巫人才能戴的！”屈平紧忙解围。

“哈哈哈哈，”怀王笑起来，看向郑袖，“爱妃不会也要去当巴巫吧？”

郑袖也笑了，回归主题，讲了楚地干旱，大王要请她祈请云雨的事。

“大王、娘娘大慈大悲，心怀楚民，乃楚民之福！请问娘娘，欲在何处祈请？”

“太庙呀！”郑袖脱口而出。

“禀娘娘，”屈平拱手接道，“天有天道，事有事理。鬼神仙巫，各行其是，亦各司其职。太庙是祭拜大楚先圣先祖的地方，非祭巫咸之所！欲祭巫咸，须在巫咸庙祭拜！”

“哦，对了，”郑袖道，“方才不是听你说，你们就在巫咸庙吗？我们就在那儿祭拜就是了！”

“西市巫咸庙已遭废弃多年，是白祭司来后，才将之精心打理，可勉强用于市井祭拜，不可用于王祭！”

屈平之言确为实情，屈平之意也已摆显。

怀王、郑袖互望一眼，正自没个处置的办法，靳尚眼珠儿眨巴了几下，拱手接道：“大王，臣有奏！”

“请讲！”怀王看向他。

“臣以为，”靳尚侃侃说道，“左徒所言极是。就臣所知，郢地只有一座巫咸庙，就是左徒提及之处。庙的周围住的多是下里巴人、隶奴匠仆，其中不乏作奸犯科之徒。臣去过一次，是捏着鼻子出来的，因为那些乡间无赖在庙里又屙又拉，当它作茅房了。臣奏请大王在郢都择吉地起建巫咸大庙，祭拜巫咸大神，任命这位祭司为主祭，为楚民祈请风调雨顺！”

“准奏！”怀王朗声道，“上官大夫听旨！”

“臣在！”靳尚抖抖衣袖，拱手。

“你负责筹措资金，在郢都择吉地起建巫咸大庙！”

“臣领旨！”

当子启与昭鼠双双因走私犁铧而在黑水西岸被景缺的关卒逮个正着时，整个郢都沸腾了。

与二人一起并获的还有一千名肩挑犁头的脚夫、五百名武装押运的家卒及三万五千只由精纯乌金铸造的犁铧。

确切地说，这三万五千只犁铧是秦人的，因为他们已经为此付出了三倍的金钱。

整个抓捕过程惊险、刺激，但一切全都结束了。一千五百人被看押在丹阳，三万五千只犁头则被装在押解子启和昭鼠的两辆囚车后面，被闻讯赶到的大楚刑司押运到了郢都。

出事之后，最揪心的莫过于投资这些犁铧的所有王亲。

纪陵君府前热闹了起来，二十多个封君纷至沓来，守在府中的大厅里。府门外面，跪着的是昭鼠之妻并他的三个孩子，怎么拉他们也不肯起来。

内室里，王叔两眼闭合，神色黯然。客席位置，分别坐着从宛城一路赶来的射皋君与彭君。

显然，王叔低瞧了这个年轻的左徒了。子启他们走后，王叔每天都要使人探察左徒府，见屈平一直守在郢都，也就放下了心，万没想到，这个年轻人在运筹帷幄呢！

客厅那边，众王亲各出狂言，甚者更是嚷嚷要起兵清王侧。

王叔缓缓睁眼，看向射皋君，轻叹一声，半是责怪道：“唉，告诉你们不要自己出头，只让昭鼠出面，可你们……”

“二哥呀，”射皋君给出个苦脸，“不是我们非要出头，是没法子呀。那个昭鼠猴精猴精的，就要上路了，却死活不肯挪步呀，非要我们一起去，至少得去一个。我说我去，启侄心疼我年纪大，便自己去了。

听说是一路顺风，谁知涉过黑水，大家都在穿衣服，我们就被人发现，抓住了。他娘的！”说完一拳震在几案上。

“彭弟，”王叔转向彭君道，“叫昭鼠一家子进来。”

彭君请进昭鼠夫人并几个孩子。

“昭夫人，你们受惊了。”王叔语气亲和，“我就是王叔。王叔告诉你，天塌不下来，昭鼠不会有事，你们可以安心回家。”说着看向射皋君，“射皋君，给昭夫人并几个孩子五十镒金，权作压惊！”

射皋君拿出一只装好钱的大袋子，递给昭鼠夫人。

昭鼠夫人与几个孩子磕头谢恩，拿上金子出门了。

“二哥，下面怎么办？”射皋君问道。

“秦人收不到货，付过的货款咋办？”彭君压低声道，“要不，退给他们算了？”

“你乱说个啥？”射皋君瞪了他一眼，“这批货是咱出钱买的，全都罚进国库了，若是再退钱，还有之前预付的那部分定金，怕是把咱老本赔进去也不够哩！这且不说，按照契约，咱还得赔一倍罚金！”

“不给货，不退钱，秦人若是找上门来，你去支应？”

“我怕他个屁！”射皋君握拳道，“大不了和他拼命！还真以为咱打不赢他吗？淅水之战，是大家没有合劲！”

“唉，”王叔轻叹一声，“你俩甭吵了！”

二人住口。

“秦人的事，先缓一缓。当务之急，是救出子启。”王叔看向射皋君，“射皋弟，你走一趟上官大人家，看看能否有机会救出子启，他是关键！”

“对头！”射皋君一拍脑门，“扔给他的那三百镒金，是该听个响了！”说完匆匆出去了。

当子启、昭鼠被押进郢都的刑狱时，怀王震怒了，即刻与屈平、靳尚几人，直奔刑狱天牢，解来子启，令司败鞭刑侍候。司败不敢打，跪在地上叩首。怀王便一把夺过鞭子，照子启的裸背死劲儿抽打。

一下，两下，三下……

子启跪伏于地，咬紧牙，一声不响。

怀王越打越气，打到三十下，子启的后背已经血肉模糊，再也撑不住，便歪倒于地。怀王不依，让狱吏扶正，继续抽打。

子启开始呻吟了。

子启的呻吟弱下去了。

靳尚苦劝不住，干脆脱掉衣袍，扑在子启背上。

怀王收不住手，一鞭狠抽下去。

靳尚的背上立时泛起一道血痕。

“靳尚，”怀王一把扯过他，“滚一边去，看寡人抽不死他！”

怀王的鞭子尚未落下，靳尚却再次扑上去，护住子启。

“靳尚，你……”怀王扬鞭的手停在了空中。

“大王啊，”靳尚哽咽道，“您就打臣吧，臣……臣的皮厚呀，臣的皮老呀，臣的皮经打呀！子启他……他还没有入冠哪……”

“你……你……”怀王拿鞭的手抖了起来，气得呼哧呼哧直喘，他看向屈平，“屈平，你把靳尚拉下去，看寡人抽死这个孽子！”

屈平没有拉，只是缓缓跪下。

见屈平不拉，怀王又是一把扯过靳尚，扬鞭再打。靳尚却又扑了上来，这次他没有扑在子启身上，而是牢牢抱住怀王的大腿，冲屈平大叫：“左徒，快帮子启讲句话呀！”

屈平一动不动，只是静静地跪着。

“来人！”怀王大叫。

几个侍卫过来。

“将靳尚拖过去！”怀王喘着粗气，“今朝寡人非打死这个孽子不可！”

几个侍卫拖走靳尚。

怀王喘了几口气，扬鞭欲再打时，屈平出声了：“大王，臣有奏！”

“你……你说……”怀王依旧喘着气。

“鄂君之罪，当由司败府、左徒府、令尹府三堂会审，定案呈奏大王，再以楚律刑之。大王这般施以家法，既伤龙体，也无助于典法正刑！”

“左徒说得是！”怀王喘过一口气，将鞭子啪地扔到地上，朝子启狠踢一脚，恨道，“等着领刑吧，你个孽子！”说完一转身，大踏步离去。

“快，快，”靳尚急令司败，“召疾医！”

司败招手，早已守候的疾医进来，为子启擦伤抹药。

屈平欲走，靳尚叫道：“左徒稍候！”

屈平住步。

靳尚吩咐司败好生看护鄂君后，方与屈平一起走出。

刑狱门外，怀王的车辇已经远去。

“屈平，”靳尚压低声，语气却是严厉，“你……真的要杀子启？”

“非在下要杀！”屈平淡淡应道。

“你既不杀，何又那般说话？”靳尚目光逼视道。

屈平心头一凛，盯住他道：“在下哪般说话了？”

“你自己说的，这就忘了？”靳尚冷笑一声，“想想看，什么国法？什么楚律？早说也可，晚说也可，偏在这个节骨眼上说出，这不是逼迫大王吗？虎毒还不食子呢！”

屈平盯住他，目光发冷了。

“楚国是谁的？”靳尚越发强势，“是大王的。国法是谁颁的？是大王颁的。既然一切都是大王的，大王的家法为什么就不能替代国法？你倒好，轻轻一句话，子启的这顿打就算是白挨了！我的这场心也算是白操了！”

屈平陡然明白，怀王鞭打子启，且特别拉他来观摩，是靳尚撺掇出来的，是他们君臣二人心照不宣地演出的一场苦肉戏，专门给他屈平看的。

“上官大人，”屈平盯住他，“长话短说，依你之见，在下该怎么做？”

“你睁只眼，闭只眼，放手交我处置！”靳尚的语气毋庸置疑。

“大王有谕旨吗？”

“没有。”靳尚迟疑了一下，喃声应道。

“既然没有，”屈平冷冷一笑，“作为上官大夫，你与左徒讲个什么呢？”说完两袖一拂，扭转身，大踏步而去。

望着他的背影，靳尚先是呆愣良久，继而胡须颤动。

南宫正殿，宫吏引靳尚趋入，见礼毕，郑袖拱手道：“上官大人，本宫召请您来，是有两件大事，一是巫咸庙，二是子启，因这两桩事情都扯到本宫了呢。”

“回禀娘娘，”靳尚拱手应道，“巫咸大庙，首先是择址。臣与左徒议过此事，以臣之意，此庙应建在宫中，而左徒之意，是建在宫外，并说这是祭司之愿。臣正要就此事禀报娘娘，请娘娘定夺呢！”

“靳大人，”郑袖皱眉道，“本宫也正想为这桩事儿问你。”她倾身，压低声道，“大王很在意那个祭司，本宫观那祭司，实在风骚，你说，她会不会……勾引大王呢？若此，本宫将她引进宫来，岂不是……”说完顿住话头。

“娘娘大可不必为此忧心，”靳尚笑道，“祭司是侍奉神的，不是侍奉人的。再说，此庙建在宫中，就等于将祭司放在娘娘的眼皮底下。她若勾引大王，娘娘也是最先知情的，是不？”

“嗯，”郑袖开悟道，“若此，此庙可设在宫中何处？”

“臣之意，娘娘可奏请大王在后宫的花园里辟出一块闲地，设立此庙。”

“这……”郑袖急了，“在后宫立个神庙，岂不是……”

“娘娘有所不知，”靳尚应道，“巫咸大神本为女人，正直无私，若是由巫咸大神守在后宫，不但风调雨顺，宫中还不生邪气呢！”

“嘿，”郑袖笑了，“本宫真还不晓得巫咸大神是个女人呢。这个可以定下，本宫今宵就对大王讲。那第二桩事，你说咋办？大王昨晚过来，气坏了，将子启连骂半个时辰，说是要剁了他，吃他的肉酱。西宫今朝来见本宫，给本宫下跪了呀。唉，子启这孩子挺懂事呢，早晚见到本宫，都要叫声娘亲，还送这送那的。你说，子启他……”

“唉，”靳尚长叹一声，“子启的事，臣也奈何不得呀。”

“靳大人，”郑袖急了，“你哪能没有办法呢？”

“娘娘呀，虎毒尚不食子，大王怎能忍心杀死子启呢？可有一个人非要杀他，连大王也拿他没辙呀！”

“啊？”郑袖震惊，“还有大王没辙的事儿？”

“是的，大王也有作难的时候！”

“是谁？”郑袖盯住靳尚。

“左徒屈平！”

草堂里，一盏孤灯，一盆盛开的兰花。

夜深了。沐浴一新的白云静静地坐在几案前，看向舍中的立柱、房梁与椽子。它们全是杉木做的。椽子上面是一层竹笆，也就是用细竹编织出来的网状笆，网笆上面是一层厚厚的茅草，遮风挡雨，冬暖夏凉。

一看就是老巴人的手艺。

白云眼睛闭上，开始想她的心事。

一阵车马声由远而近，白云耳朵一动。

是屈平回来了。

屈平送别车夫，推开草舍的门，一步一步地走进来。

屈平走进自己的草舍，舀水洗过，换作睡衣，又缓缓走到舍外。

草舍对面，白云的灯依旧亮着，一线光亮透过门缝射出来。

屈平走过来，敲门道：“阿妹？”

“进来呀！”白云叫道。

屈平推门，走进来，一阵芳香扑鼻而来。

屈平夸张地嗅起来。

白云眼睛没睁，嘴角却浮出笑。

屈平的鼻头终于嗅到她的头发上了：“好香啊！”

“阿哥嗅错地方了！”白云眼睛睁开。

“是吗？”屈平语气夸张地道，“你说，阿哥该嗅哪儿？”

“那儿！”白云朝兰花努嘴。

“呵呵，阿哥是不会嗅错的。”屈平摘下一枝，插在她的头发上，又嗅了几下，方才坐于对面席位，“阿妹，这么晚了，怎么不睡？”

“等你。”

“唉，”屈平叹了口气，抱歉地笑笑，“阿哥晓得你在等什么。”

说着从怀里掏出玉佩，摆在几案上，“阿哥将此佩示给宫尹了，据他所知，此佩为宫中之物，它的另外一半，当在宫中！”

“天哪，”白云压住心跳，“它在哪儿？”

屈平摇头。

“不会是……”白云轻声道，“在大王那儿？”

“宫尹服侍大王近三十年，大王若有此佩，他不会不知。”

“可它……在哪儿呢？”

“阿妹不必着急，”屈平盯住白云，“娘娘已经奏请大王在后宫设立巫咸神庙，任你为祭司。如果不出意外，三日之内，阿妹就要进宫督造巫咸神庙，到时便有足够时间在宫中查访此佩。阿哥也会多方留意。此佩既为宫中之物，当可访到！”

“阿哥，”白云急了，“你不是说要建在宫外吗？最好的地方就是下里，那儿巴人多，只有巴人才肯真信巫咸大神！”

“唉，”屈平长叹一声，“为这事儿，阿哥与上官大人争执数日了。当是他说服娘娘，娘娘又说服大王，大王已颁布旨令，不可更改了。”

“阿哥，”白云劝道，“只要是巫咸大神的庙，建在哪儿都成。宫里建了，宫外也可以建，是不？下里的老庙，附近巴人也听从神谕，说要修缮，正在合力筹备物品呢！”

“阿妹，”屈平凝视着她，“你是神派来的使臣。郢都有你，是郢都的福。阿哥有你，是阿哥的福！”

“阿哥也是呀！”白云扑哧笑了。

“阿哥不是！”屈平长叹一声，“阿哥是王的臣啊！”

“阿哥不是向巫咸大神起过誓了吗？”

“是的，”屈平又是一叹，“阿哥起誓，是因阿哥有个大愿，要让巴人的神也照看楚人，照看天下所有的人！同样，也让楚人的神，天下其他地方的神，照看巴人！”

“阿哥呀，”白云的眼里湿润了，“你才是神的人哪！”

“好了，”屈平苦笑一下，凝视白云，“阿哥与阿妹，都算是神的人吧。来，”说着伸出手，“为天下所有的人，为天下所有的神，握个手！”

白云握住屈平的手，双手紧握，互相传送能量。

“不瞒阿哥，”良久，白云松开屈平，看向玉佩，感慨道，“阿妹来到郢都，不过是为寻找它的另一半，可自从见到阿哥，阿妹看到了更大的地，也望到了更远的天。阿妹晓得，是巫咸大神让阿妹下山，是巫咸大神让阿妹遇见阿哥，是巫咸大神要阿妹……”说完顿住，凝视屈平。

“谢阿妹了！”屈平缓缓起身，“辰光晚了，阿妹歇息吧。”

“阿哥且慢！”白云叫住他。

屈平复又坐下。

“方才阿哥回来，听脚步声，阿哥心里有事。敢问阿哥，因何烦恼？”

“鄂君子启！”

“听说，他犯的是死罪！”

“是的，”屈平长叹一声道，“罪已坐实，依据楚律，他必须死！”

“你不想让他死，是不？”白云盯住他。

“不是我，是许多人！”

“是哪些人？”

“卷入此案的所有朝臣，有靳尚、王叔，还有大王、娘娘，王宫里的所有人！”

“所以阿哥犯难，是不？”

“唉，”屈平再叹一声，“靳尚说得是，虎毒尚不食子，何况是宅心仁厚的大王呢？子启是大王的长子，聪明伶俐，言语乖巧，深得大王宠爱。当年大王立储时，曾几度考虑立子启，但子启非正宫所生，大王担忧宫乱，这才循依祖制，立子横为太子。作为弥补，便封子启为鄂君，授其金节以运输辎重，沟通有无，不想他……胆大妄为，竟公然抗拒王命……”

“阿哥之意呢？”白云微微闭目。

“唉，”屈平又是一叹，“不杀子启，律法难肃，社稷危矣。可若杀子启，一伤王心，二伤群臣。法不责众，古今一理。若杀子启，就必须惩办所有的涉案诸臣，殃及诸多家室。再说，大王继位数年，刚要振作，这就遇到杀子之痛，或生懈怠之心。是以阿哥进退两难啊。”

“阿哥，”白云微微睁眼，“你我都是神的人。既然进退两难，何不听听神谕呢？”

“神谕？”屈平打了个激灵，豁然明白了白云的深意，拳头一握，道，“对，当廷作法，听命于天，由阿妹传巫咸大神谕旨！”

由于是王子犯法，宛地犁铧走私大案也就越过了寻常的刑法判决程序，直接升格到楚王这儿。

几日之后，楚怀王在楚宫偏殿议决此案。怀王主持，参与此案的主理人有令尹昭阳、左徒屈平、廷理公韬、司败景丑四人，参议人有纪陵君、太师、太子横、庙尹、靳尚、景翠、昭睢等朝中重臣。

怀王的案前摆着一大堆案卷。主理人坐于左侧，昭阳居首，屈平居次；对面席位则以太子横居首，纪陵君居次。

“诸卿大夫，”怀王扫视众人一眼，指向案卷，“乌金一案，经由左徒、廷理、司败诸府查明，证据确凿，触目惊心。近些日来，寡人觉睡不安，饭吃不香。寡人没有想到，我泱泱大楚，竟至于斯！寡人更未想到，带头将乌金给予秦人的，居然是寡人的孽子！事情出来了，如何处置此案，处置孽子，寡人绝不徇私枉法，特此交由诸卿、诸大夫议决！”说完目光落向昭阳，“令尹，此案你是主理，如何处置，可有提议？”

“回禀我王，”昭阳拱手起奏，“此案涉及王子，已超越寻常刑典所制，当由王室定夺。加之本案亦涉及臣侄昭鼠，臣不宜提议！”

昭阳一开口就踢皮球，且以叔侄关系避嫌，堪称圆滑。

“左徒，你是何意？”怀王看向屈平。

“回禀大王，”屈平拱手禀道，“臣查证大楚律例，王子犯法，与庶民同罪。先文王出行，王子革、王子灵奉旨摘拾野菜，讨老丈竹篓盛之，见老丈不予，就怒杀老丈，强夺其篓。先文王依楚法斩其二子，悬其首于辕门之外，向天下谢罪。先庄王之时，太子犯茅门之禁，虽属无心，却也请死。”

屈平一出口就引出先王案例，其意不言自明。

在场众人面面相觑。

怀王闭目。

纪陵君缓缓看向靳尚。

“臣有奏！”靳尚拱手。

“请讲！”怀王睁眼。

“法不责众，古例亦然。”靳尚奏道，“先文王所惩，无非二子，至于太子犯禁，也仅一人。而今日鄂君、昭鼠一案，涉案千五百人，何以责之？”

“法不责众，首恶必惩！”不及怀王出声，屈平便朗声回道，“我王承统之初，曾明旨申述先王法令，凡金、革诸物，皆列关禁。然鄂君等人钻王命漏洞，向秦人公然出售犁铧。犁铧为纯铁铸就，出售犁铧即出售乌金。大王察觉漏洞，特别颁布王命，举国诏示。王命既颁，法令既申，鄂君等人却非但无视王命，反倒顶风作案，以身试禁，罪不可赦！”略顿，又道，“臣之见，鄂君等人胆大妄为如此，若不严惩，法将不法，国将不国，后果不堪设想！”

屈平义正词严，众臣面面相觑，良久，无人出声。

场面静寂。

“诸位还有何意？”怀王扫视众人。

所有人的目光又看向纪陵君。

谁都晓得，只要王叔出声，局势或会扳过来。

然而，纪陵君二目闭合，似已置身于事外。

“令尹，”怀王再次看向昭阳，“左徒所言，你意下如何？”

“臣已奏明，”昭阳拱手，再次踢皮球，“此案涉及王室，当由大王圣裁！”

所有目光看向怀王。

“如此，不必再议了！”怀王转对廷理公韬，“依照楚律，罪人芈启、昭鼠二人，当处何刑？”

“回禀大王，”公韬拱手道，“依照楚律，鄂君芈启、昭鼠等人，公然违背王命，盗卖违禁物品，数额巨大，当腰斩于市，以儆效尤！”

“拟旨，”怀王转对咸尹，声音沙哑，“罪人芈启无视王法，以身犯禁，盗卖乌金予我宿敌，罪不可赦，以楚律处以极刑，腰斩于市，以正王法，以儆国人！”

众臣皆震。

纪陵君睁眼，看向靳尚。

靳尚缓缓起身，膝行至大王案前，叩拜于地，放声悲泣：“大王，臣亦有罪！”

怀王盯住他：“你有何罪？”

“回禀大王，”靳尚叩首，悲泣道，“尽管卷宗未列，罪臣亦须坦白。罪臣贱内瞒着罪臣，参与犁铧走私，凑份五十镒金哪，大王！”

见靳尚自曝罪状，在场众臣无不震惊。

怀王愕然。

“大王啊，”靳尚泣道，“大楚律令，赏罚公允。鄂君芈启触犯王禁，代我等受过，大王若是只处鄂君极刑，罪臣不愿独活，也请大王处臣以极刑！”

靳尚这一哭诉，令在场所有臣子，尽皆感动。

“大王，”纪陵君率先起身，跪叩道，“此案臣亦有份，请大王亦处臣以死罪！”

见王叔这般，昭阳亦起身，跪在王叔身后。

紧接着，太子、太师、庙尹等所有人全都跪在王叔身后，唯屈平一人端坐于席。

“这这这……”怀王看向屈平，“孽子之罪，于先王成法，当斩，可众卿这……唉，左徒，以你之见，当如何是好？”

“禀大王，”屈平朗声奏道，“芈启之罪，依法当斩，而依诸大人之请，当赦。是斩是赦，臣有一策，或可解惑！”

“左徒请讲！”

“听神谕！”

“请问左徒，楚地神灵众多，该听哪一位神灵为妥呢？”

“楚人之神享楚人供奉，或生偏私。”屈平缓缓奏道，“以臣之意，大王可听异族之神，以示公允！”

“异族何神？”

“巫咸大神！”

“准奏！”怀王朗声道。

楚国郢都闹市区，平素示众处决极刑犯的偌大广场，被布置成了一个行祭的神坛。

神坛正中矗立着一座巨大的塑像，是巫咸大神。大神两侧，是风、云、雷、雨四神的塑像，个个栩栩如生。神像前面，各摆五色山珍。

香火缭绕。

担任主祭的巫咸山巫咸庙祭司白云主持审判大典，代巫咸大神审判罪犯。被审人鄂君子启、宛郡工尹昭鼠各戴重枷，跪于受审台。他们的两侧，各立了一个刽子手，人手一柄可一举断腰的行刑大刀。一旦巫咸大神传达神谕处斩，刽子手就会当场行刑。

观众席上，前面第一排跪着怀王、郑袖、西宫娘娘、太子横、纪陵君、射皋君、彭君等一应王亲；第二排跪着昭阳、屈丐、景翠、屈平、靳尚等一应宗亲；第三排是文武百官；再后面，是各尹司吏员；最后面，则是郢地观看审判的万千百姓。观审人大多是郢都及附近各邑推举出来的长老或头面人物。在他们外面，是两千名负责守护秩序的王宫卫士。

整个审判场所秩序井然。

在巫咸大神面前，除卫士之外，没有人站立，包括怀王。

由于涉及神谕，主持审判场所的是太庙的庙尹。

按照惯例，行刑定于午时。

庙尹走至怀王跟前，朗声禀道：“启奏大王，午时到，臣请开坛！”

怀王传旨：“开坛！”

庙尹回身，宣旨开坛。

巫乐声中，咸尹出场，宣读怀王诏书。诏书将子启等所犯之罪并处置方案悉数列出，最终审判交给巫咸大神。

大巫祝出场，宣读太庙大巫令，宣称此案涉及王子，而楚地神灵长久饱受楚地供奉，太庙神巫为示公允，因而遵从王命，特聘巴地巫咸山巫咸庙的巫咸大神秉公审决，以上应天道，下和地理，中正王法。

布令完毕，大巫祝伸手礼让道：“有请巫咸山巫咸庙祭司登坛，传达神谕！”

巫乐响起，烟雾扑台。

巫乐声中，依旧是一袭透明白纱的白云闪亮登坛，在巴巫乐中跳起怪舞。

“巫咸庙祭司”五字如同一股强大的磁力，吸住了王叔的心。

王叔抬头，瞟向祭司。

王叔的两眼陡然睁大，眨也不眨地盯住了她。

巫乐声中，白云顾自忘我地跳着巫舞。

舞至酣处，白云突然定住身体，面向西方，双手上举，朗声宣示神谕：“巫咸大神示谕，龟卜，裂纹横出，生；裂纹他出，无生。”

天哪，神谕竟然是，龟裂只有横出才生，其他皆死。这当是巫咸大神所示的极其严厉的判断了。

所有人都为王子芈启的生命捏一把汗。

子启、昭鼠脸色惨白。

子启生母西宫娘娘歪倒在地，竟是昏死过去。

巫乐再起，两个巫女上台，摆上龟卜的器具并龟片，燃起炭火。

巫乐急响，白云的舞蹈更快，更怪。

舞动中的白云解去纱衣，全身赤裸，向巫咸大神缓缓跪下，口中不住吟咏着谁也听不懂的祷语。

在白云的祷语声中，龟壳啪的一声爆响。

是横裂。